Die Flucht der blauen Pferde

Sabine Schulze Gronover, geboren 1969 in Hamm-Heessen, studierte Diplom-Pädagogik und Kunsttherapie an der Universität Münster. Sie arbeitet als Therapeutin an einer Klinik in Münster und auf der Palliativstation eines Krankenhauses in Bockum-Hövel. Mit ihrer Familie und einigen Tieren lebt sie auf dem Land in Mersch-Drensteinfurt.

SABINE SCHULZE GRONOVER

Die Flucht der blauen Pferde

KRIMINALROMAN

emons:

Bibliografische Information der Deutschen Nationalbibliothek
Die Deutsche Nationalbibliothek verzeichnet diese Publikation in der Deutschen Nationalbibliografie; detaillierte bibliografische Daten sind im Internet über http://dnb.d-nb.de abrufbar.

MIX
Papier aus verantwortungsvollen Quellen
FSC® C083411

Umschlagmotiv: shutterstock.com/501room
Umschlaggestaltung: Tobias Doetsch
Gestaltung Innenteil: César Satz & Grafik GmbH, Köln
Lektorat: Uta Rupprecht
Druck und Bindung: CPI – Clausen & Bosse, Leck
Printed in Germany 2015
ISBN 978-3-95451-724-4
Originalausgabe

Für meine Tochter Anna

Blau ist die einzige Farbe, bei der ich mich wohlfühle.

Franz Marc (1880–1916), deutscher Maler und Grafiker, Mitbegründer der Künstlergemeinschaft »Blauer Reiter«

PROLOG

Winter 1948/1949

Ende 1948 fand er endlich eine Spur seiner Schwester Maria. Sie sei in einem Jugendheim in Berlin aufgetaucht. Zu Beginn des neuen Jahres machte er sich also auf den Weg und besuchte mehrere Jugendheime in der Umgebung. In Zehlendorf bei Berlin verliebte er sich. Es war eine komplizierte Liebe, denn sie galt einem Haus, dem »Haus am Waldsee«. Und sie endete mit dem Schwur, nie wieder in die Nähe dieses Hauses zu kommen.

Neben der alten Villa, in der zu Kriegszeiten der Präsident der Reichsfilmkammer gewohnt hatte, befand sich ein Jugendheim. Die Villa selbst war gleich nach dem Krieg zu einem Ausstellungshaus für zeitgenössische Kunst umgestaltet worden. Die ersten Ausstellungen zeigten vor allem von den Nazis verachtete Künstler wie Oskar Moll, Henri Matisse und viele andere.

Es war bezeichnend für ihn, dass er zuerst das Museum besichtigte, das herrschaftliche Haus umrundete und seine Hände an alte Steine hielt, bevor er sich in das Jugendheim begab. An einem kalten Tag wie diesem befanden sich die meisten Jugendlichen im Haus. Der Anblick kriegsversehrter junger Männer war den Kindern in Deutschland damals wahrlich nicht fremd, aber der sehr moderne Rollstuhl, mit dem er in die Halle fuhr, fiel auf. Er war müde, seine Knochen schmerzten, und eine Stunde später wusste er, dass die Reise vergebens gewesen war. Maria hatte dieses Heim niemals betreten. Eine freundliche Nonne bot ihm an, in einem der Besuchszimmer zu übernachten. Hätte er doch nur all seine Kräfte mobilisiert und wäre mit dem nächsten Zug weitergefahren!

Er wurde in einem Zimmer einquartiert, in dem auch ein Junge von sechzehn Jahren die Nacht verbrachte. Er mache eine Schreinerlehre im Nachbardorf, erzählte er dem jungen Mann im Rollstuhl, und dürfe für eine Weile im Jugendheim übernachten.

Die Neugierde des Lehrlings traf den übel gelaunten jungen Besucher mit aller Macht. *Was machst du hier? Wieso sitzt du im Rollstuhl? Kannst du noch einen Beruf ausüben? Warst du an der Front?*

Zwei kurze Antworten, die drei neue Fragen hervorriefen. So ging das eine Weile.

»Du kannst alte Bilder reparieren? Echt? He, vielleicht kannst du das alte Ding auf dem Dachboden restarapieren oder wie das heißt. Es ist sehr schön und sehr groß, aber es hat ein paar Schnitte im Stoff.« Der blonde Junge machte zwei, drei Handbewegungen, als würde er den Säbel schwingen.

»Ja, sicher kann man das restaurieren, aber nicht hier und nicht jetzt. Dafür braucht man Farben und Leinwand und sehr viel Zeit. Lass mich schlafen.«

»Schade. Gibt es überhaupt blaue Pferde?«

Der Rest der Nacht war Arbeit, Staub, Qual und pures Adrenalin. Ja, und leider auch Blut. Und Schuld.

Es dauerte eine Stunde, bis er, auf dem Hosenboden rutschend, den Dachboden erreicht hatte. Eiskalt war es hier, viel zu kalt für eine wertvolle Leinwand. Der Junge schlief natürlich längst. Wenn er hier tatsächlich das berühmte Bild von Franz Marc fand, konnte er keine Zeugen brauchen.

Und es stand da, in Kälte und Staub, die Leinwand leicht beschädigt. Es lehnte einfach an der Wand. »Der Turm der blauen Pferde«. Im Winter 1913 von Franz Marc fertiggestellt, von den Nazis 1937 in der Nationalgalerie Berlin konfisziert, als entartete Kunst ausgestellt und von Hermann Göring zu Tauschzwecken billig erworben. Er zweifelte keine Minute an der Echtheit des Gemäldes. Mühsam löste er es vom Rahmen, der scheppernd zu Boden fiel. Leider. Kurze Zeit später vernahm er nämlich Schritte auf der Treppe. Er konnte sich nicht verstecken, ohne seinen Rollstuhl saß er hilflos auf dem staubigen Boden. Unter Qualen zog er sich langsam hoch, lehnte mit wackeligen Beinen und krummen Knien an einer hohen Kiste. Das Stehen tat weh, er atmete flach. In der Hand hielt er noch das Messer, mit dem er die Klammern aus dem Rahmen gezogen hatte.

Ein alter Mann im grauen Kittel, den er einfach über den Schlafanzug gezogen hatte, trat ein und stolperte sogleich über den am Boden liegenden Rahmen. Die Leinwand daneben war bis zur Mitte bereits aufgerollt.

»Was zum Teufel … He, Sie, was machen Sie denn hier oben? Himmel noch eins, Sie wollen uns beklauen!«

»Nein, nein, ich soll doch das Bild reparieren. Es hat einige Schnitte im Stoff, und es darf auch gar nicht hier oben gelagert werden.«

Der Mann stand mitten im Raum, die Hände in die Hüften gestemmt. Er warf ihm einen Blick zu und lachte kalt auf. »Sie denken wohl, ich bin blöd? Wer repariert denn nachts eine Leinwand? Alle sind auf der Jagd nach solchen Bildern. Die Monuments Men, die Russen, die Juden und ihre Anwälte und die verfluchten Händler. Das da ist mein Bild. Ich habe es gefunden. Es gehörte Göring, und der ist lange tot.«

Ihm kam ein Gedanke, und er fragte den erzürnten Mann in versöhnlichem Ton: »Wie lange arbeiten Sie hier schon?«

»Seit fast zwanzig Jahren. Ich habe nebenan gearbeitet, als Hausmeister und Mann für alles. Zigmal hat das Haus den Besitzer gewechselt, aber ich bin immer noch da. Und ich lasse mir nichts mehr wegnehmen.«

Drohend trat er einen Schritt auf ihn zu. Er, der schwächliche Dieb, würde sich nicht mehr lange aufrecht halten können. Später würde er sich dann einreden, dass er dem alten Mann sozusagen in die Arme gefallen sei und dabei das Messer unglücklich gehalten habe. Sie stürzten jedenfalls beide übereinander zu Boden. Panisch schlug er um sich, krabbelte von dem anderen weg. Der ältere Mann röchelte nur noch ein paar Minuten, brachte aber kein Wort mehr heraus. Die Spitze des Messers steckte mitten in seiner faltigen Kehle, er ertrank in seinem eigenen Blut.

Eine halbe Stunde saß der junge Mann daneben, dann verbarg er die Leiche unter Gerümpel und schob sie in die hinterste Ecke des Dachbodens. Zitternd nahm er die zusammengerollte Leinwand und kämpfte sich zurück ins Bett. Sein Bettnachbar schlief tief in die Bettdecke vergraben, er hatte offenbar nichts mitbekommen. Bis die Leiche gefunden wurde, würde er selbst weit weg sein. Hatte er sich am Anfang der Nacht noch vorgestellt, wie er das verschollen geglaubte und restaurierte Bild von Franz Marc öffentlich ausstellen ließ, strahlend schön im neuen Glanz, so wusste er auf der Rückfahrt, dass niemand je erfahren durfte, dass er es besaß. Mindestens ein Junge wusste von dem Gemälde auf dem Dachboden und kannte den Gast, dem er davon erzählt hatte.

Später erfuhr er, dass das Bild zuvor schon von einem Journalisten im Jugendheim gesehen worden war, der später ein Leben lang danach suchen sollte. Zur Geschichte des alten Hausmeisters passte dagegen die Aussage des Reichskunstwartes Edwin Redslob, der ebenfalls behauptet hatte, das Bild noch nach dem Krieg im Haus am Waldsee, der wunderschönen Villa neben dem Jugendheim, gesehen zu haben. Von dort musste es der Hausmeister mitgenommen haben.

Nun befand es sich in seinem Besitz, und er ahnte, dass es eben kein Unfall gewesen war. Er hatte das Bild haben wollen. Pure Gier hatte ihn getrieben. Er war nicht gestürzt, er hatte sich fallen lassen! Damit war er nun selbst den Bildern verfallen, denn »Der Turm der blauen Pferde« war ja nur der Anfang.

EINS

Gegenwart, Spätsommer

Zwei Wochen schon in dieser Wohnung, und er hatte sich bislang gut gehalten. Er war nicht jähzornig geworden und hatte keine Verschwörungstheorien aufgestellt, sondern stattdessen seine neuen Möbel. Er hatte zwei Bilder aufgehängt, Kunstdrucke von Chagall, weil die »doch so gut zu dem neuen Sofa passen«. Das hatte die Verkäuferin in dem Möbelladen gesagt. Dabei hatte sie ihn angelächelt, als würde sie gerne einmal auf seinem Sofa sitzen. Eine schöne Vorstellung war das, und darum hatte Konstantin die beiden Drucke gekauft. Er wusste nicht einmal, ob sie ihm gefielen. Die Verkäuferin hatte ihm gefallen.

Ein neuer Fernseher stand in seinem Wohnzimmer, und für die Küche hatte er sich eine silberne Kaffeemaschine besorgt.

Sein großes Schlafzimmer war ein schöner Rückzugsort, fand er. Von seinem Bett aus sah er manchmal eine Wäscheleine mit Dessous. Die Leine wurde auf dem Balkon gegenüber gespannt, etwa zweimal die Woche. Und wenn er auf dem Bett lag und den Kopf nur leicht drehte, bewegten sich rote und schwarze BHs, bunte Röcke und, mit etwas Glück, ein Paar hautfarbene Seidenstrümpfe. Man brauchte die Augen nur leicht zuzukneifen, und schon entstanden zwei schöne, schwebende Frauenbeine. Toll. Wenn er den Kopf zur anderen Seite wandte, blickte er auf seinen Kleiderschrank, der viel zu groß war für die wenigen Stücke, die er noch besaß. Aber diese Leere sah man dem geschlossenen Schrank ja nicht an. Menschen sah man innere Leere auch nicht immer gleich an. Das wusste er nur zu gut.

Kennengelernt hatte er in diesem Mehrparteienhaus bislang noch niemanden. Zumindest nicht in der allgemeinen Bedeutung des Wortes »kennenlernen«. Natürlich wusste er, wer hier wohnte; er hörte auch abends oft zu, wenn die junge Frau über ihm ein Telefonat mit einer alten Tante führte. Sie sprach dann nämlich immer sehr laut, und Konstantin vermutete, dass die ältere Dame im Altenheim lebte. Den Namen dieser Nachbarin kannte er nicht, er stand auch nicht an der Haustür oder am Briefkasten. Herr Schubert von ganz oben, ein Mann in mittleren Jahren, verließ morgens als Erster das Haus. Immer um sieben Uhr dreißig. Da Konstantin noch nie mit ihm geredet hatte, wusste er nicht, welcher Arbeit der Nachbar nachging.

Frau Bartels vom Erdgeschoss und Frau Nawrath aus dem ersten Stock mochten sich nicht besonders. Er hatte schon zweimal mitbekommen, wie die beiden Frauen an den Briefkästen aufeinandergetroffen waren. Du meine Güte, zwischen den beiden stand ein fast sichtbares Feld aus Misstrauen und Vorsicht. Sie umkreisten sich geradezu.

Besonders fasziniert hatte ihn die Beobachtung, dass keine der Frauen ihn im Flur wahrgenommen hatte. Nicht nur Liebe machte blind. Jede der beiden Damen lebte alleine.

Herr Schubert hatte eine Gattin. Ja, so konnte man sie durchaus bezeichnen. Sie war groß und stattlich und trug meistens Kostüme. Zu jedem Kostüm besaß sie ein passendes Halstuch. Sie war sehr freundlich, machte aber nicht viele Worte. Die Schuberts hatten einen sechzehnjährigen Sohn mit Downsyndrom. Ihnen gehörte die Wohnung, in der sie wohnten. Das wusste er, weil die Schuberts gerade erst ihren Balkon mit Holz verkleidet hatten, was Mietern nicht erlaubt war. Frau Schubert arbeitete nicht, sondern kümmerte sich um den Sohn. Angesichts seines Alters war das ungewöhnlich, aber das schien weder Frau Schubert noch Herrn Schubert zu stören. Eventuell störte es den Sohn. So genau hatte Konstantin das noch nicht in Erfahrung gebracht.

Zu guter Letzt gab es in seinem Mehrparteienhaus noch den Greis. So nannte er den uralten Mann, der unten rechts im Erdgeschoss wohnte. Man sah ihn nur selten, aber man hörte ihn oft. Gesehen hatte er diesen Nachbarn eigentlich nur zwei Mal. Einmal war er zufällig genau dann vor dessen Wohnung vorbeigegangen, als der Alte seiner Pflegerin die Tür öffnete. Konstantin hatte einen alten dünnen Mann im Rollstuhl gesehen, dessen Gesicht beim Anblick der Pflegerin nicht unfreundlicher hätte sein können. Aber hören konnte man den Alten häufiger, wenn er sich am offenen Fenster über diverse Ereignisse und Angelegenheiten des Stadtlebens mokierte. Es verwunderte Konstantin, woher dieser Mann die Kraft nahm, mit so lauter Stimme anhaltend zu schimpfen. Der Name des Greises stand unten auf der Klingel: Antonius Adler. Ein klasse Name, dachte Konstantin, zumal er sich bei diesem Namen einen blonden Hünen mit aristokratischem Gesicht vorstellte. Aber auch Hünen und Adonisse konnten altern; wer wusste, wie der Greis vor sechzig Jahren ausgesehen hatte.

Konstantin war in den letzten Jahren etwas menschenscheu geworden und fürchtete, dass die Menschen ihm ansahen, wo er herkam. Darum hatte er beim Einzug Postkarten geschrieben, auf denen er sich kurz vorstellte: *Konstantin Neumann, 33 Jahre alt, Homeworker für eine größere Firma, allein lebend und Ihr neuer Nachbar.* Dann hatte er noch seine Telefonnummer daruntergesetzt und die Karten in die Briefkästen geworfen. Na gut, er musste zugeben, eigentlich hatte seine Schwester diese Karten vorbereitet und auch verteilt. Sie fand, so ein Akt der Höflichkeit müsse sein. Ihm war es im Prinzip egal. Irgendwann lernte man sich halt kennen. Aber sie hatte recht gehabt, wie so oft. Schon am nächsten Tag war er freundlich gegrüßt worden. Frau Nawrath war sogar im Treppenhaus stehen geblieben und hatte ihn gefragt, ob er sich schon eingelebt und wo er vorher gewohnt habe. »Jaja, danke. Im Süden«, log er schnell. Dann ließ er ihr schüchtern den Vortritt und ging zurück in seine Wohnung.

Zwei Tage später hatte er selbst eine Postkarte im Briefkasten. Darauf standen nur wenige Worte, und die waren aus Zeitungsschnipseln zusammengesetzt: *Du musst wieder ausziehen! Sofort! Bitte!*

Da hatte wohl jemand seine Vergangenheit durchleuchtet und wollte ihn vertreiben. Es klang gar nicht mal unhöflich, eher wie ein dringender Rat, aber es konnte auch eine Drohung dahinterstecken. Er warf die Karte einfach in den großen Mülleimer im Hausflur. Sollten seine Mitbewohner ruhig sehen, dass ihn so etwas nicht interessierte. Sein Bewährungshelfer hatte ihn auf Anfeindungen vorbereitet. Aber auf keinen Fall durfte seine

Schwester Anja davon erfahren. Sie schien sich nach langer Zeit endlich mal zu entspannen.

Nachts stand Konstantin häufig auf, um durch die Räume zu wandern. Er ließ alle Türen offen, knipste die Lichter an und wieder aus. Toll fand er das, diese Ruhe im Haus, das bequeme neue Bett und das Knarren der Holzdielen. Eine eigene Wohnung zu haben fühlte sich großartig an. So schmeckte Freiheit. Tagsüber musste er viel am Computer arbeiten, er hatte schließlich einen Job. Aber das nächtliche Aufstehen behielt Konstantin bei.

Und damit fing alles an. Die ganze Misere in diesem Sechs-Parteien-Haus.

Am Donnerstag stand er um halb drei in der Nacht auf. Es war am Tage recht warm gewesen, neunundzwanzig Grad, und alle hatten ihre Fenster offen stehen. Weit offen. Er befand sich auf seinem Balkon und starrte hinauf zum Mond, als er das Geräusch hörte. Es war ein leises Summen, ein Fahrraddynamo. Dieses Geräusch vernahm man in dieser Stadt nun wirklich oft genug. Vor dem Haus hörte das Summen abrupt auf, und das Fahrrad wurde in den Ständer gestellt. Dann drückte jemand auf eine Türklingel. Das wusste Konstantin, weil er sich über seinen Balkon gebeugt hatte und einen dunklen Arm am Klingelbrett sehen konnte. Doch wie merkwürdig: Der späte Besucher schloss dennoch unten die Haustür auf. Man schellte doch entweder, weil man jemanden im Haus besuchen wollte, oder man schloss auf, weil man dort wohnte und natürlich einen Schlüssel besaß. Ohne nachzudenken, rannte er zur Wohnungstür und guckte durch den Spion. Es kam jedoch niemand die Treppe herauf.

Konstantin wohnte im ersten Stockwerk. Das hieße ja, dass der Greis oder Frau Bartels um diese Zeit Besuch bekamen. Vielleicht war es ein Sohn, der einen Schlüssel besaß, aber den Vater oder die Mutter mit dem Klingeln warnen wollte, damit er oder sie sich nicht erschreckte?

Oder es war die Pflegerin, weil es dem Greis heute Nacht schlecht ging? Er hatte den geheimnisvollen Besucher nur von hinten gesehen, und das auch nur schemenhaft, es hätte sowohl ein Mann als auch eine Frau sein können. Die Gestalt war dunkel gekleidet gewesen und hatte eine bordeauxrote Mütze getragen, so viel hatte er erkannt. Schon seltsam, dass jemand in einer so warmen Sommernacht eine Strickmütze trug, überlegte Konstantin und hoffte, dass nicht gerade einer seiner Nachbarn überfallen wurde. Leise öffnete er seine Wohnungstür, wohl wissend, dass er sich aus solchen Dingen heraushalten sollte. Mit seiner Vergangenheit führte so etwas leicht zu Komplikationen, die ihm dann wieder keiner glauben wollte. Er streckte trotzdem seinen Kopf aus der Tür, schloss die Augen und lauschte konzentriert. Keine Hilferufe, kein Rumoren. Stille. Gerade wollte er auf bloßen Füßen und nur in Boxershorts mit kleinen Elefanten darauf zum Treppengeländer schleichen, da ging unten eine Tür auf, und die Stimme des Greises schimpfte leise: »Jetzt geh schlafen, es ist halt, wie es ist. Ich brauche meine Ruhe.«

So leise wie möglich schloss Konstantin seine Tür und rannte ins Wohnzimmer zum Balkon. Doch auf eine dunkel gekleidete Gestalt wartete er vergeblich. Die Haustür öffnete sich nicht mehr.

Offenbar hatten sich zwei Bewohner des Hauses mitten in der Nacht besucht. Inzwischen war die dunkel gekleidete Person sicher längst an Konstantins Wohnung vorüber.

»Mist, verdammter, wäre ich doch an der Wohnungstür geblieben.« Er trat noch einmal in den Flur hinaus, lauschte und ging ein paar Stufen hinunter. Mit einem Knacken sprang die Treppenhausbeleuchtung an, und das Blut war nicht zu übersehen. Es klebte auf drei der Stufen, und am Geländer war ein blutiger Abdruck. Doch alle Spuren endeten in der Mitte der Treppe, die zum ersten Stock hinaufführte. Konstantin lief hoch bis zur obersten Etage in der Hoffnung, noch eine weitere Blutspur zu entdecken, doch da war nichts mehr. Kein Hinweis, wer der Bewohner gewesen war. Sein leiser Fluch verhallte in der warmen Luft im Treppenhaus. Er kehrte in seine Wohnung zurück, atmete tief durch. Er durfte sich nicht in fremde Angelegenheiten einmischen. Wie oft hatte sein Therapeut ihm das gesagt? Jemand hatte vielleicht Nasenbluten gehabt, ein Taschentuch hervorgeholt und damit die Blutung stoppen können. Trotzdem setzte er sich an seinen kleinen Küchentisch und dachte nach. Vieles im Leben konnte man kognitiv erschließen.

Menschliches Verhalten neigte mitunter zu Absurditäten, aber ein nächtlicher Besuch bei einem Greis, der im Rollstuhl saß, schloss einen amourösen Grund wohl aus. Die Person war unterwegs gewesen, es lag nahe, dass sie dem alten Herrn von der Unternehmung hatte berichten wollen, warum auch immer. War sie überfallen worden? Es konnte ja nichts Ernstes gewesen sein, sonst hätte der Alte seinen Besuch doch nicht einfach ins Bett geschickt. Frau Bartels aus der Wohnung gegenüber von Herrn Adler war zu füllig und zu klein, um der dunklen Gestalt zu entsprechen, die er schemenhaft gesehen hatte. Die unbekannte Frau, die über ihm wohnte, könnte es gewesen sein, ebenso wie Frau Schubert oder Herr Schubert. Die beiden waren fast gleich groß. Frau Nawrath als nächtliche Radfahrerin konnte er sich kaum vorstellen. Sie war schlank, fast hager, aber unsportlich und langsam. Allein die Vorstellung, dass sie in enge schwarze Kleidung schlüpfte und sich auf ein Fahrrad schwang, war lächerlich. Allein in der Dunkelheit fuhr sie vermutlich höchstens noch mit einem Taxi irgendwohin.

Langsam stand Konstantin auf und begab sich wieder in sein Bett. Höchste Zeit, dachte er, höchste Zeit, dass ich mal meine Mitbewohner und ihre Aktivitäten genauer unter die Lupe nehme.

Am nächsten Morgen richtete er sich seinen Arbeitsplatz auf dem Balkon ein. Er stellte seinen Laptop auf den kleinen Tisch dort, spannte einen Regenschirm als Sonnenschutz auf und versorgte sich mit einer Flasche Wasser, dem Telefon und einem Notizbuch. Bereits nach einer halben Stunde fand er etwas heraus: Das Arbeiten auf einem Balkon in Südwestlage verlangte Tapferkeit und die robuste Natur eines Wüstenbewohners. Die Hitze staute sich auf den zwölf Quadratmetern, und die Sonne brannte erbarmungslos auf den Beton unter seinen Füßen. Aber an diesem Tag hatte er andere Prioritäten, als für seinen Arbeitgeber eine einigermaßen sinnvolle Leistung zu erzielen. Hier draußen bekam er nun einmal mehr von den Aktivitäten seiner Nachbarn mit. Es war Freitag, und er tröstete sich damit, dass am Ende der Woche bei den meisten Menschen die Leistungsfähigkeit nachließ. Herr Schubert hatte wie üblich schon früh das Haus verlassen. Sein Sohn war kurz darauf mit dem Bus zur Schule gefahren.

Planänderung, schrieb er also in seine Datei »Notizbuch«. Meistens brachte nämlich Frau Schubert ihren Sohn mit dem Auto, einem silbernen Smart, persönlich zur Schule. Heute strahlte der Sohn, denn er genoss ausnahmsweise Freiheiten, die eigentlich selbstverständlich sein sollten. Münster besaß genügend Förderschulen, er hatte keine Ahnung, wie weit der Junge fahren musste.

Die Unbekannte, die über seiner Wohnung wohnte, verließ das Haus um acht Uhr. Sie fuhr mit dem Fahrrad, und er sah ihren leichten Sommerrock wie eine bunte Fahne im Fahrtwind wehen. Um zehn Uhr kam der Pflegedienst für den Greis. Dazu hatte sich Konstantin den Wecker auf kurz vor zehn gestellt, damit er an der Wohnungstür Stellung beziehen konnte. Er musste wissen, ob die Dame einen Schlüssel besaß.

Wenn sie einen besaß, benutzte sie ihn jedenfalls nicht. Sie wartete vor der Haustür und dann noch einmal vor der Wohnungstür, bis Herr Adler ihr öffnete.

»Bin heute müde, machen Sie es kurz«, hörte er den alten Herrn knurren. Kein Wunder bei dem spätnächtlichen Besuch, dachte Konstantin und schloss leise seine Tür. Während er sich wieder auf dem Balkon niederließ, fragte er sich, was wohl Frau Schubert heute Morgen tat. Schlief sie lange, weil sie nachts unterwegs gewesen war? Warum hatte sie ihren Sohn heute nicht zur Schule begleitet? Er könnte unter irgendeinem Vorwand bei ihr klingeln. Doch Konstantin beherrschte keinen Small Talk. Er beherrschte nicht einmal einen richtigen »Talk« besonders gut. So etwas nahm ihm meist seine Schwester ab. Die Verhandlungen mit dem Verwalter seiner Wohnung hatte auch sie übernommen. Konstantin war einfach aus der Übung gekommen. Er würde es zunächst mit Geduld und Beobachtung versuchen.

Um zwölf Uhr bekam er rasende Kopfschmerzen und musste seinen Posten erst einmal aufgeben. Mit einem kalten Waschlappen auf der Stirn und einer kräftigen Brühe versuchte er, seine körperliche Fitness wieder herzustellen. Offenbar blieben bei der Hitze heute alle in ihren Wohnungen. Außer dem Besuch des Postboten hatte es keine weitere Bewegung an der Haustür gegeben. Herr Schubert war schon um halb drei nach Hause zurückgekehrt.

Später am Nachmittag kam dann etwas Bewegung ins Haus. Frau Nawrath, seine direkte Nachbarin, schloss soeben ihre Wohnungstür ab, und er hörte sehr langsame Schritte die Stufen hinunter. Vom Balkon aus sah er sie schließlich in Richtung Supermarkt gehen. Sie wohnten hier in der ruhigen Aaseestadt, benannt nach dem künstlich angelegten Aasee, der ganz in der Nähe lag. Es war eine angenehme Wohngegend, in den sechziger Jahren entstanden, als man Wert darauf legte, dass zwischen den Häusern mehr Platz war. Es gab in Münster auch Häuserreihen, da konnte man mit der linken Hand seine Haustür öffnen und mit der rechten Hand beim Nachbarn läuten.

Frau Nawrath trug eine dünne Einkaufstasche. Ihr langes Sommerkleid aus einem Stoff, der an ein polnisches Kopftuch aus Kriegszeiten erinnerte, hing glatt an ihr herunter, weil es von keiner weiblichen Rundung aufgehalten wurde. Sehr, sehr langsam ging sie die Straße hinab. Erst jetzt fiel ihm auf, dass sie wunderschöne kastanienbraune Haare besaß, die ihr in einem welligen Zopf über den Rücken fielen. Wie alt mochte diese Frau sein? Er schüttelte über sich selbst den Kopf.

Kurze Zeit später vernahm er schnelle, dynamische Schritte im Treppenhaus. Sobald sie an seiner Wohnung vorbei waren, öffnete er ganz leise und vorsichtig die Tür. Und erschrak zutiefst. Denn er befand sich vis-à-vis mit einem Gesicht, einem weiblichen. Nur im Hintergrund registrierte er, dass auf der obersten Etage eine Tür geöffnet wurde und sich sofort wieder schloss. Vor ihm stand eine Frau mit einem Hund an der Leine.

»Himmel, Konstantin, stehst du etwa den ganzen Tag hinter deiner Tür? Du hast mich echt zu Tode erschreckt!« Seine Schwester drängte sich an ihm vorbei und lief direkt in die

Küche. Den Hund zog sie einfach hinter sich her. Das Tier wedelte mit dem Schwanz, offenbar fand es das auch noch toll.

Anja war fast so groß wie er, was sie allerdings vor allem ihren hohen Schuhen verdankte. Irgendwann würde sie beim Treppensteigen oder Autofahren verunglücken, da war er sich sicher. Sie hingegen war sich sicher, dass sie irgendwann einen guten Orthopäden brauchen würde, weil ihre Füße sich verformt hatten. Stolpern würde sie nur in flachen Schuhen. Das Tier, das sie da hinter sich herzerrte, kannte er allerdings nicht. So trottete Konstantin ebenfalls in die Küche, wo Anja gerade eine pralle Einkaufstasche auf den Tisch stellte. Dann drückte sie ihm ihre Autoschlüssel in die Hand.

»Bist du so lieb und holst das Körbchen aus dem Kofferraum?«

Da seine Gedanken noch immer zwischen der Observierung der Mitbewohner und dem überraschenden Besuch seiner Schwester nach Orientierung suchten, trabte er brav hinaus ins Treppenhaus. Erst als er den großen Hundekorb aus dem Kofferraum hob und ihm das Preisschild fast ins Auge flatterte, wurde er misstrauisch. Er drückte den sperrigen Schaumstoffkorb durch die Eingangstür und war peinlich berührt, als er auf Widerstand stieß. Jemand lachte und machte: »Wau! Wenn Sie weiterdrücken, falle ich Ihnen ins Körbchen.«

Da stand sie, die Unbekannte von oben, und grinste ihn schelmisch an. War ja klar, dass einem wie ihm dann nichts einfiel außer: »Sorry.«

»Haben Sie einen Hund? Sie sind doch der neue Mitbewohner, oder?«

»Nein, nein, das täuscht.« Jetzt lachte sie sogar, und er sagte schnell: »Also ja, natürlich, ich bin neu hier, aber ich habe eigentlich keinen Hund. Meine Schwester hat gerade einen mitgebracht.« Unbeholfen zeigte er nach oben und bemühte sich, seinen Kopf an dem Hundekorb vorbeizustrecken. Sie war blond, seine Nachbarin, und sie hatte viele Sommersprossen um Nase und Mund. Niedlich sah sie aus und selbstbewusst.

»Ich heiße Konstantin und muss jetzt nach oben.« Verdammt, was war das denn für ein Satz? Hätte er die Hände frei gehabt, hätte er sich mindestens eine Hand gegen die Stirn geknallt.

»Und ich heiße Susanne und muss jetzt nach unten«, sagte sie und zwängte sich an ihm vorbei, um zum Keller zu kommen.

Konstantin dachte darüber nach, ob sie ihm wohl ihren Nachnamen genannt hätte, wenn er sich mit »Konstantin Neumann« vorgestellt hätte.

»Ah, wie schön. Stell den Korb am besten in den Flur.« Seine Schwester stand bereits im Türrahmen, ohne Leine und ohne Hund. »Anja?«, fragte er. »Anja, was wird das hier?« Mit Schwung ließ er die Schaumstoffwanne fallen und hielt suchend Ausschau nach dem Hund. Anja umarmte ihren Bruder plötzlich und rief: »Herzlichen Glückwunsch. Das ist Goofy, und er ist mein Geschenk an dich. Er ist fünf Jahre alt, stubenrein, superruhig und ist es gewohnt, auch mal alleine zu bleiben. Du wirst ihn lieben!«

»Ich möchte mich nicht in einen Hund verlieben.« Konstantin fühlte sich überrumpelt. Goofy kam soeben aus seinem Schlafzimmer. Er hatte einen grünen Socken im Maul und legte sich damit vorsichtig in das Körbchen. Als sie beide bei einer Tasse Kaffee in der Küche saßen und Goofy auf dem Balkon stand und die Straße beobachtete, erkannte er eine Seelenverwandtschaft mit dem Hund.

Anja erzählte ihm einiges über Goofy. Er war ein Polizeihund, der vorzeitig in Rente geschickt worden war, denn aufgrund einer Verletzung war sein Geruchssinn gestört. Als Rauschgifthund war er somit unbrauchbar. Goofy war ein Golden Retriever mit fast schwarzen Kulleraugen, und er war es, wie seine Schwester erklärte, gewohnt, auf verschiedene Leute zu hören. »Dein Bewährungshelfer hat über einen Kollegen bei der Polizei von Goofy gehört und mich vorgestern angerufen. Er meinte, dass Menschen wie dir ein Hund guttäte.«

Menschen wie mir, dachte Konstantin, wer war denn schon so wie er? Und war das nun eine Auszeichnung, dass Menschen wie er mit Hunden zusammenleben sollten? Weil sie besser nicht mit anderen Personen zusammenlebten? Anja musste seinen Gesichtsausdruck bemerkt haben. Eilig fügte sie hinzu: »Weil du doch so viel am Computer arbeitest und dabei oft die Zeit vergisst. So ein Hund, der fordert schon mal die eine oder andere Pause ein. Du kommst an die frische Luft und hast Gesellschaft.«

»Ach so«, sagte Konstantin und blickte auf den Hund, der seinen Posten auf dem Balkon verlassen hatte und konzentriert an einem Faden der Socke zog, die er sich in sein Körbchen gelegt hatte. »Ich habe im Februar Geburtstag, das weißt du ganz genau.«

»Goofy, komm doch mal her«, rief seine Schwester jetzt völlig unbeeindruckt. Der Hund sprang sofort auf, ließ die Socke los und stand schwanzwedelnd vor ihr. Sie lobte und streichelte ihn. »Wenn es mit euch beiden nicht klappt, hole ich ihn in einer Woche wieder ab. Dann behalte ich Goofy selbst.« Sie streichelte weiter den Kopf des Hundes und machte dabei ein etwas dümmliches Gesicht, fand Konstantin.

»Er ist so lieb und total auf Menschen bezogen.«

Armer Kerl, dachte Konstantin. Schon für einen Menschen war der Kontakt mit anderen Menschen schwer genug.

»Okay, er kann bleiben. Aber wenn er nervt, holst du ihn ab. Kann er irgendetwas besonders gut? Post hochholen oder aufräumen?«

»Er kann nett sein, und zwar den ganzen Tag, toll, oder?« Seine Schwester grinste ihn an, und er wusste, dass sie diese Bemerkung wirklich ernst gemeint hatte.

»Dann schauen wir mal, ob er diese Frohnatur in meiner Gesellschaft beibehält.«

Als Anja später wieder in ihr Auto gestiegen war, fühlte er sich mit dem Hund in seiner Wohnung schon etwas komisch. Doch bereits am nächsten Tag erkannte er die Vorteile seines neuen Mitbewohners. Beim Frühstück lag Goofy zu seinen Füßen, und wenn ihm etwas herunterfiel, hob der Hund es auf und hielt es ihm in seiner feuchten Schnauze hin. Gut, bei seiner zu Boden gefallenen Zahnbürste störte ihn diese flinke Hilfsbereitschaft etwas, aber der Retriever zeigte sich wirklich von einer sympathischen Seite. Kaum war am Morgen alles aufgeräumt, hielt Goofy die Hundeleine im Maul und stand vor der Wohnungstür. Seine Schwester hatte an alles gedacht. Leine, Spielzeug, Futter und Leckerli, einen Hundenapf und sogar kleine Hygienebeutel für das Geschäft an unpassender Stelle.

Münster war eine saubere Stadt, deren Bürger bei derartigen Verfehlungen sehr aufmerksam waren. Heute war Samstag. Nicht weit entfernt von dem Mehrfamilienhaus gab es einen Park, in dem Konstantin mit seinem neuen Hund gut aufgehoben war. Da es hier an diesem Morgen menschenleer war, ließ er Goofy von der Leine. Kein Problem, wie er feststellte. Der Hund hörte auf Zuruf und entfernte sich nur wenige Meter von seinem neuen Herrchen.

Es war ein sehr schöner Spaziergang, bis ihnen beiden eine Sprinterin begegnete. Sie rannte auf einer sattgrünen Wiese eine bestimmte Strecke in vollem Tempo und stoppte dabei jedes Mal die Zeit. Jogger bewiesen in Konstantins Augen schon eine gewisse abnorme Neigung, aber in dem, was diese Frau da trieb, konnte er nur schwer eine entspannte Ertüchtigung erkennen. Um die schöne Gegend und die frische Luft ging es ihr bestimmt nicht.

Goofy schien ähnlicher Meinung zu sein, denn plötzlich jagte er in einem beeindruckenden Tempo hinter der Dame her, holte sie spielend ein und brachte sie zum Stehen, indem er sich vor sie stellte und knurrte. Das Knurren hörte Konstantin aber erst, als er den Hund endlich eingeholt hatte. Ach herrje, es war Susanne, seine Nachbarin. Erschrocken schaute sie ihn an, und er beeilte sich zu sagen: »Entschuldigung, Goofy ist ein Polizeihund.«

Sie schaute noch erschrockener und fragte: »Sie arbeiten bei der Polizei?«

»Nein, ich nicht. Der Hund, aber man hat ihn in Rente geschickt. Vielleicht weiß er noch nicht, dass er nun in Rente ist. Er konnte Rauschgift orten.«

Sie lachte, aber nur ein wenig. »Ich habe kein Rauschgift bei mir.«

»Er kann es inzwischen auch nicht mehr riechen. Wahrscheinlich hat er auf Ihr Wegrennen reagiert und dachte, Sie wollten fliehen. Es sah auch so aus.« Er presste die Lippen aufeinander und streichelte Goofy den Kopf. Das war wohl die richtige Geste, denn Goofy gab seinen Wachposten auf und schnüffelte auf der

Wiese herum, während Susanne sich Schweißperlen von der Stirn wischte.

»Warum machen Sie das? Dieses Auf- und Abrennen?«

»Es macht mir Spaß. Ich möchte schneller werden. Vielleicht muss ich ja irgendwann einmal fliehen.« Er betrachtete sie und dachte, dass Leute wie sie wohl nie fliehen mussten, außer wenn sie mit ihren Kindern Fangen spielten.

»Halten Sie den Hund fest, ich renne jetzt nach Hause«, sagte sie, und dreißig Sekunden später war sie weg.

Andere hätten bei einem solchen Treffen sicher den Nachnamen herausgefunden, er wusste dafür, dass sie sich auf eine eventuelle Flucht in ihrem Leben vorbereitete. Mit einem schrägen Lächeln machte er sich ebenfalls auf den Heimweg. Unten im Flur traf er Frau Bartels, die ihre Tageszeitung aus dem Briefkasten nahm. Sie strahlte ihn unerwartet an, doch als sie sprach, merkte er, dass das Strahlen nicht seiner Person galt. »Oh, wie süß, Sie haben einen Hund. Wie heißt er denn? Na, komm doch mal her, mein Hübscher.«

Goofy gefielen diese Worte und noch mehr wohl der liebevolle Tonfall. Er schmiegte sich an Frau Bartels kräftige Oberschenkel und leckte, was er zum Lecken fand.

»Goofy heißt er«, sagte Konstantin und bewunderte die Hingabe, mit der Mensch und Hund sich da gerade kennenlernten.

»Ich liebe Hunde, müssen Sie wissen«, sagte Frau Bartels.

»Warum haben Sie denn dann nicht auch einen Hund?«

»Ich habe leider eine Hundehaarallergie.« Frau Bartels ließ sich gerade tatsächlich am Ohr lecken. Endlich löste sie sich von Goofy und wünschte ihm noch einen guten Tag.

Konstantin dachte nach. Drei Wochen lang hatte kaum einer ein Wort mit ihm gewechselt, aber seit vierundzwanzig Stunden hatte er plötzlich schon mehrere Bewohner besser kennengelernt. Der Hund war klasse. Er selbst brauchte nichts weiter zu machen, als die Leine in der Hand zu halten. Gut gelaunt legte er im Computer eine Namensliste seiner Nachbarn an und schrieb zu jedem Namen, was er über die Person bereits wusste.

Herr Adler: Rollstuhlfahrer, alt, täglicher Besuch einer Pflegekraft, meist morgens, schimpft gerne und viel, hat in der Nacht (Datum) kurz

Besuch empfangen (wahrscheinlich aus dem Haus). Und nach kurzem Nachdenken ergänzte er: *Besucher blutete stark!*

Zu guter Letzt schrieb er seinen eigenen Namen dazu. *Konstantin Neumann: Besitzt einen ehemaligen Polizeihund, arbeitet zu Hause, bekommt regelmäßig Besuch von seiner Schwester, fürchtet sich vor Clowns.*

Beim Abendbrot, einer Pizza Funghi aus dem Eisfach seines Kühlschrankes, schellte es an seiner Wohnungstür. Und danach klopfte es auch noch. Der Besucher stand bereits oben vor der Tür. Goofy blickte zu Konstantin und erwartete offenbar einen Hinweis, was zu tun sei. »Bleib mal sitzen, Goofy. Das ist sicher nicht für uns.«

»Hi, ich bin Kevin. Du hast einen Hund. Ich habe dich gesehen. Ich mag Hunde sehr.«

Goofy blieb zwar artig sitzen, wedelte aber nun so schnell mit der Rute, dass er bald eine Kerbe in den Parkettboden reiben würde. Etwas befangen öffnete Konstantin. Kevin war der Sohn der Schuberts. Er war sehr groß, fiel Konstantin jetzt auf, und kräftig für sein Alter. Als er Goofy sah, strahlte Kevin von einem Ohr zum anderen, blieb aber an der Schwelle stehen. Wie ein Türsteher, dachte Konstantin und bat den Jungen zögernd herein.

»Super, danke.« Mit einem Knall war die Tür zu, und Kevin kauerte auf dem Boden, auf gleicher Höhe mit dem Hund.

»Ich bin Konstantin, Konstantin Neumann.«

Er stand hilflos in seiner eigenen Wohnung.

»Weiß ich doch schon lange, steht an deiner Klingel.« Kevin spielte weiter mit dem Hund, ohne aufzuschauen.

»Wissen deine Eltern, dass du hier bei mir bist?« Kaum war die Frage raus, tat es ihm schon leid. Hatte seine Stimme nicht zu streng geklungen?

Jetzt guckte der Junge nämlich kurz hoch. »Ich bin sechzehn!«

Wenn Kinder auf ihr hohes Alter hinwiesen, dann meist, um ihre Unabhängigkeit klarzustellen. Wahrscheinlich wussten die Schuberts also nicht, dass ihr Sohn gerade den neuen Mieter besuchte.

»Willst du etwas trinken, Kevin?« Er hätte sich nicht träumen lassen, dass er einen solchen Namen einmal aussprechen musste. Der arme Junge. Mit dem Downsyndrom auf die Welt zu kommen und bei überfürsorglichen Eltern aufzuwachsen – das waren bereits zwei erhebliche Startschwierigkeiten. Wenn man dann auch noch auf den Namen Kevin getauft wurde, klang das nach Spott und Hohn für den Rest des Lebens.

»Hast du Cola da? Oder Red Bull?«

Konstantin ging in die Küche und goss dem Jungen Orangensaft ein. Kevin und Goofy verstanden sich prächtig. Sie standen jetzt auf dem Balkon, und Goofy zerrte an einem Strick, den der junge Besucher am anderen Ende festhielt. Für beide schien dies ein ernst zu nehmendes Kräftemessen zu sein. Kevin hing die Zunge seitlich aus dem Mund, und er wirkte bei dem Spiel sehr konzentriert.

Konstantin stellte das Glas auf den Tisch, setzte sich und fragte: »Gestern durftest du mit dem Bus zur Schule fahren, nicht wahr?«

»Das darf ich immer, aber finde ich doof.«

»Oh«, machte Konstantin erstaunt. Er hatte die Schuberts wohl doch falsch eingeschätzt. Oder der Junge flunkerte ein wenig.

»Gestern habe ich mich mit meiner Mutti gestritten. Hast du noch deine Mutti?« Goofy hatte sich nun das Seil geschnappt und war in sein Körbchen gerannt.

Konstantin schob Kevin den Saft zu. »Nein, habe ich nicht.«

»Du kennst gar kein Red Bull, habe ich recht?« Der Junge grinste, trank das Glas aber in einem Zug leer. »Meine Mutti schimpft, wenn ich Red Bull haben will. Es tut mir nicht gut, sagt sie. Aber weißt du was? Mit sechzehn Jahren ist mir gesund oder nicht echt total egal. Mein Freund raucht, und das ist sogar richtig scheiße. ’tschuldigung.«

Konstantin fragte: »Was machen deine Eltern denn so, Kevin?«

»Was meinst du? Was sollen die schon machen?« Der Junge sprang auf und schaute über die Brüstung des Balkons. »Ich muss gehen, meine Eltern kommen zurück.«

Gerade parkte ein Auto auf den Parkplätzen vor dem Haus. Frau Schubert saß am Steuer, ihr Mann stieg aus und trug die Handtasche seiner Frau.

»Wo waren deine Eltern?«

»Kaffeeklatsch bei irgendwem, keine Hunde, keine Kinder, kein Computer. Ich bin doch nicht doof, da bleibe ich lieber zu Hause. Tschau.« Er umarmte den verdutzten Konstantin schnell und war zur Tür hinaus. Und der erste Gedanke, der sich in Konstantin regte, war die Frage, warum er das Wegfahren der Schuberts nicht mitbekommen hatte.

Also durfte der sechzehnjährige Sohn durchaus alleine zu Hause bleiben. Und das, obwohl er einfach fremde Männer umarmte. Und fremde Hunde. Kaum war der Junge im Treppenhaus verschwunden, ertönte draußen auf der Straße lautes Geschrei. Der Greis saß am offenen Fenster und schimpfte. »Habt ihr das eben im Radio gehört? Jeder dritte Rentner muss neben seiner Rente noch arbeiten gehen. Weil er sonst verhungert. Ha! Sind die deppert, oder was? Kaufen die etwa russischen Kaviar? Hubert, nimmst du mich Montag mit zur Arbeit? Ich will die Studie bestätigen.«

Er lachte meckernd. Da Schuberts leider nicht laut schreiend über die Straße hinweg antworteten, sondern nun direkt vor dem Fenster des Alten standen, konnte Konstantin kaum etwas verstehen. Doch schließlich sprach Herr Adler wieder, und Konstantin zuckte zusammen, als er das hörte: »Was, einen Hund? Einen echten mit Haaren, mit Häufchenmachen und Gebell? Was sagt denn das Haus dazu?«

Mit einigem Unbehagen wurde Konstantin klar, dass die Mieter untereinander mehr Kontakt hatten, als ihm dies bewusst gewesen war. Diese drei duzten sich. Wahrscheinlich war also einer der Schuberts der nächtliche Besucher gewesen. Vielleicht war jemand für Adler zur Notapotheke gefahren, um ein wichtiges Medikament zu holen. Ja, so musste es gewesen sein. »Soso«, hörte er nun Adlers Stimme, »wir sind also für einen Hund. Na, solange ich nicht mit ihm Gassi gehen muss. Euch muss aber klar sein, dass wir uns damit einen Wachhund ins Haus holen.«

Der Greis redete über seinen Goofy, als handelte es sich um einen Gemeinschaftshund. Plötzlich schrie er los: »Hey, Sie da, werfen Sie gefälligst Ihre Kippe in den Mülleimer oder schlucken Sie sie gleich ganz. Das ist eine saubere Straße!« Konstantin sah einen Mann vorbeigehen, der nun einen Stinkefinger machte und die Straßenseite wechselte. Er trug die blonden Haare asymmetrisch geschnitten, und das passte gut zu seinem respektlosen Verhalten. Dies hier war eine ruhige Wohngegend, daher störte es kaum, dass die Balkone zur Straße hinaus lagen. Konstantin störte das sowieso nicht. Und wer im Umkreis wohnte, legte sich bestimmt nicht mit dem Greis an.

Jetzt stieg der junge Mann in einen Audi mit Essener Kennzeichen und gab Gas.

»Hubert, sei so nett und heb die Kippe auf, ich guck da sonst tagelang drauf und reg mich auf.«

Wie konnte man ein Kind Hubert nennen, wenn der Nachname Schubert lautete? Manche Eltern hielten seelische Grausamkeiten für Humor.

In der Nacht von Samstag auf Sonntag wachte er auf, weil Goofy plötzlich unruhig wurde. Er konnte das Tappen der Pfoten auf dem Parkett hören, und so stand er schließlich selbst auf. Goofy stand vor der Wohnungstür, den Kopf schräg gelegt, lauschend.

Das ist in der Tat mein Hund, dachte Konstantin und stellte sich neben Goofy. Dann vernahm er das typische Klacken, wenn das automatische Licht im Flur ansprang. Jemand war im Treppenhaus. Er hörte ein schleifendes Geräusch unten am Eingang. So, als versuchte man, etwas Schweres ins Haus zu ziehen. Seine Tür zu öffnen war ihm zu heikel. Nachts wirkte jedes Geräusch doppelt so laut. Er guckte durch den Spion, aber auf dem Treppenabsatz war alles ruhig und unauffällig. Goofy knurrte leise, aber vernehmlich und machte einen Schritt nach vorne.

Konstantin hatte einen Moment zu lange gezögert. Als die Haustür unten vernehmlich ins Schloss fiel, rannte er zum Balkon. Doch es war niemand zu sehen, und kein Autogeräusch ertönte. So schnell, wie er auf dem Balkon gewesen war, hätte er denjenigen, der aus dem Haus getreten war, sehen müssen. Zumindest dann, wenn die Person die Straße hinunterspaziert wäre. Wenn sie noch an der Haustür stand, konnte er sie nicht sehen. Dafür war er selbst von unten aus sehr gut zu sehen. Unwillkürlich wich er zurück und hielt den Atem an. Dann schlich er langsam zurück zu seiner Wohnungstür. Es könnte auch jemand aus dem Haus gewesen sein, der so spät noch etwas durch die Tür geschoben hatte. Das war ja auch naheliegend, denn um diese Zeit kamen keine Pakete.

Wieder an der eigenen Wohnungstür, sah er, dass Goofy sich hingelegt hatte, aber noch immer zur Tür starrte. Nun öffnete er sie doch leise und lauschte ins Dunkel. Nichts. Er stieg vorsichtig eine Treppe höher, aber auch dort herrschte Stille. Kein Laut drang aus der Wohnung von Susanne oder von Schuberts, was er um halb drei Uhr nachts völlig normal fand. Während er auf dem Balkon gestanden hatte, war der nächtliche Besucher wahrscheinlich längst in seiner Wohnung angekommen. Doch irgendetwas hatte er in den Hausflur geschoben.

»Komm, Goofy, wir schauen mal nach.« Wenn ihm jemand begegnete, könnte er sagen, der Hund habe ein dringendes Bedürfnis. Noch ehe Konstantin sich die Leine schnappen konnte, lief Goofy bereits auf sanften Pfoten an ihm vorbei, die Treppe hinunter. Er eilte so leise wie möglich hinterher und erschrak ganz furchtbar, als Goofy erst einen lang gezogenen Jaulton von sich gab und dann dreimal kurz, aber leider sehr laut bellte.

Konstantin wollte schon ärgerlich auffahren, doch tatsächlich verspürte er selbst kurz danach das Bedürfnis, laut zu schreien. Stattdessen hörte er sich murmeln: »Vitalfunktion überprüfen und Hilfe holen. Scheiße, wie war das noch?«

Vor ihm neben den Briefkästen im Flur lag leblos eine Person, die Augen starr aufgerissen. Die Suche nach eventuellen Lebenszeichen konnte er sich eigentlich sparen, die Frau war tot. Jetzt würde er also doch noch ihren Nachnamen erfahren. Der stand bestimmt in der Todesanzeige, dachte Konstantin und streichelte geschockt seinen neuen Hund. »Wir müssen Hilfe holen, Goofy.«

Erstaunt, dass sich keiner der Nachbarn rührte, wankte er langsam die Treppe hinauf. Es stimmte gar nicht, dass man in solch einer Situation panisch wegrannte. Das konnte man nämlich gar nicht. Die Beine waren so schwer wie Blei, und der ganze Körper gehorchte einem nur sehr zögerlich. Immer wieder blieb Konstantin stehen und schaute sich unwillkürlich um. Endlich stand er vor seinem Telefon. Die Nummer des Polizeinotrufs kannte er noch. So etwas vergaß einer wie er nicht. Und dies war ein klassischer Fall dafür.

Aber als er die drei Ziffern eingetippt hatte, legte er schnell wieder auf. Helfen konnte er Susanne ohnehin nicht mehr. Doch er ahnte, dass er selbst bald dringend Beistand brauchte. Also wählte er zunächst eine ganz andere Nummer. Er musste sechs Klingeltöne lang warten, dann hatte er seine Schwester endlich am Apparat. Sie sagte nicht »Hallo« und meldete sich auch nicht mit ihrem Namen. Nein, seine Schwester sah die Katastrophe bereits im Display ihres Telefons. »Um Himmels willen, Konstantin, was ist passiert?«

»Ich habe eine tote Frau im Flur.«

»Konstantin, sag, dass das nicht wahr ist. Ich stehe das nicht noch einmal durch. Wieso hast du um diese Zeit eine Frau in deiner Wohnung?«

»Nein, nein, sie liegt unten im Hausflur. Jemand hat sie eben durch die Haustür geschoben. Wie eine Paketlieferung.«

»Wieso schiebt man euch Leichen ins Haus? Spinnst du jetzt total? Und wieso schläfst du nicht?«

Jetzt wurde er etwas wütend. Er war doch nicht schuld daran, dass unten im Flur eine Leiche aufgetaucht war. Und natürlich wäre es ihm auch lieber, er würde schlafen.

»Du hast mir doch diesen Polizeihund geschenkt. Goofy fand es sonderbar, dass jemand mitten in der Nacht unten an der Haustür rumorte. Ich bin doch erst durch den Hund wach geworden. Ja, und dann haben wir beide die Susanne gefunden. Also erst hat Goofy sie gefunden und dann ich.« Er schwitzte. Meine Güte, was war ihm plötzlich warm. Dann sagte er: »Kann ich mich nicht einfach wieder ins Bett legen? Es hat doch noch keiner bemerkt, dass ich die Leiche gesehen habe.«

»Wer ist Susanne? Sag nicht, du kennst die Tote auch noch! Das ist nicht gut, Konstantin, gar nicht gut. Man kennt Nachbarn und Freunde, aber man kennt keine Leichen, die nachts durch Haustüren geschoben werden. Hast du die Polizei verständigt?«

Er schwieg. Sie nicht. »Du rufst jetzt sofort dort an. Das macht sonst einen merkwürdigen Eindruck. Sofort.«

»Kannst du kommen?« Anja überlegte. Er zählte bis zehn. Goofy holte seinen Ball aus der Küche.

Dann sagte sie: »Erst, wenn du die Polizei informiert hast. Ruf mich danach noch mal an.«

Der Anruf war nicht so schlimm, wie er es sich vorgestellt hatte. Er erzählte dem Beamten am Telefon, dass er durch die Unruhe seines Hundes wach geworden sei und dann dieses Geräusch an der Haustür gehört habe. Das sei ihm merkwürdig vorgekommen, und er habe nur kurz horchen wollen, was da los war. Aber da sei sein Hund bereits die Treppe heruntergeschossen und habe dann mit einem Bellen die Leiche angekündigt.

»Ich besitze einen berenteten Polizeihund«, sagte er zum Schluss und fühlte einen gewissen Stolz.

Natürlich war die Polizei dann leider vor seiner Schwester am Tatort. Das musste nicht am Blaulicht liegen. Er wusste, dass Anja stets eine gewisse Zeit im Badezimmer verbrachte, ganz egal, wie eilig sie es hatte. Konstantin hoffte dringlich, dass seine Schwester bald kam, schon wegen der Kommissarin. Die machte ihm nämlich Angst. Sie war dick und nicht gerade klein.

Als sie bei ihm im Türrahmen stand, konnte man nichts mehr vom Treppenhaus sehen. Deshalb erschrak er, als hinter ihr noch eine Person in seine Wohnung wollte. Ein mittelgroßer Mann mit Aknenarben auf der Stirn und extrem blauen Augen. Er war noch sehr jung und stellte sich als Praktikant von Frau Finke vor.

»Kommissariatsanwärter«, ergänzte Frau Finke und verdrehte die Augen. Den Hund fand sie toll. Konstantin warf sie vor, nicht später nachgeschaut zu haben, denn dann hätten sie alle erst am Morgen zu der Leiche pilgern müssen. Mitten in der Nacht machte so ein Job wie ihrer nur halb so viel Spaß, meinte sie. Bei diesen Worten verdrehte ihr Praktikant die Augen.

Im Flur war die Spurensicherung bereits im Einsatz, und man konnte sich denken, dass die meisten Hausbewohner jetzt wach waren. Frau Finke stellte die üblichen Fragen, woher er die tote Frau kannte, was er von ihr wusste und Ähnliches.

Da klingelte es erneut bei ihm. Die dicke Kommissarin runzelte die Stirn und fragte: »Erwarten Sie um vier Uhr nachts Besuch?«

»Das wird meine Schwester sein. Sie steht mir bei.«

»Bei was?« Ihr Stirnrunzeln erschien ihm nun lauernd.

»Beim Leben«, sagte er und stand auf. Das heißt, er versuchte es. Eine herrische Handbewegung hielt ihn zurück. Frau Finke schickte ihren Praktikanten zur Tür.

»Personalien aufnehmen, Weber«, schrie sie ihm wenig damenhaft hinterher. Einige Minuten später kam Anja herein und wurde von Goofy lebhaft begrüßt. Sie sah perfekt aus, fand Konstantin. Sie war apart frisiert, hatte dezent Make-up aufgelegt und trug eine figurbetonte Jeans, die in recht hohen zierlichen Sandaletten endete. Unter ihrem Arm klemmte wichtig eine Ledertasche.

Die Kommissarin stellte sich vor und fragte dann: »Sie sind also die Schwester von Herrn Neumann und haben den Eindruck, dass er mitten in der Nacht Unterstützung braucht, ja? Stimmt mit Ihrem Bruder etwas nicht?«

Frau Finke redete, als wäre er gar nicht im Raum. Als sie nicht sofort eine Antwort erhielt, beugte sie ihren mächtigen Oberkörper weit nach vorne, sie saß nämlich mittlerweile auf seiner blauen Couch und fuhr im Plauderton fort: »Mal so ein Beispiel. Ich habe einen älteren Bruder, und wir mögen uns auch ein klein wenig, aber der käme sicher nicht spätnachts bei mir vorbei, um mir in schlimmen Nächten beizustehen. Nicht mal, wenn ich als Raubopfer ans Heizungsrohr gefesselt wäre.«

Anja räusperte sich nun und sagte: »Ich bin die Anwältin meines Bruders.«

»Hoppla, wofür braucht Ihr Bruder denn eine Anwältin? Ich dachte, er hätte die Leiche nur gefunden?« Sie wedelte mit einer wirklich beeindruckenden Hand, an dem ein grüner Siegelring wie ein Totschläger wirkte, und bellte: »Mitschreiben, Weber!«

Anja setzte sich nun ebenfalls, aber nur vorne auf die Kante des Sofas. So konnte sie der Kommissarin durch Drehen des Kopfes ins Gesicht blicken.

»Mein Bruder ist vorbestraft. So etwas könnte schnell zu voreiligen Verdächtigungen führen.«

Er beobachtete, wie Weber der Mund offen stand, während seine Chefin ihn schloss und laut pfiff. Konstantin mischte sich vorsichtig ein: »Das hat doch überhaupt nichts mit der Sache hier zu tun. Mein Hund hat eine Leiche gefunden. Der ist selbst mal bei der Polizei gewesen. Und er ist daher sehr aufmerksam.«

Frau Finke stand nun von der Couch auf, was nur unter Zuhilfenahme beider Hände funktionierte. So ein großer Hintern wog sicher einiges. Sie lief im Wohnzimmer herum und blieb hinter ihm stehen. »Und weshalb sind Sie vorbestraft, Herr Neumann?«

»Wegen Totschlags.«

ZWEI

Später, als er mit seiner Schwester bei einem sehr frühen Morgenkaffee in der Küche saß, sagte er: »Nun ist sie doch nicht schnell genug weggelaufen, die Susanne.«

»Konstantin, wenn du etwas über den Mord weißt, dann solltest du mir das sagen. In deiner Situation …«

»Ich habe die Frau gestern Morgen bei Sprintübungen getroffen, und sie hat gescherzt, dass sie vielleicht mal flüchten müsse. Und jetzt war das gar kein Scherz. Und schnell genug war sie auch nicht.« Er starrte in seine Kaffeetasse und dachte an das Gespräch im Park. Seine Schwester kraulte gedankenverloren den Hund und spitzte die Lippen.

Er sagte: »Man wird jedenfalls nicht umgebracht, weil man Susanne heißt oder blond ist.«

Anja ließ Goofys Ohren sanft durch ihre Finger gleiten und immer, wenn sie von vorne anfing, sah Goofy aus wie eine Fledermaus. »Wie heißt sie denn mit vollem Namen? Ich kann ja mal ein bisschen recherchieren.«

Er zuckte mit den Schultern. Wie würde wohl der junge Schubert auf diese Nachricht reagieren? Hatten behinderte Menschen nicht oft Angst oder gerieten in Panik, wenn etwas ihren Alltag durchkreuzte?

Warum nur hatte der Mörder sein Opfer in den Flur geschoben? Das war ja beinahe so, als hätte er Susanne nach Hause bringen wollen. Oder es sollte ein Hinweis sein. Seht her, so ist es eurer Mitbewohnerin ergangen. Konstantin setzte sich aufrecht hin. Der letzte Gedanke machte ihn unruhig. Wollte jemand einen der Hausbewohner warnen? »Anja, stell dir mal vor, der Mörder kommt womöglich aus diesem Haus. Ich hatte jedenfalls den Eindruck, dass derjenige, der die Leiche ins Haus geschoben hat, auch hier wohnt.«

Sie neigte skeptisch den Kopf, und er sah jetzt erst ihre dunklen Schatten unter den Augen. Sie sagte: »Davon war die Kommissarin aber nicht vollständig überzeugt. Sie meinte, dass …«

Konstantin unterbrach seine Schwester überraschend ungehalten. »Ich weiß, was ich gehört und eben nicht gesehen habe. Neulich war hier schon mal mitten in der Nacht so ein komisches Treffen von zwei meiner Nachbarn. Da ist nachts jemand mit dem Fahrrad gekommen, der einen Haustürschlüssel hatte, aber dann bei dem Greis unten rechts geschellt hat. Sie haben kurz miteinander geredet, dann hat der alte Adler die Person ins Bett geschickt. Er sagte noch, er brauche jetzt seine Ruhe.«

»War es eine Frau?«

»Nein, das heißt, ich weiß es nicht. Ich kann leider nicht gleichzeitig den Hausflur beobachten und die Straße. Vielleicht war das in jener Nacht auch Susanne.«

»Ja, dann hatte sie in der Nacht aber wesentlich mehr Glück. Konstantin, du sollst weder Flur noch Straße bewachen, schon gar nicht nachts. In deiner Situation lebst du am besten unauffällig und möglichst harmlos dein neues Leben.«

»Was glaubst du, was ich hier mache? Erst seit ich den Hund habe, werde ich überhaupt wahrgenommen. Dieses Haus steht in einer ruhigen Wohngegend und wird von Menschen bewohnt, die in einer Daily Soap niemals mitspielen dürften, weil sie zu langweilig sind. Aber das trifft ja auch auf einige Psychopathen und Amokläufer zu. Ich versuche lediglich, auf meine Art die Gewohnheiten und Beziehungen in diesem Haus zu verstehen, denn Wissen bedeutet nun mal Sicherheit. Ich glaube, der Greis ist hier so etwas wie eine Institution. An dem kommt kaum einer vorbei. Die Tage habe ich gehört, wie er mit den Schuberts über meinen Hund gesprochen hat. So, als dürfte die Hausgemeinschaft darüber abstimmen, ob der Hund bleibt oder nicht.«

»Und, fühlen sie sich durch Goofy gestört?« Anja zog wieder sanft an den Ohren seines Hundes.

»Sie haben beschlossen, dass der Hund bleiben darf.« Konstantin begleitete diese Aussage mit einem demonstrativen Nicken und fuhr fort: »Sag mal, Anja, wem gehört meine Wohnung eigentlich? Ich habe nämlich den Eindruck, dass hier mehr Eigentümer als Mieter wohnen.«

»Na, du stellst Fragen. Du hast doch den Mietvertrag in deinem Ordner. Ich habe nur mit dem Makler gesprochen.«

»Ich auch. Auch beim Unterzeichnen des Mietvertrages war nur der Makler dabei.« Während er sprach, holte er bereits einen grünen Ordner und blätterte die erste Seite auf. Doch da stand bei den Vertragspartnern bloß der Name des Maklers »in Vertretung für den Eigentümer«. Konstantin blickte stirnrunzelnd zu seiner Schwester. »Kannst du da mal nachhaken? Als Anwältin hast du doch viel mehr Möglichkeiten. Kontrolliere das bitte mal für alle Wohnungen.«

»Warum ist das für dich so wichtig? Bitte, Konstantin, fang nicht schon wieder mit so etwas an.«

»Hey, ich wohne dank deiner Hilfe in einem Haus, wo man nachts eine Leiche durch die Tür schiebt. Ich will zumindest wissen, wer hier ganz leicht wieder ausziehen kann und wer als Besitzer in seinen vier Wänden festsitzt. Die Susanne zum Beispiel, die hatte nicht einmal einen Nachnamen. Nicht auf der Klingel und nicht auf dem Briefkasten. Das ist doch merkwürdig.«

Goofy fand, dass seine Ohren nun genug gequetscht und gestreichelt worden waren. Jetzt setzte er sich aufmerksam vor Anja hin und blickte sie ungeniert an. »Schau mal an, der Hund ist bereits auf deiner Seite. Okay, ich prüfe das nach. Aber du lässt das Observieren fremder Bürger sein, ja?«

Das waren keine fremden Bürger, das waren seine Nachbarn, seine engste Umgebung. Doch das sprach er lieber nicht laut aus. Seine Schwester sah so müde aus, immer machte sie sich Sorgen um ihn und kümmerte sich. Jetzt saß sie am Tisch, und er wusste gar nicht, ob man sie in ihrem Zustand ans Steuer eines Autos lassen sollte.

Noch immer befand sich die dicke Kommissarin im Haus. Sie und ihr Praktikant wollten der Reihe nach alle Bewohner befragen. Das war selbstverständlich. Eventuell waren noch mehr Bewohner des Hauses wach gewesen. Schade, dass nicht einer der anderen die Leiche von Susanne gefunden hatte. Er hatte sich hier nicht in den Vordergrund drängeln wollen. Nun, es wurde Zeit, seine Schwester nach Hause zu schicken, sie sollte sich ausschlafen. Immerhin war heute Sonntag, und er wollte noch etwas von der Befragung der Nachbarn mitbekommen. Konstantin konnte nur hoffen, dass die Kommissarin sensibel genug war, den Greis als Letzten zu besuchen, damit der alte Mann noch möglichst lange ruhen konnte. Er bezweifelte aber, dass diese Frau an so etwas dachte.

Also schob er Anja mit sanftem Druck zur Tür, gab ihr einen Kuss auf die linke Wange und bedankte sich tief gerührt. Er blieb sogar winkend auf dem Balkon stehen. Die Sonne stand bereits milchig und blass im Osten, man ahnte, dass es heute wieder sehr warm werden würde.

Kaum war das Auto seiner Schwester verschwunden, entwickelte Konstantin eine rege Betriebsamkeit. Er holte sein selbst gebautes Richtmikrofon aus dem Schlafzimmer. Ein etwa zwölf Jahre alter Junge gab im Internet altkluge Anweisungen, wie man mit Hilfe eines alten Telefonhörers ein solches Ding basteln konnte. Konstantin hielt das hilfreiche Teil zunächst an seine Wohnzimmerwand, daneben lag nämlich die Wohnung von Frau Nawrath. Zu seiner Bestürzung hörte er leises Schluchzen. Seine Nachbarin wusste also Bescheid. Er fragte sich natürlich, ob die einsame Lady aus Angst und Entsetzen weinte oder weil sie um Susanne trauerte.

Wie war das eigentlich bei ihm? Fühlte er sich bedrückt oder entsetzt über den Tod der jungen Frau? Sie tat ihm leid, ja, das spürte er ganz deutlich. Da war so ein Gefühl, dass Susanne ein derartiges Ende nicht verdient hatte. Er hatte sie sympathisch gefunden, aber richtig vermissen würde er sie nicht. Dazu hatte er sie zu wenig gekannt. Er kam sich ein wenig herzlos vor, weil er mehr an den Mörder dachte als an das Opfer. Die Frau Kommissarin tat das auch, aber die war durch ihren Job darauf getrimmt. Zudem war sie tatsächlich gefühllos. Sprach von Spaß bei der Arbeit, während unten im Hausflur fremde Männer Susannes Leiche untersuchten wie einen platt gefahrenen seltenen Käfer am Straßenrand. Dieser Beamtin würde es wohl nie passieren, dass man ihren toten Körper durch eine Tür schob. Wer sollte den schweren Körper auch bewegen können? Sie selbst schaffte das ja nur mühsam.

Konstantin hatte gar nichts gegen dicke Frauen. Einige waren sehr apart. Aber Frau Finke lebte dieses Gewicht. Sie war schwer, plump und Raum einnehmend. Er hoffte, dass er sie nie alleine treffen musste. In diesem Moment klingelte es. Noch immer sein Richtmikrofon in der Hand, wagte er nicht, sich zu bewegen. Er blickte zur Wanduhr. Es war gleich halb sechs Uhr. Es klingelte noch einmal, und jetzt wurde sogar an die Wohnungstür geklopft. Konstantin schob seine verdächtige Apparatur unter das Sofa und ging langsam zur Tür. Zu langsam, denn Goofy setzte soeben zum Sprung gegen die Türklinke an und öffnete die Tür. Und dann freute sich der Hund auffällig, weil da die Kommissarin stand. Sie hatte die Arme in die Hüften gestemmt und machte ein Gesicht wie eine Marktfrau, der man zu wenig Geld gegeben hatte.

»Ich wollte mich jetzt aber wirklich noch mal ins Bett legen«, wagte er zu sagen. Sie trat in die Wohnung, sodass er gezwungen wurde, ein paar Schritte rückwärtszugehen. »Herr Neumann, Sie haben mir gar nicht erzählt, dass Sie erst seit kurzer Zeit in diesem Haus wohnen und dass Sie seit noch kürzerer Zeit diesen wunderbaren Hund besitzen. Genau genommen hat dieser Hund erst zwei Mal bei Ihnen geschlafen. Das hätten Sie mir erzählen müssen!« Sie beugte sich hinunter und kraulte Goofy kräftig den Nacken.

»Warum ist das denn wichtig?« Konstantin fragte sich nicht nur das. Wie konnte sein Hund das Gegrapsche dieser Kommissarin toll finden? Das musste eine merkwürdige Loyalität aus der Zeit sein, als Goofy selbst noch bei der Polizei gearbeitet hatte. Irgendwie hatte sein Hund ja nun die Seiten gewechselt. Nun lebte er mit einem Vorbestraften zusammen und musste sich vielleicht erst noch umstellen.

Frau Finke richtete sich auf, und ihr großer Busen befand sich plötzlich viel zu nah vor seinem Gesicht. Er wich erneut zurück.

»Das ist wichtig, weil ich es wichtig finde. Meine Ermittlungsarbeit muss ich Ihnen nicht erklären, Herr Neumann. Die übrigen Bewohner dieses Hauses wohnen allesamt schon seit drei Jahren hier. In der ganzen Zeit ist nichts passiert. Sie wohnen seit drei Wochen hier, und es ist etwas passiert. Können Sie mir folgen? Ich will damit nicht sagen, dass Sie schuld sind am Tod der jungen Frau, aber Sie haben eine neue Dynamik ins Haus gebracht. Kennen Sie die Systemtheorie?«

Konstantin war noch bei einem ihrer ersten Sätze. Erstaunt fragte er: »Sind denn vor drei Jahren alle gleichzeitig eingezogen? Ich dachte, Herr Adler lebt hier schon ewig.«

»Er sieht vielleicht genauso alt aus wie das Mauerwerk, aber sein Einzug liegt nicht länger zurück als der der toten Susanne Jung. Also, wenn Ihnen noch weitere wesentliche Informationen einfallen, die Ihr derzeitiges Leben betreffen, wäre jetzt ein guter Zeitpunkt, sie mir mitzuteilen.«

Was sollte er der Kommissarin, die da so wuchtig vor ihm stand, bloß erzählen?

»Die Susanne hat das Flüchten geübt.« Als der kurze Satz raus war, wusste er, dass er dieser Frau nicht mit so einem Blödsinn kommen durfte. Sie betrachtete ihn wie ein seltenes Insekt, und ihr Zeigefinger schoss nach vorne. »Wollen Sie mir erzählen, Frau Jung hat sich falsche Pässe besorgt oder Kletterübungen mit einer Leiter unternommen? Drücken Sie sich mal verständlich aus.«

Stotternd erzählte er ihr von dem Treffen im Park und erklärte, er sei sich nun nicht mehr so sicher, ob der Hinweis auf schnelles Laufen und Flucht wirklich ein Scherz gewesen war.

Frau Finke stöhnte. »Wenn mir jemand beim Essen zuschaut, dann sage ich auch, ich würde das Platzen üben. Herrgott noch mal! So etwas nimmt doch keiner ernst.«

Wenn er sich die Kommissarin so anschaute, würde er einen solchen Hinweis durchaus nicht als Scherz auffassen. Aber das behielt er für sich. Er ärgerte sich, dass er die Sache mit dem Richtmikrofon wohl vergessen konnte. Offenbar war Frau Finke mit der Befragung schon fertig.

Kaum waren ihre Schritte auf der Treppe verklungen, hielt er sich das selbst gebaute Objekt ans Ohr und wanderte damit die Wände entlang. Da – unter sich vernahm er dumpf die Stimme des Greises. Er schien zu telefonieren, denn Konstantin konnte nur eine einzige Stimme hören. »Natürlich müssen wir etwas unternehmen.« Pause. »Ich? Ich rufe jetzt meinen Weißkittel an und sage ihr, dass sie vor elf Uhr hier nicht aufzutauchen braucht. Und dann will ich schlafen. Ich ziehe den Stecker heraus, damit ihr das schon mal wisst.«

Konstantin war begeistert, wie klar er den Alten hören konnte. Der Greis musste direkt in dem Zimmer unter seinem sitzen. Nur schade, dass er dessen Gespräch mit der Beamtin nicht mitbekommen hatte.

Um halb sieben war es wieder sehr still im Haus, und er beschloss, sich noch für vielleicht zwei Stündchen ins Bett zu legen. Doch er fand keine Ruhe. Angezogen lag er auf der Matratze und starrte aus dem Fenster. In den anderen Häusern schliefen alle noch. Sie hatten keine Ahnung von den spektakulären Vorkommnissen in ihrer nahen Umgebung. Erfahrungsgemäß waren Menschen von solchen Dingen fasziniert. Ein wenig durfte man beteiligt sein und sagen: »Stell dir vor, ja, direkt nebenan im Haus ist sie tot aufgefunden worden.«

Bei diesem Gedanken saß er auf einmal senkrecht. Bislang war kein Wort darüber gefallen, wie Susanne gestorben war. Er hatte kein Blut an ihr gesehen, keine Würgemale, wusste nur, dass sie verdammt tot ausgesehen hatte. Himmel, ihm wurde ganz heiß. Jeder normale Bürger hätte die Kommissarin doch danach gefragt. Das wirkte jetzt sicher sehr verdächtig, dass er daran überhaupt nicht gedacht hatte. Er musste sie anrufen. Sonst würde er keine Ruhe finden. Ihre Visitenkarte hatte sie natürlich auf dem Couchtisch liegen gelassen. Augen zu und durch, dachte er und wählte die angegebene Handynummer.

»Kommissariat Finke, machen Sie es kurz, ich sitze im Auto.« Er nannte seinen Namen und erklärte knapp sein Anliegen. »Ich war eben etwas aufgeregt, doch nun lässt mir die Frage keine Ruhe mehr.«

Zu seinem Entsetzen lachte die Frau auch noch. Als sie sich beruhigt hatte, sagte sie: »Wissen Sie, Herr Neumann, Sie haben als Einziger nicht gefragt, wie sie ermordet worden ist. Aber alle im Haus sind sofort davon ausgegangen, dass Frau Jung gewaltsam gestorben ist, weil jemand ihren Leichnam ins Haus geschoben hat. Also, ich habe ähnlich viel gesehen wie

Sie: eine tote Frau, die wesentlich schlanker war als ich und in ihrem eigenen Hausflur lag. Ihre Aussage allein hat bislang zu der Annahme geführt, sie sei ermordet worden und nicht etwa tot im Flur zusammengebrochen. Das gibt es nämlich nicht nur bei alten Menschen. Und jetzt rufen ausgerechnet Sie mich an und wollen wissen, was die Dame zu Fall gebracht hat.«

Sie klang amüsiert, als sie laut ergänzte: »Ich habe keine Ahnung. Aber das Problem reiche ich vertrauensvoll an unseren Rechtsmediziner weiter.«

So fröhlich sollte man nicht über den Tod eines jungen Menschen reden, fand Konstantin. »Vielleicht muss ich ja irgendwann einmal fliehen«, hatte Susanne gesagt. Er sah sie wieder vor sich, diese lebendige Frau beim Sprinten im Park. Es war eine schöne Vorstellung gewesen, dass sie über ihm gewohnt hatte, merkte er plötzlich. Er grübelte und starrte an die Decke oder suchte den Balkon gegenüber nach Gegenständen ab, die er betrachten konnte, doch nichts half. Natürlich hingen dort sonntagmorgens um sieben keine Dessous zum Trocknen.

Er musste dann doch eingeschlafen sein, denn es war halb neun, als er durch ein kurzes Schellen seiner Türglocke aufwachte. Das konnte spannend sein, denn Konstantin rechnete mit dem Besuch eines Nachbarn. So war es auch. Groß und selbstbewusst stand Kevin, der Sohn der Schuberts, vor der Tür. »Guten Morgen, Konstantin. Darf ich hereinkommen? Meine Eltern schlafen noch, und ich wollte dir sagen, dass ich Kommissar werden möchte.«

»Mmh. Kümmere dich kurz um Goofy, ich muss mal ins Bad.« Als er fünf Minuten später wieder herauskam, stand Kevin breitbeinig auf dem Balkon, die Hände an den Hüften wie John Wayne, und blickte in die Ferne. Okay, dieser Traum war sicher nicht viel verrückter als der anderer Teenies, die von einem Leben als Superstar träumten. Er trat neben den Jungen und fragte harmlos: »Dann war die Frau Finke also auch bei euch?«

»Die ist toll, oder?«, schwärmte Kevin.

»Nicht mein Typ. Das ist mir ein bisschen viel Frau auf einmal, weißt du.«

»Nee, weißt du nämlich, dass so viel Frau toll ist?«

Konstantin zuckte die Achseln und stimmte eindeutig nicht zu. Stattdessen wollte er wissen: »Und, was hat sie euch so gefragt?«

Kevin überging diese Frage, hatte aber selbst einiges auf dem Herzen, was er geklärt haben wollte. »Hast du sie gefunden, die Susanne? Und wie hat sie ausgesehen? Augen auf oder zu? Hast du laut geschrien?«

So läuft das hier nicht, dachte Konstantin. Also fragte er harmlos zurück: »Dann hat die Kommissarin dir gar nicht gesagt, dass ich Susanne gefunden habe?«

»Nein, aber Papa hat es sofort geahnt. Er meinte, das kann nur der Neue gewesen sein. Du bist hier der Neue.«

»Da hat dein Papa gut kombiniert. Ich habe sie gefunden, und ja, sie hatte die Augen weit aufgerissen und sah sehr tot aus.«

Kevin hing an seinen Lippen, wobei seine Zunge des Öfteren in den Mundwinkel geriet. Ein Gesichtsausdruck, der ihn plötzlich sehr jung aussehen ließ. Konstantin fragte schnell: »Und wie habt ihr Susanne genannt? Hatte sie auch einen Spitznamen?«

»Waschbär.«

»Waschbär? Warum das denn?«

Nichts an dieser jungen Frau hätte Konstantin an einen Waschbären erinnert.

Kevin hob die linke Schulter. »Weiß nicht. Ist die Susanne erschossen worden?«

»Nein, ich glaube nicht, es war nichts zu sehen. Man weiß noch nicht, woran sie gestorben ist. Hast du sie gut gekannt?«

Kevin ging wieder nach drinnen und blickte sich neugierig um. »Ja, schon. Sie war immer mal bei uns, hat was mit Mami oder Papi geredet, mit mir gespielt. Es war schön, dass sie unsere Nachbarin war. Du besuchst keinen. Warum nicht, Konstantin?«

»Ich weiß nicht, was ich reden soll. Ich kann ja schlecht einfach im Zimmer stehen und glotzen.«

»Ich schon«, sagte Kevin und starrte auf die DVD-Sammlung im Regal.

Eine Stunde später saß Konstantin mit einem frischen Kaffee an seinem Rechner und gab die neuesten Informationen ein. Viel war es nicht. Die Schuberts waren vor drei Jahren in diese Wohnung gezogen. Vorher hatten sie in einem Haus gewohnt. Mehr hatte Kevin nicht dazu gesagt. Sie hätten sich auch um Schuberts Vater gekümmert. Doch der lebte jetzt in einem Altenheim. Erben war eine hilfreiche Angelegenheit, dachte er bitter. Vielleicht hatten die Schuberts das Haus des Vaters übernommen und verkauft und von dem Geld die Wohnung erstanden. Die anderen Mieter waren für einen sechzehnjährigen Jungen nicht so spannend, um viel über sie erzählen zu können.

Vor dem Greis hatte der Junge etwas Respekt, wie er gestanden hatte. Der war ihm manchmal unheimlich mit den Schimpftiraden und der schlechten Laune. Seine Eltern nannten Herrn Adler »den Alten«. Also schrieb er in Kevins Beschreibung: *Hat etwas Angst vor dem Greis. Ist vom Mord fasziniert und will Kommissar werden. Nimmt einen beim Abschied immer in den Arm: schrecklich!*

Der Greis. Das war ein Mann, an dem er wohl nicht vorbeikam, wenn er mehr über das Haus und seine Bewohner erfahren wollte. Also könnte er diese Angelegenheit auch gleich heute erledigen. Den Pflegedienst hatte Adler auf elf Uhr verlegt. Eine halbe Stunde nach elf marschierte Konstantin die paar Stufen hinunter zu der Wohnung unter ihm und klingelte. Hinter der Tür hörte er das Schimpfen des alten Mannes und dazwischen das Rollen der Rollstuhlräder.

»Das machen Sie absichtlich. Nur damit ich Ihnen einen Schlüssel gebe. Das darf …« Den letzten Satz beendete Herr Adler nicht, denn mittlerweile hatte er die Tür geöffnet und starrte Konstantin verdutzt an.

»Guten Tag, ich hoffe, ich störe Sie nicht. Ich bin Ihr Nachbar von oben, Konstantin Neumann.« Ein Lächeln bekam er nicht, aber er streckte dem Greis tapfer die Hand hin. Der Greis übersah sie, er hielt beide Hände fest an die Räder des Rollstuhls gepresst. Es waren alte, runzelige Hände mit dicken blauen Adern, die quer über den Handrücken liefen. Die Fingernägel wirkten brüchig.

»Auch gut oder sogar noch besser«, sagte Adler. »Ich dachte, mein Weißkittel wollte wieder ihre vergessenen Utensilien einsammeln. Irgendetwas lässt sie immer hier. Am Ende ihrer Schicht müsste ihre Tasche eigentlich leer sein. Da, sehen Sie nur.« Er war mittlerweile ins Wohnzimmer gerollt, Konstantin im Schlepptau, und zeigte nun auf einen Stuhl, über dessen Lehne ein Blutdruckmessgerät hing. »Sie wird heute noch mal wiederkommen.« Er grinste diabolisch.

Konstantin wusste nicht, was von ihm erwartet wurde. Also fragte er vorsichtig: »Mögen Sie Ihre Pflegerin nicht?«

»Machen Sie Witze, junger Mann? Ich mag es natürlich nicht, gepflegt zu werden, also mag ich auch nicht die Person, die es tut.«

Konstantin fand diese Aussage diskussionsfähig, doch er schwieg höflich. Stattdessen blickte er sich verstohlen um. Das Zimmer war klassisch eingerichtet, dunkle Eiche und ein schweres grünes Sofa, auf dem Herr Adler mit hoher Wahrscheinlichkeit niemals saß. Schon für eine sportliche Person wäre es nicht leicht, sich aus den Tiefen dieser Polster wieder herauszuhieven. Die paar Bilder an den Wänden hätten besser auf den Dachboden gehört, dachte Konstantin. In einer Vitrine hingen ein paar Orden, er konnte aber nicht erkennen, wofür sie verliehen worden waren.

Nun zeigte der Greis auf das Sofa, er schickte ihn dorthin, damit er sich setzte. Das war gemein. Konstantin versank im Polster, und der alte Mann konnte von seinem Rollstuhl aus auf den Besucher herabsehen. Mit erwartungsvollem Blick tat er das auch.

Konstantin begann: »Ich wohne ja noch nicht so lange in diesem Haus, aber nun, da ich die Susanne, also die tote Frau, gefunden habe, würde ich gerne mehr erfahren.«

Der alte Adler trommelte leicht gegen seine Räder, erwiderte aber nichts. Also fuhr Konstantin fort: »Was hat diese Susanne Jung gemacht? Wo kam sie her? Steckte sie vielleicht in Schwierigkeiten?«

»Junger Mann, Sie machen mir Spaß. Um Susanne jetzt noch zu retten, ist es wohl etwas spät, nicht wahr? Und ausgerechnet mich zu fragen, ob die jungen Dinger hier im Haus Schwierigkeiten haben, das finde ich lustig. Als Nächstes fragen Sie mich noch, ob ich mit Kevin zum Fußballspielen gehe.« Er kicherte unangenehm und beugte sich ein Stück vor. »Ich will Ihnen ein Geheimnis verraten: Der Rollstuhl ist echt, meine Pflegestufe grausame Realität, und der Weißkittel kommt nicht zum Putzen jeden Tag her. Da staunen Sie, was?«

Konstantin fühlte sich vorgeführt und schwitzte. Kein Wunder, dass Kevin Respekt vor diesem Mann hatte. Sein Sarkasmus war erbarmungslos. Er bemühte sich, nicht einfach wegzulaufen, sondern setzte ein kleines Lächeln auf. »Ich bitte Sie, Herr Adler. Gerade diejenigen, die eben nicht aus dem Haus rennen können, bekommen doch eine Menge mit und kennen sich aus mit ihren Nachbarn. Deshalb bin ich zu Ihnen gekommen, Klatsch und Tratsch bringen uns nicht weiter.«

»Weiterkommen? Wollen wir denn überhaupt irgendwohin?«

Konstantin rutschte ein wenig auf dem leidigen Sofa hin und her und bemühte sich, so aufrecht wie möglich zu sitzen. »Ja, sicher. Ich möchte schon wissen, wer Susanne ermordet hat. Immerhin lastet der erste Verdacht wohl auf den Bewohnern des Hauses. Ich habe sie gefunden und fühle mich nicht sehr wohl in meiner Haut.«

Der Greis erwiderte freudlos: »Ich habe die Leiche jedenfalls nicht in den Flur gezogen. Ich würde mich tatsächlich freuen, wenn ich so etwas noch könnte. Sie haben einen ehemaligen Polizeihund, nicht wahr? Was kann er denn alles, außer Leichen aus der Ruhe bringen?«

Viel Trauer ließ Herr Adler nicht erkennen, eher eine gewisse Härte, und Konstantin verabschiedete sich von der Idee, dass Susanne vor wenigen Tagen die nächtliche Besucherin gewesen war. »Er ist ein sehr lieber und aufmerksamer Hund, der früher mal Rauschgift riechen konnte. Jetzt kann er das nicht mehr gut genug und ist pensioniert, trotz seines jungen Alters. Wohnen eigentlich viele Eigentümer hier, oder sind die meisten Mieter, so wie ich?«

»Sie stellen Fragen! Die Schuberts wohnen in ihrem Eigentum und ich ebenfalls. Ansonsten … ich glaube tatsächlich, fast alle wohnen in ihrem Eigentum.« Er hob den rechten Arm und verzog gleich darauf schmerzhaft das Gesicht. Konstantin wusste nicht, ob er sich lustig machte. Dann fragte der Greis weiter: »Aber hören kann Ihr Hund noch ganz gut, oder? Hat er nachts etwas gehört? Hat er angeschlagen?«

»Was hat er?« Natürlich wusste Konstantin, das »Anschlagen« für Bellen stand, aber gerade war er sich nicht sicher, was der Alte wissen wollte.

»Na, sind Sie durch das Bellen Ihres Hundes wach geworden und haben erst dann im Treppenhaus nach Leichen gesucht, oder haben Sie selbst irgendetwas gehört? Vielleicht den Täter?«

Konstantin erzählte ihm, dass er durch das Herumlaufen des Hundes wach geworden sei und Goofy dann aufmerksam vor der Haustür gesessen habe. »Ich bin sogar noch auf den Balkon gerannt, um zu schauen, ob da jemand ist, aber es war niemand zu sehen.«

Im Grunde genommen konnte man in Münster zu jeder Tages- und Nachtzeit mindestens ein paar Fahrradfahrer sichten, aber hier war keine Wohngegend für Studenten.

Adler schnalzte mit der Zunge und meinte: »Da haben wir ja zwei ganz aufmerksame Mitbewohner im Haus. Passen Sie gut auf sich auf, junger Mann. So ein Übereifer kann leicht ins Auge gehen. Unter uns Männern: Von dieser Kommissarin möchte ich nicht verfolgt werden. Aber Ihre Schwester, mein Lieber, die darf sich gerne für mich interessieren.« Dabei lachte Herr Adler seltsamerweise nicht, sondern schien das, wenn man seiner Miene Glauben schenkte, durchaus ernsthaft in Betrachtung zu ziehen. Konstantin wusste nicht, was er auf diese Anspielung sagen sollte, und schwieg.

»Ich will Ihnen mal was sagen, Herr Neumann. Ich bin in einem Alter, in dem sich die aktuelle Pflegestufe nur noch in eine Richtung bewegen wird. Mein Hintern gehört bald nicht mehr mir, sondern erscheint dann als Abrechnungsnummer für besonders aufwendige Zuwendung auf einer Rechnung an meine Krankenkasse. Mir bleibt nichts anderes übrig, als am Fenster zu sitzen und den jungen Leuten ein bisschen zuzuschauen.«

Konstantin wusste noch immer nicht, was er sagen sollte. Er nickte irgendwie zustimmend und versuchte einen Scherz: »Ja, da bekommen Sie wohl manchmal einfach Lust, in der Gegend herumzuschimpfen, oder? Ich höre Sie ab und an. Ist aber ganz lustig.«

»Schimpfen? Junger Mann, das möchten Sie nicht erleben, wenn ich schimpfe! Ich kommentiere aktuelles Zeitgeschehen. So, jetzt müssen Sie gehen, Sie können aber mal wiederkommen. Bringen Sie dann den Hund mit.«

Konstantin war entlassen und wunderte sich, wie munter der alte Mann ihn zur Tür begleitete. Er war sicher nicht aus Gründen der Erschöpfung zum Aufbruch gebeten worden. Wieder in seiner Wohnung, ergänzte er seine Dokumentationen: *Der Greis provoziert gerne und will Informationen. Er möchte den Hund kennenlernen.* Konstantin überlegte kurz, dann schrieb er hinter den letzten Satz: *Warum?* Er schaute lange zu seinem Hund hinüber.

Goofy lag platt in der Küche auf den Fliesen, ihm war sichtlich warm. Mit dem Hund waren plötzlich Kontakte in sein Leben gekommen, dachte Konstantin überrascht. Und eine Leiche. Und eine dicke Kommissarin. Nichts von all dem hatte er vermisst. Hatte er überhaupt etwas vermisst, oder war er irgendeiner Sache überdrüssig? Er konnte sich gerade nicht an konkrete Bedürfnisse erinnern. Als Kind ja, da hatte er eine Gitarre haben wollen. Unbedingt. Aber seine Eltern hatten diesen Wunsch nie besonders ernst genommen. Drei Jahre lang hatte er sich eine Gitarre gewünscht. Wie konnte man so etwas nicht ernst nehmen?

Aber heute? Er fand es toll, eine eigene Wohnung zu haben. Etwas, was in seinem Alter eine Selbstverständlichkeit sein sollte. Eigentlich hatte er auch keine Ahnung, wie alt er war. Also, natürlich kannte er sein Geburtsdatum und konnte rechnen. Aber er hatte kein Gefühl dafür. Im Fernsehen sagten Menschen manchmal so Sachen: »Ich bin jetzt dreißig und habe noch immer keinen richtigen Job. Ich bin ja wohl ein Versager.« Oder: »Wieso hast du noch keine Kinder, du bist schon über dreißig?«

Mit vierzig durfte man den ersten Bandscheibenvorfall haben, mit dreißig nicht. Mit sechzehn Jahren war man für viele zu jung für Sex, mit neunzehn Jahren galt man schon als sonderbar, wenn man noch keine sexuellen Erfahrungen hatte.

Er war dreiunddreißig Jahre alt, aber es hätten auch fünfundvierzig oder zwanzig sein können. Das Spiegelbild war keine Hilfe. So hatte er doch schon immer ausgesehen. Blonde Haare, kurz geschnitten, Vollbart, dunkle dichte Augenbrauen, dunkle Augen und eine Narbe über der rechten Braue. Er hatte einen normal großen Mund und ein Grübchen darunter. Das war auch mit zwölf Jahren schon so gewesen. Na gut, der Vollbart war erst später voll geworden. Er blickte wieder zu Goofy. In sechs Jahren war Goofy ein älterer Herr, würde aber wohl noch immer so aussehen wie heute und auch nicht darüber nachdenken, dass er ein alter Herr war.

Konstantin kannte ein paar Männer, die den ganzen Tag lang erzählten, was sie in ihrem Leben alles noch nachzuholen hätten. Und was sie als Erstes tun wollten, wenn sie aus dem Knast kamen. Von Currywurstessen im Fußballstadion bis zum Whirlpoolbesuch mit drei Damen war alles dabei. In keiner dieser Aufzählungen erkannte Konstantin ein eigenes Bedürfnis wieder. Er wandte sich erneut dem Bildschirm zu und schrieb in die Liste unter seinen Namen: *Kennt seine Bedürfnisse nicht.* Schwarz auf weiß geschrieben machte ihn der Satz traurig.

Die nächsten Tage vergingen, ohne dass im Haus etwas Nennenswertes passierte. Konstantin arbeitete weiter am Computer und erstellte Programme für seinen Auftraggeber, drei Mal täglich ging er mit Goofy spazieren, und nebenbei versuchte er, seine Mitbewohner kennenzulernen. Frau Bartels von unten wirkte leicht überdreht und trug jeden Tag ein neues, noch bunteres Kleid. Konstantin hatte gehört, wie der Greis am Telefon gesagt hatte: »Die Bartels ist so verliebt, dass es meinen alten Augen wehtut. Vielleicht sollte ich dem Kerl tausend Euro geben, damit er hier nicht mehr auftaucht? Was? Ja, gut, gönnen wir ihr das Vergnügen.«

Nach sechs Tagen ließ die Hitze draußen nach, und man hörte und sah den einen oder anderen Nachbarn auf seinem Balkon.

Am Montagabend, also über eine Woche nach dem Todesfall im Treppenhaus, stand die Kommissarin plötzlich wieder vor seiner Wohnungstür. Allein. Konstantin hatte vor wenigen Tagen zwei Beamte gesehen, die die Wohnung der toten Susanne Jung untersucht hatten. Danach war sie wieder versiegelt worden, doch von Frau Finke persönlich hatte er nichts mehr gehört. Er hatte auch dem Drang widerstanden, sie anzurufen und nach der Todesursache zu fragen. Jetzt stand sie vor ihm, füllte den Türrahmen aus, und er traute sich erst recht nicht, eine solche Frage zu stellen. Stattdessen hörte er sich flüstern: »Wollen Sie zu mir?«

Das hätte er sich denken können, dass sie gleich wieder laut werden würde.

»Wie kommen Sie denn darauf? Nur weil ich vor Ihrer Tür stehe und mein Fingerabdruck auf Ihrer Klingel ist?« Mit diesen Worten marschierte sie herein. Im Wohnzimmer hielt sie an.

»Dies ist ein sehr merkwürdiges Haus. Keine Seele interessiert sich dafür, woran Ihre Mitbewohnerin Frau Jung gestorben ist.«

»Es interessiert uns, äh, mich sogar sehr, aber hätte ich denn einfach in der Rechtsmedizin nachfragen sollen? Oder bei Ihnen im Kommissariat? Meist bekommt man eine Information nur dann, wenn die Polizei will, dass man etwas weiß.«

»Ah, ich vergaß, Sie kennen sich ja aus. Frau Jung ist an einem Stromschlag gestorben. Jetzt wissen Sie es.« Mit diesen Worten ließ sich Frau Finke auf sein Sofa plumpsen.

»Wie geht das denn?«

Sie verdrehte die Augen. Natürlich. Er sollte sich bei seinen Fragen mehr Mühe geben, dachte Konstantin.

»Wie das geht? Man packt ein defektes Kabel, das an einer Stromleitung angeschlossen ist, zu lange an. Oder man repariert seinen Herd, während der Strom noch durch das Gerät fließt. Es gibt zahlreiche Methoden, sich einen Stromschlag zu holen. Meist stirbt man aber nicht gleich, sondern kommt mit einem Schock davon.«

»Sie meinen, die Susanne ist gar nicht ermordet worden?«

Sie starrte ihn forschend an. Ihre vollen Wangen erinnerten ihn an einen Hamster, der eine leckere Errungenschaft darin aufbewahrte. Fast war er erstaunt, dass nichts aus ihrem Mund purzelte, als sie ihn öffnete.

»Nun, sie wird den Stromschlag nicht mitten auf der Straße

erhalten haben. Auch ein übliches, frei verkäufliches Elektrogerät von der Art, wie man es aus der Selbstverteidigung kennt, reicht nämlich normalerweise nicht aus, um eine sportliche Frau zu Tode zu bringen. Da müsste dann schon jemand daran herumgebastelt haben.« Wieder starrte sie ihn so komisch an.

Dann war Susanne eventuell gar nicht vorsätzlich umgebracht worden. Es könnte ja sein, dass jemand sie tot aufgefunden hatte und nur nach Hause bringen wollte. Schräger Gedanke. Tote Menschen brachte man in der Regel nicht nach Hause, sondern in die Rechtsmedizin oder zum Bestattungsunternehmer.

Laut sagte er: »Gehen Sie denn nun von einem Mord aus oder eher nicht? Und glauben Sie, dass einer aus dem Haus etwas mit der Sache zu tun hat?« Er zog sich einen Stuhl heran und setzte sich ihr gegenüber. Niemals hätte er sich neben sie auf dem Sofa niedergelassen. Niemals.

Jetzt lachte die Kommissarin, und dabei wackelte tatsächlich sehr viel an ihr. »Also, ich finde es in jedem Fall merkwürdig, eine tote Frau in den Flur des eigenen Hauses zu schieben«, sagte sie und ergänzte: »Diesen spaßigen Totengräber werde ich finden müssen. Und dann erwarte ich eine Erklärung, die so gut ist, dass sie einen Mordverdacht entkräften kann.«

Jetzt musterte sie ihn ein wenig hungrig, wie er fand. Sie fragte: »Wieso glauben Sie, dass es jemand aus dem Haus war? Aus welchem Grund? Diese Leute leben schon seit drei Jahren zusammen. Schon vergessen? Sie sind der Neue. Und Sie haben eine Vorstrafe aufgrund eines Gewaltverbrechens.«

»Haben Sie schon mit meinem Bewährungshelfer gesprochen?«

»Ja, das habe ich. Der Mann stank nach altem Rauch und zeigte ein schlechtes Benehmen, aber er hatte genug Verstand unter seinen strähnigen Haaren, dass er Ihre Vergangenheit nicht bagatellisierte. Wissen Sie, was Frau Jung beruflich gemacht hat?«

Ein abrupter Themenwechsel. Er schüttelte schweigend den Kopf. Frau Finke erklärte: »Sie hat Jura studiert, aber sie arbeitete als Sekretärin bei einer Versicherung. Das war für sie wahrscheinlich ein wenig anstrengender Job, aber sie verdiente sicher nicht genug, um sich den Lebensstandard leisten zu können, den wir in ihrer Wohnung vorgefunden haben.«

Konstantin nickte, als wüsste er das schon, und sagte: »Sie war neulich übers Wochenende weg. Ich habe mir überlegt, dass sie eventuell eine Beziehung mit einem reichen Mann hatte, bei dem sie dann die Wochenenden verbracht hat.«

»So, das haben Sie sich überlegt. Erstaunlich. Ich habe mir noch nie Gedanken um meine Nachbarn gemacht und noch weniger darum, warum sie was wann treiben, das kann ich Ihnen versichern.«

Ja, das glaubte Konstantin ihr sofort, und daher nickte er zustimmend, ohne sich dessen bewusst zu sein. Wenn die Frau Nawrath von gegenüber am Vormittag die Treppen hinunterlief und statt der Einkaufstasche eine olivgrüne Handtasche bei sich trug, dann fragte er sich immer, ob ein Arztbesuch anstand oder sie jemanden besuchen wollte.

Vielleicht interessierte sich die Kommissarin nur für tote Menschen.

»Herr Neumann, hören Sie mir noch zu? Schön. Jedenfalls haben wir in der Wohnung der Toten nichts gefunden, was auf einen Liebhaber hinweist. Haben Sie noch andere Ideen oder Beobachtungen, die Sie mir mitteilen möchten?«

Er antwortete leider wieder, ohne zu überlegen. »Der Sohn der Schuberts, also Kevin Schubert, der bewundert Sie und Ihre Arbeit und möchte jetzt auch Kommissar werden. Ihnen erzählt er bestimmt alles, was er über diese Susanne weiß. Sie hat die Schuberts öfter besucht, wenn ich ihn richtig verstanden habe.«

Konstantin hätte gerade seine eigene Schwester verraten, um diese Frau aus seinem Wohnzimmer zu bekommen. Und sie erhob sich tatsächlich endlich aus seinem Sofa und sagte: »Einen Sechzehnjährigen mit Downsyndrom und mordverdächtigen Eltern wollte ich schon immer zum Fan haben.«

Kaum war sie im Treppenhaus verschwunden, erkannte er selbst sein neues Ziel: Er musste in die Wohnung von Susanne Jung. Wenn er einen Blick auf ihre Sachen und auf ihre Notizen werfen könnte, dann könnte er sich ein Bild von der Frau machen.

Nicht eine Sekunde dachte er daran, dass die Polizei dies erstens schon getan und zweitens sogar Spezialisten dafür hatte. Nein, er glaubte zu wissen, wie Verbrecher dachten, wonach sie ihre Opfer auswählten und welche Handlungen einem Gewaltverbrechen vorausgingen. Also musste er in die Wohnung gehen und nachsehen.

Ihm machte dabei ein bestimmter Gedanke zu schaffen: Wenn jemand sich die Mühe gab, eine Leiche an einen bestimmten Ort zu transportieren, dann verfolgte er damit eine Idee. Immerhin beinhaltete das Transportieren von Leichen ein nicht unerhebliches Risiko, dabei entdeckt zu werden. Eigentlich brachte man als Täter seine Mordopfer üblicherweise an Orte, wo diese Toten nicht so schnell gefunden werden konnten. Einsame Wälder, Flüsse oder Müllkippen waren begehrt, aber doch nicht bewohnte Treppenhäuser!

Im Knast gab es einen Mann, Bruno nannte er sich, der war brutal, aber überaus moralisch. Eine Kombination, die Konstantin persönlich zutiefst abschreckte. Dieser Bruno hatte, wie er selbst gerne und oft erzählte, seinen Nebenbuhler mit bloßen Händen erschlagen und ihn anschließend an die Tür seiner Freundin genagelt. Letzteres wurde von vielen Insassen in Frage gestellt, und man war sich einig, dass Bruno den Mann nur gegen die Tür gelehnt hatte. Jedenfalls sollte seine betrügerische Freundin den toten Rivalen finden und sehen, dass es schlussendlich ihre Schuld gewesen war. Völlig krank, ganz klar, aber höchst effektiv.

Was wäre denn, wenn die Leiche von Susanne für eine bestimmte Person in diesem Haus in den Flur gelegt worden war? Sozusagen als Warnung oder als Antwort auf irgendetwas?

Auf dem Balkon wartete er, bis Frau Finke etwas später in ihren Dienstwagen stieg, einen dunkelblauen Audi, ganz klassisch für eine Beamtin. Sie blieb noch eine Weile sitzen und schrieb etwas auf, dann schnallte sie sich an und fuhr davon. Nun hatte Konstantin noch einige Stunden Zeit, bis es ganz dunkel war und alle Nachbarn in der Straße schlafen gegangen waren. Er kannte die schwachen Stellen in diesem Haus, und die Wohnungstüren gehörten in dem Sechs-Parteien-Haus nicht dazu. Die Schlösser waren in Ordnung, und mit achtundneunzigprozentiger Sicherheit hatten die Beamten die Wohnungstür von Susanne Jung abgeschlossen. Hier würde ein Anfänger wie Konstantin nur unnötigen Lärm im Treppenhaus veranstalten.

So ein jahrelanger Aufenthalt in einer Strafvollzugsanstalt brachte mehr Schaden als Nutzen, das war klar. Doch man schnappte da auch einiges auf, was man als braver Bürger eigentlich nicht wissen musste. Für diesen aktuellen Notfall, wegen dem Konstantin nun dringend in die Wohnung seiner ehemaligen Nachbarin musste, griff er gerne auf bestimmte Fähigkeiten zurück. Die Balkontüren im Haus waren das Tor zum Erfolg, verdammt einfach aufzuhebeln. Im Prinzip brauchte Konstantin nur einen Schraubendreher. Er hatte sich die Technik an seiner Tür ganz genau angesehen und wusste, was zu tun war. Die einzige Schwierigkeit bestand darin, nicht von der Straße aus gesehen zu werden, daher entschied er sich dafür, die Kletterpartie von seinem Balkon zum Balkon von Susanne Jung erst nach zwölf Uhr nachts zu tätigen. Um diese Zeit war die Straße wie ausgestorben.

Um null Uhr fünfzehn befand er sich in ihrem Wohnzimmer und bemerkte ein Problem, an das er nicht gedacht hatte. Ohne Licht würde er nichts finden können. Also machte er Licht. Kein Mensch würde darauf achten, wenn im Nachbarhaus Licht brannte. Das war ja kein unbewohntes Haus, er würde sich einfach wie ein schlafloser Bewohner verhalten. Er begann im Schlafzimmer, arbeitete sich durchs Bad und schaltete im Wohnzimmer leise den Fernseher an. Das blaue Licht flackerte durch den Raum, und Konstantin sammelte Eindrücke. Die ganze Wohnung war mit Mut zur Lücke eingerichtet. Die wenigen Teile sahen teuer und geschmackvoll aus. Das hatte ja sogar Frau Finke herausgefunden. Konstantin dachte an die edlen Kleidungsstücke im Schlafzimmerschrank, an die Seidenbettwäsche oder die Küchengeräte – allesamt exklusive Designerteile. Zum Glück war es nie dazu gekommen, dass er ihr in seiner Küche mit der billigen silbernen Kaffeemaschine einen Kaffee gekocht hatte. Ihr Tod hatte ihn vor gewissen Peinlichkeiten bewahrt, dachte er und kam sich sofort gemein vor.

Beim Durchsehen der Garderobe konnte er ein leichtes Pfeifen nicht unterdrücken. Da lag sie nämlich, die bordeauxrote Mütze, die er gesehen hatte, als ein nächtlicher Besucher erst die Klingel an der Haustür betätigt hatte, um dann einen Schlüssel zu benutzen. Dann war also doch Susanne Jung damals bei dem Greis gewesen. Wahrscheinlich hatte sie ein wichtiges Treffen gehabt und wollte Adler davon berichten. Wer wusste schon, wie nahe sich bestimmte Menschen standen? Und im Abendkleid ging schon lange kein Mädchen mehr zu einer Verabredung. Mit Mütze im Sommer vielleicht auch nicht, aber das konnte man nicht ausschließen.

Ihren Computer und wichtige Ordner hatte natürlich die Polizei mitgenommen. Er sah die Kabel lose auf dem schicken Schreibtisch liegen. Konstantin blätterte noch flüchtig einige Unterlagen durch und schnappte sich, einer Eingebung folgend, ein kleines Fotoalbum, bevor er den Fernseher ausstellte und seine Beine über die Balkonbrüstung hob. Als er in seiner Wohnung angekommen war, stellte er mit leisem Erstaunen fest, dass er beinahe eine ganze Stunde unterwegs gewesen war. Er widerstand der Versuchung, sich das Fotoalbum noch in der Nacht anzuschauen, ergänzte jedoch seine Aufzeichnungen zu den Hausbewohnern: *Susanne Jung hat Adler nachts besucht. Sie liebte teure Dinge und Schokolade.* Schmunzelnd dachte er an die Schublade in der Küche, wo er verschiedene Tafeln, Riegel und Pralinen gefunden hatte.

Den Wecker um sieben Uhr in der Früh hörte er nicht, dafür aber die Türglocke eine Stunde später. Verschlafen, Mist. Er sprang aus dem Bett und rannte zur Wohnungstür, wo er die Sprechanlage betätigte.

»Ich bin's, Anja. Nun lass mich schon rein.«

Er öffnete beide Türen und sprang schnell ins Badezimmer. Sollte doch Goofy den Empfang übernehmen. Kaum hörte er ihre Absätze auf der Treppe, rannte er aus dem Bad zurück ins Wohnzimmer und schnappte sich das Fotoalbum. Nicht auszudenken, wenn seine Schwester ein fremdes Album bei ihm fand. Er steckte es in den Eimer mit seiner Schmutzwäsche, wusch sich notdürftig und zog sich eilig an.

In der Küche hielt Anja ihm mit einem harmlosen Lächeln die Kanne mit frisch aufgebrühtem Kaffee hin. Sie sah blendend aus in einem violetten Kostüm und, mutig, sehr grünen hohen Schuhen dazu. »Hi, Konstantin, ich muss gleich ins Gericht, und es lohnte einfach nicht, vorher noch ins Büro zu fahren. Habe ich dich um diese Zeit noch wecken können?«

»Ich bin gestern vorm Fernseher versackt, und da habe ich heute Morgen verschlafen.«

»Du bist ein Ritualmensch. So etwas passiert dir doch sonst nicht.«

Anja goss sich und ihm einen Kaffee ein, der angenehm kräftig roch. Seine Schwester hatte auch Brötchen mitgebracht.

»Also«, sagte sie nach einem Moment der vertrauten Stille, »… also, die Sache mit den Wohnungen ist echt spannend. Streng genommen ist das Haus hier gar kein Mietobjekt.«

Konstantin runzelte die Stirn, sagte aber nichts.

»Das sind alles Eigentümer, die hier wohnen.«

»Nein«, erwiderte er jetzt. »Ich bin kein Eigentümer. Das weiß ich ganz genau. Ich zahle jeden Monat siebenhundertdreißig Euro Kaltmiete.«

Seine Schwester nickte. »Deine Wohnung gehört einem Herrn Antonius Adler. Vielleicht will er nicht in diesem Haus wohnen und hat sie deshalb vermietet. Man wollte mir leider nicht sagen, wer vorher hier gewohnt hat. Da müsstest du mal deine Nachbarn fragen.«

»Du irrst dich. Herr Adler wohnt in diesem Haus. Das ist der alte Herr unter mir.« Konstantin dachte an seinen Besuch bei dem Greis und fragte sich, warum der wohl so ein Geheimnis daraus machte, dass ihm eine zweite Wohnung gehörte.

Nebenan ging die Wohnungstür auf, dann hörte er, wie Frau Nawrath zuschloss und langsamen Schrittes die Treppe hinunterging. Sehr merkwürdig. Seine ruhige Nachbarin erschien ihm gar nicht wie die Eigentümerin. Und wieso konnte sie sich eine solche Wohnung in einer so guten Gegend leisten? Soweit er wusste, hatte sie nur einen Halbtagsjob bei einem Steuerberater. Sie arbeitete, wie er selbst, oft von zu Hause aus.

Oder Frau Bartels? Wieso besaß sie eine Eigentumswohnung?

Ja, und erst Susanne Jung mit ihren teuren Sachen. Hatten die etwa alle geerbt? Leise pfiff er durch die Zähne, als ihm klar wurde, warum der Greis so gönnerhaft darüber geredet hatte, dass man Konstantin seinen Hund erlauben würde.

Anja stand auf, griff sich ein Brötchen aus der Tüte und zupfte daran herum, um sich dann die Stücke in den Mund zu schieben. »Und dieser Adler hat sich dir nicht als dein Vermieter vorgestellt? Komisch, oder? Es ist doch nichts Verwerfliches daran, eine zusätzliche Wohnung zu besitzen.« Sie kaute einen Moment lang und ergänzte dann: »Du, vielleicht haben die hier ein ausgeklügeltes Finanzierungssystem und du kannst deine Wohnung auch käuflich erwerben.«

»Du willst mich nur an deine Stadt binden. Es gibt viele Städte, in denen man gut wohnen könnte.« Er dachte dabei aber an eine ganz bestimmte Stadt. Lüdinghausen, die Burgenstadt, Heimat und Unglücksort zusammen. Goofy setzte sich neben Anja und drückte sich an ihr Bein. Er wollte auch sein Frühstück haben, und Konstantin erhob sich, um den Hundenapf zu füllen und sich selbst ein Brötchen aus der Tüte zu nehmen. Dann holte er Butter und eine Dose mit Käse aus dem Kühlschrank, setzte sich wieder seiner Schwester gegenüber und erzählte ihr, wie der Greis neulich mit Schuberts über die Anwesenheit von Goofy geredet hatte und warum der Hund bleiben durfte. »Was hättest du denn gemacht, wenn er mir verboten hätte, einen Hund zu halten?«

Sie grinste diabolisch. »Geklagt. So einfach ist ein generelles Verbot zur Hundehaltung nicht mehr. Und ich bin Anwältin. Das wäre ein großes Vergnügen geworden.« Der Rest des Brötchens verschwand in ihrem Mund, und Konstantin dachte, dass er dann wohl der meistgehasste Mitbewohner in diesem Haus geworden wäre.

»War diese Kommissarin noch einmal bei dir?«

Erst jetzt fiel ihm ein, dass seine Schwester gar nicht auf dem neuesten Stand der Dinge war. Er erzählte also vom gestrigen Besuch von Frau Finke und der merkwürdigen Todesursache seiner ehemaligen Nachbarin. Das war schon ein ganz schön schräges Haus, in dem er hier wohnte. Brav, ruhig gelegen, mit einem akkuraten Vorgarten, einem sauberen Treppenhaus und ordentlichen Mitbewohnern, die allesamt zu Verschwörungstheorien reizten. Bestimmt verfluchte seine Schwester bereits den Tag, an dem sie diese Wohnungsannonce für ihn gesehen hatte. Und erst in diesem Moment wurde ihm etwas klar, so glasklar, dass er erschrak: Er fühlte sich in seiner Wohnung, in diesem Haus, wohl. Ein eigenartiges Gefühl war das. So, als steige er in eine Wanne mit warmem, duftendem Wasser. Gerührt biss er in sein Brötchen.

Anja schüttelte den Kopf und sagte: »Ich habe ja bei Gericht und von den Kollegen schon von einigen skurrilen Fällen gehört, aber deine Frau Jung ist als Todesfall wirklich etwas Besonderes. Das wird keine leichte Täterjagd werden.«

Und Konstantin stellte sich bei dem Wörtchen »Jagd« Frau Finke vor, wie sie durch einen Wald rannte, um den Täter zu verfolgen. Der Boden bebte, Tannenzapfen flogen in alle Richtungen wie kleine Kanonenkugeln, und Frau Finke schlug eine Schneise durch das Dickicht, wie es eine Machete nicht besser geschafft hätte. Der gejagte Täter schrie bereits panisch nach Hilfe, und der dünne Praktikant der Kommissarin flehte völlig erschöpft um Gnade für einen Täter, der eventuell unschuldig war. Und für einen winzigen Moment, kaum fassbar, sah er sich selbst zwischen den Bäumen rennen. Konstantin fuhr sich mit der Hand über die Augen. Er sollte sich von dieser Frau wirklich nicht so beeindrucken lassen.

»Halt du dich da bloß zurück und kümmere dich nicht darum. Ich will dich nicht immer darauf stoßen, aber mit deiner Vergangenheit, Konstantin, musst du bei Leuten wie der Kommissarin oder ihrem humorlosen Assistenten kleine Brötchen backen. Besser noch, unsichtbar bleiben.«

Anja erhob sich und griff nach ihrer schwarzen Handtasche. »Ich habe jetzt einen Fall von Fahrerflucht vor mir. Der Depp hat ein Gartentor erwischt und ist abgehauen, weil er gerade eine vierwöchige Sperre wegen zu schnellen Fahrens hatte. Manche buddeln sich wirklich mit Hingabe ins gesellschaftliche Abseits. Und ich soll sie dann wieder freischaufeln.«

Konstantin aß in Ruhe sein Brötchen zu Ende, räumte auf

und griff nach der Hundeleine. Das Fotoalbum im Bad lockte ihn ganz enorm, doch die Pflichten gingen vor, und so saß er erst am späten Nachmittag mit einem Gläschen Sherry in der Hand auf dem Sofa und stöberte in dem Album.

Da läutete es an der Wohnungstür. Der Besucher stand also bereits im Hausflur. Nachdem er das Album heute schon zum zweiten Mal versteckt hatte, öffnete er überrascht seiner unmittelbaren Nachbarin, Frau Nawrath. Sie trug eine dunkle Stoffhose, die an den Oberschenkeln ein wenig schlackerte, ein weißes T-Shirt und darüber eine Strickjacke. Ihre schönen Haare lagen in Wellen um den schmalen Kopf und fielen weich auf Schultern, die leider zu kantig waren. Frau Nawrath lächelte unbeholfen und fragte: »Störe ich sehr? Ich habe ein kleines Anliegen, Herr Neumann.«

Goofy, der sich kurz erhoben hatte, hielt zwei Meter Abstand und begrüßte Frau Nawrath nur mit einem kurzen Schwanzwedeln, bevor er sich wieder in sein Körbchen legte.

»Nein, nein, gar nicht. Kommen Sie doch herein.«

Sie zeigte zögerlich auf ihre Wohnung, wo sich wohl ihr Anliegen befand, trat dann aber doch ein und ließ sich von Konstantin zum Sofa geleiten. Hier setzte sie sich auf die Kante und lächelte zustimmend, als er ihr einen Sherry anbot. »Wissen Sie …«, erklärte Frau Nawrath dann schließlich, »… ich habe da ein klitzekleines Problemchen.«

Wenn jemand sich so viel Mühe gab, ein Problem kleinzureden, war es wahrscheinlich doch etwas größer. Konstantin übte in Gedanken schon einmal höfliche Ausreden.

»Sie müssen wissen, ich besitze eine Katze. Da sie immer in der Wohnung ist, kennen Sie sie natürlich nicht. Draußen würde sie sofort überfahren werden. Außerdem hasse ich es, wenn diese kleinen Tiger unsere Singvögel reißen. Deshalb lebt sie nur in meiner Wohnung oder liegt auf dem Balkon.«

Frau Nawrath machte eine bedeutungsschwangere Pause und griff nach ihrem Sherryglas. Bevor sie trank, drehte sie es ein paarmal zwischen ihren schlanken Fingern. Konstantin fand, dass das sehr grazil aussah, obgleich Frau Nawrath keine grazile Erscheinung war. Dafür war sie einfach zu kantig, zu dünn.

»Heute hat Morle etwas ganz und gar Sonderbares getan. Sie ist auf Ihren Balkon gesprungen …«, unwillkürlich schaute er zu seinem Balkon, »… und von dort, ich wage gar nicht dran zu denken, auf den Balkon von Susanne. Sie muss Panik bekommen haben, und dann neigen Katzen dazu, immer höher und höher zu klettern, diese dummen Tiere.« Halb verzweifelt, halb entschuldigend lächelte sie ihn an.

Konstantin schüttelte den Kopf. »Unmöglich, sie kann doch nicht durch die Luft klettern.«

»Nein, das kann sie natürlich nicht, aber schauen Sie mal genau hin. Das Regenrohr verläuft an den Balkonen entlang. Da ist Morle hochgerobbt. Nun hockt sie auf Susannes Balkon und miaut furchtbar. Wenn Sie ein Fenster öffnen, können Sie es hören. Diese Kommissarin hat alle Schlüssel der Wohnung einkassiert. Ich dachte, wenn man vielleicht von Ihrem Balkon aus zu dem anderen hinüberklettert, könnte man doch die Morle …«

Der Satz verklang zart in seinem Wohnzimmer, und dennoch kam eine Faust in seinem Magen an. War das eine perfide Falle? Wollten seine Nachbarn sehen, wie er auf den Balkon von Susanne Jung klettern konnte? Souverän, routiniert, weil er das in der Nacht zuvor schon einmal gemacht hatte?

Frau Nawrath nippte an ihrem Sherry und gab sich sehr schüchtern. Da er zu einer Antwort noch nicht in der Lage war, schritt er zur Balkontür, öffnete sie und sah hinauf. Tatsächlich. In kurzen Abständen erklangen jammernde Töne von oben, sehen konnte er die Katze natürlich nicht. Er blickte weiter an den Balkonen entlang und entdeckte auch das Regenrohr, an dem die Katze hochgeklettert sein musste. Von einem Balkon zum Nachbarbalkon zu klettern war schwierig, da der Abstand zu groß war. Da konnte man den darüber liegenden tatsächlich besser erreichen. Sein Misstrauen schwand, im Leben gab es eben seltsame Zufälle.

»Es müsste gehen, ohne dass ich mir den Hals breche«, sagte Konstantin, als er wieder sein Wohnzimmer betrat. Seine Nachbarin saß noch genauso da und strich sich jetzt über ihre Haare.

»Wissen Sie, ich müsste sonst die Feuerwehr holen oder diese

Kommissarin nach dem Wohnungsschlüssel fragen. Beides wäre mir wirklich sehr unangenehm.« Das Sherryglas war geleert, und sie schaute Konstantin erwartungsvoll an. Sein Blick fiel auf einen Anhänger um ihren Hals. Es war ein ovales Medaillon mit einer nostalgisch anmutenden Verzierung. Was verbarg eine Frau wie Frau Nawrath wohl in einem solchen Amulett? Ein Foto ihrer Katze?

»Ich ziehe mir nur eben Turnschuhe an.« An der Schlafzimmertür drehte er sich noch mal um. »Wie soll ich die Katze denn transportieren, wenn ich zurückklettere?«

Frau Nawrath blickte beinahe erschrocken drein, dann wurde sie plötzlich hektisch, sprang auf und sagte: »Ich hole die Transportbox, in der ich Morle immer zum Tierarzt bringe.«

Prima, dachte Konstantin. Da ging so ein Tier bestimmt richtig gerne rein. Hoffentlich kratzte ihm das Vieh nicht die Augen aus. Seine Nachbarin war schnell wieder da, sie trug eine lilafarbene Plastikbox bei sich sowie ein Seil. Nun endlich erhob auch Goofy sich aus seinem Körbchen und schnupperte ausgiebig an der Box. Frau Nawrath beachtete den Hund überhaupt nicht.

Konstantin schlang sich das Seil über die Schulter und sagte: »Ich klettere erst hoch und lasse dann das Seil zu Ihnen hinunter. Sie binden den Korb fest. Also, der muss richtig gut festgeknotet sein. Wenn die Morle da drinsitzt, dann ist schon ein gewisses Gewicht auf dem Seil.« Er schaute skeptisch auf die zarten kleinen Hände seiner Nachbarin.

»Versteht sich von selbst«, sagte diese zuversichtlich. Konstantin wurde das unbehagliche Gefühl nicht los, dass der sonst so scheuen Frau Nawrath dieses Abenteuer Spaß machte. Jedenfalls schien sie sich nicht allzu viele Sorgen um ihr Haustier zu machen.

Er kletterte los und war schnell ein Stockwerk weiter oben. Eine große Katze mit einem seidig glänzenden beigefarbenen Fell saß in der Ecke, die Glieder zusammengezogen, und starrte ihn abwägend an. Vorsichtig näherte er sich dem Tier.

»Sind Sie gut angekommen?« Frau Nawrath wurde ungeduldig, und er hielt es für das Beste, erst einmal den Korb zu holen.

»Ich lasse jetzt das Seil herunter, Frau Nawrath.« Kurze Zeit später spürte er Zug, Frau Nawrath hatte das Seil und band nun den Korb daran. Bislang klappte ihre Zusammenarbeit prima. Er zog das Seil wieder hoch und überprüfte als Erstes den Knoten. Tadellos, wie er feststellen musste. Jetzt kam der schwierigste Part, Morle musste in den Korb. Er stellte das Teil zunächst hinter sich und näherte sich der dicken Katze. Die gähnte nur und beobachtete ihn. Panisch sah sie nicht aus. Vorsichtig hielt er der Katze eine Hand vor die Nase. Morle blickte von ihm zur Hand und haute ihm ihre Pfote auf den Handrücken.

»Shit!« Sofort bildeten sich drei blutige Striemen auf der Haut. Was bei Hunden eine gute Annäherungstaktik war, machte bei Katzen also wenig Sinn. Er versuchte es mit Streicheln und leisen Worten. Das funktionierte besser, und als er sie einfach hochhob und in den Korb gleiten ließ, machte sie nur einmal »Miau«.

Bestens. »Vorsicht! Katze kommt«, rief er und ließ den Korb samt Morle hinab.

Und dann hätte er das Seil beinahe losgelassen, denn er erschrak zutiefst, als eine Stimme rief: »Sagen Sie mal, Herr Neumann, spielen Sie hier die männliche Version von Rapunzel, oder was wird das? Das ist doch gar nicht Ihr Balkon.«

Da stand sie, die Frau Finke. Breitbeinig, die Hände in die kräftigen Hüften gestemmt, den Kopf schräg nach oben gerichtet. Sie schüttelte bedrohlich langsam den Kopf. Die Katze baumelte auf halber Höhe, und Konstantin fand, dass Frau Nawrath jetzt endlich mal etwas sagen könnte. Schließlich hatte sie ihn in diese Lage gebracht. Aber Frau Nawrath sagte nichts, und so hörte er sich sagen: »Da ist eine Katze drin.« Zur Klärung nickte er mit dem Kinn zum Korb. Seine Hände hingen über der Brüstung und hielten noch immer das Seil fest.

»Ach so! Ich dachte schon, Sie klauen Lebensmittel aus der Wohnung. Also runterlassen, das arme Tier.«

Und Konstantin ließ endlich das Seil so weit hinunter, dass Frau Nawrath ihre Morle in Empfang nehmen konnte. Konstantin war sich nun sehr unsicher, was er als Nächstes tun sollte, solange diese Kommissarin auf der Straße stand und heraufschaute. Unglücklicherweise konnte ein Fachmann durchaus sehen, dass an der Terrassentür nicht mehr alles so funktionierte, wie es sollte. Es war also besser, Frau Finke erhielt nicht die Gelegenheit, zu ihm auf den Balkon zu treten. Er ahnte, dass sie ihn verdächtigen würde, in der Wohnung von Susanne gewesen zu sein. Gerade sprang er ja auch sehr vertraut auf ihrem Balkon herum.

Eilig ließ er das Ende des Seils fallen und schwang ein Bein über die Brüstung, um den heimatlichen Balkon schnell zu erreichen. Frau Finke sollte sich bloß keine Sorgen um seine Sicherheit machen.

Da schrie diese energische Frau plötzlich los, dass ihm Hören und vor allem Klettern verging. »Wagen Sie es bloß nicht, vor meinen Augen von Balkon zu Balkon zu springen und mir womöglich noch vor die zarten Füße zu fallen. Wenn Ihr anderes Bein sich in die falsche Richtung bewegt, lasse ich Sie sofort wegen Hausfriedensbruch mitnehmen. Ich komme jetzt hoch.«

Zu dumm. Konstantin zog sich vom Geländer zurück und blickte noch mal beunruhigt auf die Balkontür, die er heute Nacht so leicht hatte aushebeln können. Im letzten Moment fiel ihm ein, dass er hier nichts anfassen durfte. Nachts hatte er Handschuhe getragen, jetzt durfte er natürlich keine Fingerabdrücke an der Tür hinterlassen. Er konnte nur warten und hoffen, dass Frau Finke mit Schwung zu ihm auf den Balkon trat und Dinge übersah, die ihn in Schwierigkeiten bringen konnten. Es dauerte einige Minuten, dann stand sie vor der Glasscheibe und schließlich vor ihm. Sie war außer Atem, ein solches Lebendgewicht wollte diese ganzen Stufen erst einmal hochgetragen werden.

»Reinkommen und mitkommen!«

Erst als sie wieder unten waren, sagte sie mehr. Frau Nawrath hatte Morle in ihre eigene Wohnung gebracht und wartete nun auf seinem Sofa, die Kommissarin stellte sich hinter einen Stuhl und umfasste die Lehne wie ein Greifvogel seine Beute. Ihr Blick wanderte zu Frau Nawrath und betrachtete ihre Gestalt mit einem belustigten Ausdruck. Die hatten nun beide keine Idealmaße, dachte Konstantin bei sich.

Aber gleich darauf hatte er ganz andere Sorgen. »Also, was

sollte dieses Theater mit der Katze? Ist das die Katze von Frau Jung?«

»Das ist meine Katze«, sagte Frau Nawrath und faltete die Hände auf dem Schoß.

Der Griff um die Stuhllehne wurde fester. »Und was hatte Ihre Katze in der Wohnung der Toten zu suchen? Oder besser, wie ist sie dort hineingelangt?«

»Wieso soll sie in der Wohnung gewesen sein? Morle ist doch nur auf den Balkon geklettert und kam von alleine halt nicht wieder herunter.« Frau Nawrath blickte die Kommissarin empört an. »Sie haben doch alle Schlüssel von Susanne. Wie sollten wir denn in die Wohnung kommen? Oder wie könnte meine Katze das geschafft haben? Frau Jung hatte eine Katzenhaarallergie. Bei der gab es ganz bestimmt keine Katzenklappe. Und dann im obersten Stockwerk! Sie haben vielleicht Ideen.«

Konstantin, der noch in seinem Wohnzimmer herumstand wie ein Butler, fand die empört hervorgebrachten Sätze von Frau Nawrath sehr beherzt formuliert. Die Kommissarin zuckte leider nur mit der linken Achsel und befahl ihm jetzt: »Nun setzen Sie sich endlich hin und halten Sie nicht Maulaffen feil. Also, meine lieben Bewohner, in der Wohnung von Frau Jung ist jemand gewesen. Die Balkontür weist eindeutige Spuren eines Einbruchs auf.«

Und sie fügte böse hinzu: »Eines menschlichen Einbruchs!«

Konstantin schüttelte langsam den Kopf, seine Nachbarin schüttelte ihren Kopf sehr schnell und sagte: »Oh nein, das können Sie uns nicht anhängen. Herr Neumann hat lediglich meine Katze geholt, er hatte gar keine Zeit, in die Wohnung zu gelangen, selbst wenn die Tür weit aufgestanden hätte.«

»Vielleicht hat Ihr werter Herr Neumann das Klettern bereits zu einem viel früheren Zeitpunkt geübt?«

Himmel, dachte Konstantin und verstand plötzlich, warum einige seiner ehemaligen Knastkameraden so oft einfach nur zuschlugen, damit das Gegenüber mit etwas aufhörte, was man nicht ertragen konnte. So, wie man automatisch eine Taschenlampe auf den Tisch schlug, wenn das Licht nicht mehr ausging.

Frau Nawrath reagierte auch hier prompt. »Warum hätte er

das tun sollen? Da befand sich meine Morle doch noch gar nicht auf dem fremden Balkon!«

Als Konstantin gerade dachte, dass Frau Finke nun wahrscheinlich auch gleich zuhauen würde, lächelte die Kommissarin und sagte stattdessen etwas wirklich Schreckliches zu Frau Nawrath. »Meine Liebe, Sie können nun wieder in Ihre Wohnung zurückkehren. Ich möchte mit Herrn Neumann noch ein wenig allein sein.« Sie sagte »allein sein« und nicht »alleine sprechen«.

Konstantin war maximal beunruhigt. Er musste sich eingestehen, dass er vor dieser großen Frau Angst hatte. Mit ineinander verschränkten Händen beobachtete er, wie sich Frau Finke nun auf den Stuhl setzte, den sie zuvor so fest im Griff gehabt hatte. Dabei stellte sie die Beine eine Idee zu breit auf und kraulte Goofy, der sich genau zwischen ihre Beine geschoben hatte. Er würde dem Hund heute Abend seine Ration kürzen. So ein widerlicher Loyalitätsverstoß.

»Herr Neumann, ich bin nicht doppelt ›d‹, also dick und doof. Sie sollen wissen, dass ich weiß, Sie waren in der Wohnung der toten Frau Jung. Vielleicht könnte ich es Ihnen mit einer aufwendigen Spurensuche dort oben sogar beweisen. Doch das können wir dem Steuerzahler ersparen. Und Ihrem Bewährungshelfer vielleicht auch. Was wollten Sie dort oben?«

»Ich dachte, ich finde Hinweise auf den Täter respektive das Motiv.«

Er schreckte zusammen, als Frau Finke in die Hände klatschte und losbrüllte: »Sie haben eine dermaßen arrogante Haltung den Menschen gegenüber, dass ich mich nur wundern kann. Und gewundert habe ich mich schon lange nicht mehr. Da gibt es Leute, die lernen einige Jahre sehr viel Stoff, um diesen Job zu machen, und Sie spazieren mit krimineller Energie in eine Wohnung, weil Sie der Meinung sind, dass den Profis etwas entgangen sein muss!« Ihre Augen wurden so klein, dass sie hinter den Hamsterbacken zu verschwinden drohten. »Oder wussten Sie, wonach Sie suchen mussten?«

»Natürlich nicht. Ich kannte die Frau Jung ja kaum. Aber ich habe eventuell einen anderen Blickwinkel als Ihre Kollegen. Ich meine, ich habe eine Menge Täter kennengelernt, und ich …«

Er wusste nicht weiter. Wie sollte er dieser Frau erklären, dass er sich ein eigenes Bild von der Wohnung machen musste? Das war für die Beamtin einfach zwei, drei Ebenen zu hoch. Damit wollte er nicht andeuten, dass er Frau Finke für dumm hielt. Den Fehler beging er nicht. Sie war raffiniert und ließ sich nichts vormachen.

»Wenn Sie etwas aus der Wohnung mitgenommen haben, und ich finde das heraus, dann bekommt Ihr Bewährungshelfer wieder mehr Zeit für andere Klienten, das kann ich Ihnen versichern, Herr Neumann.«

Es klingelte an der Wohnungstür, und Konstantin freute sich ehrlich. Ob nun der junge Praktikant von Frau Finke vor der Tür stand oder die Zeugen Jehovas – er würde nicht mehr alleine sein mit einer lauten Kommissarin, die ihm mehr Angst einjagte als der schlagkräftige Häftling Fitte. Der hatte Konstantin in ihrer unerwünschten Zwangsgemeinschaft mal in ein zehnminütiges Knock-out geschickt, weil dieser sein Kokain in der Zelle gefunden hatte. Nach dieser unbedachten Schlägerei wusste natürlich jeder, dass Kokain gefunden worden war, aber einige konnten eben nur drei Minuten vorausdenken.

Konstantin stürzte also begeistert zur Tür und war beinahe noch schneller dort als Goofy, der sich schwanzwedelnd freute und anscheinend genau gewusst hatte, wer da vor der Tür stand. Es war nämlich Kevin, der Sohn der Schuberts. Kevin sprang geradezu in die Wohnung und hängte sich sofort an Goofys Hals, was nur funktionierte, weil der Junge dabei sogleich auf die Knie fiel.

Dabei sprach er nicht nur mit dem Hund, sondern wandte sich an Konstantin, und zwar laut und deutlich: »Konstantin, kannst du mich auch mal auf den Balkon von der Susanne klettern lassen? Ich möchte so gerne in ihre Wohnung schauen. Wir kommen durch die Balkontür rein. Mama sagt immer, zum Glück sind die Balkone an der Straße, die Türen sind ja eine Beleidigung für jeden Einbrecher und …«

»Kevin, ich habe Besuch. Die Kommissarin ist da.« Dabei legte er verschwörerisch einen Finger auf den Mund, damit der naive Bengel nicht noch weitere schlimme Ideen hinausposaunte. Der

Satz hatte dann auch eine unglaubliche Einschlagskraft. Kevin erhob sich schnellstens vom Boden, fuhr sich mehrmals durch die Haare und übte vor dem kleinen Garderobenspiegel ein betont lässiges Gesicht. Dann marschierte er ins Wohnzimmer, um Frau Finke zu begrüßen. »Guten Abend, Frau Kommissarin. Wie geht es Ihnen? Mir geht es gut.«

Meine Güte, dachte Konstantin, übte der für eine Brieffreundschaft? Frau Finke lächelte kontrolliert und sagte: »Kevin, schön, dich zu sehen. Aber die Sache mit dem Balkon habe ich ja wohl nicht gehört.« Sie drohte spielerisch mit dem Zeigefinger und fuhr fort: »Was hältst du davon, wenn wir beide zusammen hinaufgehen? Ich habe schließlich die Schlüssel und muss eh noch abschließen.«

An der Wohnungstür fragte sie Konstantin noch ein letztes Mal: »Und Sie haben mir wirklich nichts mehr zu sagen oder zu geben? Gibt es vielleicht Anregungen zur Tätersuche?«

Er stand kopfschüttelnd da und zählte bis zehn. Als er sie und Kevin im Treppenhaus nach oben gehen hörte, holte er sein selbst gebautes Richtmikrofon heraus, stellte sich damit auf einen Stuhl und wartete. Konstantin wusste ganz genau, warum Frau Finke dem Jungen die Wohnung zeigen wollte. Sie wollte ihn für sich allein haben und nach Strich und Faden aushorchen. Kevin würde alles verraten, Hauptsache, eine echte Kommissarin interessierte sich für ihn. Zunächst blieb es still, dann hörte Konstantin Schritte und leises Gemurmel. Ein, wie er fand, gekünsteltes Lachen der Kommissarin ertönte. Und schließlich konnte er sogar eine überaus interessante Frage verstehen.

»Weißt du eigentlich, Kevin, warum die Susanne so viel Geld hatte? Sie hat sich ganz schön viel leisten können, sogar eine eigene Wohnung, nicht wahr?« Konstantin konnte nichts hören, wahrscheinlich hatte Kevin nur unwissend die Schultern gehoben.

»Dein Vater und die Susanne, die haben sich gut verstanden, oder?« Frau Finke ließ noch nicht locker. Eine Unverschämtheit, dem Jungen solche Suggestivfragen zu stellen. Jetzt konnte er die Antwort klar hören.

»Ja …«, sagte Kevin nämlich, »… ja, die haben sich sogar mal geküsst. Mama war nicht da, und Papa hat zu mir gesagt, dass man einen solchen Mund einfach mal geküsst haben müsse. So etwas würde die Mama aber nicht verstehen.«

Beim nächsten Satz wäre Konstantin beinahe vom Stuhl gefallen. »Frau Finke, wenn ich älter wäre, würde ich Sie jetzt auch küssen.« Schade, dass er das Gesicht der Kommissarin nicht sehen konnte. Sie erwiderte allerdings recht lässig: »Oh, das lassen wir lieber. Das könnte mich in ziemliche Schwierigkeiten bringen.«

»Weiß ich doch selber. Ich bin ja erst sechzehn.«

Die Schritte entfernten sich, und die Stimmen wurden zu Gemurmel. Bevor die Kommissarin noch mal bei ihm schellen konnte, griff er sich lieber die Hundeleine und begab sich mit Goofy nach draußen. Vor der Haustür stand Frau Bartels mit einem älteren Herrn und unterhielt sich über irgendeinen Kinobesuch. Ob das ihr neuer Freund war, über den der Greis gesprochen hatte? Der Mann sah ein wenig wie ein Heiratsschwindler aus beziehungsweise wie die Vorstellung, die Konstantin davon hatte. Er trug einen Anzug, der nicht gut saß, eine goldene Armbanduhr, die zu gelb strahlte, und gefärbte braune Haare, die im Nacken zu lang waren.

Frau Bartels winkte Konstantin fröhlich zu und fuhr Goofy mit der Hand kurz über den Rücken.

In diesem Moment fuhr ein Wagen vor und parkte. Mit einer Sporttasche in der Hand und frisch geduscht aussehend, stieg Herr Schubert aus dem Wagen. Wie schön, dachte sich Konstantin und begann seinen Spaziergang in diese Richtung.

»'n Abend, Herr Schubert. Stellen Sie sich vor, Ihr Sohn Kevin darf gerade mit der Kommissarin persönlich Frau Jungs Wohnung inspizieren. Meine Güte, Jugendliche in dem Alter sind ja ganz heiß auf kriminalistische Exkursionen, nicht wahr?«

Falls Herr Schubert sich über eine plötzliche Gesprächsbereitschaft des bislang schweigsamen Nachbarn wunderte, so machte er das nicht zum Thema. Er runzelte vielmehr die Stirn und schien das Gleiche zu denken wie Konstantin kurz zuvor.

»Das ist keine gute Idee! Der Junge redet uns alle um Kopf und

Kragen, ohne es zu wollen.« Schubert streckte ihm unverhofft und loyal die Hand hin. »Danke, dass Sie mir Bescheid gegeben haben, Herr Neumann. Es ist nicht immer leicht mit einem so, hm, offenherzigen Jungen.«

Mit langen Schritten eilte Herr Schubert zur Wohnungstür. Zurück blieb Konstantin mit Goofy und einem befriedigten Gefühl, weil er der forschen Kommissarin eventuell die Tour vermasselt hatte. Beinahe hätte er auf dem Weg zum Park gepfiffen, weil er sich gerade so schön aus der Schusslinie gebracht hatte. Zumindest kam es ihm so vor. Doch in diesem Park hatte er Susanne getroffen, und zu einer solch wehmütigen Erinnerung passte kein Pfeifen.

Als er zwanzig Minuten später zurückkam, war der Wagen von Frau Finke tatsächlich fort. Vorsichtshalber ging er mit seinem Richtmikrofon alle Wände ab, eventuell unterhielten sich die Nachbarn untereinander. Er hatte ein ungutes Gefühl wegen dieser merkwürdigen Aktion mit der Katze. Doch er hörte nur Fernsehgeräusche. Es war mittlerweile kurz nach acht Uhr, da schauten die meisten die Nachrichten.

Nun holte er endlich das Fotoalbum hervor, das er aus Susannes Wohnung mitgenommen hatte, und war für die nächste Zeit beschäftigt. Er blätterte die Seiten von hinten nach vorne durch, denn die aktuelle Vergangenheit interessierte ihn mehr als die weiter zurückliegende.

Doch wie das bei Alben so ist – die ersten Fotos klebte man noch akribisch ein, versah sie mit einer Überschrift oder einem Datum, danach blieben die Seiten leer. Ab und an wurden nur noch ein paar lose Fotos hineingesteckt, mit der besten Absicht, sie später mal einzukleben.

Das erste Foto, das aus den hinteren Seiten fiel, zeigte einen Mann um die dreißig, der auf einem Balkon stand und grillte. Er trug die hellbraunen Haare etwas zu lang für Konstantins Geschmack und hatte sehr blaue Augen. Das Foto war eindeutig hier im Haus aufgenommen, wahrscheinlich auf Susannes Balkon. Ein anderes Foto zeigte beide an die Brüstung gelehnt. Der Mann hatte seine Hand leicht auf Susannes Schulter gelegt.

Doch als Konstantin die beiden Fotos zur Seite legen wollte, fiel sein Blick auf eine Bodenfliese. Sie hatte einen markanten Sprung, den er nur zu gut kannte. Die dritte Fliese von links, wenn man Richtung Straße blickte, war auf seinem Balkon gebrochen. Da brauchte er nicht nachzuschauen, das wusste er seit der ersten Besichtigung dieser Wohnung. Wenn Susanne mit einem fremden Mann hier auf seinem Balkon gegrillt hatte, blickte ihm da auf den beiden Fotos aller Wahrscheinlichkeit nach sein Vormieter entgegen, oder?

Konstantin drehte die Fotos um und suchte nach einem Datum. Die Bilder waren im Sommer letzten Jahres aufgenommen worden. Warum der Mann wohl ausgezogen war? Er sah auf den Bildern doch recht vergnügt aus. Hatten die beiden ein Verhältnis gehabt und sich gestritten? Er suchte nach weiteren Fotos mit ihm, doch der Rest war unspektakulär. Es gab lediglich einige Bilder von einem Urlaub in Italien und von Besuchen in ihrem Elternhaus. Das erkannte er, weil auch die Kinderfotos von Susanne ein bestimmtes Haus zeigten und ein Ehepaar, das auf den Fotos alterte, während Susanne heranwuchs und schöner wurde. Woher sie ursprünglich stammte, war nicht zu erkennen.

Frau Finke wusste das bestimmt alles. Er musste sich die Dinge mühsam erarbeiten, und sie ließ einfach Namen und Zahlen durch die Datenbank laufen.

Konstantin blätterte wieder nach vorne und schaute sich das blonde Kind noch einmal an. Niedlich sah sie aus, die Susanne. Sie hatte als Kind nämlich tatsächlich zwei geflochtene Zöpfe gehabt und eine Latzhose getragen, wahlweise in einem verwaschenen Rot oder in Jeansblau. Er dachte nach. Es hatte also vor gar nicht langer Zeit einen Vormieter gegeben. Natürlich hatte es einen Vormieter gegeben, so eine Wohnung ließ man ja nicht leer stehen. Sicher hatte der alte Adler die zweite Wohnung als Kapitalanlage.

Aber nun, nachdem dieser Vorgänger von Konstantin ein Gesicht und eine wie auch immer geartete Beziehung zu der Toten hatte, wurde es spannend. Es wäre doch interessant zu erfahren, warum der Mann auf dem Foto weggezogen war.

Irgendwer kannte doch bestimmt noch seinen Namen. Er

würde wohl seine neue Bekanntschaft mit Frau Nawrath vertiefen müssen.

Und so begab er sich am nächsten Tag zur gegenüberliegenden Tür und läutete. Es war später Nachmittag. Sie öffnete schneller als erwartet und schien sich über den Besuch zu freuen.

»Mein lieber Herr Neumann, kommen Sie herein. Wie schön!«

Frau Nawrath sah aus wie eine Vogelscheuche. Sie trug heute eine graue Hose, die nicht nur zu weit an den Beinen, sondern auch noch viel zu lang war. So konnte Konstantin nicht einmal feststellen, ob sie Hausschuhe trug oder in Socken durch die Wohnung schlich. Ihre karierte Bluse hätte in die Wälder Kanadas gehört, und zwar an den Oberkörper eines muskulösen Holzfällers. An ihr sah der Stoff wie ein Poncho mit Ärmeln aus. In diesem Moment kam ihm eine gute Idee. Manche Leute aßen einfach zu wenig, wenn sie alleine lebten.

»Frau Nawrath, unser gestriges Abenteuer hat mir Spaß gemacht«, log er.

Sie waren in ihrem Wohnzimmer angekommen. Hier herrschte ein moderneres Ambiente, als man es ihrem Kleidungsstil nach vermutet hätte. An zwei Wänden standen elegante Schränke und ein antikes Büfett. Ein helles Ledersofa und ein Esstisch in massivem Echtholz rundeten die Mischung aus Alt und Neu gekonnt ab. Teuer, dachte Konstantin und hatte wieder die Wohnung von Susanne Jung vor Augen.

Schnell fuhr er fort: »Haben Sie das Gesicht der Kommissarin gesehen, als sie mich da oben herumklettern sah?« Konstantin setzte sich auf Frau Nawraths Wink hin an den Tisch, während sie lachte und zwei Gläser holte.

»Oh ja, aber ich wäre niemals auf die Idee gekommen, dass man uns einen Einbruch anhängen würde. Es war doch ganz offensichtlich, dass es um die Rettung einer Katze ging.« Sie goss ohne zu fragen Portwein in die beiden Gläser und prostete ihm zu. Dann wollte sie wissen: »Hat diese unmögliche Frau Ihnen noch viel Ärger bereitet?«

»Nein, nein«, sagte er. »Was sollte sie mir auch beweisen?« Er setzte sein Glas ab und schaute auf ihre nussfarbenen Haare, die im Licht glänzten. Er war fasziniert von ihren Haaren, warum auch immer. Ja, er ertappte sich gerade dabei, wie er sich diese schmale Frau in einer engen Jeanshose und einer eleganten weißen Bluse vorstellte. Seine Schwester müsste mal mit Frau Nawrath shoppen gehen und sie beraten.

Er räusperte sich und bemerkte, wie er nervös wurde. Er hatte keine Ahnung, wie seine Nachbarin auf seine nächste Frage reagieren würde. »Frau Nawrath, würden Sie morgen Abend mit mir essen gehen? Ich möchte Sie einladen.«

Natürlich hatte er danach nicht mehr nach seinem Vormieter fragen wollen. Sie hatten beide an ihrem Portwein genippt, bis die Gläser leer waren. Dann hatte Konstantin sich verlegen verabschiedet. Beim Abendessen würde sich schon eine Gelegenheit ergeben, denn Frau Nawrath hatte tatsächlich erfreut zugesagt.

»Was für schöne Ideen Sie haben, Herr Neumann.«

DREI

Das Album von Susanne wäre er vor dem gemeinsamen Essen gerne noch losgeworden. Ihm war, als brannte es ihm ein Loch ins Mobiliar, wo immer er es auch hinlegte. Wie ein rotes Gesicht bei schlechtem Gewissen schien es aus jedem Versteck zu leuchten. Nach der gestrigen Anschuldigung der Kommissarin traute er sich nicht mehr, über den Balkon in die Wohnung von Frau Jung zu steigen. Leider war das Album zu groß, um in den Briefkasten zu passen. Und wegschmeißen oder verbrennen wollte er die Fotos keinesfalls. Er traute dieser unmöglichen Kommissarin zu, dass sie irgendwann noch mit einem Durchsuchungsbefehl bei ihm auftauchte.

Beim Wäschewaschen kam ihm dann die zündende Idee. Jeder Mieter hatte im Keller einen kleinen Verschlag für ausrangierte Sachen, ein Fahrrad oder altes Mobiliar. In sechs Quadratmeter Raum konnte man nur begrenzt Dinge unterbringen. Diese Bereiche waren durch Gitterwände voneinander getrennt und sogar abschließbar. In diesem Fall würde das Schloss kein Problem darstellen, denn oben waren diese Gitter offen, er konnte das Buch einfach vorsichtig in den Verschlag von Frau Jung werfen.

Also wickelte er das Album wenig später in Zeitungspapier, steckte es in eine Tüte und begab sich in den Keller. Er selbst hatte seinen eigenen Verschlag noch nie benutzt. Zum Fahrradkauf war er noch nicht gekommen, und sonst hatte er nichts, was er nicht auch in die Wohnung stellen konnte. Wenn man aus einem geschlossenen Etablissement mit wenig Möglichkeit zur eigenen Entfaltung kam, musste man erst allmählich wieder Hab und Gut ansammeln. Im Knast hatte er nur ein paar Bücher und ein Schachspiel besessen.

Als er unten im Keller angekommen war, stellte er fest, dass es Probleme gab, mit denen er nicht gerechnet hatte. Welcher Verschlag gehörte denn nun zu welcher Wohnung?

Direkt neben ihm gab es ein Gitter mit allerlei Gerümpel, einem alten Rasenmäher und jeder Menge Einmachgläser. Im nächsten Verschlag herrschte dagegen eine staubige Leere. Konstantin hielt die Plastiktüte mit dem verbotenen Inhalt an die Brust gepresst und wusste einen Moment lang nicht weiter. Dann wälzte er die sehr saubere Tüte ein wenig im Staub und warf das Paket in den überfüllten Verschlag, und zwar so gezielt, dass das Ding zwischen dem Rasenmäher und einer alten Matratze landete. Hier hatte in den letzten zwei Jahren sicher keiner etwas bewegt.

Plötzlich hörte er Schritte. Herr Schubert kam mit einem gelben Sack in der Hand den Flur entlang. »Hallo, Herr Neumann, ich grüße Sie. Oje, Sie haben noch immer keinen Platz in Ihrem Verschlag.«

»Guten Abend. Doch, doch, ich habe ihn noch gar nicht benutzt.«

Konstantin zeigte verwirrt auf die leere Kammer vor ihm. Herr Schubert schüttelte jedoch den Kopf und erklärte: »Nein, Herr Neumann. Da irren Sie sich aus verständlichen Gründen. Schließlich sollte Ihnen ein leerer Raum zur Verfügung stehen. Was Sie da sehen«, er machte eine abfällige Geste in Richtung des zugestellten Verschlages, »sind die Sachen Ihres Vormieters. Da hat jemand beim Auszug nicht aufgepasst. Sie stehen gerade vor Susannes Kammer. Sie könnten natürlich einfach tauschen, aber die Schlüssel passen ja nicht. Tut mir leid.«

Schubert beugte sich vertraulich vor und ergänzte: »Wenn Sie mich fragen, ich würde dem Vermieter vorschlagen, den ganzen Mist abholen zu lassen, wenn nicht vom Exmieter, dann eben vom Sperrmüll.«

Konstantin starrte auf seinen Schlüsselbund und nickte geistesabwesend. Dann sagte er: »Ach ja, zurzeit habe ich gar nichts zum Unterstellen. Ich liebäugle mit einem Rennrad und wollte nur gucken, ob so ein Rad hier reinpasst und wie die anderen Mieter das handhaben. Wer war denn mein Vorgänger? Ich könnte ihn ja mal kontaktieren. Oft geht es gütlich viel besser und …«

Ein Auflachen von Herrn Schubert unterbrach ihn. »Der ist abgehauen.«

»Abgehauen?«

»Ja, in einer Nacht-und-Nebel-Aktion hat unser Hunter seine Sachen gepackt und ist weg.«

»Hunter?« Dümmliche Fragen und Wiederholungen waren Konstantin ein rhetorisches Gräuel, aber er war gerade sehr überrascht.

»Na ja …«, sagte Schubert und stellte nun endlich den gelben Sack neben sich ab, »der hat doch immer von Kanadas Wäldern geredet und von den Schwarzbären. Irgendwann wollte er dorthin auswandern, und die Gelegenheit hat sich wohl schneller als erwartet geboten. Das ist zumindest meine Theorie, und ein Streit mit der Susanne hat die Sache wohl beschleunigt. Die beiden waren für eine kurze Zeit ein Paar. Der Hunter und der Waschbär, witzig, oder?«

Irrte er sich oder guckte Schubert nun lauernd? So nickte Konstantin verständig und lächelte gequält. »Ach ja, Kevin hat mir erzählt, dass Susanne den Spitznamen Waschbär trug. Warum eigentlich?«

Schubert griff nach seinem gelben Sack und winkte ab. »Das ist eine längere Geschichte, für die ich jetzt keine Zeit habe. Es hatte etwas mit ihren Fähigkeiten und ihrer Neugier zu tun.« Er zwinkerte und marschierte den Flur entlang.

Oben in seiner Wohnung musste Konstantin wirklich grinsen. Beim Versuch, lästige, weil verbotene Ware loszuwerden, hatte er das Album tatsächlich in seinen eigenen Verschlag geworfen. Dabei hätte er mit seinem Schlüssel hineingehen und alles schön durchsehen können. Das würde er ganz gewiss auch noch tun.

Da fragte man sich, was die Beamten bei einer Aufklärung so trieben. Frau Finke musste doch herausgefunden haben, dass Susanne Jung ein Verhältnis mit dem Vormieter gehabt hatte, auch wenn das schon ein paar Monate her war. Wozu hatte sie denn alle Nachbarn befragt? Es konnte natürlich sein, dass keiner seiner Mitbewohner das erwähnt hatte. Frau Finke hatte lediglich von der Vermutung gesprochen, dass Susanne einen Freund gehabt hatte. Menschen interessierten sich bei solchen Themen allerdings eher für aktuelle Personen, nicht für Auswanderer, die nach Kanada gegangen waren.

Das Gerümpel, das unten im Keller moderte, konnte dieser

Hunter in Kanadas Wäldern sicher nicht gebrauchen. Konstantin hoffte, beim Abendessen mit Frau Nawrath, auf das er sich ganz überraschend freute, mehr über den Auszug des Vorgängers herauszufinden. So wie Herr Schubert es dargestellt hatte, schien der Mann eilig und unerwartet ausgezogen zu sein.

Kurz entschlossen packte er einen halb vollen gelben Sack als Vorwand und begab sich in den Keller. Er stellte den Müll erst einmal neben dem Verschlag ab und schloss die Gittertür auf. Vorsichtig schob er den Rasenmäher zur Seite, um an einen Karton zu kommen, der mit Büchern und anderem Kleinkram gefüllt war. Dieser Karton war der einzig interessante Gegenstand hier unten. Sonst stand der Raum voll mit einer alten Matratze, zwei Stehlampen, einem Stuhl mit einer auffallend hohen Lehne und einem Rasenmäher.

In der Tat, sofort fielen Konstantin einige Bildbände über Kanada in die Hände. Der Nordwesten, ganz klassisch, hatte es dem »Hunter« offenbar angetan. Des Weiteren fand er einen Sprachführer und zwei Messer, ein Survival- und ein kleines Bowiemesser in einer Lederscheide. Ungewöhnlich schöne Teile, die sein Vorgänger hier zurückgelassen hatte. Er hatte sie bestimmt vergessen. Ganz unten entdeckte Konstantin schließlich noch einen kompakten Reiseführer für Kanada mit einer Liste von Kontaktadressen und dem Empfehlungsschreiben einer Consultingfirma.

Als er wieder abschloss und sich der Treppe zuwandte, hätte er beinahe den gelben Müllsack im Flur vergessen, so tief steckte er mit den Gedanken in den Angelegenheiten anderer Leute. Aber erst als er in seiner Wohnung angekommen war, setzte sich eine beunruhigende Ahnung in ihm fest.

Sein Vormieter hatte entweder fliehen müssen, war geistig verwirrt gewesen oder am Ende gar nicht freiwillig gegangen. Denn diese Kiste hatte der Mann eindeutig für seine Reise nach Kanada gepackt. Ja, Konstantin spann den Gedanken noch weiter, er hatte sie wahrscheinlich absichtlich zwischen dem Gerümpel geparkt, weil sie hier keiner beachtete. Hatte er seinen Mitbewohnern nicht vertraut?

Von Weitem hörte er die Stimme seiner Schwester mahnend in seinem Kopf, weil er schon wieder Ereignisse konstruierte.

»Frau Nawrath, warum ist mein Vormieter eigentlich ausgezogen? Es ist doch ein nettes Wohnen hier. Hatte er berufliche Gründe?«

Sie saßen zusammen bei einem Spanier und warteten auf ihre ersten Tapas, während sie beide an einem Amontillado nippten. Eine große Flasche Mineralwasser stand ebenfalls auf dem Tisch.

Frau Nawrath antwortete prompt: »Nein, der ist doch nach Kanada ausgewandert. Aber ich finde, eine berufliche Veränderung ist das ja auch irgendwie.« Sie kicherte kurz.

»Das war wohl eine ziemlich abrupte Abreise. Ich habe nämlich noch sein ganzes Gerümpel im Keller. Meinen Sie, er ist sauer, wenn ich alles abholen lasse?«

»Er wird sich den Kram kaum nachschicken lassen, oder? Und nach dem, was ich da unten gesehen habe, ist das doch nur unbrauchbares Zeug. Der Leander kommt bestimmt nicht zurück.«

Sie sagte das sehr überzeugt und fügte hinzu: »Jedenfalls hat er das gesagt. Ich glaube, er hatte Stress mit einem Auftraggeber, und plötzlich ging ihm hier in Deutschland alles auf die Nerven.«

»Ich habe ein Foto von ihm und Susanne Jung gesehen, sie schienen sich zu mögen.«

Seine Nachbarin beugte sich ein Stück vor, er hatte den Eindruck, dass sie den Klatsch genoss. »Ach, wissen Sie, die Susanne, die musste mit jedem Mann mal ein wenig herumschäkern. Für sie war das eher ein harmloses Spiel, und den meisten wurde das auch schnell klar. Leander hatte sich aber ein bisschen verguckt und sich mehr erhofft. Er war eine Zeit lang ganz schön hartnäckig. Aber das hatte nichts mit seinem Auszug zu tun. Der kam erst später.«

Ihre Tapas wurden serviert, Kaninchen in Tomatensoße, Oliven, Garnelen in Knoblauch-Kräuter-Tunke und mit Serranoschinken gebratene Champignons. Konstantin war erfreut, dass Frau Nawrath mit Appetit zulangte und nicht nur einen kalorienarmen Salat bestellt hatte. Und wie sie da so am Tisch saß und mit einer triefenden Garnele kämpfte, wusste er plötzlich, an wen ihn seine Nachbarin erinnerte. An Geraldine Chaplin. Also, natürlich war Frau Nawrath nicht so schön wie die Chaplin in einigen ihrer Filme, aber dieses etwas verhärmte, kantige Aussehen und die Haare passten gut. Er sagte ihr das, und sie lachte kopfschüttelnd.

»Und ...«, fragte er dann, »ist dieser Leander wirklich nach Kanada gegangen? Haben Sie etwas von ihm gehört?«

Konstantin bemühte sich um einen harmlosen Gesichtsausdruck, was ihm leichtfiel. Man hatte ihn im Knast nicht selten unterschätzt. Wenn die Leute ihn sahen, dachten sie immer, er wäre für zigmal falsches Parken eingefahren.

Frau Nawrath griff nach einem Stück Baguette und sagte: »Susanne hat mal eine Karte von ihm bekommen, da waren die Rockys drauf.« Sie biss in das Stück Brot und lächelte ihn kauend an.

Das klang ja so, als wäre dieser Leander gut in seinem Wunschland angekommen, auch ohne Reiseführer und Kontaktadressen. Andererseits bekam man diese Karten überall, der Poststempel war entscheidend.

Das Essen schmeckte vorzüglich, und Konstantin genoss die gemeinsame Mahlzeit sehr. In dieser Beziehung hatte der Mensch einen wahrlich großen evolutionären Sprung gemacht, dachte er. Das gemeinsame Essen war zu einer kommunikativen Begleitung für private wie geschäftliche Anlässe geworden. Das hielten Wölfe ja anders. Allerdings war der Mensch auch imstande, mit ausgefeilten Manieren sein Rumpsteak zum Munde führen, während er seine Geschäftspartner oder auch Freunde verbal in den nächsten Abgrund schob. Diesbezüglich war er dann doch wieder wie ein Raubtier – ohne Mitleid und Gnade. Lag nicht er selbst gerade auf der Lauer, während er Frau Nawrath galant den Brotkorb anbot?

»Wollen wir nicht Du sagen?«, fragte sie unverhofft und hob ihr leeres Sherryglas. Er nickte nur, erinnerte sich dann aber an seine Manieren und sagte schnell: »Konstantin, ich heiße Konstantin.«

»Ulrike. Auf eine gute Nachbarschaft, Konstantin.«

Er hielt ihr sein Glas hin, lehnte sich aber mit dem ganzen Körper weit nach hinten. Nicht auszudenken, wenn man sich nun küssen musste. So weit war er einfach noch nicht. Doch Frau Nawrath, vielmehr Ulrike, tickte fröhlich ihr Glas an seines und stellte es wieder auf den Tisch zurück.

»Erzähl mir doch noch mehr über unsere Mitbewohner. Kevin kommt mich manchmal besuchen, also, seitdem ich Goofy habe. Er ist etwas anstrengend, nicht wahr?«

Frau Nawrath steckte sich gleich drei Oliven in den Mund, und er hielt es für besser, eine andere Person zu erwähnen. Sie offenbar auch, denn beim Stichwort Frau Bartels und der Erwähnung ihres neuen Freundes kaute sie dann sehr schnell und erzählte.

»Frau Bartels hat manchmal einen, ich nenne es mal, eigenwilligen Stil. Sie ist verwitwet, die Gute, und ihr Mann war ein ganz furchtbarer Pedant. Seit seinem Tode hat sie offenbar Nachholbedarf an den verschiedensten Fronten. Immer noch, denn Herr Bartels ist ja schon seit zwei Jahren tot. Der gute Geschmack bleibt dabei ein wenig auf der Strecke, wenn du mich fragst.«

Konstantin dachte bei sich, dass seine Begleiterin nicht zu laut über Geschmack lästern durfte, immerhin könnte man mit ihrem Kleidungsstil nicht einmal in einem Film über das bäuerliche Leben in den siebziger Jahren punkten.

Er lächelte höflich und erwiderte: »Ich glaube, ich habe gestern ihren Freund getroffen. Er erinnerte mich ein wenig an einen Heiratsschwindler.«

»Er wird auch einer sein, aber das zumindest erkennt Heike selbst schnell genug. Sie will sich nur amüsieren. Soweit das mit einem solchen Kerl geht.« Ulrike zog ein Gesicht wie ein Vegetarier beim Anblick einer frischen Blutwurst.

»Wie alt ist eigentlich der Herr, der gegenüber von Frau Bartels wohnt? Man hört ihn ja mehr, als dass man ihn sieht.«

Ulrike antwortete prompt: »Der Adler ist siebenundachtzig Jahre alt und verdammt clever. Deshalb macht ihm der Verfall seines Körpers auch so zu schaffen. Er hasst jegliche Art der Abhängigkeit. Dabei ist ja wohl seine Pflegerin von ihm abhängig und nicht umgekehrt. Man sollte meinen, dass er sich nach all den Jahren an eine gewisse Pflege gewöhnt hätte, aber …«

Sie nahm ihren Sherry in die Hand, den der Kellner gerade gebracht hatte, und beendete den Satz nicht mehr. Konstantin überlegte, ob er ihr mitteilen sollte, dass der alte Herr der Vermieter seiner Wohnung war, ließ es aber bleiben. Entweder wusste sie es und hielt damit aus unerfindlichen Gründen hinter dem Berg, oder sie wusste es nicht, und das wäre genauso merkwürdig. Denn warum sollte der Hausgemeinschaft nicht bekannt sein, wem die Wohnung im ersten Obergeschoss gehörte? Konnte er in diesem Hause überhaupt jemandem trauen?

Ulrike überraschte ihn mit ihrer Frage: »Was glaubst denn du, was der Susanne passiert ist? Ich habe gehört, sie soll an einem Stromschlag gestorben sein.« Und er war noch überraschter, wie souverän er eine Geschichte erzählte, an die er auf gar keinen Fall glaubte: »Ich glaube …«, sagte er, »ich glaube, dass Frau Jung irgendwo eingeladen war, wo es zu einem Stromunfall mit tödlichem Ausgang kam. Der Gastgeber geriet verständlicherweise in Panik und hat sie nach Hause gebracht und in den Flur gelegt, statt die Polizei oder einen Notarzt zu rufen. Viele Menschen drehen beim Anblick eines Toten geradezu durch.«

»Das würde ja für eine gewisse Sorgfalt und Sympathie sprechen. Andere entsorgen ihre Leichen im Wald oder im Kanal, Susanne wurde immerhin nach Hause gebracht. Die Person ist damit ein hohes Risiko eingegangen, oder?« Eine weitere Garnele verschwand in Ulrikes Mund.

Seine Nachbarin war abgebrühter, als er sie eingeschätzt hatte. Er zuckte die Achseln und sagte langsam: »Ich habe noch keine Leiche im Wald gefunden, noch nie. Auch nicht im Kanal.«

Ihm persönlich machte der Tod von Susanne zu schaffen. Dabei hatte er sie nur zweimal getroffen. Die anderen hatten seit Jahren mit ihr zusammengewohnt und ließen sich kaum etwas anmerken. Kevin schien den Todesfall im Haus sogar zu genießen. Und verliebte sich dabei in eine dicke, ungehobelte Kommissarin. Den Vormieter seiner Wohnung schien auch keiner zu vermissen.

Er selbst wurde gerade angestrahlt, als wäre er George Clooney, und fühlte sich in dieser Hausgemeinschaft immer wohler.

Beim Heimgehen hakte Ulrike sich locker bei ihm ein und wirkte weniger steif als sonst. Sie spazierte allerdings so gemächlich die Straßen entlang, dass ihm in seinem dünnen Hemd allmählich kalt wurde. An der Wohnungstür fragte er sie dann doch noch: »Wie hieß er eigentlich mit Nachnamen, mein Vormieter Leander?«

»Heinemann. Gute Nacht und vielen lieben Dank für die Einladung.«

In seiner Wohnung empfing Goofy ihn mit einer tief unter den Bauch gepressten Rute. Der Hund umrundete Konstantin ein paarmal, leckte ihm die Hand und legte sich dann wieder in sein Körbchen. Merkwürdig, dachte Konstantin, denn selbst wenn er nur kurz den Müll hinunterbrachte, wurde er danach mit wedelndem Schwanz begrüßt. Der Hund würde doch wohl nicht krank werden? Er holte einen Hundekuchen aus der Küche, und als Goofy ihn vorsichtig gegessen hatte, entspannte er sich etwas, wie ein Kind, das froh war, nicht mehr alleine zu sein.

Trotz der späten Uhrzeit setzte er sich an seinen Computer. Jetzt müsste man Zugang zu einer polizeilichen Datenbank haben, dachte er, als er sich den Namen Leander Heinemann notierte, um ihn später durch das weltweite Netz zu jagen. An seinem Arbeitsplatz bückte er sich, um seine Maus aufzuheben, die ihm heute Abend auf den Boden gefallen war. Da er in Eile gewesen war, hatte er sie einfach liegen lassen.

Dass sie nun ordentlich neben der Tastatur lag, ließ ihn überrascht innehalten. Hatte er sie etwa doch noch aufgehoben, automatisch, ohne es bewusst zu speichern? Er schaute sich in seinem Arbeitszimmer um, doch ansonsten fiel ihm nichts Ungewöhnliches auf. Er konnte jedenfalls nicht erkennen, dass jemand seine Sachen durchsucht hatte. Misstrauisch wanderte Konstantin durch die Räume.

Im Schlafzimmer war eine Schublade mit Socken nicht ganz geschlossen, sondern stand ein paar Zentimeter vor. Natürlich konnte das auch ihm passiert sein, aber er hasste vorstehende Kanten, denn sie ärgerten einen mit blauen Flecken. Alle Nachbarn hatten sehen können, dass er heute mit Frau Nawrath ausgegangen war. Jeder hätte Zeit gehabt, seine Wohnung zu durchsuchen. Dazu würde auch das merkwürdige Verhalten des Hundes passen.

Konstantin kroch eine seltsame Hitze den Nacken hoch. Er machte sich nichts vor, ein Mann wie der alte Adler besaß mit Sicherheit einen Reserveschlüssel für seine vermietete Wohnung. Die Tatsache, dass so etwas ohne konkrete Vereinbarung nicht erlaubt war, dürfte dem Greis so egal sein wie die Helmpflicht beim Mopedfahren.

Wenn er, Konstantin Neumann, Schlüssel für die Türen seiner Nachbarn hätte, würde er sie auch nutzen. Ein wenig erleichtert beglückwünschte er sich zu seiner Eingebung, dass er das Fotoalbum von Susanne Jung rechtzeitig aus der Wohnung entfernt hatte. Sein Computer war gut geschützt, da hätte auch ein Hacker mehrere Stunden benötigt, um an Daten zu kommen.

Aber wonach hatte man überhaupt bei ihm gesucht? Glaubte Adler etwa, er hätte etwas mit dem Tod von Frau Jung zu tun?

Und dann wurde ihm noch mal richtig heiß – sein Richtmikrofon. Wenn jemand das selbst gebaute Teil gefunden hatte, dann wussten sie, dass er seine Nachbarn bespitzelte. Wie peinlich und eventuell auch gefährlich! Es lag noch immer unter seinem Sofa. Wenn nur Schränke und Schubläden untersucht worden waren, konnte es unentdeckt geblieben sein.

Konstantin trug schnell noch einiges in seine Liste über die Nachbarn ein, dann ging er zu Bett. Den Namen seines Vormieters würde er morgen durchs Netz jagen.

Am nächsten Morgen meldete sich aber schon sehr früh seine Firma, um einige dringende Probleme durchzugeben. Alle zwei Wochen ging er zu einem Meeting in die Firma, um so einen lockeren Kontakt zu seinem Chef und den anderen Kollegen zu halten. Das meiste lief per E-Mail.

Die Firma hatte ihren Sitz in Dortmund, und jeden Morgen hätte er keine Lust auf die nervige Autofahrt im dichten Pendelverkehr von Münster nach Dortmund gehabt. Zu Hause war in seinen Augen der optimale Arbeitsplatz, der aber eine Menge Selbstdisziplin verlangte. So musste heute auch Goofy zunächst warten.

Als er endlich gegen zwölf Uhr dreißig von einem verspäteten Spaziergang zurückkam, sah er gerade noch einen Lkw mit nicht lesbarer Beschriftung in die entgegengesetzte Richtung fahren. Eine beunruhigende Ahnung befiel Konstantin, und er lief, den Hund im Schlepptau, die Kellertreppe hinunter.

Er hatte nun seinen Verschlag zur freien Verfügung. Sämtliche Sachen von Leander Heinemann waren abgeholt, das Schloss aufgebrochen worden.

Das war doch wirklich alles sehr merkwürdig. Kaum interessierte er sich für seinen Vormieter, da verschwanden dessen Sachen, nachdem sie monatelang als Staubfänger gedient hatten. Bevor er nach oben ging, holte er seine Post aus dem Brieffach und fand einen handgeschriebenen blauen Zettel: *Verschlag zu Ihrer Nutzung leer geräumt, mussten Schloss aufbrechen. Neues Schloss wird noch heute eingebaut, Schlüssel steckt dann!*

Wie aufmerksam, kein Name, keine Anrede. Sein Vermieter benahm sich wie ein Phantom in einem B-Movie. Doch der Tag hielt noch mehr Überraschungen bereit. An seiner Wohnungstür angekommen, begegnete ihm Frau Schubert, die soeben von ihrer Wohnung kam. Sie trug ein elegantes braunes Kostüm mit einer passenden Halskette und war perfekt frisiert. Selbst ein Sturm hätte höchstens ihren Rocksaum in Bewegung bringen können.

»Hallo, Herr Neumann, haben Sie schon gesehen? Ihr Verschlag ist jetzt benutzbar. Mein Mann hat den alten Antonius endlich zum Handeln ermutigt. Die Sachen hätten längst weggeschmissen werden müssen, nicht wahr?«

Vor Erstaunen konnte er sie nur anstarren. Wochenlang machte hier jeder ein Geheimnis um die Vermietung seiner Wohnung, und plötzlich plauderte Frau Schubert mit ihm ganz lässig darüber, als ginge es um das Wetter.

»Oh ja, danke. Es hätte aber nicht geeilt, Frau Schubert. Aber was geschieht denn jetzt mit der Wohnung von Frau Jung? Kennen Sie schon den neuen Besitzer?«

Sie zwinkerte zweimal mit den Augen und zeigte dabei deutlich ihren goldfarbenen Lidschatten. Dann sagte sie: »Ich denke doch, dass ihr Großvater alles erbt. Susanne hatte keine anderen

Verwandten mehr, und ich bezweifle, dass sie in ihren jungen Jahren ein Testament gemacht hat.«

»Und, wird der Großvater hier einziehen? Kennen Sie ihn?«

Sie schüttelte lächelnd den Kopf. »Herr Neumann, Antonius Adler ist der Großvater von Susanne. Wussten Sie das denn nicht?«

Konstantin hockte in der Wohnung und kämpfte mit seinen Gedanken, die sich immer nur im Kreise drehten. Zumindest bot diese Verwandtschaft eine Erklärung dafür, wie Susanne Jung sich diesen teuren Lebensstandard hatte leisten können. Vielleicht hatte ihr der alte Herr die Wohnung geschenkt, und auf diese Weise waren der jungen Frau erhebliche Kosten wie Miete oder Ratenzahlungen erspart geblieben.

Der alte Adler hatte allerdings eine bemerkenswert unauffällige Art zu trauern. Keiner sprach über diesen Verlust, zumindest nicht mit ihm. Konstantin konnte nicht wissen, ob die anderen Mieter nicht doch mehr Betroffenheit zeigten, wenn sie sich untereinander unterhielten. Er würde auf jeden Fall zur Beerdigung gehen, aber noch war die Leiche nicht freigegeben.

Mist, Konstantin hätte sich jetzt zu gerne noch mal das Fotoalbum angesehen und nach Ähnlichkeiten in den Gesichtern der Eltern gesucht. Doch das befand sich nun mit all dem anderen Gerümpel in einem Lkw. Bei der Suche nach dem Namen Leander Heinemann unter google.de wurden keine brauchbaren Ergebnisse angezeigt. Der Mann war weder bei Facebook, Twitter noch ähnlichen Plattformen vertreten, die Personen gleichen Namens ähnelten nicht einmal annähernd dem Mann auf dem Foto mit Susanne Jung. Man sollte doch meinen, dass ein erfolgreicher Auswanderer vielleicht einen Blog über sein neues Leben in Kanada verfasste. Und um nach Heinemanns Familie zu suchen, hatte er zu wenig Informationen.

Er trommelte eine Minute lang mit den Fingern einen wenig angenehmen Rhythmus auf die Tischplatte, dann griff er zum Telefon, um seine Schwester anzurufen.

»Konstantin, wenn das wieder in irgendwelchen Verschwörungstheorien gipfelt, dann kündige ich dir die Verwandtschaft.«

»Ich habe eine tote Frau in meinem Hausflur gefunden, obwohl du mir eine nette und sehr harmlose Nachbarschaft versprochen hast. Das ist Fakt. Mein Vormieter hatte ein Verhältnis mit der Toten und ist Hals über Kopf aus dieser Wohnung ausgezogen. Das haben mir zwei Nachbarn unabhängig voneinander erzählt. Ich finde es eine verdammt naheliegende Frage, ob dieser Leander Heinemann nun wirklich in Kanada lebt oder ob er nicht doch von der Polizei gesucht wird oder von seiner Familie gar als vermisst gemeldet ist.«

Und er fügte beinahe trotzig hinzu: »Im Übrigen habe ich in meinem Spind im Keller angeblich vergessene Sachen von ihm gefunden, die man dann ganz plötzlich hat abholen lassen.«

Am anderen Ende der Leitung konnte er seine Schwester geradezu denken hören. »Okay, ich höre mich mal um. Wie geht es meinem Lieblingshund?«

»Ah, jetzt, wo du fragst … Ich glaube, dass jemand in meiner Wohnung war, als ich mit meiner Nachbarin essen war. Goofy wird es genau wissen, aber er will nicht mit mir darüber reden.«

»He, du hattest ein Date? Herzlichen Glückwunsch, Konstantin.«

»Klar, das interessiert dich natürlich mehr als meine durchwühlten Sachen und die sabotierte Privatsphäre.« Sie lachte am anderen Ende der Leitung, und er erzählte ihr kurz von dem Abend mit Frau Nawrath und dem auffälligen Verhalten des Hundes, als er nach Hause gekommen war.

Anja sagte: »Das sind alles nur vage Vermutungen. Selbstverständlich könntest du die Maus vorher aufgehoben haben. So etwas passiert einem ebenso häufig wie das merkwürdige Verschwinden von Gegenständen. Neulich habe ich meinen Autoschlüssel in der Tiefkühltruhe wiedergefunden und …«

»Anja? Anja, ich habe damals nicht alles falsch gemacht.«

Stille. Dann: »Nein, das hast du nicht. Ich melde mich.«

Konstantin starrte noch zwei Minuten auf den Hörer, bevor er ihn endlich weglegte.

Er versuchte, sich wieder seiner Computerarbeit zu widmen, doch seine Gedanken führten ein Eigenleben, und immer wieder sah er das Bild seines Vormieters vor sich, wie er Susanne im

Arm hielt und unbeschwert in die Kamera blickte. Ob Leander damals schon die gepackte Kanada-Kiste im Keller stehen hatte? Hatte er kleine Luftschlösser gebaut und sich mit Susanne in die Wälder Kanadas geträumt? Gut möglich.

Gegen drei Uhr am Nachmittag bekam seine Selbstdisziplin die Oberhand, und er vertiefte sich in die aufwendig gestaltete Website einer Hotelkette. Daher begab er sich erst recht spät zum Abendspaziergang mit Goofy. Dieses Mal traf er auf dem Rückweg Kevin Schubert, der lustlos einen altersfleckigen Lederball gegen die Hauswand schoss.

»Hi, Kevin, hast du Langeweile?«

Der Junge zuckte die Schultern und hielt den Ball mit der Fußspitze an. »Oben ist dicke Luft.«

»Ah, verstehe, da treibst du dich lieber etwas herum. Hast du etwas angestellt?«

Kevin schüttelte so heftig den Kopf, dass Konstantin schon beim Zuschauen Kopfschmerzen bekam, und empörte sich: »Ich habe nichts angestellt. Eh nicht. Meine Eltern streiten.«

Konstantin nestelte an der Leine, Goofy blickte erwartungsvoll zum Ball. »Na, da will man auch nicht dabei sein, nicht wahr? Willst du mit Goofy noch eine Runde drehen?«

Kevin griff bereits nach der Leine, sagte aber: »Mann, ich will sehr wohl dabei sein, wenn sie streiten. Ist doch cool. Aber manchmal darf ich nicht, und dann muss ich nach unten. Wie ein kleines Kind. Ich komme gleich noch hoch zu dir.«

Kevin ließ den Ball achtlos liegen und eilte mit dem Hund davon in Richtung Aasee. Dieses Tier war mehr wert als drei anstrengende Kommunikationskurse, dachte Konstantin. Im Gefängnis konnte man an solchen Kursen teilnehmen. Training sozialer Kompetenz nannten die das, und man musste sich in Rollenspielen an bestimmte Situationen heranwagen. Wenn er sich nun so beobachtete, hatte er den Eindruck, es war doch etwas Positives hängen geblieben. Er beeilte sich, nach oben zu kommen.

Mit dem Richtmikrofon in der Hand stieg er auf Tische und Stühle, aber er hörte nichts außer ab und an eine erhobene Stimme, dumpf und unverständlich. Die Wohnung der Schuberts lag zu weit entfernt, es gab keine gemeinsame Wand.

Nach einer halben Stunde wurde Konstantin etwas unruhig. Müsste der Junge nicht langsam zum Abendbrot nach Hause? Er trat auf den Balkon hinaus und hielt Ausschau. Diesen Gedanken hatte offenbar auch Kevins Mutter. Sie rief nach ihrem Sohn. »Kevin? Wo steckst du? Wir wollen essen!«

Während er darüber nachdachte, was es bei Familie Schubert wohl zum Abendbrot gab, antwortete er ihr schnell: »Oh, hallo Frau Schubert. Ich habe Kevin eben getroffen, er ist noch mal kurz mit Goofy, also meinem Hund, spazieren gegangen. Ich hoffe, das ist in Ordnung?«

Er konnte nur ihre Stimme hören. »Ach so, ja. Dann rufe ich ihn auf seinem Handy an.« Er war erleichtert, als Frau Schubert ihn offenbar sofort erreichte und zum Essen bat. Völlig entspannt kamen die beiden auch wenig später die Straße entlangmarschiert. An der Wohnungstür, Goofy war schon durstig in die Küche getrabt, drehte Kevin sich noch mal verschwörerisch um und machte ein Handzeichen, das wohl irgendeinen ritterlichen Schwur darstellen sollte.

»Ich sage keinem, dass du ein Richtmikrofon unterm Sofa hast, Konstantin. Du suchst doch auch den Mörder von der Susanne, oder?« Dann sprang er die Treppenstufen hinauf zur elterlichen Wohnung. Konstantins erster Gedanke lag auf der Hand: Dieser sechzehnjährige Bengel musste in seine Wohnung eingedrungen sein. Doch dann kam ihm eine andere Idee.

Er hockte sich hin, so wie Kevin, wenn er Goofy begrüßte, und blickte um sich. Ohne große Mühe konnte er das selbst gebaute Teil unter dem Sofa liegen sehen. Ein Junge, der sich für Detektivgeschichten begeisterte, erkannte sofort, welche Möglichkeiten das Ding unter dem Sofa bot. Kevin wollte Kommissar werden und schreckte nicht einmal davor zurück, sich dazu mit einer ungehobelten und allzu realen Kommissarin zu verbünden. Bei nächster Gelegenheit würde er den Jungen ausfragen.

In den nächsten Tagen wurde das Wetter sehr schlecht, es regnete nahezu ununterbrochen, und ein starker Wind verwandelte harmlose Tropfen in peitschende Wasserfurien. Abgesehen von einem durchfrorenen Hundebesitzer sah man in diesen Tagen kaum jemanden auf der Straße. Allerdings betrat an einem Freitagnachmittag ein Briefträger, ebenso durchnässt wie er, gleichzeitig mit ihm das Gebäude. Konstantin stellte sich höflich wartend in den Flur, bis der Postbote alles verteilt hatte. Und mit ganz viel Interesse sah er, dass ein brauner Umschlag in DIN-A5 im Kasten von Susanne Jung landete. Natürlich musste die Polizei diesen Umschlag für ihre Ermittlungen bekommen, das sah sogar er ein. Doch er würde nur eine Stunde brauchen, dann wäre dieser Großbrief nahezu unbeschadet wieder im Kasten von Frau Jung.

Also kümmerte er sich zunächst höchst unbefugt um das fremde Postfach. Die Prozedur war ein wenig schmerzhaft, denn er schrammte mit den Handrücken immer wieder an der scharfen Kante des Briefeinwurfs entlang, bis er den Umschlag mit zwei Fingern endlich zu fassen bekam und vorsichtig herausziehen konnte. Seine eigene Post war dagegen fast uninteressant. Ein Schreiben seiner Krankenkasse und eine Postkarte seines besten Kollegen aus dem Knast. Viele Freunde hatte er dort nicht finden können und wollen, aber Frank, der Verfasser der Karte, gehörte zu den sympathischeren Insassen.

Im Gegensatz zu Konstantin war Frank nicht aufgrund eines Gewaltverbrechens verurteilt worden, sondern wegen Handels mit geraubten Kunstwerken. Lukrativ, aber mit einem hohen Risiko verbunden, wie Frank ihm mit einem schiefen Lächeln erzählt hatte.

»Du bist zu viel auf unbekannte Leute angewiesen, angebliche Kunden und Interessenten, und irgendwann lächelt dich einer dieser Fremden nach einem guten Geschäft dann an und zückt seinen Polizeiausweis.« Es war schon bitter, wenn so ein Rollentausch vom Betrüger zum Betrogenen stattfand.

Doch zunächst landete dieser Gruß achtlos auf dem Küchentisch, und Konstantin widmete sich den Vorbereitungen zum Öffnen des Kuverts. Die gute alte Methode, den Klebestreifen über Wasserdampf zu halten, kannte jedes Kind, und er ging höchst sorgfältig vor. Diese Kommissarin war schon misstrauisch genug. Ihm wurde heiß, als er daran dachte, dass seine Fingerabdrücke leider auf dem Großbrief waren. Zur Not müsste er sagen, der Brief wäre versehentlich in seinem Kasten gelandet. Es dauerte nicht lange, und der Klebestreifen löste sich. Vorsichtig und mit Händen, die nun in Einweghandschuhen steckten, entnahm er dem Brief eine Fotokopie und eine kleine handgeschriebene Karte, unterschrieben mit »dein Hans«.

Die Fotokopie zeigte in Schwarz-Weiß ein Gemälde, ein, wie Konstantin fand, langweiliges Blumenbild, das allerdings sehr detailgetreu gemalt war und alt wirkte. Darunter stand der Name des Künstlers: Daniel Seghers, Titel: »Großes Blumenstück«, rechts Blumen und ein Kirschzweig in einem Korb, um 1615.

Auf der beiliegenden Karte las er: *Liebe Susanne, neulich unterhielten wir uns über diesen Maler, und ich sende dir mal ein Bild von ihm. Er malte herrliche Blumen, kombiniert mit heiligen Motiven. Er war übrigens Jesuit. Viele liebe Grüße, dein Hans.*

Dieses Schreiben klang so harmlos, dass Konstantin wirklich enttäuscht war. Er schaute sich den Umschlag noch mal an, doch als Absender stand nur Hans, der Poststempel stammte aus Konstanz. Das Bild war, soweit er es erkennen konnte, schön gemalt, mit Liebe zum Detail, naturgetreu und kunstvoll, aber es machte ihn nicht zum neuen Fan eines alten Blumenmalers.

Zu seinem Entsetzen wellte sich der Briefumschlag nun deutlich. Mist, verdammter. Die vorausgegangene Manipulation würde selbst ein kriminalistisch unerfahrener Mensch bemerken. Da blieb nur noch eines. Nie wirkte man harmloser, als wenn man etwas Ungeheuerliches naiv zugab. Er riss den Umschlag am Klebestreifen kaputt, so als hätte er den Brief flüchtig aufgerissen. Dann zog er die Handschuhe aus und fasste beide Zettel an. Zu guter Letzt nahm er seinen Mut zusammen und den Telefonhörer in die Hand und wählte die Handynummer der Kommissarin.

»Finke, was gibt es?«

Konstantin zuckte kurz zusammen.

»Hallo, Frau Finke, hier spricht Konstantin Neumann. Mir ist leider ein grässliches Missgeschick passiert. Ich …«

»Sind Sie wieder über eine Leiche gefallen?«

»Nein, ich habe einen Brief geöffnet, der für Frau Jung bestimmt war. Er war in meinem Briefkasten gelandet.« Wenn die Kommissarin den Briefträger fragen würde, konnte er nur hoffen, dass dieser heute verdammt viel zu tun gehabt hatte und mit seinen Gedanken bei dem schlechten Wetter und nicht bei der Postlieferung gewesen war.

»Und diesen Brief halten Sie nun für so wichtig, dass ich mich und meinen Körper durch das schlechte Wetter bewegen soll, um ihn zu holen?«

»Äh, nein, er ist, glaube ich, total unwichtig. Es steckte irgendein Foto von einem alten Gemälde in dem Kuvert und ein kleiner Zettel mit einer Notiz von einem Hans, ich weiß gar nicht ...«

»Bleiben Sie bloß zu Hause und machen Sie nichts kaputt! Ich komme sofort.«

Sehr verdutzt guckte er erst lange auf den Hörer, dann auf das Gemälde und schließlich auf die handgeschriebene Notiz, die erstaunlich ordentlich geschrieben war.

Warum hatte er sie nur so eifrig angerufen? Er tat sich mächtig leid. Jede kleine private Recherche wurde in diesem Fall wirklich hart bestraft. Hätte er gewusst, wie unwichtig dieser Brief für ihn war, hätte er die Finger nicht in fremde Briefkästen gesteckt. Eventuell wäre es besser gewesen, den Mist zu verbrennen, aber dafür war es nun zu spät. Zehn Minuten brauchte die Kommissarin, dann läutete sie bei Konstantin. Das war angesichts des langweiligen Inhalts der Postsendung unerwartet zügig.

»Guten Tag, Frau Kommissarin.«

»Sparen Sie sich die Worte, ich will den Brief sehen.« Mit diesen Worten stürmte sie an ihm vorbei, blieb dann aber im Wohnzimmer stehen, weil sie nicht wusste, wohin. In der rechten Hand hielt sie einen Zettel, in der linken ihren Autoschlüssel.

Konstantin bat sie mit einer Handbewegung in die Küche. Er hoffte, dass der eingerissene Umschlag keine Spuren der Wasserdampfbehandlung mehr zeigte, also trocken war. Doch dieses eine Mal interessierte Frau Finke sich überhaupt nicht für eventuelle Vergehen seinerseits. Sie fasste mit ihren kurzen Fingern geradezu gierig nach der kleinen handgeschriebenen Karte und ließ ihren Autoschlüssel dabei achtlos auf den Tisch fallen. Auch Goofy, der wedelnd hinter ihr stand, wurde heute ignoriert. Kopfschüttelnd sagte sie: »Meine Güte, der alte Fritz hatte recht.«

Konstantin beobachtete, wie die Frau nun ihre eigenen Unterlagen auf den Tisch legte und miteinander verglich. Interessanterweise besaß sie ebenfalls ein Foto eines alten Gemäldes. Es zeigte einen Mann, der mittelalterlich gekleidet war und mit gütigen dunklen Augen etwas zweifelnd nach rechts blickte. Mit der linken Hand umfasste er eine Kette. Neben diese Fotokopie hatte Frau Finke eine kleine Karte drapiert, die einen ähnlich kurzen Text aufwies wie die kleine Karte, die dem Kuvert beigelegt war. *Barthel Bruyn, er machte sich vor allem einen Namen als Porträtist, wobei er sehr naturgetreu und treffsicher die dargestellten Personen charakterisierte. Viele liebe Grüße, dein Hans.*

»Oh, Frau Jung hatte offenbar einen kunstinteressierten Freund, mit dem sie sich austauschte.«

Der Seitenblick, der ihn traf, war furchtbar. Spöttisch sagte sie: »Sehen Sie, deshalb bin ich Kommissarin und Sie etwas anderes. Das hier …«, ein besonders dicker Finger zeigte nun auf die Unterlagen, »das ist vielleicht eben doch keine normale Kommunikation zwischen zwei Personen mit einem schöngeistigen Hobby. Unser Spezialist im Hause hatte schon beim ersten Brief den richtigen Riecher. Dies hier scheint in gewissen Kreisen eine übliche Form zu sein, um eine Bestellung aufzugeben oder Interesse an einem Bild zu bekunden.« Triumphierend blickte sie ihn nun an, was Konstantin beileibe nicht genießen konnte.

»Was für eine Bestellung soll das denn sein?«, fragte er dümmer, als er an sich war. Aber derartige spontane Überlegungen rutschten ihm halt oft laut heraus.

»Na, dieser Hans wird kaum eine Bücherkiste bestellt haben, nicht wahr? Haben Sie schon einmal davon gehört, dass es einen lukrativen Handel mit gefälschten oder gestohlenen Gemälden gibt?«

Jetzt konnte er sich ein Grinsen nicht verkneifen, immerhin unterhielt er sogar eine kleine Freundschaft mit einem Hehler von Fälschungen. »Das finden Sie wohl witzig. Herr Neumann, das Fälschen von Gemälden ist kein Kavaliersdelikt. Und was unseren Spezialisten ganz besonders misstrauisch machte, ist die Tatsache, dass dieses Bild hier …«, sie tippte kräftig auf ihren eigenen Zettel, »ein verschollenes Gemälde zeigt. Es existiert zurzeit nur noch als Schwarz-Weiß-Foto. Da kann man wohl eins und eins zusammenzählen, nicht wahr?«

»Sie meinen, diese Bilder könnte man leicht fälschen?«

»Bingo.«

»Aber es gibt doch heute zahlreiche Möglichkeiten, um das Alter der Materialien festzustellen.«

Sie schnaubte nur. »Und es gibt immer wieder Leute, die noch raffinierter sind als die neueste Technik. Haben Sie eine Ahnung, ob das Fräulein Jung besonders geschickt mit dem Pinsel umgehen konnte? Wenn Ihre tote Nachbarin ihre zarten Finger im Fälschergeschäft stecken hatte, wäre das nämlich eventuell ein Motiv für ihr plötzliches Ableben.« Sie drehte sich abrupt um und schaute sich suchend um. An der Mikrowelle gab es eine kleine Digitaluhr, die ihr anscheinend weiterhalf. Denn sie fragte ihn jetzt: »Wie fit ist dieser alte Herr ganz unten in der Wohnung? Ich möchte ihn mal auf mein Revier mitnehmen.«

»Nun ja, Sie werden ihn ins Auto tragen müssen, fürchte ich.«

Plötzlich lachte sie los. »Sicher nicht. Ich lasse ihn von einem unserer Krankentransporte abholen. Sie wissen schon, mit Rampe, Begleitung und den speziellen Gurten.« Ihr Hamsterlächeln sollte wahrscheinlich gewitzt wirken. Jetzt tat sogar ihm der Greis leid. Aber das Vorgehen lag auf der Hand. Wenn einer etwas wusste, dann doch wohl der eigene Großvater. Sie ging, und kurze Zeit später kündigten laute Stimmen davon, dass Frau Finke Herrn Adler von ihren Plänen berichtet hatte, die dem alten Mann ganz und gar nicht gefielen. Konstantin lauschte an der offenen Wohnungstür.

»Wenn Sie etwas wissen wollen, dann putzen Sie sich die Schuhe ordentlich ab, kommen herein und lassen die Finger von meinen Keksen.«

Diese Anweisung beeindruckte die Kommissarin offenbar gar nicht, denn Konstantin hörte sie sagen: »In zehn Minuten kommen meine Kollegen und transportieren Sie engelsanft in mein Büro. Die Alternative dauert etwas länger, lässt sich aber mit zwei Worten anpreisen: richterlicher Beschluss.«

Es war klar, dass Frau Finke den Greis zwingen konnte, mitzukommen, was aber noch nicht hieß, dass er eine Aussage machen würde. Eventuell besaß dieses Weib aber eine geheime Folterkammer, dachte er, und sie würde einen altersschwachen Greis doch schneller zum Reden bringen. Leise schloss er seine Wohnungstür. Erst jetzt kam er dazu, sich mit den ungeheuren Schlussfolgerungen der Kriminalpolizei zu beschäftigen.

Susanne Jung sollte alte Gemälde gefälscht haben? Soweit er wusste, konnten das nur echte Profis, Leute, die eigentlich selbst das Zeug zum Künstler hätten, denen aber oft die guten Ideen fehlten. Im Geiste ging er sofort durch, was er beim Besuch in ihrer Wohnung gesehen hatte, doch dort hatte es keine Hinweise auf professionelles Malen gegeben. Da war Konstantin sich sicher. Beim Großvater, dem alten Adler, hingen zumindest ein paar alte Schinken an der Wand, aber wertvoll hatten die nicht gerade ausgesehen. Also hier im Haus hatte man ganz sicher nicht zum Pinsel gegriffen. Dafür bedurfte es doch einer Werkstatt, und überdies würde man derlei Aktivitäten im ganzen Haus riechen. Susanne war regelmäßig unterwegs gewesen, einmal auch über das Wochenende. Vielleicht war der vermutete Liebhaber ja eine auf alt getrimmte Leinwand?

Als Konstantin am nächsten Tag zu einem Besuch aufbrach, zeigte er ein Lächeln, das dem Zähnefletschen eines einsamen Wolfes glich. Was würden die Angestellten wie Hermann Fuchs oder Bernd Heumann wohl sagen, wenn er als Ehemaliger plötzlich einen Inhaftierten besuchte und so selbstverständlich in den Knast zurückkam, als hätte er sich dort sauwohl gefühlt? Dumme Sprüche zuhauf würde er sich anhören müssen. Sei's drum. Viele seine Exkollegen würde er gar nicht zu Gesicht bekommen, und Frank würde sich über den Besuch einfach nur freuen. Zehn Minuten blieb er dann doch vor den Toren des großen Gebäudekomplexes der Justizvollzugsanstalt, kurz JVA Münster, stehen und starrte auf die beeindruckende Fassade an der Gartenstraße. In Münster stand der Knast quasi mitten im Wohngebiet. Die JVA war Mitte des 19. Jahrhunderts gebaut worden und für Straftäter vorgesehen, die ein Strafmaß von drei bis dreißig Monaten abzusitzen hatten.

Die heimliche, irrationale Angst eines Kindes schlich sich

in Konstantins Kopf. Wenn er jetzt eintrat, sich wieder in die verschlossene Welt begab, wo Uniformen die Macht innehatten und sich die Türen hinter ihm schlossen, kam er vielleicht nicht mehr hinaus. Das Geräusch der sich öffnenden und schließenden Türen quälte ihn schon, bevor er es hörte. Jahrelange Begleiter waren ja nicht nur bestimmte Personen, Strafgefangene oder Beamte gewesen, sondern vor allem Geräusche und Gerüche. Der ständige eigentümliche Duft des Putzmittels, mit dem die Böden so furchtbar regelmäßig gewienert wurden. Der Gestank von zu viel Männerschweiß und das Geräusch, wenn Hunderte Menschen ihre Esstabletts vor sich herschoben. Ihm lief es eiskalt über den Rücken.

Nachdem er eine Durchsuchung, die Kontrolle der Papiere und die Erläuterung einiger Verhaltensregeln über sich hatte ergehen lassen, saß er nun in dem kargen Besuchszimmer und wartete. Zwei heiße Becher mit Kaffee standen auf dem Tisch; die hatte er aus dem Automaten gezogen. Er wusste, dass dieser Automatenkaffee immer noch besser schmeckte als das abgestandene Gebräu in den riesigen roten Kannen. Fünf Minuten später kam Frank auf ihn zu, klopfte ihm auf die Schulter und nahm ihn dann kurz in den Arm. Frank hatte abgenommen, fand Konstantin. Er war immer ein schlanker Mann gewesen, doch nun zeigte sich das Gesicht geradezu hohlwangig. Auch die Gesichtsfarbe seines ehemaligen Kollegen gefiel ihm nicht.

»Mensch, Konstantin, wie schön. Wie schmecken dir die Freiheit und der normale Wahnsinn da draußen?«

Nach den üblichen Floskeln erzählte Konstantin: »Nun, der Wahnsinn im Alltäglichen kommt mir weniger normal vor als hier die Verteilung von Sonderkonditionen. Ich höre und staune nur. Meine Schwester hat mir eine Wohnung in einem überaus interessanten Haus besorgt, hier in Münster, Aasee-Nähe. Je genauer ich diese als so harmlos angekündigten Mitbewohner erlebe, desto beeindruckter bin ich. Die junge Dame über mir zum Beispiel durfte ich erst leibhaftig und dann mausetot kennenlernen. Ich werde von einer dicken Kommissarin, einem Detektiv spielenden Teenager mit Downsyndrom und meiner zunehmend besorgten Schwester eingekreist und beobachtet.

Und Unterstützung bekomme ich nur von einem fünfjährigen Polizeihund, der aufgrund eines Riechfehlers in Rente geschickt wurde. Du merkst, es ist fast das gleiche Theater wie im Knast.« Konstantin lachte freundlich.

Frank schüttelte zwar amüsiert den Kopf, sagte aber merkwürdig freudlos: »Dann weiß ich ja, was mich in der echten Welt bald erwartet. Du meine Güte. Ich werde in zehn Tagen auch entlassen.«

Das wunderte Konstantin, denn bis eben hatte er geglaubt, dass Frank noch acht Monate absitzen müsste. Gute Führung war eine Sache, die Frank sicherlich beherrschte, aber der Kunsthandel mit gefälschten und vor allem geraubten Objekten hatte ihn reich gemacht und zugleich großen Schaden angerichtet. Dabei hatte er den guten Namen seines Onkels, Günther Brenner, der schon seit Jahrzehnten eine renommierte Galerie in Essen betrieb, schamlos ausgenutzt. Die nächsten Worte trafen ins Schwarze.

»Ich bin begnadigt worden. Ich habe Magenkrebs.« Nach dem ersten Schock kam Konstantin ein schräger Gedanke. Deshalb hatte Frank ihm diese freundliche Postkarte geschrieben. Er brauchte ein paar Menschen, die sich positiv an ihn erinnerten. Hoffentlich sammelte Frank in Gedanken nicht schon seine Beerdigungsgäste ein.

»Das kann man doch sicher behandeln lassen«, hörte er sich sagen.

»Ja, manchmal kann man das. Davon habe ich auch schon gelesen. In meinem Fall würden es ein paar wenige Ärzte sogar versuchen, aber die Chancen stehen nicht gut, und so habe ich mich dagegen entschieden. Ich gehe davon aus, dass diese ganzen Behandlungen mein Leiden nur verlängern und der Krankenkasse eine Menge Geld aus der Tasche ziehen würden. Weißt du, Konstantin, ich hatte ein interessantes Leben und für meine Ausschweifungen war ich immer bereit, zu zahlen, wenn es nötig wurde. Diese letzte Sache allerdings scheint mir insgesamt eine sehr hohe Bestrafung zu sein. Ich rätsle tatsächlich noch ein wenig, für welches Vergehen das aufgespart wurde.« Er lächelte wieder, und die Wangenknochen traten noch deutlicher hervor.

Mist, eigentlich hatte Konstantin ihn zu seiner Profession befragen wollen. Doch Frank sprach weiter: »Du, wenn ich raus bin, zeigst du mir mal dein interessantes Wohnobjekt, ja? Ein wenig Abenteuer so zum Ende hin, das wäre ein passabler Abschluss.« Den Kaffee drehte er zwischen den Händen, wärmte sie daran, aber getrunken hatte er noch keinen einzigen Schluck. Konstantin beobachtete ihn und starrte in seinen leeren Becher. Ein Kamillentee wäre wohl besser gewesen. Schließlich erzählte er Frank doch noch von den beiden Abbildungen und den Kärtchen eines gewissen Hans. Er hielt die Stille nicht aus, und die Krankheit wollte er nicht zum Thema machen. Noch konnte er nicht darüber reden, er war zu bestürzt.

»Diese Kommissarin glaubt nun, dass Susanne Jung, die Tote in unserem Hausflur, irgendetwas mit gefälschten Gemälden zu tun hatte«, schloss er seinen Bericht.

»Wer heute noch Gemälde fälscht, ist naiv, meistens blöd oder narzisstisch. Die Untersuchungsmethoden sind so ausgefeilt geworden, dass sie die Entstehung eines Bildes recht genau nachvollziehen können. Es macht an sich nur Sinn, zeitgenössische Maler zu fälschen. Picasso kann funktionieren, Gerhard Richter lohnt sich. Der berühmt-berüchtigte Fälscher Beltracchi schaffte es mit Bildern von Max Ernst und Max Pechstein und vielen anderen. Aber auch ihm kam man auf die Schliche, er wurde übermütig.« Frank zuckte die Achseln und fragte: »Um welche Gemälde handelte es sich denn?«

»Das weiß ich nicht mehr, ich habe die Namen noch nie gehört. Aber es waren alte Schinken, richtig alte, 16. und 17. Jahrhundert. Frau Kommissarin meinte, dass es sich bei beiden Bildern um verschwundene Objekte handelt.«

»Was meint sie mit verschwundenen Objekten? Seit wann verschwunden?«

Jetzt zeigte sich Konstantin ratlos. »Das hat sie nicht gesagt.«

Frank überlegte eine Zeit lang, und Konstantin schwieg. Für einen kurzen Moment sah sein Exkollege fast munter aus. Das Thema schien ihn zu interessieren.

»Pass auf …«, sagte Frank dann, »forsche mal im Internet nach verschwundenen Kunstobjekten, vor allem nach solchen, die seit der Nazizeit als verschollen gelten. Hitler hat damals bei seinem Eroberungsfeldzug eine Unmenge an Kunstobjekten konfiszieren und enteignen lassen. Er träumte von einem modernen und einmaligen Museum in Linz. Dafür ließ er Listen anfertigen, auf denen sich bestimmte berühmte Objekte und Gemälde befanden, und ließ diese dann systematisch einsammeln. Jüdische Besitzer wurden einfach bestohlen oder gezwungen, ihre Kunstschätze zu einem Spottpreis abzugeben, und Museen wurden regelrecht geplündert. Die hohen Nazischergen bedienten sich dabei natürlich fleißig mit und besserten eifrig ihre Wohnungseinrichtung auf. Es gibt eine sogenannte Hermann-Göring-Liste, in der man sehr schön lesen kann, was aus seinen zusammengerafften Bildern geworden ist. Einige sind nach dem Krieg tatsächlich an die ursprünglichen Eigentümer zurückgegeben worden, andere hängen in Museen, und ein paar sind bis heute verschollen oder zerstört worden. Und mit ›ein paar‹ meine ich über sechshundert Objekte.« Er schob wieder den Becher Kaffee zwischen seinen Händen hin und her.

»Aber ganz ehrlich, ein Bild aus dem 17. Jahrhundert zu fälschen, ist vergebliche Liebesmüh. Das müsste auch deine Kommissarin wissen. Das wäre so blöd, dafür müsste man deine Mitbewohnerin nicht umbringen. Die hätte sich damit bloß sehr schnell in den Knast gebracht und sicher keinen Käufer gefunden.«

Konstantin bedankte sich und fragte dann höflich nach Franks weiteren Plänen. Doch Frank winkte müde ab und sagte: »Sei mir nicht böse, ich bin total müde. Du kannst nächste Woche noch mal vorbeikommen. Ich werde mich umhören, was so in der Szene los ist, okay?«

»Gut, und in zehn Tagen bist du dann ja auch draußen.« Er stand auf, um sich zu verabschieden, als ihm noch etwas einfiel. »Wo schläfst du denn dann? Gehst du zu deiner Familie nach Essen?«

Ein bitteres Lächeln zeigte sich auf Franks geschwungenen Lippen, und er sagte: »Nee, sicher nicht. Weißt du, Konstantin, die meisten Menschen haben Sorge, dass ihr Geld im Alter nicht für den Rest ihres Lebens reicht. Ich muss mir Gedanken machen, dass mein Leben nicht mehr ausreicht, um das Geld zu genießen. Ich werde also in einem guten Hotel hier in der Nähe wohnen. Wenn es mir mal nicht gut geht, bringt der Zimmerservice Kamillentee und Haferschleim. Wenn ich vor Schmerzen das große Schwitzen bekomme, drehe ich die Klimaanlage auf und so weiter. Du verstehst?«

Die nächsten Tage verliefen ereignislos. Draußen verfärbte sich die Natur in warme Rottöne, und immer häufiger musste Konstantin zum Abendspaziergang eine Jacke mitnehmen. Die Wohnung von Susanne Jung wurde merkwürdigerweise nicht verändert. Es gab keine Räumung, keine Besichtigungen, ja, er hörte überhaupt nichts von oben. Er fragte sich, ob nicht allmählich die Beerdigung sein müsste. Die Leiche war doch bestimmt schon freigegeben.

Im Internet hatte er sich fleißig durch einige Berichte über den größten Kunstraub der Geschichte gelesen. Hitler und seine Helfershelfer hatten sich gewaltig bereichert, und dies schon vor Ausbruch des Krieges. Erst waren es zahlreiche Objekte enteigneter Juden gewesen. Dann wurden die Museen geplündert. Warum, zum Teufel, hatte er diesen Teil von Hitlers Feldzug nicht in der Schule durchgenommen? Der systematische Kunstraub in Deutschland, Polen, Frankreich und den Niederlanden war für ihn persönlich, zumindest in diesem Ausmaß, völlig neu.

Die Nazis hatten einige Bilder konfisziert, sie hatten den Begriff der »entarteten Kunst« benutzt, Kunstobjekte vernichten lassen und auch Bücher verbrannt, das alles war ihm bekannt. Von Hitlers Traum, ein überwältigendes Museum in Linz zu errichten, hatte Konstantin jedoch in der Schule nichts gehört. Mit Hilfe diverser gesetzlicher Regelungen raubte und kaufte Hitler immense Schätze und richtete eigens dafür bestimmte Institutionen ein, die seine Sammlung aufstocken und verwalten sollten. Frank hatte recht, die großen Nazischergen machten bei diesem verwerflichen Kunstraub fleißig mit. Hermann Göring zum Beispiel war ein egozentrischer Lebemann und ein nahezu besessener Sammler. Er allein sollte angeblich tausendneunhundert Gemälde in Besitz genommen haben. Wenn französische, polnische oder niederländische Kunstwerke sichergestellt worden waren, war Göring stets der Erste und griff entgegen Hitlers Anweisungen einfach zu. Hermann Göring liebte vor allem die Werke altdeutscher Meister, aber auch einige Bilder, die zur sogenannten entarteten Kunst gehörten, fanden den Weg in seine Privaträume.

Denn, so hieß es zumindest, seine zweite Frau, die Schauspielerin Emmy Sonnemann, mochte die modernen Maler durchaus. An anderer Stelle konnte man lesen, dass Göring diese modernen Gemälde gegen alte Meisterwerke tauschen wollte. In seinem Besitz befand sich auch das berühmteste Gemälde von Franz Marc, »Der Turm der blauen Pferde«. Einige Organisationen bemühten sich seit Ende des Krieges, diesen unermesslichen Fundus an Kunstgegenständen wieder an ihre ursprünglichen Besitzer zu verteilen. Bis heute war man mit dieser Arbeit noch nicht am Ende. Wie viele berühmte Gemälde befanden sich wohl immer noch in den Tresoren irgendwelcher Nazinachkommen?

Franz Marcs Gemälde begegnete Konstantin bei seiner Recherche im Internet andauernd, und er fand es wunderschön. Es war vorwiegend in Blautönen gemalt und als »entartete Kunst« einst in einer Sonderausstellung zur Schau gestellt worden. Doch einige Offiziere hatten sich beschwert, dass Franz Marc, der ehemalige Soldat und Kamerad aus dem Ersten Weltkrieg, so bloßgestellt wurde. Er war im Krieg gefallen, und daher wurde es aus der Ausstellung entfernt. Göring nahm sich das Bild, und seitdem war es verschwunden. Einige gingen sogar davon aus, dass es zerstört worden war. Dieses Bild zu fälschen würde wohl niemand wagen. Die ganze Welt suchte mittlerweile danach.

Am Freitagmorgen hörte er endlich etwas von seiner Schwester, und sie verabredeten sich für den Abend zum Essen. Anja bestand darauf, dass sie sich an einem neutralen Ort trafen.

»Oho, jetzt glaubst ausgerechnet du also, dass wir in meiner Wohnung abgehört werden.«

»Lass den Unsinn, Konstantin, und bring Goofy mit.« Da sie nach dem Satz aufgelegt hatte, konnte Konstantin keine weiteren Fragen stellen. Anja war immer für Überraschungen gut. Es konnte sein, dass sie etwas Brisantes herausgefunden hatte. Es war aber ebenso möglich, dass sie sich über eine ihrer Affären geärgert hatte und einfach nur unkompliziert zum Essen ausgeführt werden wollte. Um seine Schwester zu beeindrucken, was auch immer heute ihr Anliegen war, zog er eine enge feine Jeans an und ein auffälliges Hemd, das er sich neulich in einem dieser typischen Yuppieläden gekauft hatte. Die Verkäufer trugen dort aufwendige Frisuren und kleideten sich in Jacketts, unter denen ein eng anliegendes Shirt verriet, dass sie allesamt ihre Freizeit mit Gewichtheben verbrachten.

Konstantins Hemd war hellblau, aber aus einem brokatartigen Stoff mit eingewebtem Blütenmuster. Dazu zog er seine spitzen Schuhe an und ein Jackett. Er erinnerte sich daran, dass er vor seiner Haftzeit eigentlich recht modebewusst gewesen war. So gekleidet traf er im Flur auf seine Nachbarin Frau Nawrath, respektive Ulrike. Der Kontrast zwischen ihnen beiden hätte nicht größer sein können. Ulrike trug einen dunkelblauen Faltenrock, darunter dicke Wollstrümpfe und einen violetten Strickpullover, den Konstantin für einen Spätsommertag nun wirklich albern fand. Außerdem sah das Teil irgendwie falsch gewaschen aus. Es saß an mehreren Stellen sehr eng, so als wäre der Pullover asymmetrisch gestrickt.

Ulrike ließ ihren Blick immer wieder an seinem Körper entlangwandern, dass es ihm ganz unheimlich wurde.

»Konstantin!«, sagte sie. »Du bist ja ein richtig gut aussehender Mann. Gehst du aus?«

»Ja, heute führe ich meine Schwester aus. Wie geht es deiner Katze?«

»Gut genug, dass sie nicht wieder ausbüxt.« Sie lächelte ihn harmlos an, und Konstantin fragte ebenso harmlos: »Konnte Susanne eigentlich gut malen? Kannte sie sich mit Kunst aus?«

Ulrike überlegte erstaunt. »Ich weiß es nicht so genau, aber es passte eigentlich nicht zu ihr. Sie war immer so pragmatisch, eher mathematisch veranlagt, verstehst du? Wie kommst du denn jetzt darauf?«

»Ach, diese Kommissarin fragt mich immer so merkwürdige Dinge.«

»Die hat dich auf dem Kieker. Vielleicht, weil du die Leiche gefunden hast. Oder weil du ihr gefällst.«

War ihr Blick gerade lauernd, oder bildete er sich das nur ein? Eventuell lag es auch an dem schummrigen Licht, die Beleuchtung im Hausflur war wieder ausgegangen.

»Komm doch mal wieder vorbei.« Sie schloss ihre Wohnungstür auf, und er schaute erneut auf den Faltenrock und die dünnen Beine in den Wollstrümpfen. Wie eine Hexe sah sie plötzlich aus. Von wegen zart, kränklich und verhuscht. Wie hatte er sie je so sehen können? Nachdenklich ging er zu seinem Auto. In diesem Haus war aber auch nichts und niemand so, wie er anfangs gedacht hatte. Und es sollte noch toller kommen.

Bei der Begrüßung hauchte seine Schwester ihm einen flüchtigen Kuss auf die Wange. Die steile Falte zwischen den Brauen kannte er, sie nagte an einem Problem. Bei der Auswahl des Sitzplatzes bestand sie darauf, in einer Ecke mit Blick auf das Restaurant zu sitzen, und beim Aperitif, Anja kippte einen Brandy, eröffnete sie das Gespräch mit den Worten: »Dein Vormieter wird in den Akten als vermisste Person geführt.« Dass er Goofy doch nicht mitgebracht hatte, war ihr offenbar noch gar nicht aufgefallen.

Konstantin nippte an einem Orangensaft und sagte: »Die tote Frau, Susanne Jung, hat angeblich eine Karte aus Kanada von ihm erhalten. Alles sei super. Wie kann das sein?«

»Dann sollte sie mit der Karte mal zur Polizei gehen, damit die das überprüfen können. Oh pardon, das war blöd von mir.«

Konstantin dachte an sein merkwürdiges Gefühl, als er die Kiste mit den persönlichen Dingen von Leander Heinemann gefunden hatte. »Erzähl mal von Anfang an.«

Anja hob abwehrend die Hand und griff nach der Speisekarte, die ein Kellner soeben gebracht hatte. »Nö, erst wird bestellt.«

Konstantin war beeindruckt, als seine schlanke Schwester einen Krabbencocktail, eine Lachslasagne und eine Eiskreation orderte. Sie lachte ihn an und schlug die Karte zu. »Ich habe mir überlegt, dass ein oder zwei Kilo mehr meinem Aussehen guttun würden. Ein zu schmales Gesicht macht älter.«

»Und woher weiß die Krabbe, dass sie ihre Kalorien im Gesicht abladen muss?«

»Die Kalorien der Krabbe nutzen mir gar nichts, aber die der Mayonnaise um die Krabbe herum. Hör auf, mich zu ärgern.«

Und dann kam sie zum eigentlichen Thema: »Stell dir vor, wenn man weiß, wonach man suchen muss, ist es ganz einfach. Im Internet gibt es nämlich eine Liste vermisster Personen, ›Missing Scout‹, internationaler Personensuchpool, so nennt sich das. Dort sind alle Personen aufgelistet, die zur öffentlichen Suchfahndung der Polizei ausgeschrieben sind. Und dort steht auch dein Leander Heinemann. Er wird seit dem Tag seines Auszugs vermisst! In dieser Liste stehen natürlich nur ein paar kurze Informationen, und es gibt ein Bild. Aber ich habe mich bei Kollegen umgehört. Leander Heinemann hat keine Eltern mehr, aber eine Schwester, mit der er sich angeblich sehr gut verstanden hat. Da dieser Heinemann kein Hehl daraus gemacht hat, dass er in Bälde nach Kanada auswandern wollte – die Schwester erzählte, dass er dort schon Kontakte aufgebaut und Jobangebote erhalten hatte –, hoffte man im Falle eines Verbrechens vielleicht darauf, dass jeder den Mann weit, weit weg in irgendwelchen Wäldern wähnte.«

Konstantin unterbrach seine Schwester für einen kurzen Kommentar. »Genau das wird bei uns im Haus ja auch so erzählt.«

Sie nickte und fuhr fort: »Doch diese Schwester besteht darauf, dass etwas passiert sein müsse. Ihr Bruder hätte sich niemals ohne Abschied davongestohlen. Solche emotionalen Begründungen hörte die Polizei zuhauf, und sie können sie natürlich nicht immer glauben. Es machte jedoch Eindruck, als die Dame erzählte, dass Heinemann seinen Reisepass bei ihr zu Hause aufbewahrte. Sie konnte ihn den Beamten vorlegen. Daraufhin begann man nachzuforschen, und es war einfach herauszufinden, dass kein Leander Heinemann in diesem Jahr ein Flugzeug benutzt hatte. Auf einem Schiff anzuheuern mag ja romantisch sein, doch warum hätte er das tun sollen? Ohne Pass nimmt ihn da auch keiner mit. Und in Amerika oder Kanada ist in den letzten Monaten kein Mann dieses Namens aufgetaucht. Bleibt noch ein Identitätswechsel, Heinemann legt sich unter einem anderen

Namen neue Papiere zu und verschwindet. Aber auch hier stellt sich wieder die Frage: Warum hätte er das tun sollen? Ich finde, man kann durchaus davon ausgehen, dass dein Vormieter nach seinem Auszug verschwunden ist.«

»Oder während seines Auszuges.« Konstantin dachte an den Verschlag im Keller, wo er den Karton mit den persönlichen Dingen gefunden hatte.

Anja starrte ihn an. »Du meinst, deine Mitbewohner könnten etwas mit dem Verschwinden zu tun haben? Traust du ihnen das zu?« Sie faltete ihre Serviette so lange, bis aus der dekorativen Blüte ein dickes Knäuel geworden war, wie Konstantin fasziniert beobachtete. Er zuckte die Achseln und machte ein hilfloses Gesicht. Leider, denn seine Schwester sagte: »Ich möchte eigentlich, dass du da wieder ausziehst, Konstantin. Wie sollst du denn in einem solchen Durcheinander einen Neuanfang starten? Du weißt doch, wie schnell du dich in derartige Situationen …« Sie schwieg und räusperte sich. »Denk halt drüber nach.«

Das Essen wurde gebracht, und er erwiderte schnell und so bestimmt wie möglich: »Ein Auszug ist keine Option. Ich fühle mich dort sehr wohl, und ich mag meine Mitbewohner, besonders Frau Nawrath, also die Ulrike. Ich muss dir von ihr erzählen.«

Es wurde dann ein schöner Abend, zumindest für Konstantin. Bei Anja konnte man das nie so genau wissen. Sie hatte immer alles unter Kontrolle, auch ihre Gesichtszüge. Meistens zumindest. Sie schaffte auch tatsächlich alle drei Gänge, während Konstantin fand, dass Krabben und Lachs zu viele tote Meeresbewohner für einen einzigen Magen waren. Und als er dann zusah, wie Mayonnaise und Walnusseis in nicht unerheblicher Menge sich ebendiesen Raum auch noch teilten, wurde ihm ein wenig flau. Beim Kaffee nach der Schlemmerei kam er dann noch mal auf Leander Heinemann zurück. »Weißt du, wann und wo es die letzten Lebenszeichen gab?«

»Irgendwann nach dem Umzug oder beim Umzug. Deine Mitbewohner wurden damals befragt, und die Aussagen widersprachen sich ein wenig, also, man wusste es nicht mehr so genau. Einer sagte aus, Leander hätte sich am Tage des Umzugs abends bei ihm verabschiedet, eine andere Frau behauptete, er sei am nächsten Tag noch mal zu ihr gekommen und habe Tschüss gesagt.«

»Mich würde der letzte Kontakt interessieren. Wer war diese Frau? Wer hat Leander zuletzt bei uns im Haus gesehen?«

Anja schüttelte den Kopf und antwortete: »So genau weiß ich das leider nicht.«

Konstantin schob den Gedanken beiseite, dass die Aussagen der Hausbewohner ja auch alle gelogen sein konnten. Seine Schwester hatte immer gleich Sorge, dass in seinem Kopf Szenarien entstanden, die nicht real waren. Dabei war das damals doch ganz anders gewesen. Jetzt gab es immerhin eine tote Frau und einen verschwundenen Mann. Und seine Mitbewohner zeigten nicht gerade eine überaus kooperative Zusammenarbeit mit der Kommissarin, im Gegenteil. Sie hatten es gar nicht eilig, ihr Informationen zukommen zu lassen. In diesem Moment fasste er den Entschluss, die Kommissarin davon in Kenntnis zu setzen, was ihm durch den Kopf ging. Also natürlich mit Bedacht und Vorsicht. Die Hausgemeinschaft durfte ihn nicht für einen Spitzel halten, und bei der Kommissarin wollte er sich nicht lächerlich machen. Frau Nawrath stand ebenfalls auf seiner soeben gedanklich erstellten Liste. So ein gutes Essen brachte den Denkapparat in Bewegung.

Bis diese nach innen gerichtete Beschäftigung jäh unterbrochen wurde, weil Anja ihre Kaffeetasse ungewöhnlich laut auf die Untertasse knallen ließ. »Konstantin, du siehst gerade aus wie Napoleon vor einer siegesgewissen Schlacht. Planst du etwa gerade, dich in Dinge einzumischen, die den Behörden obliegen?« Ihr Lächeln war kein Lächeln.

»Im Gegenteil. Ich habe mir gerade überlegt, dass ich Frau Finke von unserem Gespräch berichten möchte. Sie weiß, so fürchte ich, noch nicht einmal, dass Susanne Jung ein Verhältnis mit Leander Heinemann hatte.«

»Susanne Jung hatte ein Verhältnis mit dem Verschwundenen?«

»So hat es mir die Ulrike erzählt. Er hat es ernst genommen, sie nicht.«

Die nächste Frage seiner Schwester war gemein. »Wieso erzählen deine Nachbarn ausgerechnet dir plötzlich solche Details?«

Ja, wieso erzählten sie ihm solche Dinge? Vielleicht zählten sie ihn bereits zur Hausgemeinschaft. Immerhin hatte er die Leiche gefunden. Er hatte die Katze vom Balkon geholt und bot der unangenehmen Kommissarin Paroli. Er hatte Herrn Schubert gewarnt, als diese impertinente Person heimlich seinen Sohn aushorchen wollte. Ja, er hatte sich in ein annehmbares Mitglied dieses Hauses verwandelt. Es war Freitagabend nach zehn Uhr, und er wollte gleich mal hören, ob es den Nachbarn gut ging. Also wanderte er mit seinem Richtmikrofon die Wände entlang. Überall lief der Fernseher.

Doch von oben, aus der Wohnung der Schuberts, waren zusätzliche Stimmen zu hören, erregt und gequetscht. So, als ob jemand laut lospoltern wollte, aber von den Umständen zurückgehalten wurde. Konstantin wusste aus eigener Erfahrung, dass man von dieser gepressten Art des Redens Kopfschmerzen bekam. Da er schon beim letzten Mal nicht genug gehört hatte, schlich Konstantin sich nun aus der Wohnung nach oben. Der überraschte Goofy wurde bei dieser Aktion einfach am Halsband gepackt und mitgezogen. Wenn jemand Konstantin plötzlich in der falschen Etage antraf, würde er einfach behaupten, der Hund wäre nach oben gelaufen. So war das. Meist wollte man, dass der eigene Hund artig die Befehle befolgte, doch in solchen Situationen erfand man lauter nicht vorhandene Unarten seines Vierbeiners.

Konstantin hielt das Richtmikrofon an die Wohnungstür. Wenn seine Schwester ihn jetzt so sehen könnte, würde doch noch einer aus dem Haus die kanadischen Wälder kennenlernen. Anja würde ihn mit Höchstgeschwindigkeit dorthin schicken, zum Wölfebeobachten und Waschbärenzählen. Alles, nur keine Menschen mehr, die sein ganz spezielles Interesse wecken könnten. Sie hatte ja keine Ahnung.

Leider fiel ihm in diesem Augenblick ein wichtiger Termin ein, und beinahe wäre ihm das selbst gebaute Teil aus der Hand geglitten. Jetzt erhob sich die Stimme von Frau Schubert.

»Ich habe Angst, ganz grauenvolle Angst, kannst du das nicht begreifen? Wir sind verdammt angreifbar, mein Lieber.«

Das letzte Wort musste Konstantin raten, da die Stimme wieder sehr leise wurde. Herrn Schubert konnte er gar nicht verstehen. Ein tiefer Bass, der mehr brummte als artikulierte. Mist, wenn er jetzt in der Wohnung von Frau Jung wäre, dann könnte er sicher alles verstehen. Es klang so, als würde Schubert seine Frau beruhigen. Vor was oder wem hatte sie wohl Angst? Plötzlich wurde der Bass laut. »Kevin, ab ins Bett.«

»Aber ich habe schon Zähne geputzt und bin fertig. Morgen ist Samstag.«

»Ja, aber du bist trotzdem immer um sieben Uhr wach. Keine Diskussion, Junior.«

Kevins Stimme klang plötzlich triumphierend. »Mama sagt, ich darf noch etwas gucken.« Der Fernseher wurde lauter gedreht, und außer Gemurmel war nun nichts mehr zu hören.

Frau Schubert war eine sehr interessante Person, dachte Konstantin. Man konnte darüber diskutieren, ob es klug war, wenn Eltern vor dem Kind unterschiedliche Dinge erlaubten, aber Kevin schien zu wissen, dass die Erlaubnis seiner Mutter zählte. Zurück in seiner Wohnung, überlegte Konstantin, wie er Frau Schubert mal unauffällig sprechen könnte. Morgen früh musste er allerdings zu seinem Bewährungshelfer, das war ihm glücklicherweise noch rechtzeitig eingefallen.

VIER

Detlef Schröder gehörte zu den Leuten, die jede Gelegenheit an der frischen Luft nutzten, um sich endlich eine Zigarette anzuzünden, weil man das in den meisten Gebäuden nicht mehr durfte. Schon gar nicht in seinem Büro in der Georgskommende, wo die Bewährungshilfe des ambulanten sozialen Dienstes ihren Sitz hatte. Ganz in der Nähe befand sich auch der Fachbereich Pädagogik der Westfälischen Wilhelms-Universität, das heißt, im Umkreis des Gebäudekomplexes wimmelte es ständig von Studenten oder auch von Einkaufswilligen, die in die nur wenige Gehminuten entfernte Innenstadt strömten.

Als Konstantin das Zimmer seines Bewährungshelfers betrat, stand dieser gerade dennoch gut sichtbar weit aus dem Fenster gelehnt, um sich eine wohl längst überfällige Nikotindosis zu gönnen.

Detlef Schröder war die Karikatur eines Bewährungshelfers und Sozialpädagogen: Die Haare von unterschiedlicher Länge waren zu einem lockeren Zopf zusammengefasst. Dabei konnte man nicht genau beurteilen, ob sich mehr als fünfzig Prozent der Haare innerhalb des Zopfes befanden oder außerhalb struppig herumhingen. Ein Schnauzer ließ keinen Zweifel daran, dass Herr Schröder die achtziger Jahre vermisste. Konstantin dachte bei sich, wenn der Mann jetzt aus dem Fenster stürzen würde, würde er sich immerhin das langsame Siechtum mit Lungenkrebs ersparen.

Laut sagte er aber: »Guten Morgen, Detlef. Fallen Sie nicht raus.«

Detlef drehte sich um und erwiderte: »Irgendwann werde ich genau das tun. Als Alternative, weil ich meine Pflegeversicherung sicher nicht in Anspruch nehmen möchte. Hallo, Konstantin. Wie geht es Ihnen? Sie sehen jedenfalls besser aus als ich.«

»Ich bin auch fünfzehn Jahre jünger als Sie.« Es sollte ein Trost sein, aber die Stirnfalte des Bewährungshelfers verwandelte sich in einen Krater. Er hatte vergessen, dass Detlef Schröder ein durch und durch pessimistischer Mensch war. Wie man mit einer derartigen Lebenseinstellung anderen eine Perspektive geben und Ideen aus »Schöner Leben« vermitteln wollte, und zwar von Berufs wegen, war Konstantin schleierhaft.

Nach dem üblichen Geplänkel kam Schröder zur Sache: »Mensch, Konstantin. Das Auffinden von toten Menschen, egal wo und warum, gehört zu den Dingen, die man als Vorbestrafter unbedingt vermeiden sollte. Konnten Sie die Tote denn nicht einfach liegen lassen und wieder ins Bett gehen?«

»Mein Hund hatte bereits laut im Treppenhaus gebellt. Ich dachte ja, jeden Moment kommt ein Nachbar aus der Tür. Mir ist diese Idee natürlich auch gekommen, aber meine Schwester meinte dann, ich sollte besser die Wahrheit sagen.«

Detlef kratzte sich am Kopf, und ein paar weitere Strähnen lösten sich aus dem Zopfband. »Ja, das war auch bestimmt der bessere Rat. Aber wenn diese Frau Kommissarin einen auf dem Kieker hat, puh, dann liegt so ein Sprung aus dem Fenster doch schon nahe, oder?« Er wedelte ein paarmal mit dem Fensterflügel, bevor er zumachte und sich setzte. Konstantin ließ sich auf dem verschossenen Sessel vor dem Schreibtisch nieder, auf dem bestimmt schon viele Jahrzehnte Knasterfahrung gesessen hatten.

Detlef sprach weiter: »Also, Konstantin, kommen Sie klar in diesem Haus? Wir könnten zusammen eine neue Wohnung für Sie organisieren. Manchmal dauert es eben ein wenig, bis man das passende Umfeld gefunden hat.«

Konstantin hob die Hand, um etwas zu sagen. »Nein, nein. Die Wahrheit ist, ich fühle mich dort sehr wohl. Die anderen haben mich als neuen Bewohner akzeptiert, mit meiner Nachbarin gegenüber bin ich schon essen gegangen. Der Hund wird gemocht, und mein Vermieter ist ein alter, grantiger, aber überaus interessanter Kerl, der ganz unten wohnt. Ich will keine andere Bleibe.«

Und er fügte beinahe trotzig hinzu: »Diese Kommissarin habe ich ohnehin jetzt am Hals, egal, wohin ich umziehe. Sie haben sie ja schon kennengelernt, die schreckt auch vor einer Dienstreise ins tiefste Sachsen nicht zurück.«

»Gut, umso besser. Da auch Ihr Arbeitgeber sehr zufrieden mit Ihrer Leistung ist, Sie sich regelmäßig melden und es keinerlei Beschwerden gibt, sehe ich keine Notwendigkeit zum Handeln, Konstantin. Doch geben Sie mir rechtzeitig Bescheid, wenn, sagen wir, wenn sich Schwierigkeiten andeuten, okay?«

Detlef stand auf, setzte sich aber wieder mal hin, als sei ihm noch etwas eingefallen.

Nachdenklich bemerkte er: »Ich habe schon einmal von einem derartig merkwürdigen Tod gehört. Damals war die Ursache auch ein Stromschlag. Eine alte Lady lag auf ihrem Sofa, keine irgendwie geartete Stromquelle in der Nähe, und sie war dennoch genau daran gestorben, an einem Stromschlag. Jemand musste ihr mit einem Taser oder Ähnlichem ordentlich zugesetzt und sie dann auf das Sofa gelegt haben. Aber ich kann mich nicht mehr erinnern, ob und wie der Fall aufgeklärt wurde.«

Detlef Schröder lächelte hilflos und ergänzte: »Kann sein, dass ich die Geschichte von einem Kollegen gehört habe. Es ist schon länger her.«

Das war ja eine absolut irre Information, die er da von seinem Bewährungshelfer erhalten hatte! Die Menschen seiner näheren Umgebung sollten sich bloß nicht über seinen Forscherdrang beschweren, schließlich erzählte man ihm doch ständig diese verdächtigen Geschichten. Wenn seine Schwester und der Bewährungshelfer ihm unbedingt das Detektivspielen abgewöhnen wollten, durften sie nicht auch noch das Feuer schüren. Er musste dringend zu Adler. Vielleicht hatte der alte Mann bei seinem erzwungenen Besuch im Kommissariat etwas Interessantes erfahren? Konstantin war sich sicher, dass die Finke über solche ähnlichen Fälle bereits informiert war.

Es war noch nicht so spät, dass er den Greis beim Mittagessen stören würde, also klingelte er gleich unten an der Wohnungstür, nachdem er wieder zu Hause angekommen war. Adler machte so schnell auf, dass er quasi vor der Tür gesessen haben musste.

»Ah, Sie sind es wieder. Sie sollten Ihren Hund mitbringen.« Er drehte sich einfach um und ergänzte knapp: »Holen Sie ihn doch bitte.«

Zum Wundern blieb keine Zeit. Konstantin sprang nach oben, überlegte kurz, Goofy an die Leine zu nehmen, ließ es dann aber doch sein und betrat mit dem Hund neben sich schließlich Adlers Wohnung. Goofy preschte schnüffelnd vor – ein ergebnisloses Unterfangen, wie sein Besitzer wusste – und traf auf Adler, der seinen Rollstuhl mittig im Zimmer platziert hatte.

»Steh«, zischte der alte Mann knapp, und der Hund blieb wie angewurzelt stehen, ein Handzeichen, und er setzte sich artig und voller Erwartung vor Adler hin. Goofy hatte den Leitwolf erkannt, wie Konstantin nicht ohne Bewunderung feststellen musste.

»Das ist ein sehr schönes Tier, das Sie da an Land gezogen haben, und so gut erzogen, wie man das von einem Polizeihund erwarten kann. Na, komm mal her, mein Guter.« Goofy stand auf und schob sich schwanzwedelnd an Adlers Seite, wo er gekrault wurde.

»Haben Sie die Vernehmung mit unserer Kommissarin gut überstanden?«, fragte Konstantin scheinheilig.

Der Greis grinste diabolisch und meinte: »Wenn die Deutschen damals mehr solcher Frauen gehabt hätten, dann hätten sie den Krieg nicht verloren, das kann ich Ihnen sagen. Von der kann jeder russische Kommandant noch etwas lernen. Diese Frau Finke hat mich tief beeindruckt. Die hatte nicht einmal vor mir Angst.« Adler fuhr mit dem Rollstuhl zu einem Büfett, goss zwei Gläser mit Tonicwater ein und setzte sich eines sofort an die Lippen. Dann sagte er fast freundlich: »Greifen Sie zu, etwas anderes gibt es bei mir um die Zeit nicht. Da haben meine Medikamente das Sagen.«

Konstantin war froh, sich an einem Glas festhalten zu können, und stellte seine eigentliche Frage. »Vor einiger Zeit soll schon einmal eine Frau an einem Stromschlag gestorben und dann tot auf einem Sofa gefunden worden sein. Haben Sie davon gehört? Hat Frau Finke vielleicht danach gefragt?«

Der alte Mann starrte ihn an, trank in kleinen Schlucken aus seinem Glas und starrte ihn wieder an. Goofy legte sich zwischen sie beide und starrte Adler an. Und Konstantin? Er starrte zu Boden und wartete auf eine sich öffnende Falltür, in die er mit Karacho hineinstürzen konnte.

Eine gefühlte Ewigkeit lang geschah nichts, dann sagte Adler: »Junger Mann, ich kenne diese Geschichte sogar sehr gut. Zu gut. Es ist auch keine Geschichte, sondern verdammte, beschissene Realität. Es war meine Frau, die tot auf dem Sofa lag und an einem Stromschlag gestorben war.«

Wow! Konstantin atmete ein paarmal tief ein und aus. Da hatte Adler gerade zum ersten Mal Gefühle gezeigt. Ein Mann verlor im Abstand von einigen Jahren zwei Angehörige durch einen tödlichen Stromschlag. Das konnte auch der beste Rhetoriker der Welt nicht als Zufall verkaufen. Er suchte nach einer klugen oder wenigstens tröstlichen Erwiderung. »Das muss ja jetzt alles schrecklich für Sie sein, Herr Adler. Wurde der Fall damals aufgeklärt?«

»Nein.« Das kam wie aus der Pistole geschossen. Adler drehte an seinen Reifen, sodass er sich auf der Stelle bewegte. Sein Glas klemmte zwischen den dünnen Knien.

»Bei ihrem Alter hat vielleicht auch ein ungeschickter Moment gereicht, und dann hat sie sich noch auf das Sofa geschleppt und ist gestorben. Ich war damals unterwegs, mit zig Zeugen, die das auch bestätigt haben.« Ein schiefes Lächeln begleitete die knappe Beschreibung seines Alibis.

Konstantin warf schnell eine Frage dazwischen. »Wie lange ist das her?«

»Das ist jetzt drei Jahre, acht Monate und sieben Tage her. Das weiß ich so genau, weil Frau Finke mir das vorgerechnet hat.«

Erneutes Hin-und-her-Rollen. »Und bei einem bin ich mir sehr sicher: Wenn Sie …«, sein knorriger Zeigefinger schoss nach vorne und zeigte auf Konstantins Brust, »… wenn Sie nicht mit Ihrem Hund so übereifrig ins Treppenhaus marschiert wären, hätte der Täter Susanne ebenfalls nach oben in die Wohnung gebracht und sie auf ihr Sofa gelegt. Er muss etwas gehört haben und ist abgehauen.« Für einen Moment glaubte Konstantin, doch noch Trauer im Gesicht seines Gegenübers zu sehen. Er dachte daran, dass es keinen Aufzug in diesem Haus gab, aber für einen kräftigen Mann hätte die sportlich schlanke Susanne sicherlich keine allzu große Anstrengung bedeutet. Ob Frau Schubert oder Frau Bartels wohl kräftig genug waren, eine

Frau zwei Treppen nach oben zu tragen? Was für eine dumme Idee, schalt er sich.

Der Greis sprach weiter. »Bei aller Liebe zu meiner Gattin, die Gute hatte in ihren letzten Jahren ein paar Pfund zu viel auf den Hüften. Eine Frau hat sie wohl nicht auf das Sofa gehoben und ich auch nicht.« Er kicherte diabolisch. »Eventuell ist sie tatsächlich erst auf dem Sofa gestorben. Wie gesagt, ich war nicht zu Hause.«

»Wie lange sind Sie denn schon auf den Rollstuhl angewiesen?«

Jetzt lachte der Alte bitter auf. »Fragen Sie mich doch mal, wie lange ich in meinem Leben auf den mir gewachsenen Füßen gelaufen bin?« Da Adler tatsächlich eine erwartungsvolle Pause machte, tat Konstantin ihm den Gefallen.

»Und? Wie lange haben Ihre Füße Sie durch das Leben getragen?«

»Sie trugen mich durch eine leidlich entspannte Kindheit und dann ganz plötzlich und unverhofft in diesen unnötigen Krieg. Das Ende des Krieges habe ich dann auf Rädern begrüßt.« Er zeigte auf sein Gestell. »Die Beine sind nicht besser geworden, aber die Rollstühle schon.«

Konstantin verstand sofort. Der Krieg hatte Adler zum Krüppel gemacht. Kein leichtes Los für einen jungen Mann, wenn das Kämpfen endlich vorbei war und man noch jung war und endlich leben wollte. Er hatte eigentlich angenommen, das hohe Alter habe den Mann in den Rollstuhl gebracht. Adler machte immer den Eindruck eines zornigen, verbitterten Mannes, der sich nicht an seine zunehmende Gebrechlichkeit gewöhnen wollte. Immerhin war es ihm wohl vergönnt gewesen, Kinder zu zeugen, sonst hätte er ja keine Enkeltochter. Wie viele Kinder hatte er wohl? Was für einen Beruf hatte er erlernt? Er würde diese Dinge nach und nach herausfinden müssen. Vielleicht traute er sich ja, die Kommissarin danach zu fragen.

Er antwortete: »Das klingt nach einem harten Schicksal. Wie wird man damit fertig?«

Meine Güte, er klang wie ein Therapeut, der schon zu viele Patienten behandelt hatte.

Der alte Herr fuhr mit dem Stuhl auf ihn zu und blieb knapp vor seinen Knien stehen: »Gar nicht! Und wenn man mir dann die wenigen Angehörigen, die ich noch habe, wie Toastbrote verheizt, dann macht man mich auch noch seelisch zum Krüppel, das können Sie mir glauben! Spielen Sie mit mir eine Partie Bauernskat?«

Dank sei dem Knastleben, das ihn zum Könner in allen möglichen Kartenspielen gemacht hatte. Adler ließ die privaten Themen für den Rest des Besuches leider ruhen. Um halb eins wurde Konstantin dann höflich hinausgebeten. »Das hat Spaß gemacht, aber ich esse jetzt und mache meinen Mittagsschlaf.«

An der Tür fragte Konstantin, nach dem gemeinsamen Spiel mutig geworden: »Sind das sehr alte oder gar wertvolle Gemälde, die da in Ihrer Wohnung hängen? Sie sehen so aus.«

»Junger Mann, erzählen Sie mir doch nicht, dass Sie sich für meine alte Wohnungseinrichtung interessieren. Ab nach oben mit Ihnen.«

Er beeilte sich, die wenigen Stufen in seine Wohnung zu gelangen, Goofy schoss an ihm vorbei, und Konstantin schloss die Tür auf. Dann eilte er mit langen Schritten zu seinem Richtmikrofon. Wer wusste, ob er bei dem Alten nicht etwas getriggert hatte. Tatsächlich, irgendwo im Haus klingelte ein Telefon, ja, schräg über ihm. Bei den Schuberts. Er hielt sein Hilfsmittel an den Fußboden, unter dem sich Adlers Wohnzimmer befand, konnte aber nichts hören. Es könnte natürlich jemand ganz anderes die Schuberts anrufen, das war sogar sehr wahrscheinlich. Doch als er gerade wieder auf den Stuhl steigen wollte, um sein Glück an der Decke zu probieren, hörte er die knorrige Stimme von Adler. Und er war sehr erstaunt über die wenigen Worte: »Du kannst mir jetzt mein Essen bringen.«

Irgendwie betrat er die Wohnung seiner Nachbarin heute anders. Er blickte sich um, achtete auf die Wände, schnüffelte aufmerksam, ob es eventuell nach Farbe roch, und er starrte immer wieder auf Ulrikes Hände, während sie zwei hohe Gläser holte und tatsächlich mit Tomatensaft füllte. Wie im Flugzeug, dachte er. Der einzige Ort, an dem sich der Handel mit Tomatensaft angeblich lohnte. Ihre Hände waren schlank, feingliedrig und ohne Nagellack. So konnte er gut sehen, dass sich keine Farbreste unter den Nägeln befanden. Sie trug einen schlichten Goldring an ihrem Mittelfinger.

Nein, in Frau Nawrath eine Kunstfälscherin zu vermuten ging zu weit. Hier spürte er regelrecht seinen Irrtum. Konstantin stieß sanft mit ihr an und ging dann in die Offensive. »Nächste Woche wird ein Freund von mir aus dem Gefängnis entlassen. Er ist ein armer Kerl, denn bei ihm ist Magenkrebs diagnostiziert worden.«

»Oje, das klingt sehr schmerzhaft. Aber, um Himmels willen, Konstantin, warum hast du Freunde, die im Gefängnis sitzen?«

Er zuckte mit den Achseln und machte ein beiläufiges Gesicht. Diese Szene hatte er vor dem Spiegel geübt. »Er ist ein feiner Mensch, aber leider hatte er seine Finger zu tief im Kunsthandel. Er hat mit geraubten und gefälschten Gemälden gehandelt.«

Er erschrak, als sie laut loslachte. »Kein Wunder, dass dein Freund im Gefängnis sitzt. Die heutigen Ermittlungsmethoden sind viel zu clever. Die decken jede Fälschung auf.«

»Ich denke nicht, dass er Fälschungen von Rembrandt verkauft hat, ganz dumm ist er nicht. Kennst du dich mit dem Thema aus?«

Sie zupfte an ihrer Strickjacke, die, mit der C14-Methode untersucht, sicher auch ein stolzes Alter aufweisen würde. »Ein wenig«, sagte sie wichtig. »Ich habe Kunstgeschichte studiert, aber nie einen Beruf daraus gemacht.«

Konstantin dachte daran, was Frank ihm erzählt hatte, und sagte: »Dieser Kunstfälscher, der gerade mit seiner Frau zusammen ein Buch geschrieben hat, behauptet, er könne auch heute noch Bilder fälschen, ohne dass jemand es bemerken würde. Er kenne die naturwissenschaftlichen Untersuchungen.«

Um diesen Mann wurde gerade viel Wirbel gemacht. Der berühmte Maler und Fälscher war vor einigen Jahren zu einer Gefängnisstrafe verurteilt worden, er hatte zusammen mit seiner Ehefrau Millionen an gefälschten Werken verdient. Seine Frau war nach etwa zwei Jahren wieder freigelassen worden, ihr Mann verbüßte seine sechs Jahre im offenen Strafvollzug und trieb sich mit charmanter Dreistigkeit in den Medien herum. Die Biografie des Ehepaares war sogar als Dokumentarfilm verfilmt worden. Die beiden spalteten Fachwelt und Bürger in der Frage, ob sie Genies oder doch nur Verbrecher waren, denen man die Medienplattform besser entziehen sollte.

Ulrike verschränkte die Arme vor der Brust und lächelte. Warum musste er bei diesem Lächeln an Mona Lisa denken?

Sie sagte: »Ich könnte ein Bild nicht einmal so fälschen, dass man eine gewisse Verwandtschaft mit dem Original vermuten würde. Ich habe nicht Kunst studiert, sondern Kunstgeschichte. Das ist ein ganz schön großer Unterschied. Aber dieser Fälscher ist ein genialer Maler, finde ich. Schade, dass er bislang nicht den Mut und die Phantasie aufgebracht hat, eigene Bilder zu malen.«

»Kennst du ihn gut?«

»Nicht persönlich. Aber er hat die Kunstwelt in einer Weise durcheinandergebracht, dass sie sich lange nicht davon erholen wird. Ich hätte nicht gedacht, Konstantin, dass du dich für so etwas interessierst.« Sie löste ihre Arme und setzte sich an den Tisch.

Er nahm neben ihr Platz. »Eigentlich habe ich davon auch gar keine Ahnung, aber mein Freund hat mich ein wenig inspiriert und neugierig gemacht. Diese Kunst- und Sammlerwelt ist schon ein Kosmos für sich.« Sie schwieg dazu.

»Gestern war ich beim alten Adler. Das ist wirklich ein interessanter alter Herr, kauzig und klug. Ich verstehe ihn nur oft nicht.«

»Nein? Er spricht doch wirklich laut genug.«

»Ja, aber ich habe keine Ahnung, was wirklich in ihm vorgeht.« Konstantin drehte sein Glas, hatte aber plötzlich keinen Appetit mehr auf Tomatensaft. Er wollte sie gerade nach Adlers Frau fragen, als Ulrike sagte: »Wenn es darum geht, dann verstehe ich niemanden. Wie soll man wissen, was in anderen vorgeht? Nur weil die Leute lächeln, sagen sie dir noch lange nicht, dass sie dich mögen.«

»Ich mag deine Haare.«

Unvermittelt fasste sie sich an den Kopf, als hätte sie Angst, dass sich dort etwas verändert hatte. Aber sie lächelte nicht.

Fieberhaft überlegte er, was er noch an seiner komischen

Nachbarin mochte. Da war noch etwas, das wusste er. Er besuchte sie doch nicht wegen ihrer Haare. Das wäre doch total bescheuert. Ihre Kleidung, ihre Figur, die Art, sich zu bewegen, das war es alles nicht. Sicher nicht.

Er sagte und wunderte sich dabei: »Ich glaube, du bist klug. Das mag ich auch.« Als er dann doch noch von seinem Tomatensaft trank, lächelte sie endlich wieder. Und er fühlte sich völlig ausgelaugt. Dabei hatte er das eigentliche Thema noch gar nicht angesprochen. Wie alt mochte Ulrike Nawrath wohl sein? Sie konnte dreißig oder fünfunddreißig Jahre alt sein, schwer zu sagen. Manchmal sah sie sogar aus wie fünfzig, dann wieder benahm sie sich munter und jung. Doch ihr Gang war immer langsam und bedächtig, die Treppen stieg sie herab, als drohte bei einem Fehltritt der Abgrund.

»Kann ich ein Glas Wasser haben?«, fragte er sie und wünschte sich nur Bedenkzeit. Doch sie hielt sich nicht lange in der Küche auf.

»Ulrike, hast du mal Adlers Frau kennengelernt? Er hat mir erzählt, dass sie ebenfalls an einem Stromschlag gestorben ist, wie Susanne.«

Sie zuckte zusammen. »Das hat er dir erzählt? Warum hat er dir das so einfach erzählt?«

»Nein, so einfach war das nicht.« Er beeilte sich, ihr zu erklären, wie das Gespräch verlaufen war. Leider rutschte ihm dabei das Wort »Bewährungshelfer« heraus. Wie er zuvor schon festgestellt hatte, Ulrike war eine kluge Frau. Sie fragte ihn nicht sofort danach. Erst erzählte sie ihm, dass sie Frau Adler nicht besonders gut gekannt habe, sie alle im Haus aber über die Todesursache bei Susanne furchtbar erschrocken waren. Keiner glaubte an einen Zufall. Adler selbst wollte angeblich mit niemandem darüber sprechen.

Erst an der Wohnungstür, als Konstantin bereits den ersten Schritt zu seiner eigenen Tür gemacht hatte, fragte Ulrike leise: »Wieso hast du einen Bewährungshelfer? Kennst du deinen Freund aus dem Gefängnis?«

Konstantin drehte sich nicht noch einmal um. »Ich erzähle es dir irgendwann einmal. Kein Grund zur Sorge.«

Eigentlich war er sich sicher, dass er ihr niemals etwas darüber erzählen wollte.

An diesem Tag schrieb er in seine Liste: *Ulrike Nawrath ist eine kluge Frau.*

Und bei seinem eigenen Namen schrieb er: *Mag kluge Frauen.*

Bei Adlers Namen notierte er ein paar Zeilen zum Todesfall seiner Gattin.

Nun war es früher Samstagabend, und er kaute an einem Fingernagel. Das tat er sonst nie, aber im Grunde genommen kaute er an einer Frage herum. Sollte oder vielmehr durfte er sich noch bei der Kommissarin melden, oder bestand sie auf ihrem Feierabend und würde ihn wieder anfahren wie einen Schuljungen? Im Fernsehkrimi ermittelten die Beamten Tag und Nacht, und ihr Team ersetzte die Familie. Er tat es dann doch. Er rief sie an. Es war achtzehn Uhr zehn.

»Finke, was gibt es denn?«

»Hier ist Konstantin Neumann.«

»Schaffen Sie sich eine Freundin an, Herr Neumann. Um diese Zeit ruft man doch nicht eine Frau an, vor der man Angst hat und die man obendrein noch viel zu dick findet. Es sei denn …« Sie machte eine einstudierte Pause. »Es sei denn, man macht sich Gedanken zum aktuellen Fall und will eine gute Idee loswerden.«

»Ja, genau. Ich dachte, wir werfen unser Wissen zusammen und …«

»Nee, wir machen das allenfalls wie bei einem schlechten Tischtennismatch. Das heißt, Sie werfen, aber es wird nichts zurückkommen. Sie sind ein Verdächtiger, was glauben Sie denn? Also, welche Informationen haben Sie für mich?«

Konstantin atmete erst einmal durch. Natürlich durfte die Kommissarin ihm keine Insiderinformationen liefern. Aber diese Frau gab sich alle Mühe, unfreundlich zu sein.

»Wahrscheinlich wissen Sie es bereits. Ich mache mir Sorgen um meinen Vormieter.«

»Was soll das denn jetzt? Die meisten neuen Mieter sind froh, dass ihr Vormieter möglichst weit weggezogen ist und die Wohnung frei hinterlassen hat. Von wem reden Sie denn überhaupt?« Er hörte sie schnaufen. Machte sie etwa Sport? Im Hintergrund hörte er leise Musik.

»Ich rede von Leander Heinemann, meinem Vormieter. Er hatte ein Verhältnis mit der toten Susanne. Seine Sachen sind erst vor Kurzem ganz plötzlich aus meinem Unterstellraum im Keller abgeholt worden, und er steht im Internet bei den vermissten Personen. Hier im Haus denken aber alle, er sei in Kanada.«

»Die Sache mit dem Verhältnis klingt interessant. Aber wenn er eben erst seine Sachen geholt hat, scheint das doch so, als wäre er wieder aufgetaucht. Mist, verdammt.« Konstantin hörte lautes Gepolter und dann wieder ihre Stimme: »Moment, ich bin vom Laufband gefallen.«

Also doch. Die Kommissarin wollte tatsächlich etwas Körperfett verbrennen. Während er ihr nun erklärte, dass Adler, sein Vermieter, für den Abtransport der Sachen gesorgt hatte, setzte Frau Finke sich vor ihren Computer und besuchte die Seite des internationalen Personensuchpools. Bei der Eingabe des Namens, Leander Heinemann, wurde sie natürlich fündig und stieß einen lauten Schrei aus. Sie verkündete, eine bestimmte Person in ihrer Dienststelle ans Schwarze Brett nageln zu wollen. Natürlich befragte man nicht irgendwelche Vormieter, wenn der Auszug schon Monate zurücklag, aber es hätte sich eigentlich einer der Kollegen an die Befragung der Mieter im Haus zum Fall Heinemann erinnern müssen. Vielleicht war derjenige aber auch versetzt worden oder in den aktuellen Ermittlungen zum Haus in der Blumenstraße nicht involviert.

»Und dieser Mann hatte vor seinem Auszug ein Verhältnis mit Susanne Jung?«

»Ja, aber …«

»Und dann ist er verschwunden, und Frau Jung ist ermordet worden?«

»Ja, aber meine Nachbarin Frau Nawrath meinte, dass es für Susanne nur ein Flirt war. Das Verhältnis sei schon vor seinem Auszug beendet gewesen.«

»Es ist impertinent, wie Ihre Mitbewohner systematisch Informationen verschweigen. Erst wenn ich selbst alles mühsam herausgefunden habe, bestätigen sie, davon gewusst zu haben. Und Ihnen erzählen diese komischen Leute plötzlich alles.«

»Ja, genau. Nun hat mir Herr Adler sogar vom Tod seiner Frau erzählt, und das ist doch nun wirklich ein ganz wesentlicher Ansatzpunkt für den Tod von Susanne. Das war doch bestimmt derselbe Täter. Erst die Ehefrau, dann die Enkeltochter.«

Sie schnaufte erneut, und dieses Mal klang es ernsthaft erzürnt, wie Konstantin erstaunt feststellte. Immerhin belieferte er sie gerade wieder mit wichtigen Informationen.

Doch sie sagte bissig: »Wollen Sie mit mir nun den Fall durchgehen und über Verdächtige sprechen? Vielleicht sollten Sie dann vorher eine Bewerbungsmappe bei der Polizei abgeben. Hat Adler Ihnen gegenüber denn auch eine Vermutung geäußert, wer seine Frau und später seine Enkelin unter Strom gesetzt hat?«

»Jetzt seien Sie doch nicht so unfreundlich. Ich verstehe ja, dass Sie mir nicht von laufenden Ermittlungen berichten können. Aber ich kann es auch lassen, Sie anzurufen.« Am Telefon fühlte er sich deutlich mutiger, als wenn diese Frau vor ihm stand. Am Telefon hatte sie sogar eine angenehme Stimme, und er konnte sich eine ganz andere Erscheinung vorstellen: mittelgroß, blond, mit wachen grünen Augen.

Frau Finke war klug genug, nichts darauf zu erwidern, sondern wartete einfach ab.

»Meine Nachbarin hat erzählt, dass Herr Adler mit niemandem darüber reden möchte. Was immer er weiß oder denkt, behält er in seinem alten Kopf verborgen. Aber ich denke, dass es klug wäre, seine Vergangenheit unter die Lupe zu nehmen. Ich möchte zu gerne wissen, womit er sein Geld verdient hat. Immerhin sitzt er seit dem Krieg im Rollstuhl. Da fallen einige Berufswünsche ja wohl aus der Liste.«

»Ja, Herr Neumann, das weiß ich auch, und ich kenne sogar den Beruf des alten Mannes, der, nebenbei bemerkt, ein sehr kluges Hirn in seinem senilen Körper hat. Er hat für eine Versicherung gearbeitet, eine amerikanische Firma, die ihre Versicherungen weltweit verkaufte.«

Konstantin war enttäuscht, als er von diesem unspektakulären Beruf hörte, und lustlos, eher der Vollständigkeit halber, fragte er nach: »Was hat diese Firma denn versichert? Autos, Häuser oder Leib und Seele?«

Jetzt machte sie wieder ein merkwürdiges Geräusch. Sie kicherte. »Das Telefonat fängt an, mir Spaß zu machen, Herr Neumann. Nein, da kommen Sie nie drauf. Diese Firma hat in erster Linie für Museen, Auktionshäuser und reiche Privatkunden gearbeitet. Sie hat Kunstobjekte versichert.«

Sie machte eine inszenierte Pause und genoss ihre Enthüllung. Dann sprach Frau Finke weiter: »Jetzt können wir diese Information von zweierlei Seiten betrachten. Aus dem harmlosen Blickwinkel stellen wir fest, dass die Adlers eine kunstinteressierte Familie waren, und vor diesem Hintergrund sind die Karten mit den Gemälden, die seine Enkeltochter erhalten hat, wenig aufregend. Dazu passt, dass ihr Großvater sich nie etwas zuschulden hat kommen lassen.«

Sie machte eine Pause, und Konstantin warf schnell die Überlegung ein: »Sie glauben doch nicht wirklich, dass dieser kauzige, aber intelligente alte Mann immer brav all seine Steuern gezahlt und ein Leben lang bloß Versicherungen für wertvolle Objekte verkauft hat? Adler hat Vermögen. Das bekommt man doch nicht auf diese Weise, oder?«

»Provisionen, Herr Neumann, können bei solchen Firmen recht hoch ausfallen. Aber mir scheint, Ihnen gefällt der andere Blickwinkel besser: Adler kennt sich aus, er weiß, wo was lagert, und mischt noch auf ganz andere Art und Weise mit. Wie, weiß ich allerdings nicht. Sind wir ehrlich: Ohne diese merkwürdigen Postsendungen an seine Enkeltochter und das misstrauische Getue meines fachkundigen Mitarbeiters würde uns sein Beruf nicht sonderlich berühren.«

»Nun, es sind immerhin die Postsendungen an eine ermordete Frau. Zu dieser Leiche kommt nun auch noch die tote Großmutter mit der gleichen Todesursache. Wie sieht es eigentlich mit den Eltern von Frau Jung aus?«

Am anderen Ende der Leitung blieb es eine Zeit lang still. Konstantin konnte hören, dass Frau Finke etwas trank. Das leise Gluckern beim Schlucken war gut zu vernehmen. Ob sie wohl alleine lebte? In seiner Phantasie auf jeden Fall. Alleine, ohne festen Freund. Er konnte sich nicht vorstellen, dass jemand sein Leben an der Seite dieser Kommissarin verbringen wollte. Immer auf der Hut, was man sagte und antwortete. Eine Umarmung, die an den Angriff einer Gottesanbeterin erinnerte und ein nur wenig graziler Oberkörper, an dem statt Seide und Spitze eine Pistole im Halfter steckte. Unter Umständen trug sie sogar Spitzenunterwäsche, aber das wollte er sich jetzt nicht vorstellen.

Die überaus reale Stimme der Kommissarin riss ihn aus seinen Gedanken. »Beide sind bei einem Autounfall ums Leben gekommen, vor sechs Jahren. Wissen Sie, was diesen Fall so schwierig macht? Mir fehlt ein Motiv, damals wie heute. Natürlich habe ich mir den alten Fall und die Untersuchungsergebnisse durchgelesen. Das las sich nicht gerade wie eine Erfolgsstory, und ein Motiv für den merkwürdigen Mord an Frau Adler hat damals auch keiner gefunden. Der Gerechtigkeit halber muss man dazu bemerken, dass es auch ein Unfall gewesen sein könnte. Die Frau war alt, ihr Herz eventuell vorgeschädigt. Frau Adler hatte Geld mit in die Ehe gebracht, sie stammte aus einer reichen Familie, aber Adler war nicht einmal in der Nähe des Tatorts. Und kommen Sie mir nicht mit einem dubiosen Auftragsmord. Adler war nicht auf das Geld seiner Frau angewiesen, und es gab auch keine Anzeichen, dass Frau Adler ihren Mann verlassen wollte. Wenn der Alte einen möglichen Grund wusste, hat er ihn jedenfalls nie laut geäußert. Himmel, er war doch auch vor knapp vier Jahren schon uralt.«

»Vielleicht wollte jemand den Greis bestrafen?«

Sie lachte zynisch auf. »Es wäre, denke ich, einfacher, einen alten Mann im Rollstuhl umzubringen, als komplizierte Stromspiele mit der Gattin zu veranstalten oder eine sportliche junge Frau wie Susanne Jung ins Jenseits zu befördern, oder?«

Konstantin kam sich sehr raffiniert vor, als er erklärte: »Einen kranken, sehr alten Mann umzubringen, der den sich zuspitzenden Verfall des Körpers täglich am eigenen Leibe spürt, ist keine Strafe, sondern eine Begnadigung. Wenn ich so jemanden quälen möchte, lasse ich ihn am Leben.«

»Jetzt reden Sie wie ein Pate mit dreißig Jahren Berufserfahrung. Ich bin vielmehr der Meinung, dass jemand in Erfahrung gebracht hat, wie seine Frau gestorben ist, und es eine nette Idee fand, diese bizarre Art zu wiederholen. Über drei Jahre sind ein wenig lang, um auf einmal mit einer ominösen Bestrafung fortzufahren. Falls dies bei Frau Adler überhaupt das Motiv war. Also, der Vermisstenanzeige werde ich nachgehen. Ihre Nachbarn sollen sich stabile Schuhe kaufen. Ich werde ihnen allen gehörig auf die Füße treten. Schönen Abend.«

Sie legte auf, und er starrte in die vorwurfsvollen Knopfaugen seines ehemaligen Polizeihundes. Goofy hatte dringende Bedürfnisse, und so musste sein Abendessen noch etwas warten. Konstantins Vorstellungen von einem Spaziergang, nämlich seinen Gedanken nachzuhängen und den Hund laufen zu lassen, kollidierten heute leider mit dem Abendprogramm sämtlicher Hundebesitzer der Umgebung, die vor dem Essen auch gerade ihre Hunde ausführten. In dieser Gegend besaß man gerne einen Hund. Meist waren es vorzeigbare Rassen wie Labrador, Golden Retriever oder Border Collie. Ein Rundgang um den Aasee wurde dabei auch noch durch die zahllosen Jogger gestört. Zu Konstantins Unglück hatte jeder Hundebesitzer heute reichlich Zeit und wollte sich unterhalten. Toll, wenn man dabei erfuhr, dass Dogge Klaus nur ein ganz bestimmtes Futter mochte oder Labrador Felix die Blumen der Nachbarin zerfleddert hatte. Hundegeschichten, super. Konstantin lächelte höflich, behielt seinen Goofy an der Leine und zupfte an einem Gänseblümchen, um die Zukunft zu befragen.

Als sie beide schließlich relativ zufrieden durch das Treppenhaus ihres Wohnhauses liefen, erschrak Konstantin zutiefst, als er vor seiner Tür ein paar ausgestreckte Beine erspähte. Déjà-vu, wieder eine Leiche im Treppenhaus! Er wollte gerade laut um Hilfe schreien, damit er diesmal nicht der Einzige blieb, der die Leiche fand, da bewegten sich die Beine. Goofy machte schwanzwedelnd einen Satz nach vorne und stürmte auf den Körper zu.

»Mensch, endlich bist du wieder da. Ich hätte hier nicht mehr sehr lange gewartet.« Freund Frank rappelte sich mühsam auf und hielt sich dabei am Türknopf von Konstantins Wohnungstür fest.

Diese schwerfälligen Bewegungen verstärkten den klapprigen Eindruck, den Frank auch heute auf ihn machte.

»He, so schnell habe ich dich nicht erwartet. Bist du doch noch geflohen?« Konstantin klopfte Frank leicht auf die Schulter und schloss seine Wohnungstür auf, während Goofy den Gast freudig umkreiste.

»Im Knast waren sich alle einig, dass ich ihnen auf die Nerven gehe mit meinen Extrawünschen wegen des empfindlichen Magens. Unter uns, die haben nur Muffe, dass sie mich eines Morgens tot auf der Pritsche finden. Deine Adresse habe ich über die Telefonnummer gefunden.«

Frank schaute sich anerkennend in dem großzügigen Wohnzimmer um und ließ sich dann auf das Sofa fallen. Mit einem Seufzer und mit ausgestreckten Armen, als könnte er seine Gliedmaßen nicht mehr zusammenhalten. »Jetzt bin ich beurlaubt, bis nächste Woche, dann greift die Begnadigung.«

»Und dein Hotelzimmer?«

»Den Service kann ich jetzt schon in Anspruch nehmen. Die waren sehr flexibel, wie immer, wenn ein zahlungskräftiger Gast kommt. Bei Hotelmanagern wird die Kreativität durch den Anblick eines Geldscheins unmittelbar gesteigert.«

»Willst du ein Bier, Frank?«

»Höchstens noch zum Haarewaschen. Gib mir ein Glas Leitungswasser und setz dich endlich zu mir. Mit meiner Zeit bin ich echt geizig geworden. Ich habe dir etwas zu erzählen.«

Konstantin zögerte noch kurz. Es war Samstagabend, weit nach neunzehn Uhr, und sein Magen verlangte nach etwas Großem, Würzigem. »Hast du Hunger? Soll ich uns eine Pizza in den Ofen schieben?«

Frank nickte nur und nahm sein Glas Wasser in Empfang. Nachdem sich auch Konstantin endlich am Couchtisch niedergelassen hatte, begann Frank zu erzählen. »Also, ich habe mal meine Kontakte aktiviert und mich dem gemeinen Klatsch und Tratsch der Szene ausgesetzt. Im Handel mit gefälschten Gemälden laufen die Geschäfte ganz schlecht. Die Museen und Sammler nehmen zurzeit derart genau Prüfungen vor, dass wahrscheinlich selbst Leonardo da Vinci Angst bekäme, man könnte ihm an einigen Stellen Schlamperei nachweisen. Unser Fälscherehepaar hat ganze Arbeit geleistet, und ihre unglückseligen Interviews machen alles nur noch schlimmer. Aber ein anderes Thema im Kunstmarkt kocht gerade auf heißer Flamme. Der Handel mit alten Bildern aus Hitlers zusammengeklauter Sammlung. Von den Nazis geraubte Kunstwerke, die nach dem Krieg verschwunden sind. Seit dem Krieg wird danach gesucht, doch anfangs eher vereinzelt und halbherzig, es gab ja auch genug andere Sorgen. Im Chaos des Kriegsendes ist vieles möglich gewesen. Die Russen haben sich bedient, ganz sicher sogar. Dort sind auch bis heute immer wieder verschollene Kunstschätze gesichtet worden. Amerikanische oder britische Soldaten haben das eine oder andere Objekt mit nach Hause genommen, doch das waren im Gegensatz zur Roten Armee Einzeltäter.« Frank machte eine Pause und setzte sich anders hin.

»Mensch, Frank, nimm ruhig die Beine hoch und leg dich hin. Ich sehe doch, wie dich das alles anstrengt.« Das tat Frank dann auch und fuhr fort: »Und dann waren da natürlich die Nazischergen, die es geschafft haben, sich harmlos zu geben oder rechtzeitig nach Südamerika zu fliehen. Da wurde zum Schluss noch mächtig was beiseitegeschafft, das kannst du mir glauben.«

Sein Gesicht nahm einen schwärmerischen Ausdruck an, als sähe er eine Reihe edler Bilder vor sich. Er sprach darüber, warum möglicherweise bestimmte Gemälde und Kunstwerke bislang nicht wieder aufgetaucht waren, und schloss: »… zu guter Letzt sind auch etliche Gemälde und Kunstwerke leider zerstört worden. Einiges wurde als ›entartete Kunst‹ klassifiziert, davon hast du bestimmt schon mal gehört.«

Konstantin nickte, das hatte er zum ersten Mal bei einer Van-Gogh-Ausstellung während der Schulzeit erfahren. Eine Klassenfahrt nach Holland hatte ihm das zweifelhafte Vergnügen beschert. Er und seine Freunde hatten sich allein für die Sache mit dem abgeschnittenen Ohr begeistern können, und Konstantin konnte sich auch nur an das Selbstporträt erinnern, in dem van Gogh sich mit dem verletzten Ohr dargestellt hatte. Er wusste, welche Überwindung es kostete, sich bewusst in den Finger zu schneiden, aber das Ohr? Nur kurz, ganz kurz, dachte

Konstantin daran, wie viel weniger Überwindung es ihn gekostet hatte, einem anderen Menschen Gewalt anzutun. »Totschlag« – das Wort befand sich für immer in seinem Kopf und in seiner Seele. Er schluckte und vertrieb den Gedanken daran.

Zum Glück meldete sich der Backofen mit einem summenden Ton, die Pizzen waren fertig. Konstantin war froh, dass Frank nicht abgelehnt hatte. Mensch, der Mann hinterließ kaum noch einen Abdruck auf dem Sofa. Frank bedankte sich, als Konstantin ihm einen Teller hinschob, blieb aber liegen und berichtete weiter. Dabei legte er ein wenig geziert die Fingerspitzen aneinander.

»Von Hermann Göring wird vermutet, dass er einige Impressionisten gekauft hat, weil seine Frau Emmy die modernen Maler mochte. Aber das sind Gerüchte. Ganz sicher wurden sie aber als Handelsobjekte benutzt, das heißt, Göring und andere tauschten Bilder aus der Sammlung der ›entarteten‹ Kunst gegen alte Meister ein. Neulich sind erst wieder ein paar dieser Bilder aufgetaucht – du erinnerst dich an den Fall Cornelius Gurlitt, der über tausend Gemälde in seiner Wohnung aufbewahrte und ab und an ein Bild verkaufte, um seinen Lebensunterhalt damit zu bestreiten? So eine Geschichte ist für den Kunstmarkt eine Sensation. Da tauchen plötzlich verschollene Meisterwerke wieder auf, genial. Aber auch genial einfach. Ich frage mich immer, warum man damals nicht bekannte Kunsthändler aus der Nazizeit, wie zum Beispiel den Vater dieses Gurlitt, besser überprüft hat. Es gab Männer, die hatten Zugang zu den geraubten und enteigneten Kunstobjekten, weil sie die Verwaltung und den Handel organisiert haben. Spätestens, als die Russen näher kamen, hätte ich mir auch ein privates Depot angeschafft.«

»Pfui, mit Gegenständen, die den Juden weggenommen worden sind?« Konstantin rümpfte die Nase, und Frank machte ein Pokerface, als er antwortete: »Ich hätte sie später immer noch zurückgeben können, aber man musste doch erst einmal die Kunst schützen. Und so haben bestimmt viele gedacht. Kurz vor Kriegsende wird sich da so manch einer bedient haben, natürlich auch, um sein Überleben zu sichern. Aber stell dir den Kunstliebhaber vor, der die Russen von Weitem kommen hört und vor einem Liebermann-Gemälde steht. Oder gerade zwei Picasso-Bilder für einen Cranach eingetauscht hat und nun glaubt, die Barbaren kommen. Natürlich muss er handeln und diese Objekte schützen.«

Jetzt musste Konstantin lachen. »Aus deinem Mund wird es zur Heldentat.«

»Ja, nicht wahr?« Frank nickte und setzte sich nun aufrecht hin, um an ein Stück Pizza zu gelangen. Drei, vier Bisse lang sagte er nichts, sondern kaute, und Konstantin tat es ihm gleich, aß mit Genuss ein Stück mit Chili und Salami. Schließlich sagte Frank und lächelte schräg: »Riecht wie das pralle Leben, deine Pizza, schmeckt nach unbeschwertem Genuss und kommt in meinem Magen an wie ein spitzer großer Stein. Scheiße.« Er legte sein angebissenes Stück auf den Teller zurück und berichtete weiter.

»Die Nazis haben ihre zusammengeraubten und -gehandelten Sammlungen natürlich auch in Sicherheit bringen wollen. Schon lange vor Ende des Krieges ließen sie ganze Güterzüge mit Kunstwerken in Salzbergwerken lagern.«

Konstantin nickte und kaute.

»Althaussee in Salzburg war so ein Lager, es ist gerade noch rechtzeitig von den Mitarbeitern des Bergwerks und den sogenannten Monuments Men gesichert worden. Die Sachen sollten nämlich gesprengt werden. Hitler betrieb zum Ende hin eine Politik der verbrannten Erde. Er wollte die Kultur seines eigenen Volkes auslöschen. Wenn er schon nicht ruhmreich gesiegt hatte, sollte auch nach seiner Niederlage niemand mehr etwas davon haben.«

Beim Wörtchen »Niederlage« verzog Frank selbst schmerzhaft das Gesicht und fasste sich an seinen Bauch. »Ich muss gleich auf mein Krankenlager, mein Freund.« Er hing wie ein nasser Sack auf dem Sofa, als er weitererzählte: »Ich kannte mal einen Fälscher, der hatte sich auf die Impressionisten spezialisiert, und zwar auf Bilder, die als verschollen galten. Er hat sie exakt reproduziert, nach altem Bildmaterial, und behauptet, sie auf einem Basar in Russland gefunden zu haben. Der Mann war richtig gut, aber ich habe dennoch keine Geschäfte mit ihm gemacht.«

»Wieso? Das klingt für mich nach einer guten Idee. Man nimmt ein altes Foto des Bildes, malt es originalgetreu ab und lässt es auf dem Dachboden einer Großtante finden. Ist nicht erst letztes Jahr so ein verschollenes Van-Gogh-Gemälde auf einem Dachboden aufgetaucht?«

»Ja, in Skandinavien. Dort soll es aber schon seit einem Jahrhundert gelegen haben. Es ist damals als Fälschung deklariert worden und deshalb angeblich überhaupt erst auf den Dachboden gelangt. Aber jetzt stell dir mal folgendes Szenario vor: Bei so einem Gurlitt wird ein Bild gefunden, ein echter van Gogh zum Beispiel, der seit dem Krieg verschollen war, den aber ein Fälscher mit einer passenden Geschichte vor Jahren an einen leidenschaftlichen Sammler verkauft hat. Da es Raubkunst war, musste der Sammler sich seither innerhalb seiner vier Wände daran erfreuen. Nun hört er von dem Fund seines Gemäldes und ahnt, dass er übers Ohr gehauen wurde. Was tut er?«

Konstantin überlegte. »Er will sein Geld zurückhaben.«

»Was nicht möglich ist. Der Fälscher ist entweder nicht aufzufinden oder wird frech.«

»Das riecht nach Ärger. Aber, es riecht eigentlich immer nach Ärger, wenn man als Betrüger sein Geld verdient. Meist geht das nicht lange gut.«

»Siehst du ja an mir. Ich bin überzeugt davon, dass die meisten bis heute verschollenen Kunstobjekte aus dem Zweiten Weltkrieg wieder auftauchen, nach und nach. Deshalb war mir die Sache zu heiß.«

Frank schob jetzt eine Hand in seine Hosentasche und holte drei Tabletten heraus, die er mit Wasser hinunterschluckte. »Kannst du mir ein Taxi rufen?«

»Ich kann dich fahren, Frank, kein Problem.« Doch sein Freund winkte vehement ab und sagte: »Lass den Quatsch, ich bin schon groß.«

Sie unterhielten sich noch eine Zeit lang über die gemeinsamen Bekannten aus der JVA. Dann erhob Frank sich langsam und reckte seine Glieder sehr vorsichtig. Es klingelte an der Haustür, das Taxi war da. »Ich melde mich«, sagte Frank und: »Wenn du die beiden Postkarten mit den Bildern darauf für mich besorgen könntest, nun, vielleicht erfahren wir dann mehr darüber, in was für Geschäfte deine Tote verstrickt war.«

Als es wenige Augenblicke später erneut an seiner Wohnungstür klingelte, glaubte Konstantin, Frank habe etwas vergessen. Er riss die Tür auf und wäre beinahe gegen ein braunes Kostüm geprallt. Ein blumiger Parfümhauch nahm ihm zunächst den Atem.

»Frau Schubert.«

»Entschuldigung. Sie haben jemand anderes erwartet, nicht wahr? Oh, da ist ja das Prachtexemplar, das meinen Jungen so begeistert. Goofy, na komm doch mal her.«

Und schon war seine Nachbarin aus der oberen Etage an ihm vorbei in die Wohnung getreten. Sie bückte sich, um den schwanzwedelnden Hund zu kraulen. Konstantin war es peinlich, dass die ganze Wohnung nach Pizza roch, so typisch für einen Junggesellen. Er bemühte sich um eine Erklärung. »Nein, nein, ein Freund war zu Besuch, ich dachte, er hätte etwas vergessen.« Konstantin betrachtete Frau Schubert, die in ihrem Kostüm sehr elegant aussah und ihn an jemanden erinnerte. Er guckte auf ihre schmalen, teuren Pumps, auf die Seidenstrümpfe und den langen, engen Rock, der Frau Schuberts Hüften rund und barock in Szene setzte. Ja, sie erinnerte ihn an die Filmdiven aus den dreißiger Jahren. Und er fragte sich, was diese Gattin, wie er sie insgeheim immer nannte, an einem Samstagabend um acht Uhr bei ihm in der Wohnung wollte.

»Sie haben eine richtige Junggesellenwohnung, Herr Neumann, praktisch eingerichtet, viel Platz und leicht sauber zu halten.« Sie drehte sich einmal um die eigene Achse und blickte sogar zur Decke hoch. »Wissen Sie, manche Frauen können so eine Wohnung ja in Grund und Boden dekorieren, und dann jammern sie, weil die Putzfrau nicht genug Staub wischt. Bei uns ist das auch nicht so, Kevin war bis zu seinem zehnten Lebensjahr so ungeschickt, dass nicht einmal eine stabile Bodenvase lange hielt. Egal.«

Konstantin fragte sich noch immer, was Frau Schubert bei ihm wollte. »Darf ich Ihnen etwas zu trinken anbieten?«

»Nein, danke. Ich muss gleich wieder hinauf. Wir haben uns einen Film ausgeliehen.«

»Wie schön, das klingt nach einem gemütlichen Abend. Ich fühle mich allmählich auch richtig wohl in der Wohnung. Haben Sie meinen Vormieter eigentlich gut gekannt? Er ist nämlich verschwunden.« Konstantin verschränkte beinahe trotzig die Arme vor dem Brustkorb und fand, dass Frau Schubert lange genug Zeit gehabt hatte, um ein eigenes Anliegen vorzubringen.

»Wer hat Ihnen das denn erzählt? Leander, also Ihr Vormieter, wandert jetzt gerade durch den kanadischen Busch, lernt die Laute der Streifenhörnchen und baut Holzhütten.« Sie lachte gekonnt, und es gab sicher Menschen, die ihr alles geglaubt hätten. Konstantin gehörte nicht zu diesen Leuten.

Er schüttelte den Kopf und sagte: »Dort ist er leider nie angekommen. Leander Heinemann ist bei der Polizei als vermisst gemeldet, und dort nimmt man sein Verschwinden immerhin so ernst, dass er in eine spezielle Liste im Internet aufgenommen wurde.«

Jetzt setzte Frau Schubert sich doch auf einen Stuhl und stellte beide Füße artig nebeneinander. »Wow, das kommt jetzt ein bisschen plötzlich. Das haben wir nicht gewusst. Dafür gibt es doch bestimmt eine ganz harmlose Erklärung? Wir wähnten ihn glücklich und zufrieden. Wissen Sie, mit Susanne und Leander, hm, das ist nicht ganz optimal gelaufen, und auf einmal wollte er nur noch weg, raus aus dieser Wohnung. Es ist immer ein Dilemma, wenn die Liebe sich nur einseitig einnistet.«

Eins musste man Frau Schubert lassen, dachte Konstantin, sie erzählte als Einzige immer ziemlich offen von den Beziehungen, die untereinander in diesem Haus herrschten.

»Die Polizei geht doch wohl nicht davon aus, dass Leander sich umgebracht hat, oder? Dafür war er wirklich nicht der Typ.«

Konstantin antwortete ihr: »Ich weiß nicht, wovon die Polizei ausgeht. Sie sind aber doch nach seinem Auszug alle von der Polizei befragt worden? Sie müssten doch wissen, dass er vermisst wird.«

Jetzt lächelte sie ihn tadelnd an. »Nein, Herr Neumann, das wussten wir wirklich nicht. Ja, die Polizei war da und hat uns befragt. Das muss so etwa zwei Wochen nach seinem Auszug gewesen sein. Ob wir wüssten, wo er hin ist. Oder ob er mit einem Mitbewohner in den letzten Tagen Kontakt gehabt hatte. Ich bitte Sie, wir haben alle gedacht, er habe kurz vor seiner Abreise etwas ausgefressen, müsse noch Steuern nachzahlen oder etwas in der Art. Susanne hat Leander nach seinem Auszug noch gesehen, einen Tag später.«

Sie beugte sich ein Stück vor und lehnte mit beiden Armen auf der Tischplatte, als sie fragte: »Glauben Sie wirklich, ihm ist etwas zugestoßen? So einer wie Leander, der bringt sich doch nicht heimlich um, weil er ein bisschen Liebeskummer hat. Der war ein Macher.«

»Vielleicht geht die Polizei von einem Verbrechen aus? So wie bei Susanne Jung. Oder wie bei der alten Frau Adler.«

Von dieser Überlegung ließ Frau Schubert sich nicht aus der Ruhe bringen. Sie sagte nur: »Ja, das ist schon alles recht merkwürdig, nicht wahr? Aber wissen Sie, was ich ebenfalls merkwürdig finde? Wie lange wohnen Sie schon hier? Ein paar Wochen? Dafür sind Sie bestens informiert über die Vorgänge, die vor Ihrem Einzug geschehen sind. Erzählt Ihnen diese unmögliche Frau von der Polizei solche Details? Will man Sie als Spitzel hier im Haus einsetzen? Kann das sein?«

Ein Stakkato aus Fragen. Bei diesem unerwarteten Appell verlor Konstantin ein wenig die Contenance. Er stotterte erst etwas herum, setzte sich dann zu ihr an den Tisch und knetete seine Hände. »Ich weiß nicht. Frau Finke erzählt mir halt solche Dinge und fragt dann immer, ob ich davon gewusst habe. Oder ob meine Mitbewohner davon gewusst haben. Meinen Sie, sie benutzt mich?«

Frau Schubert lachte unverhofft laut auf und tätschelte den Handrücken seiner linken Hand. »Ja, das glaube ich ganz gewiss. Sie hat auch unseren Jungen schon benutzt und ihn über unsere Ehe ausgefragt. Polizisten tun so etwas. Die wollen keine Freundschaften schließen.«

Sie erhob sich. »Also passen Sie besser auf sich auf, als Leander es getan hat. In Filmen bringt es immer Unglück, wenn man in Wohnungen einzieht, deren Vormieter verschwunden oder ermordet worden sind.«

Sie lächelte. Verschwörerisch. Plötzlich fand er ihren Besuch unheimlich. Sie schaute sich viel zu interessiert in seiner Wohnung um.

Er fasste sich und fragte mit einem ähnlichen Lächeln im Gesicht: »Frau Schubert, hatten Sie eigentlich ein besonderes Anliegen für Ihren Besuch? Kann ich Ihnen in irgendeiner Sache helfen?«

»Entschuldigung. Ich platze in Ihren Samstagabend und habe ganz mein Anliegen vergessen. Dabei hat es sogar etwas mit Susanne zu tun. Mein Mann und ich haben ihre Wohnung gekauft und werden in den nächsten Tagen einen Durchbruch starten, um die beiden oberen Wohnungen miteinander zu verbinden. Also, es wird ein wenig laut für die Nachbarn. Das war es, was ich Ihnen mitteilen wollte.«

»Oh, wie schön, eine richtig große Wohnung also.« Konstantin blickte auf ihre Haare. Blond, glatt, Seitenscheitel, zu einem Knoten gedreht und hochgesteckt. Eine Strähne musste immer hinter das Ohr gesteckt werden, sie hatte sich aus der Spange gelöst. Das tat Frau Schubert gerade auch, sie schob die Strähne hinter das rechte Ohr. Und in seinem Kopf ratterten die Gedanken. Woher hatten die beiden so viel Geld? Sie waren ja nicht einmal Doppelverdiener.

Frau Schubert sagte: »Der Kevin will auch langsam sein eigenes Reich haben, ein größeres Zimmer, in das er sich Freunde einladen kann, ohne dass wir gleich jedes Wort mithören müssen. Zwei Badezimmer kommen uns ebenfalls gut gelegen. Da mussten wir nicht lange überlegen.«

Konstantin stellte sich Frau Schubert im Bademantel vor, wie sie sich für die Nacht zurechtmachte, während ein sechzehnjähriger Junge mit Downsyndrom neben ihr stand und sich die Zähne putzte oder die Fingernägel schnitt. Das Bild fand er befremdlich. Er überlegte, ob er selbst gerne neben Frau Schubert im Badezimmer stehen würde. Sie war schon attraktiv. Doch die Antwort fand sich schnell. Nein, wollte er nicht. Aber wie schön, wenn die Schuberts direkt über seiner Wohnung agierten, da konnte er sie besser hören.

»Grüßen Sie Kevin von mir.«

Sie nickte und streichelte Goofy zum Abschied noch einmal.

»Das mache ich. Er besucht Sie immer gerne, nicht nur wegen des Hundes.«

Das hatte sie dann wieder sehr nett gesagt.

Es war ein Samstag voller interessanter Gespräche und Begegnungen gewesen. Aber war er der Frage nach einem Motiv oder einem Täter für den vermeintlichen Mord an Susanne näher gekommen? Nicht so recht. Er trat auf den Balkon hinaus, wo die Abendluft bereits deutlich kühl war. Es roch nach Herbst und dunklen Abenden. Von Weitem hörte er das Kichern einer Frau und den tieferen amüsierten Ton eines Mannes. Ein Paar kam die Straße entlang, und er konnte schnell erkennen, dass es Frau Bartels mit ihrem Freund war. Sie hatte sich bei ihm untergehakt und gestikulierte mit der freien Hand erzählend und lebhaft. Bevor sie unter seinem Balkon für ihn nicht mehr sichtbar waren, winkte Konstantin und wünschte einen schönen Abend. Diese nette Geste ging allerdings unter in dem Gepolter, das unterhalb des Balkons entstand.

»Was ist denn das für ein lautes Gekicher? Es reicht doch wohl, dass man vom schlechten Fernsehprogramm schikaniert wird.« Der alte Adler hatte seinen Posten am Fenster eingenommen.

Frau Bartels gab ihm Kontra: »Du kannst es doch nur nicht ertragen, wenn andere Leute sich amüsieren.«

»Was soll daran amüsant sein, sich von einem Heiratsschwindler und Gigolo der C-Klasse ausführen zu lassen? Hast du keinen Stolz, Heike?«

»Sie sollten sich mäßigen, Herr Adler, sonst werde ich Sie anzeigen. Das grenzt an Rufmord.« Der Geschmähte meldete sich tatsächlich zu Wort. Tapfer, dachte Konstantin und fand es toll da oben auf seinem Balkon.

»Das machen Sie mal, das wird sicher lustig«, hörte man Adlers Stimme. Die Haustür fiel ins Schloss, Frau Bartels und ihr Galan waren im Haus verschwunden. Der Greis nahm kein Blatt vor den Mund, er biss um sich, wie es ihm gerade in den Kram passte. Das war gerade sehr unhöflich gewesen. Diese Art des Umgangs miteinander war schon sehr ruppig – oder sehr vertraut, wie man es sehen wollte. Sollte dies wirklich das Ergebnis einer nur drei Jahre währenden Nachbarschaft sein?

Natürlich, im Knast, da ging man schon nach drei Tagen so miteinander um, aber das war ja wohl etwas anderes. Dort musste man sich behaupten, Höflichkeit brachte einen ans Schlusslicht der Kette, und damit gingen Prügel, Enteignung von Genussmitteln und stetige Häme einher. Am schwierigsten war es mit den Russen, denn die waren streng organisiert, und eine Ratte pisste der anderen nicht in den Stall. Wenn man wegen Totschlags im Gefängnis einsaß, hatte man bereits einen gewissen Ruf, eine Aura, die man sofort zu Beginn pflegen musste. Also hatte Konstantin beim ersten geringen Anlass überreagiert und einem Mithäftling ein blaues Auge verpasst. Da dieser Mann eine durchaus ernst zu nehmende Statur hatte, Konstantin aber den Überraschungseffekt zu nutzen wusste, brachte ihm diese Aktion nachhaltigen Respekt ein. Was er damals nicht gut aushalten konnte, das waren die Gespräche beim Psychologen.

Er hatte getötet. Das war für ihn selbst der allergrößte Schock. Und die Schuld wurde nicht kleiner, wenn ein Therapeut in der Wunde wühlte und dann wissen wollte, wie tief der Schmerz und das Verständnis für die Tat denn nun seien. Beides war schon vor diesen Gesprächen maximal hoch gewesen. Und dann diese Fragen, die durch stetige Wiederholung nicht klüger wurden.

»Haben Sie diesen Menschen nicht doch schon vorher gehasst? Tief in Ihrem Inneren war es doch ein Befreiungsschlag, oder? Sie hatten große Differenzen miteinander, Herr Neumann. Das haben viele bestätigt. Waren Sie vielleicht eifersüchtig?« Jetzt hielt sich Konstantin die Ohren zu, als würde der Psychologe in diesem Moment in seiner Wohnung auf ihn einreden. Der Typ sollte in seinem Job vorsichtiger sein, sonst würde er selbst noch als Totschlagsopfer enden. Schwache Nerven hatten im Knast viele. Aber den gut gemeinten Hinweis ließ Konstantin damals unausgesprochen. Das wäre schlecht für seine eigene Prognose gewesen.

Zurück zu seiner Nachbarschaft. Sie waren allesamt auf eine nette Art skurril und überaus eigen, jeder auf seine Weise. Vom seidenen Unterrock einer Frau Schubert bis zur Wolltunika von

Ulrike Nawrath. Er selbst mit seiner Vergangenheit und dem Richtmikrofon unter dem Sofa passte vorzüglich dazu. Abgesehen von der nicht unerheblichen Tatsache, dass alle anderen Bewohner des Hauses Eigentümer ihrer Wohnung waren und über Geld verfügten und er sich gerade alles neu aufbauen musste. Das machte ihm allerdings nichts aus.

Am Sonntagmorgen regnete es in einer gleichbleibend nassen Monotonie, und Konstantin entschloss sich zu einem gründlichen Wohnungsputz. Goofy half gelangweilt, indem er Tücher reichte und wegschleppte oder mit der Pfote im Wasser herumstupste. Unglücklicherweise war es dann jedoch nicht der Hund, der für eine Überschwemmung sorgte, sondern Konstantin selbst stolperte so ungeschickt über den Eimer, dass er umkippte. Besorgt wegen des edlen Parkettbodens stürzte er ins Bad und legte alle verfügbaren Handtücher auf die nasse Stelle. Der Schaden war schnell behoben, doch er ergänzte seine Maßnahme noch, indem er auf den Knien den gesamten Bereich föhnte.

Übertriebene Sorgfalt, die aber zu einer interessanten Entdeckung führte. Ein Dielenbrett war locker, und zwar an der Ecke der Außenwand, an der sich der Balkon befand. Für Konstantin war ein loses Dielenbrett kein Kleinauftrag für den Schreiner, nein, es war ein loses Dielenbrett mit einem Hohlkörper darunter. Nachdem er sich zwei Fingernägel abgebrochen hatte, holte er schnell ein Messer aus der Küche und hob das Brett aus dem Boden. Bingo. Ein Hohlraum. Mit Inhalt.

Begeistert fischte Konstantin ein paar Fotos aus der Vertiefung und wusste sofort, dass er sie der Kommissarin zeigen musste. Aber nicht jetzt und nicht heute. Sie konnte ja nicht wissen, wann er sie gefunden hatte. Wer hatte die Fotos hier wohl versteckt? Leander Heinemann, sein Vormieter? Susanne Jung, weil sie dachte, in dieser Wohnung wären die Bilder sicherer? Der alte Adler? Aber der hätte jemanden gebraucht, der die Stufen hochmarschierte und auf den Knien liegend Dielen lockerte.

Noch einmal blätterte er die Fotos durch. Es waren drei Abbildungen von Gemälden, aber sie kribbelten zwischen seinen Fingern wie hochexplosive Ware. Er musste zu Frank. Jetzt. Es war früher Nachmittag. Kurz überlegte er, ihn vorher anzurufen und den Besuch anzukündigen, immerhin war sein Freund ein todkranker Mann. Aber er fürchtete eine Absage oder die Verschiebung des Termins und machte sich lieber sofort auf den Weg.

Wie lange würde Frank noch durchhalten?, fragte sich Konstantin, während er mit dem Auto vor einer Ampel wartete. Er hatte keine Ahnung, wie hoch die Ärzte Franks Lebenserwartung schätzten, und er würde ihn auch sicher nicht danach fragen. Manche Wahrheiten sprach man besser nicht aus. Frank musste jetzt achtunddreißig oder neununddreißig Jahre alt sein. Kein Alter, in dem man über das Sterben nachdachte. Als ihm dies in den Sinn kam, begegnete ihm das Lächeln einer alten Dame, die gerade die Straße überquerte. Himmel, sie war wirklich sehr alt. Ihr Gesicht erinnerte an altes Leder, das sich zusammengezogen hatte. Die gebrechliche Gestalt ging langsam, aber in weitgehend aufrechter Haltung an einem Rollator. Sie wäre wahrscheinlich leichter über die Straße zu tragen als ihr stabiles Gefährt. Ob Frank mit ihr tauschen würde?

Im Hotelfoyer starrte ihn dann das junge Mädchen an der Rezeption neugierig an. Wer besuchte den todkranken Mann in der Juniorsuite auf Etage drei? Die Frage stand ihr ins Gesicht geschrieben. Sie räusperte sich beim Nennen der Zimmernummer und sagte dann: »Herr Brenner hat heute noch nichts gegessen, wollen Sie ihm vielleicht eine Kleinigkeit aus der Küche mitnehmen? Sie schob einen Stifthalter hin und her und ergänzte sehr vorsichtig: »Ich dachte, in Gesellschaft fällt es ihm eventuell leichter.«

Vier Minuten später trug er eine Hühnersuppe und ein Stück Baguette zur Juniorsuite und klopfte laut. An der Tür hing ein Schild: *Bitte nicht stören. Don't disturb.* Also klopfte er noch einmal und rief dabei: »Hallo, Frank, ich bin es, Konstantin.«

»Es ist offen.« Er betrat ein geräumiges Wohnzimmer mit einer modernen hellen Einrichtung. Auf dem schmalen Tisch stand ein kleiner Blumenstrauß, zwei Meter vom Tisch entfernt lief ein Fernseher, und der moderne Flachbildschirm zeigte niedliche Tierbabys aus irgendeinem Zoo. Der Ton war so leise gestellt, dass man kein Wort verstand. Frank war nicht zu sehen. Konstantin stellte das Tablett mit der Suppe auf den Tisch und ging auf eine halb geöffnete Schiebetür zu. Dahinter befand sich ein Schlafzimmer, aus dem heraus sich Frank gerade meldete: »Untersteh dich und betritt meine Komfortzone! Ich komme.«

Konstantin stellte sich an den Tisch und verteilte die mitgebrachten Fotos gut sichtbar auf der Glasplatte. Dann setzte er sich und wartete. Eigentlich hatte er ja keinen blassen Schimmer, was diese Bilder bedeuteten, es war eher so ein Gefühl unter der Kopfhaut gewesen, dass sie wichtig sein könnten. Der Effekt seiner Präsentation war dann tatsächlich enorm. Frank schlich durch die Tür, sein Gesicht weiß und angespannt, die Augen umso lebhafter,

»He, ich hoffe, du hast richtig gute Gründe, mich aus dem Bett zu holen … ja, hallo, was sehe ich denn da für eine Ausstellung?« Frank blieb vor den Bildern stehen, schob sie hin und her, griff sich eins, legte es wieder weg, um nach dem nächsten zu fassen. Auf der Stirn glänzten Schweißtropfen.

»Mein Gott, dieses Gemälde kenne ich nur von einem Schwarz-Weiß-Foto. Wie kann das sein? Eine brillante Fälschung, offensichtlich. Und hier, ein weiteres Franz-Marc-Bild, unglaublich schön und so strahlend klar.« Langsam ließ Frank sich auf einen Sessel sinken. »Mensch, Konstantin, weißt du überhaupt, was diese Fotos zeigen?«

Konstantin schüttelte den Kopf und löffelte aufgeregt etwas Hühnersuppe.

»Das sind Bilder aus der Göring-Sammlung, und zwar drei von den dreizehn Bildern ›entartete‹ Kunst, die er zum Tauschhandel benutzen wollte. »Oh mein Gott, wie schön hier die Farben sind, da, guck, ich habe dir doch von diesem Bild erzählt.« Frank reichte ihm ein Foto mit blauen Pferden darauf. »Das ist ›Der Turm der blauen Pferde‹ von Franz Marc. Aber es ist eine Version, die ich noch nie gesehen habe. Schau dir nur die Farben an! In Berlin hing oder hängt eine Reproduktion des Gemäldes, aber das hier weicht davon ab. Das Gelb ist satter, und auch die Blautöne erscheinen mir anders gemischt.«

Frank schaute sich die Rückseite an und pfiff durch die Zähne: »Dezember 2013, da wurde dieses Bild fotografiert. Es ist toll, definitiv die schönste Version, die ich je gesehen habe. Aber wer hat es gemalt?«

Konstantin schob sich erneut einen Löffel mit Hühnersuppe in den Mund, schluckte und bekam eine Idee. »Wenn das hier das echte Gemälde zeigt, war Marc der Urheber, oder? Oh, entschuldige, Frank, die Suppe ist für dich.«

»Ja, iss sie auf, dann lassen sie mich für heute in Ruhe. Dieses überfürsorgliche Hotelteam hat anscheinend Sorge, dass sich unser Mietverhältnis zu schnell auflösen könnte. Also, woher hast du diese Fotos?«

»Sie waren in meiner Wohnung versteckt, unter einem losen Dielenbrett. Bis Anfang dieses Jahres hat mein Vormieter Leander Heinemann dort gewohnt, aber er muss die Fotos ja nicht zwangsläufig auch dort versteckt haben.«

Frank runzelte die Stirn. »Natürlich hat er das. Warum sollte jemand anders die Bilder in einer fremden Wohnung verstecken? Viel interessanter ist die Frage, warum diese Fotos versteckt werden müssen? Sie zeigen ja keinen Mord. Ich sage es dir: Weil die Bilder so, wie sie dort abgebildet sind, gar nicht existieren, jedenfalls bislang nicht mehr. Die Werke …«, Frank tippte mit dem Zeigefinger auf die Glasplatte und hinterließ dort einen Fettabdruck, »gelten allesamt als verschollen. Natürlich tauchen immer mal wieder vermisste Bilder in Privatsammlungen auf, aber diese drei wären schon eine kleine Sensation. Entweder handelt es sich hier also um kühn gemachte Fälschungen oder …« Frank rutschte unruhig auf seinem Sessel hin und her und nahm sich das Bild mit den blauen Pferden von Neuem vor, ohne den Satz zu beenden.

»Stell dir nur mal vor, so würde das Original aussehen. Ja, das hier wäre das Original, und zwar mit einer modernen Kamera aufgenommen – und es lebt! ›Der Turm der blauen Pferde‹ existiert noch, und ich hätte all die Jahre recht gehabt!«

Er sackte wieder in sich zusammen. »Aber das ist so unwahrscheinlich wie eine Spontanheilung meines Magens. Die Fotos, die Susanne Jung bekommen hat, waren die etwa auch farbig?«

»Nein. Das waren Schwarz-Weiß-Aufnahmen. Hier, iss ein paar Löffel auf die Aufregung hin.«

Konstantin schob seinem Freund den Teller Suppe zu, und Frank aß. Konstantin äußerte: »Leider sind genau die beiden Personen, die Auskunft über die Fotos geben könnten, tot oder verschwunden.«

Frank ließ den Löffel in die Suppe zurückfallen und bekam einen verschmitzten Gesichtsausdruck. »Ja, tot oder verschwunden, aber hast du mir nicht erzählt, dass eine Schwester deines Vormieters ihn als vermisst gemeldet hat und suchen lässt? Lass uns doch mit dieser Schwester reden. Ruf sie an oder besuche sie. Erzähl ihr, wer du bist, und zeige ihr die Fotos. Ich bleibe lieber im Hintergrund, sonst erschrecke ich die Dame noch mit meinem indisponierten Äußeren.« Er grinste.

Konstantin hatte nicht lange darüber nachdenken müssen. Natürlich, die beiden Geschwister standen sich angeblich nahe. Eventuell wusste die Schwester also Dinge, deren Bedeutung sie bislang nicht hatte einschätzen können. Er hatte Frank kurz nach ihrem Gespräch verlassen.

»Komm lieber öfter, aber nie lange, denn ich werde sehr schnell müde, mein Freund«, hatte Frank gesagt und ihm die geleerte Suppentasse mitgegeben. Die Fotos hatte Konstantin bei Frank im Hotel gelassen, im Safe. Er ahnte, dass es eine der wenigen Freuden seines Gefängniskumpels sein würde, sie ab und an zu betrachten und dabei an die Originale zu denken.

Daheim angekommen, ging es dort merkwürdig laut zu. Aus einer Wohnung ertönte Musik. Es war unten links bei Frau Bartels, und es klang nach den Schlagern des WDR-4-Senders. Aber auch aus der obersten Etage drangen laute Töne durch das Treppenhaus. Jemand hämmerte. Als er gerade auf seiner Etage angekommen war, sprang auch noch die Tür seiner Nachbarin laut auf. Insgesamt war sein Haus heute viel zu polternd, so kannte er es gar nicht.

»Konstantin, kannst du mal ganz schnell hereinkommen? Ich muss dir etwas zeigen.« Ulrike hatte ihn an der Hand gepackt und zog ihn mit sich. Nebenan, in seiner Wohnung, bellte Goofy einmal kurz. Er dachte daran, dass er jetzt dringend mit seinem Hund hinausgehen sollte, doch da befand er sich bereits in Ulrikes Wohnung, ohne ein Wort gesagt zu haben.

»Setz dich«, sagte sie und verschwand hinter einer anderen Tür. Er ließ sich am Tisch im Wohnzimmer nieder und starrte durch das Fenster nach draußen. Über ihm wurde weiter gehämmert. Und als Ulrike wieder herauskam, war er ein klein wenig enttäuscht. Sie trug ein violettes Abendkleid und eine schwarze elegante Strumpfhose. Das Kleid war gut gewählt, es trug an den mageren Hüften auf und besaß einen verspielten Ausschnitt, der ihren Oberkörper weicher erscheinen ließ. Ulrike drehte sich ein paarmal hin und her und sagte: »Ich wollte deine Meinung hören, Konstantin. Das Kleid habe ich mir für einen besonderen Anlass gekauft. Wie findest du es? Kann ich das tragen?«

Er schaute sie noch einen Augenblick lang an und erwiderte ernst: »Ja, das Kleid ist sehr schön, und es passt auch gut zu dir und deiner schmalen Figur. Wann wirst du es anziehen?«

Sie setzte sich zu ihm an den Tisch. »Mein Chef hat mich gebeten, ihn zu einer wichtigen Abendveranstaltung zu begleiten. Es freut mich, dass es dir gefällt, ich bin modisch oft ungeschickt, ich weiß das.«

Konstantin sah ihr Lächeln, schaute auf ihre kastanienbraunen Haare und wusste einfach nicht, warum er so enttäuscht war. Es war doch nett von Ulrike, ihn nach seiner Meinung zu fragen. Sie hätte auch Frau Schubert fragen können, die war nie ungeschickt in Sachen Mode. Keine normale Frau fragte einen ehemaligen Häftling, welches Kleid sie zu einem Treffen mit ihrem Chef anziehen soll. Das war einfach absurd.

Erst nach einem langen Spaziergang mit Goofy, als er sich ein Butterbrot mit Leberwurst und hart gekochtem Ei gemacht hatte, wurde ihm klar, was oder vielmehr wer ihn enttäuscht hatte. Es war Ulrike selbst. Sie war immer so zaudernd, so vorsichtig in ihrer Art der Kontaktaufnahme. Klar, sie duzten sich, aber dennoch war sie schüchtern, ja, das war sie, genau wie er selbst. Und heute Abend hatte sie ihn ganz selbstverständlich und munter in ihre Wohnung gezogen. Um sich ein Abendkleid anzuziehen! Ihm persönlich ging das zu schnell. Er wusste noch immer nicht, ob er seine Nachbarin auf diese spezielle Weise mochte. So, wie man eine mögliche Partnerin mochte. Und jetzt machte sie ihn zum Kumpel. Fand er. Er stellte sich vor, wie sie das Abendkleid anzog, um mit ihm auszugehen. Ja, das fühlte sich besser an. Er steckte den letzten Rest seiner Schnitte in den Mund und erhob sich, um das Geschirr in die Küche zu bringen.

Und da sah er sie, die Schublade, die einen kleinen Spalt offen stand. Genau diese eine Schublade klemmte, da er sie vollgestopft hatte mit Dingen wie Pflaster, Handcreme, Kugelschreibern und Notizbüchern. Man musste immer erst den obersten Block hinunterdrücken, damit sie geschlossen blieb. Das hatte er heute Mittag noch gemacht. Es musste also wieder jemand in seiner Wohnung gewesen sein.

Wer? Konstantin schaute seinen Hund an. Der blickte treuherzig zurück. Verdammt, riechen konnte er nicht und sprechen auch nicht. Das Richtmikrofon lag wie immer unter dem Sofa. Alles andere in seiner Wohnung durfte jeder sehen. Hatte man Leander Heinemann ebenfalls bespitzelt? Immerhin hatte er wahrscheinlich ein sehr sicheres Versteck für ein paar an sich harmlose Fotos gewählt. Ihm war es prinzipiell egal, wenn seine Mitbewohner seine Wohnung besuchten. Er hatte so lange keine Privatsphäre besessen, da lachte er über diese kleinen heimlichen Stöbereien. Er könnte dem alten Herrn unten rechts ja mal von den Leibesvisitationen in der JVA erzählen. Hilfe, die waren in ihrer Intimität sicher eine grauenvolle Vorbereitung auf die Pflegestufen im Alter.

Adler selbst konnte seinen lädierten Körper nicht in Konstantins Wohnung getragen haben. Es musste jemand anders gewesen sein. Aber der Alte besaß sicher den Schlüssel. Vielleicht wollte Adler wissen, ob man ihm, Konstantin, vertrauen konnte? Der Gedanke barg doch auch eine nette Seite, dachte er und holte sein Richtmikrofon heraus, um eine kleine Patrouille durch die einzelnen Zimmer zu machen. Adler telefonierte. Er schimpfte, und Konstantin lächelte leise, als er die Worte hörte.

»Die Susanne war ein kluges, ja, ein raffiniertes Mädchen.

Komm mir nicht so. Das arme Ding hatte keine Chance, und du weißt das!« Pause.

»Ja, wird untersucht. Was?« Pause.

»Natürlich stellen die eine Verbindung her, hier arbeiten deutsche Polizisten, die sind unbestechlich.« Pause.

»Ich kann dir wohl kaum verbieten, zur Beerdigung zu kommen. Nein, weiß ich nicht. Die geben mir sicher Bescheid. Aber lass die Finger von meinem Rollstuhl. Du schiebst mich nie wieder!«

Konstantin hörte noch leises Gemurmel, dann herrschte unten Stille. Über ihm waren nur Schritte in der Wohnung von Susanne zu hören. Der Durchbruch zu Schuberts Wohnung hatte begonnen, in den nächsten Tagen ging bestimmt das Möbelrücken los, und dann würde Kevin über ihm wohnen. Kevin, der genau wusste, dass Konstantin ein selbst gebautes Richtmikrofon besaß.

FÜNF

Am nächsten Morgen wurde er nicht vom Wecker aus dem Schlaf gerissen, sondern von seinem Telefon.

»Guten Morgen, Konstantin, ich bin es, Frank.«

Er erschrak, setzte sich auf und fragte hastig: »Frank, geht es dir nicht gut? Brauchst du Hilfe?«

»Komm runter, ich bin krebskrank, nicht dement. Dann hätte ich schon den Notarzt gewählt.«

»Aber es ist sechs Uhr in der Früh.«

»Ja, normale Weckzeit bei uns im Trakt, du erinnerst dich? Ich rufe wegen der Fotos an. Die sind der Knaller. Ich hoffe, du sitzt gerade.«

»Ich liege.«

»Umso besser. Ich habe die halbe Nacht im Netz verbracht, und ich kann dir eins sagen: Es gibt keine offiziell anerkannte Version von Marcs Gemälde ›Der Turm der blauen Pferde‹, die dem Gemälde auf deinem Foto auch nur annähernd ähnelt. Es gibt aber ein paar Fotos, die das Gemälde auf der Ausstellung ›entartete‹ Kunst in München zeigen. Das war 1937. Man erkennt natürlich nicht allzu viel darauf. Ergo …«, er machte eine bedeutsame Pause, »zeigt dein Foto eine verdammt gute unbekannte Fälschung, oder es ist das Original. Wenn man das Foto mit einer speziellen Lupe genau betrachtet, kann man ein paar sehr feine Schnitte sehen, die quer über das Bild verlaufen. Dieses Merkmal würde zu der Beobachtung eines Journalisten passen, der das Bild im Jahre 1948/49 an einer Wand lehnend in einem Jugendheim in Berlin gesehen haben will. Es war unversehrt bis auf einige leichte Schnitte in der Leinwand, so lautete damals seine Aussage.«

Konstantin hörte Frank laut atmen. Er hatte sich in Rage geredet und war erschöpft. Er selbst fühlte sich eigentlich auch erschöpft und zu müde, um die Bedeutung der letzten Sätze zu erfassen. Insbesondere eine Sache verstand er nicht und fragte: »1948, Frank, das war drei Jahre nach dem Krieg. Dann ist das Bild ja gar nicht im Krieg verschwunden. Jemand muss es doch diese drei Jahre lang gehabt haben.«

»Willst du meine Theorie hören? Das Bild ist jahrelang in Berlin-Zehlendorf gewesen. Zuerst war es im Haus am Waldsee gelagert. Das Haus war während der Kriegsjahre der Sitz der Reichsfilmkammer, und dort war neben Goebbels auch Göring häufiger Gast. Wer weiß, was der Mann alles dort hingebracht hat, um seine große Sammlung untergebracht zu bekommen. Kurz nach dem Krieg entstand dort das Museum ›Haus am Waldsee‹, und bereits die erste Ausstellung zeigte die Expressionisten, also die Künstler, deren Kunst laut der Nazis als ›entartet‹ deklariert worden war. Der ›Turm der blauen Pferde‹ war nicht unter den ausgestellten Exponaten, das wäre bekannt, aber es muss sich dort befunden haben. Es ist von dem Kunsthistoriker und früheren Reichskunstwart dort gesehen worden. Knapp drei Jahre später sah es der Journalist Joachim Nawrocki, als er einen Pfadfinderlehrgang absolvierte. Und zwar im Haus nebenan, einem Jugendheim, dort lehnte es an der Wand. Zwei Personen haben es also unabhängig voneinander an etwa demselben Ort gesehen.«

Frank machte eine kleine Pause, und Konstantin zog die Bettdecke bis zum Kinn hoch. Ihm war kalt. Die nächste Frage schreckte ihn wieder auf, denn Franks Stimme erhob sich krächzend: »Was macht ein echter Marc, von den Kriegsereignissen gezeichnet, in einem Jugendheim? Kannst du mir das sagen?«

»Äh, nein.« Sein Arm mit dem Telefonhörer schlief ein.

»Dieser Journalist Nawrocki hat zig Jahre damit zugebracht, nach dem Bild zu forschen. Diese Hinweise brauchen wir nicht mehr zu verfolgen, schon gar nicht nach fast siebzig Jahren. Das Bild war dort, da bin ich mir sicher, und es hat den Krieg überlebt. Irgendeiner hat es mitgenommen. Wenn jemand einen Franz Marc einfach so an der Wand stehen lässt, in einem Haus voller Kinder und Jugendlicher, dann weiß er nicht, was er da vor sich hat. Es war sicher ein Leichtes, die Leinwand zu entwenden. Eventuell war es ein kunstinteressierter Mitarbeiter, ein Vater, der seinen Sohn abholte, oder ein Handwerker, der dort zu tun hatte. Es wurde jedenfalls von einer Person mitgenommen, die genau wusste, dass es sich um den ›Turm der blauen Pferde‹ handelte. Ich hätte das auch gemacht. Mist!«

Konstantin hörte Stimmen im Hintergrund. Dann wieder Franks Stimme. »Du, ich muss auflegen, mein Pflegedienst ist da. Die Dame konnte heute Morgen wohl auch nicht schlafen. Denk an die Schwester, du weißt schon. Tschö!«

Konstantin legte den Hörer zur Seite und starrte an die Zimmerdecke. Also doch eine Fälscherbande hier im Hause? Die konnten doch nicht so blöd sein, ein derartig berühmtes Gemälde zu fälschen. Auf der anderen Seite hatte es ja bereits zwei tote Frauen gegeben, eventuell wegen extremer Selbstüberschätzung. Er überlegte, wen von seinen Nachbarn er für kriminell hielt: Adler natürlich. Ohne sein Know-how lief sicher nichts. Seine Enkelin Susanne steckte mit drin, das hatte er ja gestern noch am Telefon gehört. Sie sei raffiniert gewesen, hatte Adler zu jemandem gesagt, der es nicht abwarten konnte, zur Beerdigung zu kommen. Bei Schuberts war er sich nicht ganz sicher. Die hatten Geld, gut, das hatten hier alle im Haus. Jedenfalls genug, um Eigentümer zu sein. Aber Schuberts sorgten offenbar für Adlers Mittagessen. Das sprach immerhin für eine besondere Bindung. Sie duzten sich und pflegten einen recht vertrauten Ton miteinander. Hedwig Bartels und Ulrike Nawrath wurden von Adler nicht richtig ernst genommen. Er konnte nicht einschätzen, wie die beiden alleinstehenden Damen zu Adler standen. Frau Bartels war verwitwet, sie könnte geerbt haben, um sich die Wohnung leisten zu können. Ulrike jedoch gab ihm Rätsel auf. Eventuell hatte sie reiche Eltern, oder sie lebte doch zur Miete, und keiner erzählte es. In diesem Hause war alles möglich.

Die nächste Aufgabe stand bevor. Wie sollte er die Schwester von Leander Heinemann kontaktieren? Unmöglich, die Kommissarin zu fragen. Auf der Seite der Vermisstenmeldung gab es nur die Behörde als Kontaktmöglichkeit. Er suchte online im Telefonbuch und fand eine Menge Heinemanns. Das war ja auch kein spektakulärer Name. Leider wusste er nicht einmal, ob die Dame hier in dieser Stadt wohnte.

Nach elf Anrufen wusste er, dass sie nicht in dieser Stadt wohnte, sondern dreißig Kilometer entfernt auf dem Land bei

Drensteinfurt. Die Großtante, die ihm die Information mit krächzender Stimme mitteilte, war eine Klasse für sich.

»Was wollen Sie von ihr? Sie ist schon verheiratet.«

»Ich habe etwas, was ihrem Bruder gehört hat, und würde sie gerne deshalb sprechen. Haben Sie eine Telefonnummer?«

»Nein, ich fahre immer direkt zu ihr, dann können sie mich nicht abwimmeln. Alte Leute will keiner zu Besuch haben, wussten Sie das, junger Mann?«

»Äh, nein. Wie heißt sie denn, die Schwester?«

»Meike. Ist kein schöner Name, aber sie ist trotzdem recht schön geworden.«

»Und weiter?«

»Weiter? Ja, klug ist sie auch.«

»Nein, der Nachname, wie lautet der Nachname?«

»Früher Heinemann mit zwei n, jetzt weiß ich das nicht. Ich merke mir seinen Namen nicht, kann ihn nicht ausstehen, den Typen. Aber die Adresse können Sie haben: Nordholter Weg 152.«

Konstantin ging davon aus, dass sie den Ehemann meinte, den sie nicht leiden konnte, und fragte: »Was macht ihr Ehemann beruflich?«

»Er ist Anwalt und sehr, sehr langweilig. Aber auch sehr zuverlässig. Er bringt mich immer exakt nach zwei Stunden nach Hause, egal, was ich vorhabe oder wie es mir geht. Ich habe sogar einmal meinen Herd mit einem Braten im Rohr angelassen – da passiert nichts. Der war nach zwei Stunden durch und ich rechtzeitig wieder zu Hause.« Sie kicherte.

»Ah ja.« Was sollte er darauf sagen? Dass alte Leute öfter mal ihren Herd anließen? Das hatte sie sicher anders gemeint. Er wagte eine ganz andere Frage. »Meike und ihr Bruder Leander haben sich gut verstanden, oder?«

»Der kommt nicht mehr wieder. Ich bin mir sicher. Aber Meike weiß nichts davon.«

»Haben Sie eine Ahnung, was mit ihm passiert ist oder wo er jetzt steckt?«

»Er wohnte in einem sehr merkwürdigen Haus. Ich habe überhaupt nicht verstanden, warum er sich plötzlich eine so große Wohnung leisten konnte und in diese Wohngegend am Aasee gezogen ist. Fragen Sie doch mal bei seinen Nachbarn nach. Auf Wiederhören, junger Mann.«

Sie legte auf, und Konstantin starrte auf seine Arme, die von einer regelrechten Gänsehaut überzogen waren. Er musste wirklich ganz dringend zu dieser Meike. Goofy nahm er mit, als er sich zehn Minuten später ins Auto setzte. Die Fahrt nach Drensteinfurt bot unterwegs genug Möglichkeiten, mit ihm spazieren zu gehen. Frank würde er nach dem Treffen aufsuchen.

Zunächst genoss er die Fahrt. Er fuhr über Land und durch kleine Dörfer. Die Straßen schlängelten sich schmal durch die Felder, und es gab kaum Möglichkeiten, ein anderes Auto zu überholen. Irgendwo auf einem Feldweg zehn Kilometer vorm Ziel hielt er an und ging spazieren. Er musste Goofy nur einmal an seine Seite holen, als ein großer Trecker mit Anhänger den Weg entlangkam.

Als er eine Stunde später die angegebene Adresse ansteuerte, liefen ihm ein paar Hühner und eine alte Katze mit einem Glöckchen um den Hals entgegen. Das Wohnhaus mit der Nummer 152 gehörte zu einem alten Kotten, der umgebaut worden war. Auf den ersten Blick konnte Konstantin drei Wohnhäuser entdecken. Nett hier, dachte er beim Aussteigen und suchte kurze Zeit später nach einer Klingel. Die gab es nicht. Jedenfalls nicht sichtbar. Er klopfte an die massige Tür, aber auch, als er all seine Kraft einsetzte, kam keiner. Neben dem Haus stand ein alter Passat Kombi, die Kofferraumtür stand offen, und auf der Ablagefläche lag ein Paket Blumenerde.

Also ging er um das Haus herum, sicher war die Dame des Hauses gerade beim Ausladen. Mit dieser Vermutung lag er richtig, denn er sah sie sofort. Die Frau saß, umringt von den Scherben neuer Tontöpfe, erschöpft auf einer verwitterten Holzbank.

Oje, da war das Ausladen wohl schiefgelaufen, dachte Konstantin und winkte. Die Frau sah recht gut aus, da hatte die alte Frau Heinemann am Telefon nicht übertrieben. Sie hatte lange Beine, die in engen Jeans steckten, ein Gesicht mit hohen Wangenknochen und einer niedlichen kleinen Nase und einen blonden Zopf, der ihr über die rechte Schulter hing. Ihr Alter schätzte Konstantin auf Anfang dreißig, aber was das Alter von Frauen anging, war er sich immer unsicher. Sie winkte nicht zurück, sondern starrte vor sich hin, als hätte sie den Besucher noch gar nicht wahrgenommen.

»Entschuldigung, dass ich hier so hereinplatze, an der Tür hat mich keiner gehört, und Ihre Großtante war so nett, mir die Adresse zu geben.« Sie sagte noch immer nichts, ließ aber einen Arm erschöpft auf die Bank fallen.

»Ich bin der Nachmieter Ihres Bruders, und ich habe gestern etwas Merkwürdiges in der Wohnung gefunden, das sicher Ihrem Bruder gehört hat. Geht es Ihnen nicht gut? Kann ich helfen?«

Nun stand er direkt vor der Frau und konnte sie gerade noch auffangen, als sie von der Bank zu rutschen drohte. Sie roch gut, stellte er fest, und er hielt den warmen Körper an sich gepresst. Vielleicht war es besser, die Dame auf die Wiese zu legen, die Füße hoch, um den Kreislauf zu stabilisieren. Eventuell hatte sie sich beim Hinunterfallen der Tongefäße verletzt. Konstantin erinnerte sich an seinen Erste-Hilfe-Kurs und überprüfte die Vitalfunktionen. Im Grunde genommen rechnete ja niemand damit, dass ein Mensch so gar kein Lebenszeichen von sich gab.

Doch was immer er auch tat, Puls suchen, Bewegungen des Brustkorbs oder die Atmung überprüfen, Konstantin fand nichts. Er war fassungslos. Wenn diese Frau Meike war, dann befand sie sich in keiner vernehmungsfähigen Verfassung. Er wählte den Notruf und gab die Adresse durch.

»Leblose Person aufgefunden. Ich habe noch keine Verletzung oder Vergleichbares gefunden, nur kaputte Tontöpfe.«

Laut Statistik musste er nun etwa sieben Minuten lang Ausdauer beweisen, um eine Wiederbelebung durchzuführen. So lange brauchte ein Rettungswagen in Deutschland üblicherweise. Nun, eventuell dauerte es in einer westfälischen Landschaft etwas länger. Er suchte die passende Stelle am Brustkorb, setzte beide Hände auf und dachte dabei an seine schmerzenden Knie und ihre leicht zu brechenden Rippen. Er drückte, er machte Mund-zu-Mund-Beatmung, drückte und so weiter. Schweißgebadet und völlig außer Atem erhob er sich schließlich, als ein

Rettungsarzt hinter ihm auftauchte und die Frau abhörte und untersuchte. Tränen liefen ihm über die Wangen, er konnte nicht mehr. Die Frau hatte nicht einmal auf seine Bemühungen reagiert.

Ein Sanitäter legte ihm eine Hand auf die Schulter. »Haben Sie das die ganze Zeit gemacht? Kein Lebenszeichen?« Er schüttelte den Kopf. Das tat der Arzt dann auch, als er sich erhob. »Sie ist tot. Ich rufe nun die Polizei.«

Und erst jetzt kam ihm der so wichtige Ratschlag seines Bewährungshelfers in den Sinn: »Halten Sie sich von Leichen fern.« Nun wurde auch sein Brustkorb verdammt eng, zu eng zum Atmen. Das Denken ging allerdings noch, und so bat er den Arzt, eine Kommissarin Finke anzurufen, da sie mit einem Fall vertraut sei, in dem die tote Frau hier eine Rolle spiele. Seine Schwester rief er heute nicht an. Stattdessen wählte er Franks Handynummer, die er sich von ihm hatte geben lassen. Er wollte seinen kranken Freund auf das Erscheinen einer unsanften Frau vorbereiten, die erstens keine Rücksicht auf seinen Zustand nähme und zweitens habgierig und mit großen Fingern die Fotos einsammeln würde.

Frank war geschockt, für einen Moment glaubte Konstantin, ein Aufschluchzen zu hören, doch es war nur ein Hustenreiz. Franks letzter Kommentar war allerdings wenig hilfreich. »Konstantin, du hast die eiserne Regel für Straftäter auf Bewährung missachtet: Halte dich von Verbrechen fern. Ich hoffe, deine Kommissarin hat Humor.«

»Sie bleiben doch noch, oder?«, fragte Konstantin wenig später den freundlichen Sanitäter.

Der nickte mit Inbrunst. »Ganz gewiss. Denn diese Frau ist wahrscheinlich an einem Genickbruch gestorben. Wir müssen von Mord ausgehen. So unglücklich kann man nicht von einer Bank fallen.«

»Gott würfelt nicht«, soll Einstein geantwortet haben, als Kollegen ihn mit dem Begriff des Zufalls und der Quantenphysik nervten. Konstantin fühlte eine ungeheuer schwere Schuld in sich. Hätte er nicht nach den Fotos geforscht und nach Leander Heinemann, wäre Meike bestimmt noch am Leben. Er musste mit seinen Nachforschungen irgendeinen verdammt bissigen Hund geweckt haben.

Frau Finke sah das ähnlich wie Albert Einstein und ging davon aus, dass er, Konstantin, erstens sich in Dinge einmischte, die allein in ihre Zuständigkeit fielen, und dass, zweitens, der Fall zunehmend spannend und brisant wurde. Drittens sprach sie einen Aspekt an, der sich für ihn völlig fremd anfühlte. Frau Finke glaubte nämlich, dass er allmählich selbst in Gefahr geriet und sie womöglich noch Polizeischutz beantragen musste. Da hätte man ihn ja wohl besser gleich im Knast gelassen. Ein böser Satz, zumal sie Konstantin keineswegs für harmlos hielt, wie sie lautstark ergänzte. Er könnte auch der Mörder sein. Über eine Anzeige wegen Behinderung der polizeilichen Ermittlungen wollte sie in jedem Falle nachdenken. Das klang nun wirklich sehr bedenklich, und darüber musste Konstantin dringend mit seinem Bewährungshelfer reden.

Jetzt gerade saßen sie im Auto, die Kommissarin und er, und zwar in seinem Auto. Sie fuhren zusammen zu Frank. Konstantin steuerte, und sie saß hinter ihm. Er war sich sicher, dass dies ein blöder psychologischer Trick der Kommissarin war. Nahezu jedes Auto bot heutzutage vorne die bequemeren Plätze. Goofy schien sich allerdings zu freuen, dass die Kommissarin so nahe bei ihm saß. Er stand im Kofferraum und presste seine Nase an das Sicherheitsnetz.

»So, und diese Fotos haben Sie unter Ihrem Parkett gefunden?«, fragte sie von hinten. Ihre Stimme klang viel zu nah an seinem rechten Ohr.

»Ja, am Rand.«

»Wieso suchen Sie unter Ihrem Parkett nach Dingen? Ich wische meinen Boden schon mal sauber, aber unter den Holzböden würde ich immer nur Kleber vermuten. Sie nicht! Hatten Sie einen Tipp bekommen?«

»Nein, es war reiner Zufall.« Er erzählte von seinem Missgeschick mit dem Wassereimer und drosselte die Geschwindigkeit, um vor dem Hotel einen Parkplatz zu suchen. Für solch bürgerliche Aktionen hatte Frau Finke wenig Geduld. Sie bat ihn, den Wagen einfach vor dem Eingangsbereich abzustellen, und marschierte mit gezücktem Ausweis hinein, direkt zur Rezeption.

»Polizeiliche Ermittlungen, der Wagen muss dort mal kurz stehen bleiben. Herzlichen Dank.« Die junge Frau hinter der Theke nickte nur verblüfft.

»Wo wohnt er denn nun, Ihr Freund?« Sie drehte sich zu ihm um. Konstantin hatte ihr schon am Tatort berichtet, warum Frank Brenner im Hotel lebte und warum er ihm diese Fotos gebracht hatte. Er hoffte, dass die Kommissarin bei einem Sterbenskranken mehr Nachsicht walten lassen würde, und führte sie in die erste Etage. Frank öffnete ihnen heute selbst die Tür. Er war sehr adrett gekleidet und lächelte Frau Finke an, als könnte kein Besuch angenehmer sein als der der Polizei.

»Schön, dass Sie sich Zeit nehmen, Herr Brenner.« Sie lächelte zurück und betrat das Zimmer. Suchend ging ihr Blick zum Tisch, wo die Fotos ausgebreitet lagen.

»Was für eine herrliche Version von Marcs Pferden!«, schwärmte sie gleich darauf ungewohnt sanft.

»Ja, nicht wahr«, begeisterte sich auch Frank und stellte sich neben sie. »Schauen Sie nur mal diesen Orangeton an.«

Bevor die beiden nun in einen gemeinsamen Farbrausch gerieten, brachte Konstantin Dramatik in die Szene. Auch wenn er den Kollegen bereits vorab telefonisch gebrieft hatte, sagte er: »Frank, ich bin ziemlich fertig, ich habe eine tote Frau gefunden. Es war wahrscheinlich die Schwester meines Vormieters. Die Frau Kommissarin denkt, und ich denke das auch, dass die versteckten Fotos und mein Besuch etwas ausgelöst haben könnten, was …« Er stockte.

»… leider todbringend war«, beendete Frau Finke seinen Satz. »Und Sie, Herr Brenner, erzählen mir jetzt, warum diese Fotos eine gewisse Brisanz haben könnten.« Ungewöhnlich viele Konjunktive, dachte Konstantin und setzte sich auf einen Stuhl.

»Darf ich Ihnen etwas anbieten? Der Zimmerservice ist angenehm reichhaltig. Leider bringen sie mir andauernd eine fade Hühnersuppe, die ich sicher noch nie bestellt habe.«

»Die aber eine sehr gute Zutat in Ihrem Ernährungsplan ist. Es gibt mittlerweile interessante Erkenntnisse, welche Ernährung bei einer Krebserkrankung gut ist. Kohlenhydrate zum Beispiel ernähren in erster Linie die Krebszellen, also sollten Sie Kohlenhydrate meiden. Joghurt, gute Öle sowie Gemüse und Salat jeder Farbe ist gut für Ihre gesunden Zellen, also zur Stärkung.«

Konstantin stand der Mund offen, als er den kurzen Vortrag der Frau hörte, die er dick, unfreundlich und plump fand. Sein Freund hing jedoch begeistert an ihren Lippen. »Ich hätte Sie früher treffen sollen, Frau Kommissarin, als ich noch genug gesunde Zellen zum Retten hatte.«

Man einigte sich auf zwei Cappuccino und einen Tomatensaft. Da hatte wohl jemand einen erstaunlichen Einfluss auf Frank, stellte Konstantin überrascht fest.

»Diese Fotos sind nicht etwa alt. Hinten kann man das Datum erkennen. Ich kenne so ziemlich alle Versionen, die es als Drucke vom ›Turm der blauen Pferde‹ gibt, und diese hier ist neu für mich. Es ist mehr ein Instinkt, aber ich ahne, dass die Farbaufträge älteren Datums sind. Dazu kommen die Schnitte in der Leinwand, ganz zart, aber mit der Lupe gut erkennbar.«

Frank reichte Frau Finke eine Lupe. Seine Hand zitterte leicht. Frau Finke hielt das Foto noch immer in der Hand, die anderen beiden Bilder hatte sie sich nur flüchtig angesehen. Frank trank tatsächlich seinen Tomatensaft und schaute sie gespannt an. Sie betrachtete mit aller Ruhe die Vergrößerungen durch die Lupe, hob den Kopf und fragte: »Worauf wollen Sie hinaus?«

»Das echte Gemälde wurde zuletzt um 1948 in einem Jugendheim gesichtet, und der Augenzeuge hat damals berichtet, dass es leichte Schnitte aufwies. Wie auf diesem Foto.«

Konstantin überlegte laut, leider: »Wenn es das Original ist, würde das bedeuten, dass es in meinem Haus eine Spur zu einem der berühmtesten verschollenen Gemälde gibt. Wow!«

»Herr Neumann, es ist nicht Ihr Haus. Vielmehr sind Sie der Einzige, dem tatsächlich nicht einmal eine Fliese gehört. Das Auffinden dieser Fotos in Ihrer Wohnung ist bislang nur spannend, aber nicht ein Indiz dafür, dass jemand auch weiß, wo die Werke sind. Wenn es sie denn noch gibt.«

Frank sprang seinem Kollegen bei. »Nun, die Fotos sind neu, und Sie haben zwei tote Frauen, Frau Kommissarin. Ich nehme an, das riecht schon nach Zusammenhängen, oder?«

»Auf jeden Fall! Immerhin sind beide Frauen von Ihrem Freund hier gefunden worden. Ich denke nicht, dass er sich auf Frauenleichen im Allgemeinen spezialisiert hat. Er wird wohl auf eine Spur gestoßen sein. Was ist auf den anderen Fotos zu sehen?«

Frank lehnte sich auf der Couch zurück und faltete die Hände über dem Bauch. Er schien den Besuch tatsächlich sehr zu genießen. »Hochinteressant. Alle dargestellten Gemälde stammen aus der berühmt-berüchtigten Sammlung Hermann Görings, und alle gelten bis heute als verschollen.«

Frau Finke imitierte seine Position und lehnte sich ebenfalls zurück, die Arme über den Bauch gelegt.

»Genau wie die Bilder auf den Schwarz-Weiß-Fotos, die wir bei Susanne Jung sichergestellt haben. Dabei handelt es sich um Gemälde von Daniel Seghers und von Barthel Bruyn. Das klingt doch schon alles sehr nach einem Fälschergeschäft.«

Als Frank etwas erwidern wollte, hob sie abwehrend die Hand. »Ja, ja, ich weiß, Bilder zu fälschen ist heutzutage kompliziert. Aber dieser Meisterfälscher Beltracchi behauptet doch selbst, er könne die Fachwelt noch immer hereinlegen, weil er wüsste, wie und was geprüft werde.«

Frank massierte sich den Bauch und antwortete, wobei Bewunderung in seiner Stimme mitschwang: »Er würde es auch schaffen, aber nur mit Gemälden, die weit nach 1900 entstanden sind. Dieses Bild hier, ›Kornfeld mit Mäher‹ von Vincent van Gogh, wurde 1889 gemalt. Die Zahl habe ich natürlich recherchiert, das stammt nicht aus meinem Basiswissen. Hier beginnt die Fälscherei, schwierig zu werden. Die Leinwand müsste natürlich aus der Zeit stammen, die Farben, einfach alles. Dabei sind zu viele Fehler möglich.«

Er tippte auf ein Foto, das in lebhaften Gelb- und Grüntönen die typische plakative Malweise des Künstlers zeigte. Dann nahm seine Stimme einen verschwörerischen Klang an, als er sagte: »Ich habe tatsächlich den Eindruck, dass hier jemand weiß, wo verschollene Originale zu finden sind: Es wäre eine Sensation, wenn sie auftauchen würden. Eventuell geht es um Erpressung.«

Konstantin mischte sich ein. »Was würde denn geschehen, wenn ein reicher Sammler nun zugibt, dass er all die Jahre über eines dieser Gemälde besessen und sich im stillen Kämmerlein daran vergnügt hat? Dieser Diebstahl oder der Kauf von gestohlenen Gemälden, das alles ist doch sicher verjährt?«

Frank stimmte zu. »Er bekäme dafür keine Strafe, aber erstens würde seine Person für längere Zeit in die Aufmerksamkeit der Presse und damit der Öffentlichkeit rücken, und er müsste es im Falle eines nachgewiesen unrechtmäßigen Erwerbs schon aus moralischer Verpflichtung zurückgeben. 1998 haben sich Deutschland und andere Staaten in Washington auf die Missachtung abgelaufener Fristen geeinigt. Wenn es jemand mit einer Nazivergangenheit ist, dann will dieser Jemand sicher nicht gerne in den öffentlichen Fokus geraten. Auch nicht als Angehöriger, etwa als Ehefrau oder Nachfahre. Und Mord verjährt im Übrigen nie.«

»Wenn dieser Jemand aber nachweisen kann, dass er ein Gemälde käuflich erworben hat, von Göring oder sonst wem, müsste er es nicht zurückgeben.« Frau Finke blickte triumphierend in die Runde, wofür sie von Frank ein vehementes Kopfschütteln kassierte.

»Oh nein, das glaube ich nicht. So einen lupenreinen Kauf hätte er vor siebzig Jahren bereits öffentlich machen können. Wo immer die Bilder sind, sie sind sicherlich nicht ganz legal dorthin gekommen.«

Konstantin trank seinen Cappuccino aus. Wenn er selbst Kommissar wäre, würde er den alten Adler mit den Fotos konfrontieren. Er fragte sich, ob die Kommissarin dessen Vergangenheit überhaupt genau durchleuchtet hatte. Adler hatte den Krieg miterlebt, Hitler, die Nazizeit, Göring und den Bilderklau, alles. Vielleicht stammt er selbst aus einer Nazifamilie, und sein Reichtum kam genau daher. Zugegeben, er musste damals noch sehr jung gewesen sein, fast ein Teenager.

Er fragte sie: »Was machen Sie denn nun mit den Fotos? Bekommen wir sie wieder?«

»Ich lege mir sicherlich kein neues Fotoalbum an. Himmel, stellen Sie doch nicht immerzu blöde Fragen, Herr Neumann. Ich weiß nicht, ob Sie die Bilder zurückbekommen.« Sie hielt inne und blickte zu Frank, der nach dem Foto des Marc-Bildes gegriffen hatte und geradezu ehrfürchtig mit seinem knöchernen Finger einige Linien des Werks nachfuhr.

»Ich lasse Ihnen Abzüge machen.« Ihr Blick galt Frank, die Abzüge waren sicher auch für ihn.

Konstantin hielt es für klug, seinen Mitbewohnern nichts von dem Fund der neuen Leiche zu erzählen. Er hatte ein ungutes Gefühl dabei, wenn Adler erfuhr, was sein Mieter so unter seinem Parkettboden fand und wen er alles besuchte. Die Kommissarin dagegen hielt es für klug, alle Hausbewohner nach ihren Alibis für den späten Nachmittag zu befragen und ihnen dabei die Notwendigkeit einer weiteren Ermittlung zu erklären. Diese beiden Gedankengänge kollidierten leider völlig. Das ganze Haus wusste innerhalb kürzester Zeit, dass Konstantin schon wieder über eine Leiche gestolpert war und dass er interessante Fotos seines verschwundenen Vormieters unter dem Parkett entdeckt hatte.

Und so erhielt Konstantin am späten Abend dieses ereignisreichen Tages auch noch Besuch aus dem Haus. Es war so gegen einundzwanzig Uhr dreißig, als es klingelte.

Herr Schubert höchstpersönlich stand vor seiner Tür und war in der Wohnung, noch ehe Konstantin seine Überraschung kundtun konnte. Also trabte er Herrn Schubert hinterher und musste erkennen, dass sein Mitbewohner von oben genau wusste, was er wollte. Herr Schubert setzte sich auf das Sofa und sagte: »Reden wir kurz miteinander.« Konstantin fielen zwei Dinge auf: Goofy begrüßte Herrn Schubert nicht, sondern blickte nur kurz auf. Und sein Besucher trug außergewöhnlich schicke Schuhe in glänzend grünem Krokoleder, die sehr gut zu den gekonnt geschnittenen dunklen Haaren passten.

»Mmh, Herr Neumann, wir, also ich und Herr Adler, ja, meine Frau wohl auch, wir sind etwas enttäuscht. Wir dachten, Sie würden uns mehr vertrauen, nachdem Sie nun schon eine kleine Weile hier wohnen. Warum sind Sie denn mit den Fotos nicht zum alten Adler gegangen? Oder zu mir? Ich hätte Ihnen das erläutern können.«

Schubert machte ein Gesicht, als würde er versuchen, einem Schüler eine viel zu einfache Mathematikaufgabe zu erklären. Da Konstantin sich nicht wie ein Schüler fühlen wollte, schon gar nicht in seiner eigenen Wohnung, erwiderte er etwas scharf: »Ich habe einen langjährigen Freund, der sich mit Gemälden auskennt wie kein Zweiter. In meinen Augen war es verdammt naheliegend, diesem guten Freund die Abzüge zu zeigen. Ich habe ja keinen alten Goldschmuck gefunden.«

Herr Schubert seufzte gekonnt, und Konstantin bekam plötzlich sehr viel Mitleid mit Kevin.

»Ja, sicher, Ihrem Freund, aber warum denn bloß der Polizei? Nun tobt hier wieder die Gerüchteküche, was nach dem Tod der armen Susanne keine gute Stimmung macht. Die dumme Bartels droht gleich immer mit Auszug, und Kevin führt sich auf wie ein Halbstarker, sobald diese unmögliche Kommissarin auftaucht.«

Konstantin schwieg dazu und wartete auf die angekündigte einfache Erklärung für die Fotos. Schubert ließ sich Zeit. Er rieb seine Hände und faltete sie ineinander. Dann kam das, was Konstantin insgeheim erwartet hatte. Wenn man schon einen behinderten Sohn großziehen musste, konnte man auch die wenigen Vorteile nutzen.

»Kevin hat die Fotos gestohlen.«

»Weil er sich für Maler wie Marc und van Gogh interessiert?« Der Spott in Konstantins Stimme war Absicht.

»Es war letztes Jahr. Wir waren damals auf einer Antiquitätenmesse, und Kevin hatte überhaupt keine Lust, uns zu begleiten. Wir haben es angeordnet, und so hat der Junge uns die ganze Messe über provoziert. Die Fotos stammen von einem Geschäft, das mit Drucken handelt. Ich habe das der Kommissarin auch schon gesagt. Aber ich möchte Sie bitten, mit Kevin nicht darüber zu sprechen. Er reagiert etwas über, wenn man ihn mit alten Vergehen konfrontiert. Pubertät halt.«

»Das ist ja alles extrem harmlos. Und die pure Verschwendung für ein solch raffiniertes Versteck.«

»Sie sagen es! Kevin war oft hier bei Leander. Es war mit Sicherheit Teil eines Spiels, und irgendwie gerieten die Bilder dann in Vergessenheit.«

Konstantin blickte Schubert forschend an, als er sagte: »Ja, leider war der Mord an Leanders Schwester kein Spiel.«

Das Lächeln Schuberts passte nun gar nicht zu seinem sonstigen Gesichtsausdruck. Auch nicht zu den Schuhen, fuhr ihm durch den Kopf.

»Ich bitte Sie, das hat ja nun nichts mit den Ereignissen hier im Haus zu tun. Leander Heinemann ist schon lange weg, und ich finde, seine Familie sollte akzeptieren, dass er nun mal weit, weit fort wollte.« Schubert erhob sich und fasste zusammen: »Also, ich würde es begrüßen, wenn Sie uns als Mitbewohner und Freunde akzeptieren könnten. Ich bin übrigens der Hubert.« Jetzt streckte er ihm auch noch die Hand hin.

»Konstantin.«

»Also, Konstantin, vergiss die Fotos, sie sind harmlos. Und bei den nächsten angeblichen Geheimnissen kommst du zu mir, okay?«

An der Tür betrachtete Schubert den Hund. »Ein prachtvolles Tier, aber er kann nichts mehr riechen, oder? Du hast übrigens eine schöne und sehr nette Schwester, Konstantin. Echt lieb von ihr, dir einen solchen Hund zu schenken. Pass gut auf sie auf. Zurzeit sterben zu viele junge Frauen in dieser Stadt.«

Konstantin dachte eine halbe Stunde darüber nach, wie viel Drohung in diesem Satz versteckt gewesen war. Nach dem Besuch seines Nachbarn war er sicher, dass hinter den Fotos etwas Großes steckte. Etwas sehr Großes.

Er träumte wirr und wachte mit einem dumpfen Gefühl von Schuld auf. War er tatsächlich schuld am Tod von Meike Schulze Terhorst? Weil er einem eventuellen Mithörer am Telefon den Weg zu ihr verraten hatte?

Bei einer starken Tasse Kaffee versuchte er eisern, sich auf das aktuelle Projekt seiner Firma vorzubereiten. Das war sein Job, das andere sollte er lieber Frau Finke überlassen. Gegen zehn Uhr klingelte sein Telefon, und er meldete sich unabsichtlich leise. So, als würde jedes Wort mitgehört. Es war sein Bewährungshelfer.

»Detlef Schröder. Morgen, Konstantin. Das Zauberwort heißt heute Urlaub.«

»Morgen, Detlef, prima, freut mich für Sie. Wo geht es hin?«

»Ich fahre immer nach Ibiza, aber das tut jetzt nichts zur Sache. Mein Freund, Sie müssen aus der Schusslinie. Juist oder Norddeich Mole reicht mir, aber ein paar Tage aus dem Haus wären gut für meine Erfolgsquote.«

Frau Finke hatte sich also bereits mit Herrn Schröder in Verbindung gesetzt.

»Keine Chance. Machen Sie sich um mich mal keine Sorgen.«

»Würden Sie sich einen Termin bei Dr. Werner geben lassen? Nur so für einen kleinen Check?«

»Der Vorschlag kommt definitiv von meiner Schwester. Ich glaube nicht, dass die Kommissarin mich für überspannt hält. Glauben Sie mir, Detlef, ich wäre begeistert, wenn ich mir die tote Frau gestern nur eingebildet hätte. Habe ich aber nicht.« Das hatte jetzt eigentlich nicht so trotzig klingen sollen.

Am anderen Ende war eine Zeit lang kein Wort zu hören, aber Konstantin konnte die typischen Geräusche des Rauchens vernehmen.

»Nein, nein, das wollte ich Ihnen damit auch nicht zu verstehen geben. Aber es ist ja nicht alltäglich, dass man gleich zwei Leichen innerhalb weniger Wochen findet. Das macht doch etwas mit der Psyche. Ich dachte, dass es Ihnen helfen würde, Konstantin, darüber zu reden. Ich meine, einen Arztbesuch würde ich doch jedem empfehlen, der so etwas erlebt hat.«

Ja, dachte Konstantin, sicher. Jemanden, der wegen Totschlags für mehrere Jahre im Gefängnis gesessen hat, dem traute man nun einmal nicht mehr, den musste man ständig beruhigen. Forschende Blicke, keine falschen Witze, stattdessen sanfte Fragen, ob es ihm auch gut ging oder ihn etwas belaste. Was glaubten sie von ihm?

»Mein nächster Termin ist in zwei Wochen, Detlef. Ich werde pünktlich sein.« Er legte auf.

Gerade als er sich erfolgreich den Aufgaben seiner Firma zugewandt hatte, klingelte erneut der Apparat.

»Finke hier. Waren Sie gestern auch im Haus der toten Frau Schulze Terhorst?«

»Guten Morgen.«

»Verhöhnen Sie mich nicht. An diesem Morgen war noch nichts gut.«

Konstantin zuckte zusammen, was die Kommissarin zum Glück nicht sehen konnte. Er sagte: »Nein, nachdem auf mein Klopfen an der Haustür niemand öffnete, bin ich um das Haus herumgegangen und habe Meike Schulze Terhorst draußen sitzen sehen. Was sollte ich in der Wohnung? Ein Glas Wasser hätte ihr auch nicht mehr geholfen. Ich habe doch die ganze Zeit versucht, sie wiederzubeleben.«

»Haben Sie jemanden wegfahren sehen oder ein Auto gehört?«

»Ich habe nicht darauf geachtet. Warum? Glauben Sie, der Mörder war noch da?«

Frau Finke holte tief Luft und erwiderte dann: »Die ganze verdammte Wohnung war verwüstet. Da hat jemand ziemlich intensiv etwas gesucht. Den Ehemann mussten wir gestern noch wegen eines Nervenzusammenbruchs ins Krankenhaus bringen. Er hat allerdings keine Ahnung, was bei ihm im Haus versteckt gewesen sein soll.«

Konstantin dachte an das Gespräch mit der Großtante. »Der Mann ist doch Anwalt. Vielleicht hat ein Mandant oder die gegnerische Partei in einem Fall Akten gesucht?«

»Ja, möglich ist alles in diesem Fall, deshalb ist es auch kein guter Morgen und noch weniger ein guter Tag. Wenn Sie zu Ihrem Freund ins Hotel fahren, geben Sie mir Bescheid, ich möchte mitkommen.«

Spätestens jetzt fand auch Konstantin den Tag miserabel. Die Information, dass jemand das Haus durchwühlt hatte, war hochinteressant. Vor allem vor dem Hintergrund, dass ihr Bruder ein so sorgfältiges Versteck in seiner Wohnung benutzt hatte. Hatte jemand nach genau diesen Fotos gesucht? Dann müsste er ja als Erstes seine eigenen Mitbewohner verdächtigen. Aber die wussten nun zumindest, dass die Fotos in Polizeigewahrsam waren.

Der nächste Anrufer war ein Kollege, und er widmete sich

die nächsten Stunden seinem Computer und arbeitete. Dabei lief allerdings ein Satz dieses Kollegen als Endlosschleife im Hintergrund seines Denkapparates: »Hast du es gut, dass du komfortabel zu Hause arbeiten kannst. So einen Vertrag hätte ich auch gerne. Hier im Büro ist zurzeit so eine miese Stimmung.«

Wieso konnte er eigentlich zu Hause arbeiten? Er wusste, dass sein Chef für Konstantins Gehalt eine finanzielle Unterstützung vom Amt bekam, da dies eine Wiedereingliederungsmaßnahme war, die unterstützt wurde. Arbeitgeber suchten ja normalerweise nicht explizit nach Straftätern.

Befürchtete man, er würde einem Kunden oder Kollegen aus Versehen das Genick brechen? Oder die Küche verwüsten, wenn der Kaffee mal nicht den Ansprüchen entsprach? Die ganzen Anrufe heute machten ihn missmutig. Als es um vierzehn Uhr auch noch an der Tür klingelte, sprang er genervt auf.

Es war Ulrike Nawrath. Sie hielt ihm lächelnd ein Stück Apfelkuchen hin. »Ich habe gebacken und wollte dir ein Stück vorbeibringen.« Sie schob sich einfach in seine Wohnung, so wie das hier alle Mitbewohner immer machten.

»Es sollte aber nur ein Vorwand sein, damit du mir von der toten Frau erzählst.«

Er nahm den Kuchen und stellt sich dabei vor, wie Ulrike zuvor Gift hineingestreut hatte. So ein Blödsinn. Laut sagte er: »Das ist lieb und sehr geschickt. Von wem hast du die Neuigkeit?«

Sie kicherte: »Von Kevin. Er hat Nachrichten im Briefkasten verteilt, anonym, aber ich kenne seine Handschrift. Na, wenn das die Frau Mama wüsste.«

»Was stand denn auf der Nachricht?«

»Konstantin hat die tote Schwester von Leander gefunden. Der ist wahrscheinlich auch tot. Konstantin ist der Leichenfinder. Wann wird er Leander finden?«

Bei dem letzten Satz lief ihm eine leise Gänsehaut über den Nacken. Kindermund tut Wahrheit kund. Aber ob das auch auf behinderte Jugendliche zutraf? Kevin war ein außergewöhnlicher Mitbewohner. Außergewöhnlich, weil er nicht einschätzbar, schwer zu kontrollieren und sicher auch nur teilweise zu Absprachen in der Lage war. Das dachte Konstantin nicht nur, weil

Kevin behindert war, sondern weil dies seiner Meinung nach in der Natur eines pubertierenden Teenagers lag. Und genau deshalb hoffte er, dass der Junge mal wieder bei ihm vorbeischauen würde.

»Konstantin, nun erzähl doch mal, was dich überhaupt zu einem Besuch bei der Schwester deines Vormieters getrieben hat?«

»Ich habe Fotos in meiner Wohnung gefunden und dachte, sie möchte sie vielleicht haben.«

»Der Leander konnte gut fotografieren. Der hatte oft seine Kamera dabei, wenn er spazieren ging oder wir eine Grillparty veranstaltet haben. Nur den alten Adler durfte er nie aufnehmen. Der meinte immer, er sei so alt, dass das Foto welk werde.« Sie lachte kurz.

»Ja, aber diese Fotos hat er wohl nicht geschossen. Das waren Aufnahmen berühmter Gemälde.« Das musste sie doch wissen, dachte Konstantin. Schubert hatte es bestimmt allen erzählt, damit seine Geschichte auch glaubwürdig wurde.

Ulrike nickte. »Ich habe davon gehört. Sie gehörten Kevin. Wahrscheinlich wollte er Leander mit den guten Fotos beeindrucken, weil der eben auch immer fotografiert hat. Was weiß ich.«

»Bist du eigentlich auch die Eigentümerin deiner Wohnung? Ich habe den Eindruck, dass ich hier der einzige Mieter bin«, sagte er ungeplant.

Ulrike stützte ihren Kopf in eine Hand und lächelte geheimnisvoll. Sie saßen an seinem Küchentisch. Bei seiner Schwester wäre dies eine grazile, kokette Geste gewesen. Zu Ulrike passte sie überhaupt nicht.

»Ja«, sagte sie. »Ich bin ein Einzelkind und habe nach dem Tod meiner Eltern ihr Haus verkauft und mir diese Wohnung zugelegt. Ich habe viel zu viel Angst ganz allein in einem großen Haus. Und Gartenarbeit ist mir ein Gräuel.«

»Und die Bartels?«

Ulrike richtete sich wieder im Stuhl auf und verdrehte kurz die Augen. »Sie ist doch mit ihrem Mann hier eingezogen und hat danach natürlich die Wohnung geerbt. Sie stöhnt ständig wegen des Kredites, den sie noch abbezahlen müsse. Wer's glaubt.«

Der Apfelkuchen wirkte nun zu seinen Gunsten. Er fragte weiter: »Du glaubst, sie ist reicher, als sie tut?«

Jetzt lachte seine Nachbarin böse. »Glaubst du denn, dieser Goldkettentyp ist an ihren schönen Hüften interessiert?«

Goofy erhob sich müde aus seinem Korb und trottete zu Ulrike herüber. Wedelnd blieb er vor ihr stehen, und Ulrike streichelte mit zwei Fingern sein linkes Ohr. Das war dem Hund nach dreißig Sekunden zu wenig, und er begab sich zu seinem Herrchen, der ihm kräftig das Nackenfell kraulte und wie nebenbei weiterfragte: »Wo hat denn der Mann von der Bartels gearbeitet?«

»Ach, der war bei irgendeiner Versicherung, nichts Interessantes. Aber sie sagt immer, er habe ja nie etwas ausgegeben, kein Urlaub, kein teures Auto, und wenn er dann noch gute Provisionen reingeholt hat, dann kann sich da mit den Jahren schon ein nettes Sümmchen ansammeln. Ist ja nicht so, dass die beiden sich eine Villa gekauft hätten, sondern nur eine Eigentumswohnung. Du musst arbeiten, ich gehe mal wieder.«

An der Tür hielt sie einen Moment inne. Er stand ihr direkt gegenüber und roch einen ganz leichten Parfümduft. Zu leicht für seinen Geschmack. »Würdest du dir auch diese Wohnung kaufen und hierbleiben wollen?«

Er lachte zynisch auf. »Ich glaube kaum, dass dem alten Adler mein Angebot reichen würde.«

»Mmh. Pass ein bisschen auf dich auf. Nicht, dass der Mörder noch auf dich aufmerksam wird, Konstantin.«

Drei Stunden hatte er Ruhe, dann läutete es erneut, und Kevin stürzte in die Wohnung. »Hi, Konstantin, yeah, Goofy, na komm, na komm, na komm.« Er lag bereits auf den Knien, bevor Konstantin die Tür geschlossen hatte. Goofy leckte ihm freudig übers Gesicht, das sich auf der Höhe des Hundekopfes befand. Als Kevin sich aufrappelte und weiterging, blickte er auf den Apfelkuchenteller in der Küche. »He, Ulrike war bei dir. Den kannst du ruhig essen, der schmeckt.«

»Habt ihr auch ein Stück bekommen?«

Kevin tippte sich mit Inbrunst an die Stirn. »Als wenn! Aber sie kann nur diesen einen Kuchen backen, und ich habe ihn schon mal gegessen. Ich wohne jetzt bald über dir. Nächste Woche wird mein Zimmer aufgelöst.«

Konstantin wunderte sich, wie schnell die Eroberung von Susannes Wohnung plötzlich ging. Er hatte nie einen Möbelwagen gesehen, geschweige denn mitbekommen, dass Dinge ausgeräumt worden waren.

»Was macht ihr denn mit den Sachen und den Möbeln von Susanne?«, fragte er erstaunt.

»Behalten. So viel hatte sie gar nicht. Der alte Adler sagt, ich darf den Fernseher haben und ihr schönes Bett. Mein Bett kommt dann in das Gästezimmer.« Sein rundes Gesicht strahlte, doch nur wenige Sekunden später blickte er tieftraurig drein. »Die Susanne war sehr schön, oder, Konstantin?«

»Ja, das fand ich auch.«

»Als ich klein war, hat sie oft auf mich aufgepasst. Hey, jetzt schaust du aber recht dumm. Du kannst vielleicht gucken, Konstantin.« Kevin lachte.

Wiederholt verwundert fragte Konstantin den Jungen: »Was meinst du damit, als du klein warst? Ihr seid doch alle erst vor drei Jahren hier eingezogen.«

»Ja, aber die Susanne kannte ich da schon. Sie war doch meine Babysitterin.«

SECHS

Als Konstantin seine Arbeit für den Tag erledigt hatte, dokumentierte er die neuen Erkenntnisse in der Datei, die er zu den Bewohnern angelegt hatte. Das alles wurde immer verzweigter. Häppchenweise schmiss man ihm Informationen zu, als wollte man eigentlich seinen Hund füttern. Natürlich konnte es sein, dass Susanne während ihres Studiums gejobbt hatte. Sie könnte aber auch zur Familie gehören. Ihm fiel ein, dass die Schuberts ein recht enges Verhältnis zum alten Adler hatten, und der war ja nun der Großvater von Susanne. Also hatten sich vor drei oder vier Jahren anscheinend einige Parteien, die sich gut kannten, entschlossen, zusammen ein Mehrfamilienhaus zu kaufen und zu bewohnen. Nette Idee.

Ob der oberklugen Frau Kommissarin wohl aufgefallen war, dass dieser Einzug etwa ein halbes Jahr nach dem Tode der alten Frau Adler geschehen war? Triumphierend blickte er auf seine Aufzeichnungen. Da kam ja ein roter Faden zum anderen. Er brauchte unbedingt die Adresse der Firma, bei der Adler früher gearbeitet hatte. Da er heute Abend wieder zu Frank ins Hotel wollte und Frau Finke an ihm dranhing wie eine russische Kampfflotte, würde er sie einfach im Auto fragen.

Er war ein sehr begehrter Bewohner dieses Hauses, denn es läutete schon wieder, dieses Mal aber unten an der Haustür. »Ja bitte?«

»Kommen Sie herunter, wir wollten doch zu Ihrem kranken Freund fahren.«

»Jetzt?« Aber er stellte fest, dass es bereits halb acht war.

»Jetzt! Haben Sie die vielen Tabletten gesehen, die er schlucken muss? Ich hoffe, wir erwischen noch ein paar wache Gehirnzellen. Wenn Sie mich fragen, schläft oder döst Ihr Freund die meiste Zeit vor sich hin.«

Als er sich in ihr Auto setzte – vorne auf den Beifahrersitz, denn hinten im Fond lag irgendeine zusammengerollte Masse –, knurrte er: »Na, Sie kennen sich ja aus mit Franks Befinden. Mir hat er gesagt, dass ihm Uhrzeiten egal sind, da er eh nicht schlafen könne.«

Sie überfuhr eine Ampel, die sichtbar auf Rot sprang, und gab zurück: »Der will nur cool wirken. Glauben Sie mir, Magenkrebs ist kein Spaziergang.« Den Rest der Fahrt blieb sie seltsam still. Konstantin betrachtete heimlich ihr Profil mit der leichten Adlernase und dem Doppelkinn. Sie kaute an ihrer Unterlippe. Ihre dicken braunen Haare waren zu einem schlichten Zopf gebunden, durch den sich graue Fäden zogen. Beide Hände lagen am Steuer, sie trug außer einem Siegelring keinen weiteren Schmuck. Aber das hatte er schon beim ersten Treffen festgestellt.

Heute parkte sie auf dem Hotelparkplatz, sodass sie ein paar Schritte mehr laufen mussten. Aber erst einmal öffnete Frau Finke die Fondtür und griff sich die zusammengerollte Masse. Dann marschierte sie ohne weitere Erklärung los. Konstantin blickte auf ihren Rücken, den die breite Rolle überragte. Er fühlte sich verpflichtet, Hilfe anzubieten. »Soll ich das tragen?«

Statt einer Antwort drückte die Kommissarin ihm das weiche Paket in die Arme und lief weiter auf den Hoteleingang zu. Erst vor dem Fahrstuhl sagte sie: »Das ist eine spezielle Tempurmatratze, man kann sie auf eine andere drauflegen.«

»Aha.«

»Sie ist für Ihren Freund.«

»Aha.«

»Wissen Sie, eine schlechte Matratze ist für einen schmerzgeplagten Krebspatienten ein zusätzliches Übel, das man ihm ersparen sollte, finden Sie nicht?«

»Unbedingt.«

»Na, sehen Sie, dann tragen Sie das Teil mal schön nach oben. Ich muss kurz eine Toilette aufsuchen.«

Abrupt drehte sie sich weg, und die Tür des Aufzuges sprang auf. Ihm war, als habe Frau Kommissarin Tränen in den Augen gehabt. Was für eine abstruse Vorstellung. Doch wunderbar, dass er zunächst alleine zu Frank konnte. Allerdings war sein Kollege gar nicht allein. Er verabschiedete gerade einen jungen Mann mit einer auffallend strengen Frisur, die Konstantin an jemanden erinnerte. So einen scheußlich asymmetrischen kurzen Haarschnitt hatte er doch kürzlich erst bei jemandem gesehen? Die beiden gaben sich förmlich die Hand, und der Mann ging, ohne Konstantin zu beachten.

»Banker, man glaubt es nicht, sind wie Aasgeier.«

Die Gabe der Kommissarin fand Frank ganz ausgezeichnet.

»Was für ein Schatz, an so etwas zu denken. Hotelbetten sind für die meisten Wirbelsäulen schlichtweg eine Zumutung. Da schlafen einfach zu viele unterschiedlich schwere Menschen drauf. Tempur dagegen ist eine feine Sache. Da freue ich mich doch direkt auf die Nacht. Also, mein Freund, bleib nicht zu lange.«

»Wie geht es dir?«

»Na, bestens. Ich fühle mich wie in alten Zeiten, ich recherchiere, schaue mir Meisterwerke an und hänge unerfüllbaren Träumen nach.«

Konstantin erzählte ihm, welch harmlose Erklärung sein Mitbewohner Schubert abgeliefert hatte, und Frank zog die Stirn kraus. Man konnte ihm beim Denken zusehen. »Nonsens«, äußerte er schließlich als Ergebnis seiner Überlegungen. »Mir stellt sich hier nicht die Frage, ob dieser Sohn die Fotos hat mitgehen lassen, sondern warum Schubert eine solche Erklärung braucht. Man kann ja am Computer einiges machen, aber unsere Fotos zeigen Leinwände, keine gedruckten Plakate. Man kann den Rand der Bilder erkennen, teilweise einen Rahmen, aber leider keine Wand oder noch besser einen Raum. Wenn hier ein Künstler reproduziert hat, dann verdammt gut, so gut, dass er in einem bekannten Museum hängen dürfte, meine ich.«

Konstantin machte große Augen. »Du glaubst wirklich und wahrhaftig, wir haben eine Spur zu verschollenen Meisterwerken?«

»Die Zeit ist reif. Denk doch nur an ›Die sitzende Frau‹ von Matisse. Weit über ein halbes Jahrhundert verschollen und plötzlich ist sie wieder da. Das Bild ist bei Gurlitt, dem Sohn des Kunsthändlers, gefunden worden. Es stammte auch aus Görings Sammlung. Vielleicht haben einige Nachkommen anderer Nazikunsthändler nach dem Fall Gurlitt kalte Füße bekommen und möchten ihre Erbstücke nun zu Geld machen. Es ist unglaublich, aber wahr, die ganzen Kunsthändler, die für die Nazis die miesen Geschäfte gemanagt haben, konnten nach dem Krieg munter weiterarbeiten, nachdem sie ihre jüdischen Kollegen zuvor einfach untergehen ließen. Paul Rosenberg zum Beispiel war so ein bekannter jüdischer Kunsthändler in Frankreich. Seine Galerie in Paris war legendär, und er besaß eine unglaubliche gute Nase für neue Künstler wie Georges Braque, Henri Matisse und natürlich Pablo Picasso, mit dem er gut befreundet war. Rosenberg setzte sich rechtzeitig nach New York ab, musste aber seine reichhaltige Sammlung zurücklassen. Er wurde enteignet, und ihm wurde die französische Staatsbürgerschaft aberkannt. Rosenberg erhielt nur einen Bruchteil seiner Werke zurück, über sechzig Bilder gelten noch heute als verschollen. Und jetzt kommt es …«

Konstantin wunderte sich einmal mehr, wie lebhaft und beinahe gesund sein Kollege aussah, wenn er über sein Lieblingsthema referieren konnte.

»›Die sitzende Frau‹ von Matisse, die bei diesem Gurlitt gefunden wurde, hatte Göring damals aus dem Besitz von Paul Rosenberg an sich genommen. Also, es ist nicht so unwahrscheinlich, dass man bei anderen Kunsthändlern noch weitere Entdeckungen machen kann.«

Konstantin setzte sich nun endlich auf einen Sessel. Bislang hatte er nur an der Fensterbank gelehnt, in Habachtstellung, weil er jeden Moment mit dem Eintreten der Kommissarin rechnete. Frank saß auf seinem Sofa, die Füße hochgelegt, eine Hand, wahrscheinlich eher unbewusst, auf seinem Bauch. Wie bei einer schwangeren Frau, nur dass bei Frank etwas anderes wuchs als ein süßes Baby.

»Wäre es nicht möglich, dass Adler selbst aus einer dieser Kunsthändlerfamilien stammte? Sein Beruf als Versicherer von Kunstwerken passt ja ziemlich gut dazu. Immerhin wusste er dann wahrscheinlich ziemlich genau, wo die dicken Fische hingen und wem er eine Versicherung verkaufen musste.«

Frank hörte zu, nickte zustimmend und sagte: »Gut möglich. Eventuell hat nun nach langer Zeit jemand dunkle Punkte seiner

Vergangenheit herausgefunden und erpresst ihn damit. Immerhin sind seine Frau und seine Enkelin ermordet worden.«

»Sind Sie wieder am Fachsimpeln, meine Herren?« Ohne hörbar anzuklopfen, war Kommissarin Finke in den Raum getreten. In der Hand hielt sie eine Cappuccinotasse, in der sich aber offensichtlich kein Kaffeegetränk befand. Sie stellte die Tasse vor Frank hin und erklärte ungewöhnlich sanft: »Das ist eine ganz leichte Möhrensuppe, die Sie gut vertragen werden. Sie können sie trinken.«

Frank war gerührt und schwieg, auch als es klopfte und zwei Zimmermädchen mit Bettwäsche unterm Arm eintraten. Sie marschierten wortlos ins Nebenzimmer. Die zusammengerollte Tempurmatratze nahmen sie mit.

»Ich habe den Zimmerservice angewiesen, schnell Ihr Bett herzurichten.« Frau Finke setzte sich auf einen Stuhl und holte einen Briefumschlag aus ihrer Handtasche, den sie auf den Tisch legte. »Da sind die Abzüge von den Fotos drin, auch von den Schwarz-Weiß-Fotos, die wir bei Susanne Jung gefunden haben.« Natürlich griff Frank sofort und beinahe gierig nach dem Umschlag und suchte nach den Fotos, die er noch nicht kannte. Das Bild eines gütig blickenden Mannes in schwarzer Kleidung und Mütze war zu sehen und auf dem anderen Foto ein opulenter Blumenstrauß. Frank tippte auf den Mann. »Das Bild kenne ich, das ist ein Barthel Bruyn, ein deutscher Maler der Renaissance, den die Nazis liebten. Das ist aber kein Bild aus Görings Sammlung, das gehörte zum sogenannten Sonderauftrag Linz. Hitler höchstpersönlich wollte es in seinem geplanten Museum ausstellen. Richtig ist, dass es auch verschollen ist. Das andere kenne ich nicht.«

Konstantin war beeindruckt von der Sicherheit, mit der Frank diese Dinge wusste.

»Das Bild mit den Blumen hat Daniel Seghers gemalt«, sagte Frau Finke. Dafür musste sie aber auf einen kleinen Zettel schauen. »Hier steht auch Sonderauftrag Linz. Heißt das, es gehörte ebenfalls nicht zu Görings Sammlung?«

»Richtig, da hatte der Führer persönlich seine Hand drauf. Fassen wir also zusammen: Wir haben zwei Fotos mit alten

Gemälden, die aus dem Führerbau verschwunden sind, und drei Fotos, die kürzlich erst aufgenommen wurden und entweder Fälschungen oder die lange verschwundenen Originale zeigen. Und diese stammen allesamt aus der Sammlung von Göring. Das habe ich nachgeprüft.«

»Das ist schon ein bisschen viel wertvolle Kunst, die in diesem Haus auftaucht, oder?«, wagte Konstantin zu fragen. Und er fuhr fort: »Was hat denn wohl der Mörder von dieser Meike gesucht? Vielleicht die Fotos oder gar die Bilder? Es könnte doch sein, dass Leander einiges herausgefunden hat, während er in meiner Wohnung wohnte, und dass er bei seiner Schwester Informationen versteckt hat?«

»Dann passen Sie mal auf, dass Sie nicht genauso viel herausfinden und ebenfalls verschwinden.«

Frank kommentierte den Einwurf der Kommissarin: »Dann müssen Sie nun ganz besonders gut auf unseren Konstantin achtgeben.«

»Und genau deshalb ist dies hier auch kein Räuber-und-Gendarm-Spiel. Sie würde ich gerne aus all dem raushalten. Sie, Herr Neumann, stecken leider schon recht tief drin, das werden alle Beteiligten einschließlich des Täters ohnehin schon wissen. Aber Sie, Herr Brenner, lassen sich bitte nur so weit einspannen, wie es Sie ablenkt, damit Sie sich besser fühlen. Für Ihr Fachwissen sind wir Ihnen natürlich dankbar. Wenn Sie irgendetwas herausfinden, rufen Sie mich bitte sofort an. Und verwechseln Sie meine Nummer nicht mit der von Herrn Neumann. Ich muss immer als Erste informiert werden.«

Frank hatte tatsächlich sein kleines Schälchen Möhrensuppe geleert und wischte sich einen orangefarbenen Bart von der Oberlippe. Er lächelte sie an und sagte: »Das hat tatsächlich recht gutgetan, vielen Dank, Frau Kommissarin. Auch für die Matratze. Sie kennen sich offenbar aus?«

»Ja, leider.« Mehr sagte Frau Finke nicht dazu, sondern stand auf und drängte zum Aufbruch. Aber beim Abschied verkündete sie: »Die Leiche von Susanne Jung ist übrigens freigegeben, ich denke, es gibt bald eine Beerdigung.«

Und so war es auch. Schon am kommenden Mittwoch läuteten die Glocken für die junge Frau, und Konstantin und alle anderen Bewohner des Hauses versammelten sich nach der Messe vor der Kirche, um sich anschließend auf den Friedhof zu begeben.

Dem alten Adler gefiel es sicher gut, dass die Beerdigung in der St.-Antonius-Kirche stattfand, die sich im Südviertel von Münster befand und nicht nur wegen der Namensgleichheit für Adler sehr geeignet war. Sie lag auch in der Nähe seines Wohnviertels. Vielleicht hatte zu dieser günstigen Ortswahl auch eine großzügige Spende beigetragen, denn ein fleißiger Kirchgänger war Adler nach Konstantins Einschätzung nicht. Die St.-Antonius-Kirche sah von außen älter aus, als sie war, gebaut worden war sie nämlich von 1914 bis 1917. Sie besaß zwei majestätische Türme, die aber seit der starken Zerstörung im Zweiten Weltkrieg deutlich an Höhe eingebüßt hatten. Im Inneren der Kirche hatte Konstantin nicht viel Gelegenheit gehabt, die Anwesenden zu betrachten. Am Grab würde dies besser gelingen. Die Beisetzung der Urne erfolgte auf dem Zentralfriedhof, der nicht weit vom Aasee entfernt lag und größtenteils unter Natur- und Denkmalschutz stand. Auf diesem Friedhof lag sogar die Schwester Maria Euthymia, die 2001 von Papst Johannes Paul II. seliggesprochen worden war.

Schon beim Betreten des Friedhofweges fiel ihm eine alte Dame auf, die sehr aufrecht an einem Stock ging und ab und an barsch eine schmale Frau neben sich abwehrte, wenn diese sie am Ellbogen stützen wollte oder etwas sagte. Das konnte doch nur eine Verwandte von Adler sein. Diese Art war unvergleichlich. Konstantin versuchte, näher an die Frau heranzukommen, doch er wurde von Ulrike Nawrath gestört, die langsam neben ihm herlief und redete. Er konnte sie unmöglich einfach stehen lassen. Stattdessen erkundigte er sich: »Ulrike, kennst du diese alte Dame mit dem Stock? Sie erinnert mich an Adler.«

Ulrike hakte sich bei ihm ein und blickte in die richtige Richtung. »Ja, das könnte seine Schwester sein. Susanne hat regelmäßig mit einer Großtante telefoniert, und das hallte dann durch das Treppenhaus. Sie ist sehr betagt, aber auch ein wenig furchteinflößend, findest du nicht?«

»Lass uns mal näher herangehen. Ich finde sie spannend.« Mit diesen Worten schob er seine Begleiterin auch schon zügig nach vorne. Sie überholten Frau Schubert, die in einem dunkelbraunen Hosenanzug und einem schwarzen Hut ebenfalls eine eindrucksvolle Erscheinung abgab. Adler wurde von Herrn Schubert in seinem Rollstuhl geschoben. Der Alte blickte sich immer wieder um, als suche er jemanden.

Die Frau mit dem Stock befand sich nun neben Ulrike, und Konstantin konnte hören, wie sie recht laut sagte: »Was für ein hanebüchener Frevel, das arme Kind verbrennen zu lassen. Ich hätte sie so gerne noch mal gesehen. So ein schönes Kind. Zu Asche verbrannt. Glaubt man das? Früher trugen sechs stattliche Männer ehrfürchtig einen robusten Sarg, jetzt kann sich ein Knirps die Leiche in einem hässlichen Topf unter den Arm klemmen. Ich sag es ihm besser noch einmal. Wenn er mich verbrennen lässt, werde ich ihn verfluchen. Ach, was red ich denn? Verflucht ist er doch schon seit über siebzig Jahren!« Sie stampfte mit dem Stock auf, dass dieser ein Stück im weichen Boden einsank.

»Sei nicht albern, Mutti, ich richte deine Beerdigung aus, und das haben wir doch schon längst alles besprochen.«

»Wenn du weiterhin so viel rauchst, werde ich dich überleben, mein Kind, und dann macht womöglich er das. He, Sie, sind Sie das?«

Konstantin begriff überrascht, dass er im Fokus der alten Lady stand. Sie zeigte tatsächlich mit dem Gehstock auf seine Füße und war stehen geblieben.

»Entschuldigung. Wer bin ich?«

Plötzlich lachte sie laut los und entblößte Goldzähne und große Kronen. »Na, das sollten Sie aber schon wissen, wer Sie sind.« Mittlerweile waren auch andere Gäste auf das Gespräch aufmerksam geworden, der Zug der Trauernden geriet ins Stocken. Ulrike ließ seinen Arm los, und ihm wurde recht warm im Gesicht.

Schnell sagte er: »Natürlich. Ich bin Konstantin Neumann und war ein Nachbar der Verstorbenen. Aber ich habe Ihre Frage nicht verstanden.« Da sie eine Hand an ihr Ohr hielt, hatte er natürlich auch etwas lauter gesprochen.

»Na, sag ich doch, Sie sind der komische Kauz, der die Susanne gefunden hat! Das müssen Sie mir gleich beim Schmaus erzählen. Jetzt lassen Sie mich aber noch in Ruhe, ich will mich von ihr verabschieden.« Sie wandte sich ab, und ihr Gesicht nahm einen erhabenen Ausdruck an.

Er schaute Ulrike an, die mit den Schultern zuckte, sich aber ein Grinsen nicht verkneifen konnte. Kein Zweifel, das war Adlers Schwester. Der Trupp setzte sich gerade wieder in Bewegung, als es einen lauten Knall gab. Ulrike musste sich so erschrocken haben, dass sie ihn ordentlich boxte. Er stolperte sogar. Ein zweiter Knall ertönte, und die alte Lady mit dem Stock fiel neben ihm zu Boden.

Plötzlich schrie eine Frau: »Blut, Blut! Jemand schießt auf uns!«

Er beugte sich zu der am Boden liegenden vermeintlichen Schwester Adlers herunter und hörte von Weitem ein Martinshorn. Ulrike hatte sich ebenfalls geistesgegenwärtig auf den Boden gekauert und die Begleiterin der alten Dame nach unten gezogen. Auf dem Gesicht der Alten war Blut, es tropfte von irgendwoher. Kopfschuss, Scheiße, dachte Konstantin panisch. Jemand drängelte sich heran, es war der Praktikant von Frau Finke. Klar, dass die Polizei auch auf dem Friedhof war. Das machten die bei Mordopfern sicher routinemäßig.

»Herr Neumann, Sie sind verletzt.« Der junge Mann griff nach seinem Handy und orderte einen Notarztwagen.

Konstantin rief: »Quatsch, sehen Sie doch nach der Frau hier, mein Gott, sie ist am Kopf getroffen.«

Er erschrak heftig, als das angebliche Opfer das graue Haupt hob – der Hut lag nun neben ihr – und sagte: »Sie tropfen mich voll, junger Mann, da, sehen Sie doch. Sie sind am Arm getroffen. Ist der Schütze weg?«

Julius Weber, der junge Kommissarsanwärter, fasste nach ihrem Arm und half ihr auf. »Ja, meine Kollegen verfolgen den Schützen gerade. Sind Sie getroffen worden, Frau …?«

»Von Stetten, nein. Aber ich habe den Krieg miterlebt, und wenn es irgendwo knallt, finden Sie mich immer am Boden. Das geht auch mit künstlichen Knien noch ganz passabel.«

Es war ein harmloser Streifschuss, und Konstantin ließ sich vom Rettungsdienst nur die Wunde desinfizieren und verbinden. Den Leichenschmaus mit diesen illustren Gästen durfte er nicht verpassen. Allerdings hatten die Rettungskräfte den alten Adler ins Krankenhaus mitnehmen müssen. Der hatte nun doch einen Schwächeanfall erlitten, was angesichts seines hohen Alters und der Ereignisse nun wirklich niemanden wunderte. Außer ihn selbst. Er murmelte entsetzt etwas von seniler Schwächlichkeit und bat die Schuberts, sich um alles zu kümmern.

»Es gibt Straftäter, die trotz guter Führung und einer akzeptablen Prognose doch nur Ärger bereiten. Sie ziehen schlimme Dinge an, Herr Neumann.« Frau Finke stand neben seinem Tisch, eine Tasse Kaffee in der Hand. Das Lokal, in dem der Beerdigungsempfang stattfand, war gut gewählt. Es war ein alteingesessener Familienbetrieb mit dem rustikalen Charme betagter Bauernhäuser, die sich schon ewig und drei Tage im Familienbesitz befanden. Lokalitäten gab es in Münster reichlich, Studentenkneipen, Edelrestaurants, Szenecafés und ausländische Spezialitätenlokale. Aber um ein gutbürgerliches zeitloses Lokal zu finden, ohne die Laufkundschaft von Touristen, musste man schon etwas außerhalb der Stadt suchen.

Zu essen gab es eine kräftige Rindfleischsuppe mit frischem Brot und Schmalz sowie Obstkuchen vom Blech als Nachspeise oder zum Kaffee. Je nachdem, wie man wollte. Trotz der ganzen Aufregung, oder vielleicht auch gerade deshalb, hatten alle großen Appetit.

Frau Finke hatte bereits einige Gäste befragt, nun setzte sie sich zu ihm. Frau von Stetten ruhte sich in einem der Gästezimmer des Lokals ein wenig aus. »In meinem Alter sollte man Müdigkeit ernst nehmen.« Mit diesen Worten war sie für eine Weile verschwunden.

Seine Nachbarn saßen alle an diesem großen langen Tisch, an dessen Ende sich Konstantin niedergelassen hatte, sodass die Worte der Kommissarin wohl nur er selbst gehört hatte. Frau Finke sprach weiter: »Wir gehen davon aus, dass die Kugeln nicht für Sie bestimmt waren, sondern für Frau von Stetten, die Schwester Ihres Vermieters. Halten Sie die Luft an, Herr

Neumann, ich weiß selbst, dass auffallend viele Frauen aus seiner Verwandtschaft das Ziel sind. Und nun wollte ich Sie um Hilfe bitten. Den Schützen haben wir übrigens nicht erwischt, er war schon zu weit weg. Als Frau von Stetten zu Boden ging, muss er gedacht haben, er wäre erfolgreich gewesen. Was für eine zähe alte Dame.« Die Kommissarin trank einen Schluck und starrte nachdenklich auf eine Platte mit Pflaumenkuchen.

»Aber Frau von Stetten hat doch vielleicht eine Ahnung, warum sie in ihrem Alter noch Zielscheibe geworden ist. Was sagt sie denn dazu?«

Ruckartig wie eine Eidechse wandte sie den Blick wieder Konstantin zu. »Wie schön Sie immer zum Punkt kommen. Die Dame redet nicht mit der Polizei. Behörden seien ihr suspekt, ihr ganzes Leben schon, und Uniformen könne sie gleich gar nicht ertragen – dabei habe ich gar keine an.«

Ungewollt schaute Konstantin auf ihren schwarzen Blazer über einem schwarzen Poloshirt. Das war keine Uniform, aber es wirkte sehr streng und distanziert. Allerdings war man hier auch auf einer Beerdigung.

»Ach so«, meinte er.

»Ach so heißt, Sie machen es?«

»Was mache ich?«

Ein lautes Ausatmen, aber heute blieb die Kommissarin freundlich. »Auf keinen Fall dürfen Sie Frau von Stetten dumme Fragen stellen. Lassen Sie sie einfach erzählen.«

»Ich soll Adlers Schwester also aushorchen und Ihnen dann Bericht erstatten.«

»Wenn Sie es so unfein ausdrücken wollen, ja. Wir treffen uns heute Abend bei Ihrem Freund im Hotel. Sieben Uhr kann ich schaffen.« Mit einem lauten Knall landete die Kaffeetasse auf dem Unterteller. Kurze Zeit später war sie weg, ihr Praktikant ebenfalls, und so prompt, als hätte sie durchs Schlüsselloch gelugt, tauchte Frau von Stetten im Saal auf.

Frau Schubert lief zu ihr hin und geleitete sie zu einem Nachbartisch, fragte sie tatsächlich nach ihrem »Begehr«. Ein Gespräch mit Frau von Stetten würde beinahe öffentlich sein, denn jeder musste laut mit ihr reden. Die Tochter hatte Konstantin nach dem

Vorfall am Friedhof nicht mehr gesehen. Ohnehin hatte sich die Anzahl der Beerdigungsgäste mittlerweile deutlich verringert, längst nicht alle waren mit ins Lokal gekommen. In der Kirche waren noch viele junge Leute gewesen, nun sah man nur noch sieben oder acht von ihnen.

Kaum hatte die Schwester von Adler eine Tasse Kaffee und einen Apfelkuchen mit Sahne vor sich stehen, winkte sie Konstantin zu sich an den Tisch. »Das war ganz entzückend von Ihnen, meine Kugel abzulenken, junger Mann. Ich hoffe, es ist auszuhalten? Mein Bruder hat mir von Ihnen erzählt. Bei der Susanne sind Sie ja leider zu spät gekommen, wie ich hörte.« Nach diesen Worten war ihr Mund erst einmal zu voll, um weiterzureden.

»Gut, dass Ihnen nichts geschehen ist, Frau von Stetten. Anscheinend hat jemand etwas gegen die Angehörigen von Herrn Adler. Sie wären schon das dritte Opfer in seiner Familie gewesen.«

»Ja, er hat offenbar mächtige Feinde. Aber wenn der Feind nun schon die ganz alten und schwachen Beutetiere wie mich angreift, dann ist er wohl selber schwach geworden, oder?«

Schwarze Augen funkelten ihn aus einem runzeligen, aber kühn geschnittenen Gesicht an. Allein ihre Nase war schon ein Porträtfoto wert, dachte er. Sie aß mit großem Appetit, aber ohne Hast.

»Der Schütze konnte jedenfalls noch recht gut laufen. Er ist entwischt.«

»Vergessen Sie den Schützen, das sind doch nur Soldaten.«

Komisch, dass alte Leute noch immer so redeten, als wäre der Krieg nicht über siebzig Jahre her. Also gut, das konnte er auch, Konstantin wagte einen Frontalangriff.

»Frau von Stetten, Sie klingen gerade so, als würden Sie den Feind kennen. Worum geht es denn hier überhaupt?«

Die alte Lady legte mit Bedacht ihr Besteck zur Seite und sagte sehr bestimmend: »Sie irren sich. Ich habe keine Ahnung, aus welcher Ecke der Feind kommt, und mein Bruder sicher auch nicht. Er ist allerdings kein einfacher Mann, das ist er nie gewesen. Ich lebe seit fünfzig Jahren in der Schweiz. Glauben Sie mir, so viel Anteil habe ich nicht am Leben von Antonius.«

»Es ist ja auch nicht leicht, schon in so jungen Jahren die Funktion seiner Beine einzubüßen. Da darf man schon mal etwas schwierig oder verbittert werden.«

»Reden Sie doch nicht so laut darüber, das muss ja nicht jeder wissen. Wenn Sie auf direktem Wege in mein linkes Ohr sprechen, beschallen Sie nicht gleich alle Gäste. Hat er Ihnen also erzählt, wie es passiert ist, ja?«

Sie faltete die Hände und schloss konzentriert die Augen.

»Ja, offenbar hat er die Front schon nicht mehr auf eigenen Füßen verlassen.« Er hatte die Worte ganz nah an ihr Ohr gerichtet und roch ein frisches, würziges Parfüm.

Sie hielt die Augen geschlossen, und ein leises Lächeln umspielte die dünn gewordenen Lippen, als sie sagte: »Antonius hat Ihnen gar nichts erzählt. Es hätte mich auch gewundert.«

»Sagen Sie es mir?« Konstantin wusste nicht, ob hier ein Lächeln angebracht war oder ein ernstes Gesicht. Sollte er neugierig wirken oder bloß beiläufig interessiert? Er hatte keine Ahnung, wie sein Gesicht bei seiner Frage ausgesehen hatte und ob das überhaupt einen Einfluss auf ihre Antwort hätte. Er bemerkte allerdings, dass seine Nachbarn ab und an sehr interessiert herüberblickten. Das war ihm unangenehm, auch wenn sie sicher mitgehört hatten, warum die alte Lady ihn sprechen wollte. Er war nun mal derjenige, der die tote Susanne gefunden hatte.

Frau von Stetten öffnete die Augen wieder und sagte: »Nicht hier und nicht heute und wahrscheinlich auch nicht mehr in diesem Leben. Ich hoffe, meine Tochter ist bald zurück, damit wir ins Hotel können. Sie ist mit Antonius ins Krankenhaus gefahren.«

Er traf Frau von Stetten schnell wieder. Ganz in Dunkelgrün gekleidet, marschierte sie gemeinsam mit ihrer Tochter gerade zum Essen in das Restaurant ihres Hotels, als Konstantin an der Rezeption eintraf und nach Franks Befinden fragte. Die beiden Frauen sahen ihn sofort und kamen auf ihn zu.

»Das ist aber schon etwas forsch, mir bis hierher zu folgen, junger Mann. Tut Ihnen die Schulter weh, oder wollen Sie auf mich aufpassen?«

Blind hätte man bei diesen Worten die gleiche Kinderstube wie bei Antonius Adler erkannt. In der Stadt gab es natürlich noch viele andere Hotels, doch das Mövenpick war bekannt für seine exklusive Note und den hervorragenden Service. Und natürlich lag es sehr zentral. All das war Frank wichtig und einer alten Dame von Frau von Stettens Format sicher noch mehr. Also ein Zufall. Er erklärte den beiden Frauen, warum er hier sehr regelmäßig zu Besuch war, und stellte spontan noch eine Frage: »Sind Sie beide eigentlich auch so kunstinteressiert wie die Susanne?«

»Nicht mehr, mein Lieber. Mich interessiert Kunst nur noch bei der Frage, welche Qualität mein Sarg haben muss und was ich hineinschnitzen lasse. Guten Abend.«

Im Fahrstuhl musste er sich ein wenig sammeln. Er hatte im Knast einige Jahre lang sehr wenig Kontakt zum weiblichen Geschlecht gehabt. Klar, seine Schwester war regelmäßig gekommen, aber die konnte man ja nicht mitzählen. Sie war natürlich ein ansehnliches weibliches Wesen, aber viel zu vertraut. Aber jetzt draußen, in der freien Wildbahn sozusagen, meine Güte, da brachte ihn die Kommunikation mit den vielen Frauen ganz schön ins Schwitzen. Es war aber auch nicht ein einziger Kontakt dabei, der sich unkompliziert und sicher anfühlte. Und dann auch noch die weiblichen Leichen zwischen all den lebenden Damen. Es wurde ihm allmählich zu viel. Und dennoch fasste er soeben den kühnen Plan, sich der Tochter der Frau von Stetten zu nähern. Hoffentlich blieben sie noch eine Zeit lang im Restaurant. Zunächst stand er vor der großen Herausforderung, der Kommissarin ein paar sinnvoll klingende Informationen zukommen zu lassen.

»Leider wollte mir Frau von Stetten in diesem Leben nichts mehr aus der Vergangenheit ihres Bruders erzählen«, schloss er dann tapfer seinen Bericht, als sie alle in der Sitzgruppe von Franks Suite saßen.

»Und jetzt sollen wir auf Ihre jeweilige Reinkarnation warten, damit Sie sich was erzählen, oder wie meinen Sie das? Drücken Sie sich doch nicht immer so spleenig aus.«

Frank reagierte freundlicher: »Mensch, Konstantin, mit dir erlebt man noch was. Ich hätte mir meine letzten Tage nicht so interessant vorgestellt.«

Konstantin erzählte, dass die alte Lady zumindest angedeutet habe, dass die Verletzung Adlers eben nicht von den Kampferlebnissen an der Front stammte.

»Er habe viele Feinde, meinte seine Schwester, aber da sie seit fünfzig Jahren in der Schweiz lebe, wisse sie nicht mehr viel vom Leben ihres Bruders.«

Frau Finke erzählte: »Ich habe seinen Namen in den Wehrmachtslisten nicht gefunden. Es gab nur einen Antonius Adlon, das könnte er gewesen sein, die Listen sind ja nicht unbedingt akribisch auf Rechtschreibung hin geprüft worden. Unter den aufgezeichneten Kriegsverletzten habe ich keinen ähnlichen Namen gefunden, aber auch dort sind nie alle erfasst worden. Also, die Geschichte, die Adler Ihnen und mir erzählt hat, könnte stimmen oder eben nicht. Wahrscheinlich spielen seine Beine in diesem Fall aber eine unerhebliche Rolle, außer dass sie ihm natürlich gute Alibis verschaffen.«

Die Kommissarin erhob sich schwerfällig und müde. Dunkle Augenringe hatten ihre leichten Tränensäcke eingefärbt, und die sonst spöttisch verzogenen Mundwinkel hingen herab. Sie sagte: »Ich werde mir den alten Adler morgen vorknöpfen, wenn die Ärzte mich zu ihm lassen. Eben hieß es, er dürfe nicht aufgeregt werden und habe ein starkes Beruhigungsmittel bekommen. Unter uns, ich traue dem Greis durchaus eine gute Show zu, um sich mal eben aus der Schusslinie von Verwandten und Polizisten zu bringen. Gute Nacht, die Herren.« Sie ging mit einem flüchtigen Heben der rechten Hand aus dem Zimmer und ließ die Männer allein.

Frank streckte sich lang auf dem Sofa aus, faltete die Hände und sagte: »Wie findest du folgende Theorie: Antonius Adler stammt aus einem Kunsthändlerhaushalt mit einer schmutzigen braunen Nazivergangenheit. Er, beziehungsweise sein Vater, hat Bilder für die Nazis eingesammelt, damit gehandelt und sich bereichert. Antonius Adler ist findig und beginnt eine Karriere bei einer amerikanischen Versicherung. Er weiß, wo sich die Schätze befinden, und arbeitet weiter mit den alten Freunden zusammen, natürlich auch mit Museen und Geschäftsleuten. Mit seinem Fachwissen kommt er gut an. Ich denke, die Morde lassen sich aus seiner Vergangenheit erklären. Eventuell hat er Leute erpresst oder bestohlen, oder jemand hat ihn erkannt und eine Rechnung offen. Zugegeben, das ist nun alles sehr lange her, aber manche Mühlen mahlen nun einmal langsam. Oder aber er ist erst nach der Rente in schmutzige Geschäfte eingestiegen. Jedenfalls sprechen die Fotos, die du gefunden hast, Bände.« Er machte eine Pause und rieb sich dieses Mal nicht den Bauch, sondern die Stirn.

Dann fuhr er fort: »Es ist doch sehr interessant, dass seine Schwester ausgerechnet in der Schweiz wohnt. Ich habe da immer gleich Phantasien von großen Villen und kleinen, aber prall gefüllten Banksafes. Sah die Dame nach Geld aus?«

Konstantin antwortete prompt: »Nun, Lady von Stetten ist mit ihrer Tochter in deinem Hotel abgestiegen. Komfort scheint ihr also wichtig, und die Kleidung ist très chic, im Stil der dreißiger Jahre. Sie tauchte auf der Beerdigung mit Hut auf! Wenn du dir nicht immer von der Kommissarin Möhrensuppen ans Bett bringen lassen, sondern morgen früh im Restaurant speisen würdest, könntest du sie kennenlernen.«

Frank strahlte. »Pass auf, dann werde ich morgen mal dem Hotelpersonal eine Spontanheilung vorspielen und mich zum Frühstück der Öffentlichkeit präsentieren. Was für ein Spaß! Troll dich, mein Lieber, ich muss ausgeruht sein.«

Ein schneller Abschied war Konstantin nur recht, denn er eilte nun selbst zum Restaurant und bat einen Kellner, die Dame neben Frau von Stetten mal kurz zur Rezeption zu bitten. »Sagen Sie ihr bitte, es möchte sie jemand dringend sprechen. Allein.« Ein Fünf-Euro-Schein wechselte den Besitzer, und Konstantin hatte Herzklopfen. Eins wusste er: Frauen waren neugierig. Sie googelten ständig Personen, schauten fremde Nummern in ihrem Telefondisplay im Internet nach und wollten ganz sicher wissen, warum ein Mann sie zu sich rufen ließ.

Und richtig, da kam sie auch schon, offenbar wenig erstaunt, ihn zu sehen. »Lassen Sie uns bitte vor die Tür gehen. Wenn ich nicht bald eine Zigarette bekomme, haue ich meine Mutter noch.«

Er hatte sich so schön die Worte zurechtgelegt, aber sie brachte ihn mit ihrer forschen Art aus dem Konzept. Also eilte er zunächst hinter der schlanken Frau her und wartete höflich, bis sie den ersten Zug getan hatte.

»Ich bin der Mieter von Herrn Adler, und ich mache mir natürlich Sorgen. Eben bot sich keine Gelegenheit. Können Sie mir sagen, ob es ihm besser geht?«

Fast schwarze Haare, ein großer Mund und graue Augen, die Frau sah auf eine etwas herbe Art gut aus. Er schätzte ihr Alter auf höchstens fünfzig. Sie antwortete: »Ja, ich denke schon, dass er sich erholt. Er ist siebenundachtzig Jahre alt, da darf das Herz schon mal hektisch werden. Mein Onkel ist an sich der zäheste Mensch, den ich kenne. Aber auf der Beerdigung ging es ja zu wie im Wilden Westen. Da sind die Schweizer schon deutlich gesitteter. Die hätten erst einen Antrag gestellt, um mit einer Waffe an einer Beerdigung teilnehmen zu können.«

»Wohnen Sie auch in der Schweiz, Frau …?

»Ludwig. Nein, ich lebe an der Grenze, also nicht weit von meiner Mutter entfernt, aber mir war das deutsche Nummernschild wichtig. Mein Mann will nicht mal in der Schweiz arbeiten, geschweige denn dort wohnen.«

Sie war also verheiratet, dachte Konstantin. Warum auch nicht. Aus unbegründetem Anlass hatte er vermutet, sie würde als jungfräuliche Gesellschafterin bei ihrer Mutter leben.

»Wohnt Ihre Mutter noch alleine?«

Sie schaute ihn gespielt entrüstet von der Seite an. »Wieso denken alle immer, alte Frauen wären verwitwet? Mein Vater lebt auch noch, versteht sich mit seinem Schwager aber nicht so gut. Deshalb ist er lieber zu Hause geblieben. Außerdem macht ihm sein Rücken bei langen Autofahrten Probleme.«

Konstantin lächelte entschuldigend. Das war ja interessant. In Gedanken malte er sich aus, dass Herr von Stetten aus altem Adelsgeschlecht stammte und Leute mit einer Nazivergangenheit nicht ausstehen konnte. Diese dichtete er dem alten Adler ja insgeheim an.

»Ihre Mutter steckt den Anschlag auf ihre Person ja sehr souverän weg. Haben Sie keine Angst, dass es erneut passiert?«

»Natürlich. Die Kommissarin wollte uns auch jemanden zum Schutz ins Hotel schicken, aber meine Mutter glaubt nicht, dass der Täter es noch einmal probiert. Dem ging es ihrer Meinung nach um die große Showeinlage bei der Beerdigung. Zudem würde ihr der spektakuläre Tod durch öffentliches Erschießen immer noch besser gefallen als das Siechtum einer Alzheimer-Erkrankung. Und ganz sicher ist es ohnehin nicht, dass es um meine Mutter ging und nicht vielleicht um Sie.« Sie machte den letzten Zug aus ihrer Zigarette und schaute sich nach einem Mülleimer um. Am Boden liegende Kippen verrieten, dass andere Hotelgäste ein weniger gutes Benehmen besaßen.

»Ich muss wieder rein, sonst lässt sie mich noch suchen. Wenn sie auch nicht unter Alzheimer leidet, wir anderen leiden ganz sicher unter ihrer Ungeduld.«

Konstantin geriet ins Schwitzen. Eine bestimmte Frage brannte noch auf seiner Seele, aber sie auszusprechen erhöhte deutlich seinen Pulsschlag. »Woher stammt eigentlich die Behinderung Ihres Onkels?«

»Kriegsverletzung«, sagte sie knapp und drehte sich um. »Ich sage meinem Onkel, dass Sie so nett waren, sich nach ihm zu erkundigen. Auf Wiedersehen.«

Er begab sich zum Parkplatz. Auch in einer Familie gab es Dinge, die man nie ganz erklärte. Der Antonius ist der Onkel mit einer alten Kriegsverletzung, Punktum, so war das eben. Über den Krieg redete niemand gerne, also fragte keiner weiter nach.

SIEBEN

Als er wenig später die Treppen zu seiner Wohnung hinauflief, öffnete sich die Tür seiner Nachbarin Ulrike.

»Hallo, Konstantin. Goofy hat gerade gejault. Wo bist du denn neuerdings immer so spätabends noch? Und wie geht es deiner Schusswunde?« Sie lehnte sich an den Türrahmen und ergänzte: »Brauchst du Hilfe?«

Wie nett, dass sie fragte, dachte er. Sie machte sich anscheinend Sorgen. Dabei war es wirklich nur ein harmloser flacher Streifschuss. Mit Goofy war er nach der Beerdigung lange im Park gewesen, der Hund müsste also müde sein und schlafen. Ob Ulrike seinen Hund auch schon als Ausrede benutzte? Er lächelte sie gerührt an.

»Ich habe meinen kranken Freund besucht. Das mache ich um diese Uhrzeit oft. Ich habe im Hotel zufällig auch Adlers Nichte gesprochen. Sie sagte, ihrem Onkel gehe es besser.«

»Ja, habe ich auch gehört. Er bleibt zur Beobachtung die Nacht über im Krankenhaus.«

Bei diesem harmlosen Satz klingelte etwas in ihm. Im Hintergrund, etwa so, wie man ein Telefon hört, wenn man an einem offenen Fenster vorbeigeht. Eigentlich ist man nicht zuständig, aber die eigenen Antennen reagieren. Er wurde von einer Unruhe erfasst, die Magenschmerzen machte. Beinahe hätte er die nächste Frage gar nicht gehört.

»Hat sie sonst noch etwas gesagt, die Nichte oder die Schwester?«

»Ja, dass sie in der Schweiz lebt, also die Schwester von Adler.«

»Und die Nichte?«

»Die nicht.«

»Findest du sie attraktiv?«

»Nun, sie ist sicher über achtzig Jahre alt, attraktiv ist der falsche Ausdruck. Ich finde sie herrschaftlich.«

»Nicht die Schwester von Adler, sondern die Nichte, also die Tochter.«

Das Gespräch wurde nun doch wieder sehr anstrengend, fand Konstantin. Was war das denn für eine Frage? Er nickte zögerlich, äußerte ein lang gezogenes: »Jaaa, schooon.« Da erhielt er unverhofft Hilfe.

Goofy kratzte von innen an der Wohnungstür und fiepte leise. Er verabschiedete sich schnell und eilte in seine Wohnung.

Himmel, er musste nachdenken. Das Klingeln in seinem Hinterkopf hörte nicht auf. Alte Leute bewahrten immer Dinge aus der Vergangenheit auf. Da war der Mensch sentimental. Und zwar wurden nicht nur schöne Andenken aufbewahrt, nein, auch Beweise für die oft erwähnten Leichen im Keller. Ein Mann wie Antonius Adler hatte sicher einige Leichen im sprichwörtlichen Keller verborgen, nach so einem langen Leben. Darauf hätte Konstantin seinen kleinen Finger verwettet. Nun war der alte Adler heute Nacht nicht in seiner Wohnung. Das kam so gut wie nie vor. War es da nicht seine, Konstantins, verdammte Pflicht, nach Spuren zu suchen, die Licht in die Morde an Adlers Angehörigen brachten? Mindestens genauso sicher war er sich nämlich, dass der Alte in diesem Fall das Opfer war. Wenn er doch nur Frank mitnehmen könnte! Der könnte die Bilder oder Notizen, die Konstantin eventuell fand, mit mehr Fachwissen einschätzen. Aber das ging ja aus verschiedenen Gründen nicht.

Ob Adler wohl eine Alarmanlage besaß? Konstantin wusste, dass er sich an der gut gesicherten Haustür nicht zu schaffen machen brauchte. Er wollte durch ein Fenster einsteigen. Wenn er die Terrassentür nahm, käme Frau Finke die Methode allzu bekannt vor. Nein, er würde es am Toilettenfenster versuchen. Es war gekippt, wie er bei einem kurzen Spaziergang mit Goofy eruiert hatte. Im Fall einer Alarmanlage würde die Sache schon in den ersten Sekunden ein Ende finden. Bei dem Gedanken, dass er auf Bewährung draußen war, bereits zwei Leichen gefunden hatte, eine Schusswunde vorzeigen konnte und nun zum zweiten Mal in eine Wohnung einstieg, musste er breit grinsen. Doch bei der weiteren Vorbereitung setzten die Magenschmerzen wieder ein.

Gegen zwölf Uhr nachts nahm er seine Digitalkamera, zog Handschuhe an und steckte eine kleine Taschenlampe in die

Jacke. Dunkel gekleidet und sehr leise verließ er das Haus und legte einen alten Lappen zwischen Haustür und Rahmen. Das Zuschnappen hörte man recht gut, wenn man wach war. Das Fenster bereitete ein wenig mehr Probleme als die Terrassentür, aber nach fünf Minuten war er in der Wohnung. Er leuchtete nur ganz kurz mit der Taschenlampe, um nirgendwo anzustoßen. Viel stand hier nicht herum, der Rollstuhl musste schließlich bewegt werden können. Die Türen waren offen. Die Badewanne hatte man zugunsten einer geräumigen, behindertengerechten Duschzelle entfernt, sodass dieses Badezimmer anders wirkte, größer als bei ihm.

Das Schlafzimmer überraschte ihn. Hier gab es eine große Verbindung zum benachbarten Zimmer. Der verbreiterte Durchgang gab den Blick in ein altertümliches Herrenzimmer frei, wo ein ehrwürdiger und recht großer Sekretär den Raum mit seinem dunklen Holz und dem geschwungenen Design beherrschte. Hoffentlich waren die zahlreichen Schubläden in verschiedenen Größen nicht alle abgeschlossen, doch er sah schnell, dass an den meisten die Schlüssel steckten.

Und er sah noch etwas, wofür er die Taschenlampe immer wieder kreisen lassen musste. Der Raum war mit zwei schönen Ölbildern geschmückt. Viel moderner als die piefige Landschaft, die im Wohnzimmer hing. Leuchtende Farben, soweit sich das bei dem geringen Licht sagen ließ. Er zückte die Kamera, auf die er extra ein zusätzliches Blitzlicht montiert hatte, und machte von jedem Bild zwei Fotos. Über dem Bett hing ein Motiv, das ihm bekannt vorkam. Aber das hatte er bei vielen Bildern, er kannte sich einfach zu wenig aus. Zudem war es hier sehr dunkel. Konstantin machte natürlich so wenig Licht wie möglich, und so konnte er immer nur Teile des Raumes und der Bilder erkennen.

Als Nächstes widmete er sich dem Sekretär. Einige Ecken waren staubig, andere blank geputzt. Konstantin schloss daraus, dass Adler hier lieber selbst sauber machte und natürlich nicht überall drankam. Die nächste Stunde arbeitete er sich durch Papiere und Briefe, deren Bedeutung er auf die Schnelle unmöglich erfassen konnte. Darum suchte er vor allem nach Schriftstücken mit sehr alten Daten. Seine Augen brannten, das Lesen bei schlechter

Beleuchtung bereitete ihm irgendwann Kopfschmerzen, und die meisten Briefe konnte er nicht entziffern, da sie in krakeliger altdeutscher Handschrift verfasst waren. Einige Fotos fand er, auf denen Adler bei Ausstellungseröffnungen zu sehen war, in Amerika oder auch im Louvre. Zwei Fächer waren verschlossen, und sämtliche Tricks mit Draht oder Büroklammer halfen nichts.

Aber in einer sehr tiefen Lade fand er neben abgelaufenen Prospekten und aktuellen Rechnungen eine vergilbte Mappe, eine Art Schnellhefter. Darin befanden sich tatsächlich Papiere mit weit zurückliegenden Jahreszahlen. Die Mappe war völlig verbuddelt gewesen und roch, als er sie herausgezogen hatte, nach Staub und altem Holz. In einem Schreiben ging es offenbar um die Diagnose eines Arztes aus dem Jahre 1948. Konstantin verstand nur wenig, aber es reichte aus, um einschätzen zu können, aus welchem Grund Adler seit ziemlicher langer Zeit im Rollstuhl saß.

Es reichte auch aus, um ihn selbst nun wie gelähmt dasitzen zu lassen, in völliger Dunkelheit, starrend und staunend.

Mutwilliges Zertrümmern beider Schienbeine stand da. Komplette Zerstörung der inneren Sehnen des rechten Kniegelenkes, Verschieben der linken Kniescheibe durch Gewalteinwirkung. Am Ende bedeutete die Einschätzung des Arztes, dass man die Funktion der Beine auch durch mehrere Operationen nicht würde wiederherstellen können, nicht zuletzt deshalb, weil die Verletzungen nun bereits über drei Jahre alt seien. Kriegsverletzung, so hatte es Adler erzählt. Die Jahreszahl passte. Aber wer schlug einen jungen Mann dermaßen zum Krüppel? An der Front waren doch eher Verletzungen durch Bomben oder Schüsse an der Tagesordnung. Das musste ja ein unglaublich traumatisches Erlebnis gewesen sein. Kein Wunder, dass der alte Mann darüber nicht redete. Das machte etwas mit einem, so geschlagen zu werden, es verletzte den eigenen Stolz ganz erheblich.

Da lag man am Boden, wurde getreten und konnte danach nie wieder alleine aufstehen. Als er die Tränen spürte, die ihm die Wangen hinunterliefen, wusste er, dass hier ein Täter am Schreibtisch saß, der sich die schlimmen Folgen für ein Opfer in Erinnerung rief. Sein eigener Totschlag drängte sich in den Vordergrund. Er wusste doch, wie es kam, dass man nicht mehr aufhörte, bis der andere leblos am Boden lag. Er meinte, wieder den Schmerz in der Hand zu spüren, die aufgeschürften Stellen am Knöchel zu sehen. Zu seiner Verteidigung konnte er nur sagen, dass sein Opfer kein Unschuldiger gewesen war. Adler war eventuell auch nicht unschuldig. Was hatte er in den Kriegsjahren gemacht? War er ein Nazi gewesen? Ein einfacher Soldat? Ein Fahnenflüchtiger? Darüber fand Konstantin auf die Schnelle nichts.

Er blätterte weiter in der Mappe und entdeckte noch einige Arztberichte sowie Schreiben an Versicherungen.

Eine Rechnung mit einem Betrag von vierhundertdreißig D-Mark aus dem Jahre 1969 verzeichnete das Entfernen einer Tätowierung am linken Unterarm. Leider stand nicht dabei, was für ein Motiv Adler sich hatte entfernen lassen. Zu dem Zeitpunkt waren Tätowierungen ja nicht so an der Tagesordnung gewesen wie heute. Nur Seemänner oder Häftlinge trugen damals Symbole auf der Haut, Versicherungsvertreter im Rollstuhl eher nicht, dachte Konstantin. Eventuell war Adler ein Kriegsgefangener gewesen? Das könnte auch diese enormen Verletzungen erklären. Dann fiel ihm ein, dass er noch etwas über die amerikanische Versicherung herausfinden wollte, bei der Adler quasi sein ganzes Berufsleben lang angestellt war. Leider fand er nichts.

Die Untersuchung der weiteren Räume ergab, dass Adler offenbar unglaubliche Mengen an Medikamenten schluckte, davon einige Schmerzpräparate. Als er auf einer Packung das Wort »Antidepressiva« las, hätte er beinahe einen Pfiff ausgestoßen. Ausgesprochen erleichtert kam er neunzig Minuten später wieder in seine eigene Wohnung zurück. Mit ein bisschen Glück würde man erst sehr spät merken, dass jemand durch das Fenster eingestiegen war.

Konstantin war ein wenig enttäuscht vom Ergebnis seiner Untersuchung. Alle wirklich entscheidenden Unterlagen hatte Adler anscheinend eingeschlossen. Kein Wunder, immerhin trieben sich Pflegekräfte, Mitbewohner und eine dicke Kommissarin ab und an in seiner Wohnung herum. Es war zwei Uhr nachts, und er ging sofort ins Bett.

Um vier Uhr wachte er auf, weil er Geräusche hörte, die von unten aus Adlers Wohnung kamen. Hatte sich das ausgehebelte Fenster gelöst und nun echte Einbrecher angelockt? Konnte ihm nur recht sein, wenn ein anderer die Spuren seines Besuches kaschierte. Er lauschte noch eine Weile in die Dunkelheit, holte schließlich das Richtmikrofon heraus und kroch auf Händen und Knien durch seine Wohnung. Und er hörte es wieder, jemand öffnete Schubläden und zog Gegenstände über den Boden. Das konnte er nicht zulassen.

Er wählte eine Nummer in sein Telefon, und nach dem sechsten Klingeln meldete sich Frau Finke. »Ja, was ist?«

»Ich bin es, Konstantin Neumann. Ich glaube, jemand schleicht in der Wohnung von Herrn Adler herum.«

»Verdammt, für solche Geschichten gibt es eine Notfallnummer.«

»Stimmt. Entschuldigung, ich habe nur an Sie gedacht. Also, nicht so, wie das jetzt klingt, ich meine, ich habe nur an unseren, äh, Ihren Fall gedacht und dachte, es interessiert Sie bestimmt. Was soll ich denn jetzt machen?«

»In der richtigen Reihenfolge denken, Herr Neumann. Ansonsten gar nichts! Ich komme jetzt mit zwei Beamten. Stopp, doch … Sie können sich an den Balkon stellen und die Straße beobachten, falls der Einbrecher abhaut. Die Richtung feststellen, nicht hinterherlaufen, das ist klar, nicht wahr?«

Er rannte beinahe zu seiner Balkontür, die er dann aber sehr leise öffnete. Dem Hund befahl er sicherheitshalber, in seinem Körbchen zu bleiben. Er hoffte, dass der Einbrecher noch schön lange in der Wohnung blieb. Was für ein interessanter Zufall, dass gleich noch jemand die günstige Gelegenheit von Adlers Abwesenheit genutzt hatte. Wer mochte das sein? Jemand aus dem Haus? Schuberts hatten ganz bestimmt einen Schlüssel, sie brachten ihm ja das Essen. Vielleicht die schwer gebeutelte Pflegekraft, die sich nun einen Extralohn holen wollte.

In Gedanken ging er die Beerdigungsgäste durch. Der heimliche Schütze war natürlich ein naheliegender Kandidat. Wer auf Menschen schoss, hatte keine Skrupel, in Privatwohnungen einzubrechen. Es näherten sich bereits zwei Autos, ein Polizeiwagen und das Auto von Frau Finke. Seine Schwester könnte so einen Job niemals machen. Bis Anja im Bad so weit war, wäre jeder Täter mit allem fertig und mit sauberen Händen in der Ferne verschwunden.

Die Kommissarin sprang erstaunlich flink aus dem Auto, dachte er, während er nun schnell zu seiner Wohnungstür eilte und sie leise öffnete.

»Sie? Was machen Sie denn hier um diese Zeit?« Den erstaunten Ausruf der Kommissarin hörte er noch, dann schloss sich unten die Tür, und auch sein Richtmikrofon half nicht viel. Außer ein paar murmelnden Stimmen verstand er leider wenig. Die Person, die unten munter in der Wohnung herumlief, war der Kommissarin also gut bekannt. War es jemand aus dem Haus? Frau Schubert womöglich?

Er ging wieder auf seinen Balkon, um zu sehen, wer wohl von den Beamten abgeführt wurde. Die beiden Polizisten traten tatsächlich als Erstes auf die Straße, allerdings allein. Da war keine weitere Person dabei. Sie setzten sich in ihr Dienstfahrzeug und fuhren davon. Fünf Minuten später, ihm war bereits richtig kalt in seinen Boxershorts und dem weißen T-Shirt, das er für die Nacht trug, erschien die nächste Person und ging zu ihrem Auto. Es war Frau Ludwig, die Nichte des alten Adler. Was hatte denn die in der Wohnung gesucht? Sein Testament?

Er zuckte zusammen, als seine Türklingel ertönte und Goofy fast zeitgleich zu bellen begann.

»Falscher Alarm, Herr Neumann! Sie schulden mir jetzt wirklich einen Tee, meinen Sie nicht?«

Viel schlimmer konnte es nicht werden. Nachts um halb fünf Tee trinken allein mit einer Frau. Mit dieser Frau! Bestimmt neunzig Kilo Lebendgewicht, Millionen kleiner grauer Zellen, die ihm mit Spott und Hohn Informationen entlockten, und dazu noch ein Blick, bei dem auch ein hungriger Geier sein Essen fallen lassen würde.

»Pfefferminztee, wenn Sie haben.« Mit einem Seufzen ließ

sich Frau Finke auf das Sofa fallen und schaute ihm amüsiert zu, als er wenige Minuten später zwei große Becher mit Beuteltee auf den Tisch stellte.

»Das ist auch nicht die richtige Kleidung für eine Observierung auf dem nächtlichen Balkon. Sie sehen ganz schön verfroren aus.«

Barfüßig, in kurzen Boxershorts und einem zerknitterten T-Shirt wollte er auf gar keinen Fall mit der Kommissarin Tee trinken. Er flüchtete ins Bad und zog sich eine Jeans über. Dabei merkte er, dass er ziemlich neugierig wurde, was die nächtliche Besucherin in Adlers Wohnung gesucht hatte. Er verzichtete auf weitere Versuche, sein Aussehen zu verbessern, und ging zurück ins Wohnzimmer.

Frau Finke hielt die warme Tasse zwischen den Händen, ähnlich, wie Frank das oft tat, um sich zu wärmen, und sagte: »Als ich Herrn Adler neulich auf dem Revier befragt habe, teilte er mir mit, niemand besitzt einen Schlüssel zu seiner Wohnung. Keiner aus dem Haus hier und ganz sicher keiner seiner Verwandten. Meiner Meinung nach hat er da auch die Wahrheit gesagt. Die Dame, die wir heute Nacht in der Wohnung vorfanden, behauptete, sie habe den Schlüssel von ihrem Onkel erhalten, um nach dem Herd zu schauen. Der alte Mann habe sich plötzlich Sorgen gemacht, dass er den Herd angelassen haben könnte.«

»Soweit ich weiß, bekommt Herr Adler sein Essen von Frau Schubert gekocht. Der kocht sich doch nicht selber morgens vor der Beerdigung seiner Enkeltochter eine Suppe.«

Die Kommissarin nickte. »Das hat er mir auch erzählt. Egal. Angeblich hat er sich heute Morgen ein Rührei gebraten. Ihr selbst sei die Bitte des Onkels aber erst heute Nacht eingefallen.« Frau Finke spielte mit ihrem Teebeutel und machte eine Pause.

Konstantin überlegte laut: »Wer bis um vier Uhr gewartet hat, könnte das auch noch bis sieben Uhr morgens tun. So schnell brennt ein Haus nicht ab.«

»Was für ein kluger Einwand. Ich bin sehr davon überzeugt, dass Frau Ludwig sich nicht einen Augenblick lang für den Herd ihres Onkels interessiert hat. Aber wir mussten sie gehen lassen, denn sie hatte tatsächlich den Schlüsselbund von Herrn Adler bei sich und ist nun mal eine nahe Verwandte.« Frau Finke erzählte weiter, während Konstantin an die abgeschlossenen Schubläden in dem alten Sekretär dachte. Frau Ludwig hatte mit diesem Bund Schlüssel wahrscheinlich freien Zugang gehabt. Mist.

»Diese Dame hatte sogar die Frechheit, uns aus der Wohnung zu bitten, denn wir hätten ja keinen Hausdurchsuchungsbefehl dabei.«

»Konnten Sie nicht auf Gefahr im Verzug plädieren und die Wohnung trotzdem durchsuchen?«

»Ich hatte nicht den Eindruck, dass Frau Ludwig sich umbringen wollte oder jemanden bedrohte, der sich im Schrank versteckt hatte. Welche Gefahr wäre das denn wohl, he? Sie wird den Schlüsselbund jetzt schnell an der Pforte des Krankenhauses abgeben und dann sehr früh mit ihrer Mutter in die Schweiz zurückfahren. Denn sie wird wissen, dass ich ihrem Onkel von den Ereignissen heute Nacht berichten muss.«

Das hörte sich ja nicht besonders gut an für die Pläne, die Kollege Frank für das morgige Frühstück hatte. Er würde sicher nicht schon um sechs Uhr morgens im Restaurant auftauchen. Laut sagte er: »Sie wohnt gar nicht in der Schweiz.«

Frau Finke stellte ihre Tasse auf den Tisch und machte ein spitzes Gesicht. Na ja, soweit ihr das mit den vollen Wangen gelang, dachte Konstantin, als er sie anschaute. Sie wechselte wirklich schnell ihre Stimmungen.

»So, diese Frau hat Ihnen also auch schon ihre Lebensgeschichte erzählt, ja? Auf dem Beerdigungsessen war sie doch gar nicht.«

Konstantin erwiderte: »Ich habe sie gestern Abend noch im Hotel getroffen. Sie wohnen beide im Mövenpick-Hotel, wie Frank Brenner.«

»Tun Sie nicht so altklug, ich weiß auch, wo die Damen wohnen. Waren Sie schon einmal in der Wohnung von Herrn Adler?«

»Ja, ich habe mit ihm Karten gespielt, und er wollte meinen Hund kennenlernen.«

»Und?«

»Er kann sehr gut mit Hunden umgehen, Goofy hat sofort gehorcht.«

Sie machte wieder ein genervtes Gesicht, und Konstantin verstand einfach nicht, was sie immer von ihm wollte. Er fügte also schnell hinzu: »Mir ist nichts aufgefallen in der Wohnung. Aber ich war auch nur im Wohnzimmer.«

Frau Finke blickte nun in eine ganz bestimmte Richtung. Ihre Augen hatten wieder Dinge erspäht, die sie nichts angingen. Leider lag seine Digitalkamera etwa vierzig Zentimeter von ihrer Tasse entfernt, und sie fragte nun: »Sie haben fotografiert?«

Er griff beiläufig nach dem Teil und log: »Nein, ich habe sie mit auf den Balkon genommen, um einen eventuellen Flüchtling aufzunehmen.«

»Was Sie immer für raffinierte Ideen haben. Was fotografieren Sie sonst so?«

»Meinen Hund oder die Natur.« Demonstrativ hielt er sich dann die Hand vor den Mund und gähnte lang. So eine Geste war Frau Finke völlig egal. Sie fragte harmlos: »Darf ich mal sehen? Ich liebe Tierbilder.«

»Nein, das wäre mir unangenehm. Ich bin nicht gut.« Er nahm die Kamera, stand auf und brachte sie ins Schlafzimmer. Er wollte keine Diskussion. Als er sich umdrehte, stand sie schon hinter ihm.

»Himmel, sind Sie schreckhaft«, sagte sie lächelnd. »Sie brauchen doch kein schlechtes Gewissen zu haben. Heute Nacht wollten Sie mir doch nur helfen, nicht wahr? Schlafen Sie gut.« Sie roch nach Pfefferminztee und frischer Wäsche.

An der Tür drehte sie sich noch einmal um. Das machten nicht nur Kommissare so, sondern alle möglichen Menschen, dachte er.

»Kümmern Sie sich gut um Ihren Freund. Wer weiß, wie lange er es noch genießen kann.«

Für den Rest der Nacht nahm er sein Haus und die Bewohner als recht unruhig wahr. Die Toilettenspülung ging mehrfach, Türen fielen zu oder wurden zu laut geöffnet, und irgendwo lief frühmorgens um halb sechs Uhr ein Fernseher. Was war denn nur mit seinen Nachbarn los?

Das nächste Treffen mit Frank konnte er kaum abwarten. Er überlegte, die Fotos auf seinen Rechner zu ziehen, aber sie konnten sie genauso gut an Franks Laptop anschauen. Konstantin musste erst arbeiten, doch schon am frühen Abend um halb sechs Uhr machte er sich auf den Weg zum Hotel. Goofy hatte er zuvor mit einem langen Spaziergang beglückt, dennoch drängte der Hund sich an seine Beine, als Konstantin den Schlüssel in die Hand nahm und zur Tür ging. Der Schwanz des Hundes befand sich unterhalb des Bauches.

»Goofy, mein tapferer Polizeihund. Du musst jetzt eine Stunde alleine bleiben.« Der Hund setzte sich vor die Tür und blickte ihn mit sehr treuen Augen an. Bestimmt war es hundepsychologisch gesehen total falsch, dem Hund seinen Willen zu erfüllen, aber Konstantin tat es. Der Hund würde Frank bestimmt guttun. Die Kamera nahm er natürlich auch mit, und seine Wohnungstür schloss er zwei Mal ab, was witzlos war, wenn wirklich jemand einen Nachschlüssel besaß.

Der Freund sah heute schlecht aus, die ohnehin blasse Gesichtsfarbe schimmerte gelblich.

»Ich kann gerade nur wenig bei mir behalten. Das opulente Frühstück war wohl nichts für meinen siechen Magen.«

»Hast du die Damen am Büfett überhaupt angetroffen?«

Der andere grinste diabolisch. »Yes. Herrschaftliches Auftreten und gutes Benehmen, ich konnte sie nicht verfehlen.«

»Um wie viel Uhr war das?«, fragte Konstantin doch etwas erstaunt.

»Es war ziemlich genau um neun Uhr, die Sonne lachte, und ich dachte erst wieder ans Sterben, als mir um halb elf Uhr das Lachsbrötchen hochkam und danach der frisch gepresste Orangensaft.« Dabei lächelte Frank, als spräche er von einer Wellness-Behandlung. »Doch lassen wir das, ich habe herausgefunden, dass beide Damen zur Beerdigung einer viel zu jung ermordeten Verwandten hier waren. Das ist der Teil, den du kennst. Sie erzählten von der Schweiz, das heißt, sie stritten ein wenig darüber, denn die Frau Mutter lebt mit ihrem Mann da, während die Tochter und der Schwiegersohn es dort nicht aushalten und diesseits der Grenze in Deutschland wohnen. Das war eine interessante Diskussion. Die Tochter warf den Schweizern sogar antisemitisches Verhalten vor, ein Vorwurf, den die alte

Lady nicht ganz von der Hand weisen konnte. Sie erzählte in diesem Zusammenhang aber, dass ihr Mann jahrzehntelang für die Wiedergutmachung an Juden gekämpft habe.«

»Aha, wenn Adler tatsächlich aus einer Nazifamilie stammt, könnte dies ein Grund sein, warum er sich mit seinem Schwager nicht versteht. Ist er Jude?«

Frank schüttelte den Kopf. »Nein, wohl nicht. Ich habe sie danach gefragt, und sie meinte, er sei Atheist, aber ein Gerechtigkeitsfanatiker. Die Tochter verdrehte an dieser Stelle unseres Gesprächs die Augen und wechselte sehr abrupt das Thema. Das hatte sie vielleicht schon zu oft gehört.«

Konstantin berichtete Frank, dass er erstens nachts noch in die Wohnung vom alten Adler eingestiegen war und dass danach Franks Frühstücksbegleitung durch die Wohnung spaziert sei.

»Hat sie nicht sehr müde ausgesehen, die Frau Ludwig?«

Frank wurde ganz unruhig und wollte wissen, was er in der Wohnung gefunden hatte. Daraufhin holte Konstantin seine Digitalkamera heraus und schloss sie an den Laptop an, der auf dem Tisch stand.

Frank machte ein erstauntes Gesicht und meinte mit Bewunderung in der Stimme: »Du traust dich was mit deinem Bewährungsstatus. Pass bloß auf. Aktionen dieser Art sollte besser ich übernehmen. Mir kann nicht mehr viel passieren, also juristisch gesehen.« Er beugte sich neugierig vor, als die ersten Fotos erschienen. Sie waren etwas dunkel, aber man konnte die Bilder erkennen.

»Willst du mich verarschen? Das hier sind doch nur schlechtere Aufnahmen der Fotos, die ich schon kenne. Wo sind denn die Aufnahmen aus Adlers Wohnung?«

»Der Turm der blauen Pferde« war nicht dabei, aber die anderen beiden Bilder hätte Konstantin eigentlich erkennen müssen. Beide Bilder in Adlers Privatgemächern befanden sich auf den Fotos, die er selbst unter seinem Parkettboden gefunden hatte. Sicher musste man eine gehörige Portion Aufregung als Entschuldigung in Betracht ziehen, aber dennoch: Er war ein Hornochse.

Der Moment, als Frank das entsetzte Schweigen genauso

interpretierte, war bühnenreif. Er starrte Konstantin an, dann die Kamera, dann die Fotos, die als kleiner Stapel immer griffbereit in seiner Nähe lagen. Er wollte etwas sagen, bekam aber einen Hustenanfall, und die gelbe Gesichtsfarbe wechselte zu Puterrot. Konstantin bekam es mit der Angst, als er seinen Freund so sah und vor allem hörte. Es klang, als würde Frank entzweigerissen. Er fragte, ob er einen Arzt holen solle, doch Frank winkte ab. Nach einiger Zeit hatte er sich endlich beruhigt und lag erschöpft auf dem Sofa.

»Die ›Hirsche im Wald‹ und der ›Kornmäher‹. Wo ist der andere Marc?«, waren die ersten Worte. »Sag mir bitte, bitte, dass er auch in der Wohnung hängt.« Und dann lachte er plötzlich los, meckernd, noch ziemlich heiser. »Mensch, Konstantin, dass du nicht bemerkt hast, welche Bilder du da fotografierst. Du bist mir vielleicht ein Detektiv und Kunstexperte. Himmel, habe ich einen Puls.«

»Es war dunkel in der Wohnung, ich hatte doch nur eine Taschenlampe und habe die Bilder kaum erkennen können. Und meine geschossenen Fotos sehe ich mir mit dir zusammen nun auch das erste Mal an. Der ›Turm der blauen Pferde‹ war übrigens nicht da. Das wäre mir dann schon aufgefallen. Du hast mir das Foto ja oft genug unter die Nase gerieben.«

Frank richtete sich wieder auf. »Aber es muss dort gewesen sein, sonst hätte dein Vormieter es nicht fotografieren können. Und die ›Hirsche im Wald‹ hättest du wirklich leicht als mit dem ›Turm der blauen Pferde‹ verwandt erkennen müssen. Das ist schon der Hammer, dass dieser Leander Heinemann genau wie du in die Wohnung von Adler eingebrochen ist und Fotos gemacht hat. Dein Vermieter hatte, gesetzt den Fall, er wusste davon, ein sehr nachvollziehbares Motiv, den Mann verschwinden zu lassen. Eventuell nimmst du dir besser ein Zimmer hier auf meiner Etage.«

Dem Gesichtsausdruck nach machte Frank dieses Mal keinen Scherz.

»Scheiße, Frank, was machen wir denn jetzt?«

»Es könnten natürlich harmlose Drucke sein. Andererseits, solche Bilder ganz offen rumhängen zu lassen – eigentlich genial.

Kein Mensch vermutet da etwas Besonderes. Und Adler wird wissen, wen er in sein Schlafzimmer lässt. Aber wenn es die Originale sind, dann muss das an die Öffentlichkeit. Das sind Bilder, die seit siebzig Jahren gesucht werden. Pass mal auf, die Story ist noch besser als die Geschichte mit Gurlitt.« Frank war richtig aus dem Häuschen, seine Wangen glühten, und er zappelte herum wie ein Kind kurz vor der Weihnachtsbescherung.

Er sprach weiter: »Ich frage mich nur, wo der Alte den anderen Marc hat. Und ich bete jeden Tag drei Mal, dass mein dahinsiechender Körper lange genug durchhält, um dieses Bild sehen zu können. Ich will es nur sehen und den Duft der Ölfarben riechen können.« Nun blickte Frank etwas traurig auf seine dünnen Beine.

Konstantin wünschte es ihm von Herzen. Er selbst hatte es nicht eilig. Er war auf Bewährung aus der Haft entlassen worden und konnte jetzt schlecht jemandem melden, dass er eingebrochen war. Wer wusste wohl im Haus von den Gemälden in Adlers privatem Reich? Herr Schubert ganz gewiss, immerhin hatte er das Auftauchen der Fotos bagatellisieren wollen. Plötzlich musste er grinsen. Er machte sich Sorgen wegen einer strafrechtlichen Verfolgung, aber er empfand keine Angst vor seinen Mitbewohnern. Obgleich er Frank mit seiner Vermutung recht gab – Leander Heinemann hatte zu viel gewusst, seine Schwester offenbar auch. An dieser Stelle stellte sich tatsächlich so etwas wie Triumph ein. Er, Konstantin, hatte recht gehabt – Adler war ein alter Nazi und hatte im Krieg Bilder beiseitegeschafft. Und zwar Bilder aus dem Besitz von Hermann Göring, einem der größten Kriegsverbrecher unter Hitlers Schergen.

Frank war den Rest seines Besuchs so aufgekratzt, dass Konstantin es nicht übers Herz brachte, ihm von den anderen Dingen zu erzählen, die er herausgefunden hatte. Die grausame Verletzung eines jungen Mannes, eine furchtbare, irreparable Strafe für was auch immer. Es reichte, dass er selbst immer wieder an schreckliche Schläge, Hass und Gewalt denken musste, Frank brauchte er damit nicht zu belästigen.

Zu Hause überlegte er fieberhaft, wie er die Kommissarin dazu bringen konnte, eine spontane Hausdurchsuchung bei Adler durchzuführen. Und als er nachts um halb eins noch immer grübelnd im Bett lag, kam ihm eine neue Idee. Er würde die Schuberts besuchen. Und Frau Bartels. Es wurde Zeit, alle Wohnungen hier im Haus kennenzulernen. Ein geeigneter Zeitpunkt bot sich bei Schuberts bestimmt ganz schnell, er brauchte nur darauf zu achten, dass Kevin alleine zu Hause war. Bei Frau Bartels würde er den Hund vorschicken.

Am nächsten Tag bekam aber zunächst er Besuch. Es war später Nachmittag, als seine Schwester vor der Tür stand, und er freute sich ehrlich. Sie begrüßte ihn kurz und Goofy lang, sehr lang. Mit ihrem schicken Kostüm kniete sie auf dem Boden und hatte eine von Goofys Pfoten auf dem teuren Leinenstoff. Noch ein paar Zentimeter, und die Krallen sitzen in der Strumpfhose fest, dachte Konstantin und war fasziniert von der Vorstellung, wie eine Laufmasche das seriöse Outfit von Anja deutlich beschädigen würde.

»Machst du uns einen Kaffee, Konstantin? Ich habe Feierabend und Lust auf einen kleinen Austausch.«

Konstantin brachte seine Schwester beim gemeinsamen Kaffeetrinken schließlich auf den neuesten Stand. Von dem Mord an Meike Schulze Terhorst wusste sie, und sie kannte auch seine unglückliche Rolle dabei. Darüber hatte sie bereits am Telefon genug der Worte verloren. Von dem Einbruch wollte er ihr verständlicherweise nicht erzählen, aber auch wenn es sich merkwürdig anhörte, er fragte sie: »Was für eine Tätowierung lässt sich ein älterer Versicherungsvertreter um 1970 von einem Unterarm entfernen?«

»Versicherungsvertreter, sagst du? In den Siebzigern waren wir von den röhrenden Hirschen und bunten Schmetterlingen noch weitgehend verschont. Da sah man wenig Tattoos außer bei Seeleuten oder Artisten im Zirkus.«

»Den Artisten können wir ausschließen.«

»Eventuell war er mal im Gefängnis.«

Er beachtete den Einwand nicht und fragte: »Hatten die Nazis eigentlich Tätowierungen, wenn sie zu bestimmten Gruppen gehörten? Also zum Beispiel die SS oder die Gestapo. Weißt du davon etwas?«

Anja zog die Stirn kraus und überlegte, während sie beiläufig Goofys Ohren kraulte. Der Hund bekam bei seiner Schwester viel mehr Liebkosungen als bei seinem Herrchen. Wie viel Schmuseeinheiten brauchten Hunde eigentlich, um sich wohlzufühlen?, dachte Konstantin plötzlich.

»Um wen geht es denn?«, fragte Anja.

Konstantin tat harmlos. »Ach, ist doch egal.«

»Dann mischst du dich also wieder mal in Angelegenheiten, die dich nichts angehen.«

Dieses Mal reagierte er verärgert. »Hier im Haus geht mich alles etwas an! Ich habe immerhin zwei Leichen gefunden, und ich habe keineswegs danach gesucht! Auch wenn das vielleicht jeder denken mag. Himmel, man sucht doch nicht nach Leichen, außer man ist ein Feuerwehrmann bei einem Brand. Auf der Beerdigung gestern habe ich einen Streifschuss abbekommen und …«

»Du hast was? Wieso hast du mich denn nicht informiert? Mensch, Konstantin, ich hätte dir doch beistehen können. Wie schlimm ist es? Warst du im Krankenhaus? Und wie kam es dazu?«

Konstantin erzählte ihr in wenigen Worten von der Beerdigung und erwähnte dabei auch die interessante Schwester seines Vermieters, die laut Polizei das eigentliche Zielobjekt gewesen war. Anja hörte ruhig zu, unterbrach ihn nicht, was ihr schwerfiel, wie er wusste, und fasste dann leider mehr zusammen, als ihm lieb war.

»Der alte Adler ist also der Mann mit dem Tattoo auf dem Unterarm, verstehe. Hat seine Schwester mit dir geplaudert?«

»Nur ein wenig.«

»Bei deinem Vermieter könnte ich mir auch die Zugehörigkeit zu einer schlagenden Verbindung vorstellen. Ich glaube, nach dem Krieg gab es unter jungen Studenten einige davon. Hat er auch eine Narbe im Gesicht?«

»Puh, was da jetzt Narbe und was Falte ist, das kann ich nicht auseinanderhalten.«

Sie lachte, wurde aber sofort danach ernst. »Konstantin, bist du dir sicher, dass du hier wohnen bleiben möchtest? Ich meine, dass in diesem Haus einiges nicht stimmt, ist doch offensichtlich. Die

Kommissarin konnte mir jedenfalls keine befriedigende Auskunft geben, ob du in Gefahr bist.«

Na klasse, jetzt redeten die beiden auch schon vertraulich über ihn.

»Sympathisch finde ich die nicht. Sie hat mich gefragt, ob ich das als Anwältin oder als Schwester wissen will. Was ist denn das für ein Unterschied?«

Konstantin hielt es für besser, sich nicht laut aufzuregen.

Anja erzählte weiter: »Als Anwältin riet sie mir, mich bereitzuhalten, da du schneller in Schwierigkeiten geraten würdest als eine Maus im Katzenklo. Als Schwester sollte ich mal nachforschen, ob es andere Verwandte gibt, um die ich mich kümmern kann. Das würde deine und meine Nerven schonen. Das ist ja wohl der Gipfel der Unverschämtheit! Ich habe mich daraufhin nach ihr erkundigt, und sie bekommt mildernde Umstände. Wusstest du, dass ihr Mann vor einem halben Jahr an Krebs gestorben ist? Sie hat ihn bis zuletzt zu Hause gepflegt und dafür unbezahlten Urlaub genommen.« Anja nahm die Hand aus Goofys Fell und faltete beide Hände zusammen.

Etwas leiser fügte sie hinzu: »Zwei Tage nach seinem Tod erschien sie wieder an ihrer Dienstelle. Und hat kein Wort über diese Zeit verloren, die bestimmt schlimm für sie war. Sie hat einfach funktioniert. Gesund ist das nicht, wenn du mich fragst.«

Konstantin bekam es plötzlich mit der Angst zu tun. Sie kroch in seinen Hinterkopf und dann in den Bauch. Würde diese merkwürdige Kommissarin von ihm den gleichen Einsatz erwarten, wenn es Frank schlechter ging? So war ihre Beziehung doch gar nicht. Er hatte Frank im Knast sympathisch gefunden, weil er Benehmen hatte und man sich mit ihm gut unterhalten konnte. Er kam wie Konstantin aus gutbürgerlichem Hause, wenn man es altmodisch formulieren wollte. Aber er wollte doch nicht Händchen haltend auf die Sterbeszene warten. Oder, noch schlimmer, ihn waschen und füttern, weil Frank irgendwann zu schwach dafür sein würde.

Er antwortete erst nach einer Schweigeminute. »Ich hätte nie gedacht, dass sie verheiratet war. Sie erscheint mir so unabhängig, so ruppig, halt irgendwie out of range.«

»Ich bin ebenfalls unverheiratet, mein Lieber, und du auch. Es ist wohl eher so, dass wir unerreichbar sind, warum auch immer. Da fällt mir ein, was ist mit deiner Nachbarin? Wart ihr noch mal essen?«

»Sie hat mir einen Kuchen gebacken«, sagte er, noch immer in Gedanken. »Mit Äpfeln. Sie kann nur den einen backen, sagen die Nachbarn. Nein!« Er sah seiner Schwester in das gepflegte Gesicht. »Nein, ich möchte hier nicht weg, und ich möchte auch nicht mehr danach gefragt werden. Ich mag meine Nachbarn. Alle. Die Dinge sind passiert, egal, ob ich in ein anderes Haus oder in eine andere Stadt ziehe.«

»Und? Hast du eine Ahnung, warum jemand die Frauen in Adlers Umgebung so, na ja, bizarr ermordet? Denkst du, es hat mit einer, respektive mit seiner Nazivergangenheit zu tun?«

»Ja, ich glaube schon. Ich denke, es hat mit alten Gemälden zu tun, die nach dem Krieg verschwunden sind. Mit Bildern und Objekten, die die Nazis erst von den Juden systematisch gestohlen und später sogar aus Museen konfisziert haben. Adler hatte als Versicherer von Kunstwerken gute Verbindungen und kannte sich aus. Ich glaube, er wird erpresst. Oder jemand rächt sich an ihm, indem er seine Angehörigen umbringt. Das macht einem alten kranken Mann wie Adler sicher mehr aus, als wenn man ihn vom Rollstuhlleben erlöst, meinst du nicht?«

»Soll ich mal in seiner Vergangenheit forschen?«

Konstantin musste nur kurz überlegen, dann sagte er deutlich: »Nein, lieber nicht. Denk an den Tod dieser Meike Schulze Terhorst. Die wurde auch von ihrem Bruder, meinem Vormieter, in irgendetwas hineingezogen. Bitte lass es. Im Netz ist alles, wonach du forschst und suchst, nachvollziehbar. Versprich es mir.«

Ihm wurde richtig heiß bei der Vorstellung, dass er seine Schwester beerdigen müsste. Er hatte ihr schon genug Kummer bereitet.

»Ja, ist gut. Ich habe eh genug zu tun.« Sie begann wieder, Goofys Ohren zu bearbeiten, und er ahnte, dass sie noch etwas zu erzählen hatte.

»Schöne Grüße von Detlef Schröder. Reg dich bitte nicht auf, ich gehe morgen mit ihm essen.«

»Wieso besuchst du ihn nicht im Büro, wenn du etwas über mich wissen willst? Oder fragst einfach mich?«

Eine Hand von ihr wanderte vom Hundeohr zu seiner Hand. »Konstantin, es ist kein berufliches Treffen. Ich gehe privat mit ihm essen.«

»Mit diesem verlebten, pessimistischen und rauchenden Sozialpädagogen? Das ist nicht dein Ernst.« Er schaute auf ihre manikürten Finger, die geschminkten Lippen, die trotz des Kaffees und der Schokokekse nichts von ihrer zartrosa Farbe eingebüßt hatten, und wunderte sich.

»Ich dachte, du magst ihn.« Goofys Ohren waren bestimmt bald durchgewalkt und weich wie Samt.

»Das stimmt auch, aber deshalb nehme ich ihn ja nicht gleich mit nach Hause.«

Anja stand auf und beendete das Gespräch mit den Worten: »Ich gehe mit ihm essen, und ob ich Detlef danach mit nach Hause nehme, entscheide ich beim Nachtisch.« Sie grinste und war zum Glück kein bisschen beleidigt. An der Tür ergänzte sie noch: »Detlef hat sich große Sorgen um dich gemacht, aber nun meint er, dass du jemand bist, der an solchen Krisen zu wachsen scheint.«

»Hm.« Mehr fiel ihm nicht ein. Dafür fiel ihm aber etwas auf. Von oben kamen Schritte, und wenige Augenblicke später erschienen Herr und Frau Schubert auf seiner Etage. Sie grüßten freundlich und ließen Anja den Vortritt. Das war ja eine ausgezeichnete Fügung, dachte Konstantin und wartete noch eine Viertelstunde.

Dann marschierte er nach oben, um bei Kevin Schubert zu schellen. Der Name stand nämlich tatsächlich an der Wohnungstür, die zuvor Susanne gehört hatte. Hinter dem Spion erschien ein Auge, sofort wurde die Tür aufgerissen, und Kevin umarmte ihn einfach.

»Konstantin, super, komm rein, ich zeige dir meine Wohnung.« Er schob sich an ihm vorbei und blickte suchend um sich. »Wo hast du Goofy?«

»Darfst du denn einen Hund in der Wohnung haben? Dann bringe ich ihn das nächste Mal mit.«

»Natürlich darf ich.«

Konstantin sah sich aufmerksam in Kevins Reich um. Es war Susannes Wohnzimmer, stand aber nun unter einem ganz anderen Einfluss. Es lagen Dinge herum, die als Bewohner einen männlichen Teenager erkennen ließen, und es war längst nicht mehr so steril ordentlich. Der Fernseher lief, aber Kevin stellte ihn sofort ab.

»Meine Ma sagt immer, wenn Besuch kommt, schaut man nicht auf die Flimmerkiste. Das ist unhöflich. Wusstest du das, Konstantin? Das ist so, als würde man sich für den Besuch gar nicht interessieren.«

»Ja, da hat deine Mutter recht.« Er blickte auf den Durchbruch in der Wand, die Verbindung zur anderen Wohnung. Interessanterweise hatten die Schuberts dies mit einer Glastür architektonisch recht gut gestaltet.

»Dann hast du jetzt einen Schlafraum und ein Wohnzimmer, nicht wahr? Und die Küche? Nutzt du sie?«

Kevins Gesicht geriet in Schieflage. »Im Kühlschrank habe ich Getränke, aber der Herd ist abgeklemmt. Essen tun wir alle nebenan. Ma hat Sorge, dass ich den Herd anlasse. Aber in drei Wochen darf ich eine Party machen, und dann backen wir bei mir Pizza. Du darfst auch kommen.«

Konstantin stand vor der Glastür und schaute in das andere Wohnzimmer. Er sagte: »Ich war noch nie bei euch in der Wohnung. Sieht gemütlich aus.«

Kevin steckte betont lässig die Hände in die Taschen seiner weiten Jeans und schlenderte zur Glastür. »Meine Eltern sind nicht da. Du kannst gucken.«

»Das gehört sich aber doch nicht.«

Der Einwand war nicht ernst gemeint, wenig später stand Konstantin in der teuer eingerichteten Wohnung. Die Küche war ein freundlicher Bereich in Weiß mit roten Küchengeräten. Im Wohnzimmer lockte eine Ledercouch, und von den Handtaschen, die in der Garderobe säuberlich in einem Regal gereiht waren, träumte jede Frau spätestens ab dem dreißigsten Lebensjahr. Davon hatte er so viel Ahnung, wie er eben durch die Schwärmereien seiner Schwester bislang mitbekommen hatte.

Die Marken sagten ihm etwas. Auf dem Balkon gab es Pflanzen und eine Teakgarnitur.

Als er später bei Kevin am Küchentisch saß und eine Fassbrause trank, ließ ihn eine Frage nicht mehr los. Wenn man so viel Geld zur Verfügung hatte, wie die Schuberts es allem Anschein nach hatten, dann lebte man doch nicht in einer Etagenwohnung. Außer man war in Amerika und liebte die Penthousewohnungen dort. Doch hier, in dieser Gegend von Münster, wo es eigentlich mehr Einfamilienhäuser gab oder auch umliegende attraktive Vororte, war eine solche Entscheidung schwer nachvollziehbar. Bei der alleinstehenden Susanne hatte er die Entscheidung noch verstanden, bei Adler und den Schuberts nicht.

»Warum kauft ihr euch zwei Wohnungen, anstatt ein großes Haus zu nehmen?«, fragte er Kevin also harmlos.

»Wir haben schon ein Haus. Mit Garten. Meine Schaukel steht noch immer dort. Aber mir wird schnell schlecht, wenn ich schaukel, verstehst du?«

»Nein, äh, ja, natürlich. Aber warum lebt ihr nicht mehr in dem Haus? Doch wohl nicht, weil dir immer schlecht wird beim Schaukeln?«

Diese nicht ganz ernst gemeinte Vermutung fand Kevin sehr erheiternd. »Also weißt du«, sagte er lachend, »da hätten wir ja besser ein Blumenbeet aus der Schaukel machen können. Oder einen Wäscheständer.« Er lachte wieder. »Aber meine Ma hasst Wäscheleinen im Garten.«

»Hasst deine Ma vielleicht auch die Gartenarbeit? Seid ihr deshalb in eine Wohnung gezogen?«

Kevin machte ein wichtiges Gesicht, als er antwortete: »Meine Ma hatte Angst in dem Haus. Das war ganz schlimm, weißt du, Konstantin.«

Konstantin bekam eine leise Gänsehaut im Nacken. Alle Bewohner waren vor drei Jahren in diesen renovierten Altbau gezogen. Litt Frau Schubert unter nervösen Angstzuständen, oder hatte es einen Anlass für diese Ängste gegeben?«

»Wovor hatte deine Ma denn Angst?«

»Papa sagt immer, sie hatte vor allem Möglichen Angst, vor Einbrechern, vor Trickbetrügern, Entführern und sogar vor

Ratten.« Er schniefte laut und ergänzte: »Hier ganz oben in der Wohnung hat Ma keine Angst mehr … obwohl, seit Susanne tot ist, hat sie schon wieder ein bisschen Angst. Aber wir haben nun keinen Garten mehr. Ist eh egal, ich schaukel ja nicht mehr.«

Interessante Bilder wie bei Adler hatte er in der Wohnung nicht gesehen, aber er war auch nicht im Schlafzimmer der Schuberts gewesen, natürlich nicht. Dafür hatte er wieder mal Stoff zum Nachdenken erhalten. Er ärgerte sich, dass er Kevin nicht gleich nach der Adresse dieses Hauses gefragt hatte. Wer wusste, wann sich die nächste Gelegenheit dazu bot.

Plötzlich hörte er Geräusche aus der Wohnung unter ihm. Adler war also aus dem Krankenhaus zurück. Das Badezimmerfenster hatte den ganzen Tag lang unberührt auf Kipp gestanden, die Manipulation am Rahmen hatte also niemand festgestellt, weder Frau Ludwig noch die Kommissarin. Beide hatten das Bad sicher nicht betreten. Als er sein Richtmikrofon einsetzte, konnte er sogar die Stimme der Pflegekraft hören, die heute mal abends nach ihrem Patienten sah.

Sie maß gerade den Blutdruck, denn er hörte den Alten schimpfen: »Nun pumpen Sie nicht so viel, Sie pressen ja meinen zarten Arm wie eine Knoblauchzehe zusammen.« Sie reagierte darauf nur mit einem Lachen. Konstantin hätte zu gerne gewusst, wie Adler auf die Nachricht reagiert hatte, dass seine Nichte in seine Wohnung eingedrungen war. Ob die Schwester von Adler davon gewusst hatte? Solche heimlichen Aktionen passten seiner Meinung nach nicht zu der alten Dame.

Am späten Vormittag des nächsten Tages setzte Konstantin zunächst seine Hausbesuche fort. Er klingelte also bei Frau Bartels, die ihn mit Lockenwicklern im Haar, aber dennoch erfreut in ihre Wohnung zog. Wie die Hexe bei Hänsel und Gretel, einen Kaffee bot sie ihm auch an. Nachdem er zu Hause schon drei Tassen Kaffee genossen hatte, konnte Konstantin sich nur schwer zu einem begeisterten Nicken des Kopfes entschließen. Er atmete tief durch und setzte sich an den weiß lackierten Tisch in der Küche. Ihr Wohnzimmer unterschied sich deutlich von den anderen. Viele kleine Teppiche und Brücken, teilweise übereinanderliegend, verdeckten den Parkettboden fast völlig. Auch an den Wänden befanden sich ein paar Tapisserien. Der ganze Raum glich einer etwas überladenen Höhle, er entdeckte auch zahlreiche Schalen und Skulpturen. Ob die Teppiche wertvoll waren oder bloß Ikeaware, konnte Konstantin nicht einschätzen. Gemütlich war es. Frau Bartels besaß auch keine moderne Kaffeemaschine, sondern brühte höchstselbst auf, wie er anhand des Filters, der in der Spüle stand, erkennen konnte. Der Kaffee schmeckte wunderbar.

»Das war ja eine Aufregung zur Beerdigung, nicht wahr? Sie Ärmster. Haben Sie sich wieder erholt?« Frau Bartels strahlte ihn mit braunen Kulleraugen an. Die Falten darum erinnerten an zerknittertes Papier. Nachdem sie den letzten Rest eines Brötchens hinuntergeschluckt hatte, beugte sie sich vertrauensvoll vor: »Ich glaube ja, unser lieber Antonius wird erpresst. Aber der redet ja nicht, wenn er nicht will.«

»Aha, und von wem oder vor allem, warum?«

Sie hob die molligen Schultern. »Bei seinem Alter hatte er ja im Leben wohl genug Gelegenheiten, jemandem auf die Füße zu treten.«

Konstantin dachte sofort an die schrecklichen Verletzungen, die man Adler zugefügt hatte. Er war wohl schon in sehr jungen Jahren jemandem derbe auf die Füße getreten.

Laut fragte er: »Haben Sie seine Frau gekannt?«

Sie wich aus. »Mein Mann hat sie gekannt. Ihr Tod hat ihn sehr erschüttert. Nur wenig später ist er selbst gestorben, an einem unnötigen Herzinfarkt. Doch erzählen Sie mal. Wie geht es Ihrem Hund? Er hat mal für die Polizei gearbeitet, nicht wahr? Sie etwa auch?«

Silberne Fingernägel legten sich aneinander, und sie wartete auffällig gespannt auf eine Antwort. »Nein, nein, ich arbeite am Computer.«

»Ah, ich dachte nur, weil Sie doch so viel mit der Kommissarin zusammenhocken. Sie hat mich gefragt, ob jemand im Haus eine Affäre mit der Susanne hatte.« Sie machte ein spitzes Gesicht. »Mir erzählt doch hier im Haus keiner etwas. Seitdem mein Rudi tot ist, nehmen die mich nicht mehr ernst. Aber der Antonius, der hat Angst. Das weiß ich. Tut immer so cool, aber abends legt er zig Ketten vor die Tür. Wenn es bei dem mal brennt oder er einen Herzinfarkt bekommt, dann muss er in seiner Festung sterben.« Sie machte einen spitzen Mund.

Hier schienen sich zwei Leute nicht so gut zu verstehen. Die Dame kam gegen Adlers böse Zunge sicher auch nur schwer oder überhaupt nicht an, dachte Konstantin.

»Die sind hier alle so miteinander«, sie verschränkte die Finger beider Hände ineinander, »nur mit mir nicht.«

»Und meine Nachbarin, Frau Nawrath, ist die auch so?« Er ahmte die Handbewegung nach.

»Oh, die ist unsere Heilige. Gegen Ulrike darf man nichts sagen, da passen Sie bloß auf. Wenn Sie mich fragen, stimmt es bei ihr im Oberstübchen nicht ganz. Aber das kann ja heutzutage auch eine Qualität sein.«

Nach zwei weiteren Tassen Kaffee und jeder Menge guter Ratschläge zur Ernährung bei Hunden fiel ihr etwas auf. »Herr Neumann, hatten Sie heute eigentlich ein bestimmtes Anliegen? Ich rede Sie hier in Grund und Boden, meine Güte, und Sie haben wahrscheinlich gar keine Zeit.«

»Kein Problem. Ich wollte Sie nur mal besuchen. Ich war mittlerweile in jeder Wohnung. Mich interessiert es, wie andere Bewohner hier ihre vier Wände eingerichtet haben. Bei Ihnen ist es sehr gemütlich.«

Er erschrak, als sie eine eiskalte Hand auf seinen Arm legte. »Das ist nett, dass Sie das sagen.«

»Sie haben so viele schöne Teppiche. Sind die aus Ihren Urlauben mitgebracht?«

Gespielt erschrocken hob sie den Zeigefinger. »Herr Neumann, solche wertvollen Exemplare stopft man doch nicht in einen Koffer und überlässt sie dann irgendeiner Fluggesellschaft!«

ACHT

Woher hatten die Bewohner dieses Altbaus nur so viel Geld? Alle Wohnungen wiesen einen gewissen Luxus auf, aber er sah niemanden mit einem lukrativen Job aus dem Haus marschieren und erst spätabends wiederkommen. Es gab ja Leute, die viel verdienten, aber die traf man auch wenig zu Hause an. Gut, bei Adler verstand er den Reichtum. Der Kunsthändlersohn Gurlitt hatte auch nur alle paar Jahre ein Bild verkauft und davon gut leben können.

Aber die anderen? Die konnten doch nicht alle so viel geerbt haben? Vielleicht verrannte er sich auch nur wieder. Nach einigen Jahren im Gefängnis kam einem ja schon eine eigene Badewanne wie die Vorstufe zum Palast vor. Seine Schwester war Anwältin und verdiente nicht schlecht. Aber sie hatte es noch nicht geschafft, sich Eigentum anzuschaffen. Sie gab viel Geld aus für Kleidung und schicke Möbel, Handtaschen oder Wellness-Hotels, aber sie legte auch einiges an. Mehr ging nicht. Vor der ganzen Geschichte hatten sie sich mal überlegt, in einigen Jahren gemeinsam ein Häuschen zu kaufen. Eine Doppelhaushälfte, wo jeder seine eigenen vier Wände hatte, man aber vieles auch teilen konnte. Das würde er seiner Schwester nicht noch einmal vorschlagen. Solche Pläne gehörten der Vergangenheit an und konnten auch nicht wiederbelebt werden. Dass seine Schwester nur flüchtige Beziehungen einging, durfte er sich wohl auch auf die Fahne schreiben.

Verdammt. Diese brutale Geschichte mit Adler hatte irgendetwas in ihm getriggert. Er fühlte sich innerlich belastet, schmutzig. Seine eigene Bluttat war ihm wieder sehr präsent. Diese furchtbaren Missverständnisse.

Es war ein Samstagnachmittag gewesen, als es passierte. Aber die Geschichte hatte eigentlich schon viel früher begonnen. Anja war seit einem halben Jahr mit einem smarten Anwalt liiert, als Konstantin diesen Anwalt, er hieß Daniel Mertens, eines Tages beobachtete, wie er ein Bordell betrat und erst nach einer Stunde wiederauftauchte. Daraufhin war Konstantin maximal alarmiert, in ihm hatte sich ein Misstrauen festgesetzt, das er nicht mehr loswurde. Wann immer er Zeit fand, stellte er seinen Wagen in der Nähe der Kanzlei ab und versuchte herauszufinden, wohin Daniel nach Feierabend fuhr. Das Bordell suchte er noch zwei Mal auf, ein anderes Mal traf er sich mit einigen Russen in einer Bar. Goldketten, Siegelringe und Pelzkragen. Für Konstantin waren diese Accessoires Zeichen für eine weniger harmlose Spezies von Osteuropäern. Er begann, dem Freund seiner Schwester alles Mögliche zu unterstellen und ihn auf provokante Weise auszufragen, bis Daniel einmal sogar richtig wütend wurde, seinen Stuhl umwarf und ein gemeinsames Familienessen verließ.

Anja verstand ihren Bruder nicht. »Meine Güte, Konstantin, er ist Anwalt. Er hat seine Klienten überall.«

»Sei doch nicht so naiv, Anja! Die Klienten kommen zum Anwalt, nicht umgekehrt. Es sei denn, sie sitzen in Untersuchungshaft.«

Für Konstantin war schnell klar, dass Daniel Mertens nicht der richtige Umgang für seine Schwester war. Unkontrollierter Zorn war da nur noch das i-Tüpfelchen auf dem schlechten Charakter des Mannes. Es gab viele kleine Zwischenfälle auf dem Weg zum großen Finale.

Eines Tages verkündete Anja ihm und ihrer Mutter: »Daniel und ich werden heiraten. Ich bin schwanger!« Sie freute sich unbändig. Konstantin mutmaßte, dass sie sich vor allem auf das Baby freute und die Ehe nur dem guten Eindruck diente. Allerdings erzählte sie stolz, dass Daniel ihr einen Heiratsantrag gemacht habe, von dem Baby wisse er noch gar nichts.

Wenige Abende später besuchte ihn dann sein zukünftiger Schwager und bemühte sich, mit offenen Worten ihre Beziehung zu verbessern. Er habe nun einmal einen Kunden im Bordell, der Zuhälter habe Probleme mit der Sittenpolizei. Natürlich suche er dann den Kunden vor Ort auf. Er, Konstantin, habe wohl einiges falsch gedeutet. Daniel machte auf kollegial und wollte den Streit zwischen ihnen beiden beenden. Es seien doch nur Missverständnisse gewesen. Beim Abschied sagte er jovial: »Konstantin, du kannst ganz preiswert mein Auto übernehmen. Es ist schon einige Kilometer gelaufen, aber es ist ein ansehnlicher Volvo. Meine Eltern sind spendabel bei ihrem einzigen Sohn. Ich bekomme zur Hochzeit einen Jahreswagen geschenkt. Mit allem Drum und Dran.«

Und Konstantin erwiderte völlig ungeplant: »Aha, jetzt kommt also die Familienkutsche. Ich freue mich auch total auf euer Baby.«

Und danach lief alles aus dem Ruder. Daniel reagierte anders als erwartet, er murmelte irgendetwas und war weg. Hatte Anja ihm etwa noch immer nichts erzählt? Kaum vorstellbar. Aber warum? Die Art und Weise, wie er den Wagen startete, machte Konstantin unruhig. Er fuhr ihm nach und kam gerade dazu, als Daniel seine Schwester an der Haustür etwas unsanft begrüßte. »Du bist schwanger?«

Anja lächelte und übersah dabei das Dunkle, das sich gerade unheilvoll anbahnte. Unbeschwert antwortete sie: »Wie schön, ihr kommt beide. Habt ihr euch vertragen? Ich wollte es dir erst sagen, wenn mit meinem Bruder alles im Reinen ist. Freust du dich …«

Weiter kam sie nicht, denn Daniel schubste sie in die Wohnung und versetzte ihr dann eine gewaltige Ohrfeige.

»Du verdammte Hexe!«

Anja stolperte, stürzte mit voller Wucht auf die Kante des Schuhschrankes und prallte mit dem Kopf gegen die Wand. Sie schrie nicht einmal, sondern blieb ganz ruhig liegen.

Und das war der Moment, in dem Konstantin sich eben doch sicher war, einen Verbrecher vor sich zu haben. Er sorgte sich wie wahnsinnig um die Schwester und um das Baby, und darum schlug er zu. Immer wieder. Mit jedem Schlag wurde er verzweifelter, weil diese Gewalt, diese Hiebe, leider nicht dazu führten, dass Anja wieder aufstand. Es nutzte gar nichts. So viel Energie, so viel Kraft, und dennoch konnte er ihr nicht helfen. Einen Moment lang hatte er geglaubt, er könnte Daniel einfach aus dem Leben der Familie hinausprügeln, und dann war doch alles wie zuvor. Nur hatte er nun zwei leblose

Körper vor sich liegen. Er stürzte zum Telefon und rief den Rettungswagen an.

Die Tatsache, dass er den jungen Anwalt wochenlang beobachtet und ihm Dinge unterstellt hatte, die sich im Nachhinein als nicht wahr herausstellten, belastete ihn schwer. Es sah natürlich danach aus, als hätte er den Mann mit allen Mitteln aus der Familie drängen wollen, als hätte er ihm mit üblen Absichten nachgestellt. Mildernd wurde ihm angerechnet, dass er unter Schock gestanden und sofort den Rettungswagen geholt hatte und tatsächlich nichts beschönigte. Ein Fall von Notwehr war es nicht gewesen, zumal Konstantin viel kräftiger war und lange Jahre Kampfsport betrieben hatte. Ein, zwei Schläge hätten ausgereicht.

Daniels Eltern sagten später aus, ihr Sohn sei als Achtzehnjähriger an Mumps erkrankt, was eine beidseitige schwere Hodenentzündung zur Folge gehabt hatte. Später hatte der Arzt eine Zeugungsunfähigkeit festgestellt. Daniel war also davon ausgegangen, dass seine Verlobte noch ein anderes Verhältnis gehabt hatte. Die Obduktion des toten Fötus bewies dennoch später eindeutig die Vaterschaft von Daniel. Die Natur spann eben auch so ihre Intrigen.

Dem Anwalt Daniel Mertens weinte Anja nur wenig Tränen nach. Eine derartige Reaktion ließ sich mit nichts entschuldigen. Aber um das Baby trauerte sie noch heute.

Und Konstantin traute sich selbst nicht mehr über den Weg, er misstraute jedem persönlichen Kontakt, jedem Gespräch und stand seiner eigenen Gewaltbereitschaft lange merkwürdig emotionslos gegenüber. So, als betrachte er einen Gegenstand, der ihm nicht gehörte.

Seine Mutter war kurze Zeit später sehr still an einem Herzinfarkt gestorben. Einsam war ihr Tod wohl auch gewesen. Die Tochter verletzt an Leib und Seele im Krankenhaus, der Sohn in Untersuchungshaft, weil er einen anderen Menschen getötet hatte. Das war zu viel für die zarte Frau Neumann gewesen.

Konstantin dachte daran, wie viel Schuld sich plötzlich angehäuft hatte. Anja machte sich Vorwürfe, Konstantin sowieso, und auch die Eltern von Daniel, weil man dem Arzt damals so blind vertraut und keine zweite Meinung eingeholt hatte. Und seine Mutter? Mütter machten sich doch sowieso immer Vorwürfe, wenn irgendetwas im Leben der Kinder schiefging, oder?

Eines hatte ihm seine Schwester allerdings unmissverständlich klargemacht: Frauen schlug man nicht, schwächere Menschen schlug man schon mal grundsätzlich nicht und schwangere Frauen schon dreimal nicht. Diese Ehe wäre ohnehin gescheitert, da es da eine Seite an Daniel gegeben hatte, die inakzeptabel war. Um Daniel hatte sie dann natürlich trotzdem ein wenig getrauert, aber dieses Gefühl hatte nicht lange angehalten.

Konstantin fuhr sich mit beiden Händen mehrmals übers Gesicht. Das half ein wenig gegen störende Gedanken und alte Schatten. Es fühlte sich an, als würde man sich etwas abreiben.

Er setzte sich wieder an seine Arbeit, denn am nächsten Dienstag stand erneut ein Treffen in der Firma an. Kurz dachte er sogar darüber nach, seinen Kollegen vorzuschlagen, öfter vor Ort mit ihnen zusammenzuarbeiten. Doch er trat rechtzeitig auf die innere Bremse und schalt sich einen Narren. Es war doch egal, aus welchen Gründen er von zu Hause aus arbeiten konnte.

Am frühen Abend, er wollte gerade einen letzten Gang mit dem Hund machen, klingelte sein Telefon. Am anderen Ende der Leitung verkündete eine krächzende Stimme: »Mein Rollstuhl bleibt immer an den Stufen hängen, kommen Sie herunter?«

»Brauchen Sie Hilfe?«, fragte Konstantin etwas vorschnell.

»Ist das eine Bedingung für Ihr Kommen?« Das klang nicht beleidigt, sondern amüsiert.

»Nein, natürlich nicht, aber Sie waren im …«

»Im Krankenhaus, ja und? Da war ich schon recht häufig in meinem Leben. Ich möchte mit Ihnen reden. Und bringen Sie den Hund mit. Ich mag ihn.«

Die wenigen Stufen nach unten reichten aus, um Konstantin nervös zu machen. Vielleicht hatte Adler bemerkt, dass er in der Wohnung herumgeschnüffelt hatte. Vielleicht gab es eine Kamera im Schlafzimmer. Dann würde Adler ihm jetzt die fristlose Kündigung aussprechen.

Als der Greis die Tür öffnete, freute Goofy sich unbändig. Er wedelte mit dem Schwanz, umsprang den Rollstuhl und setzte sich sofort hin, als Adler die Hand hob. Konstantin fand diese Affenliebe gemein, immerhin hatte Goofy den alten Herrn erst einmal gesehen. Verstohlen betrachtete er Adler. Der Greis sah nicht anders aus als sonst: hager, alt und schlecht gelaunt. Von dem Schwächeanfall war nichts mehr zu erkennen. Er fuhr mit dem Stuhl ins Wohnzimmer und bat Konstantin, sich zu setzen.

Dann sagte er: »Ich möchte mich für Ihre Aufmerksamkeit bedanken. Sie haben ja nachts noch die Polizei angerufen. Wenn sich jemand kümmert, wissen Sie, das mag ich, junger Mann. Dass es dann doch kein Einbruch war, konnten Sie ja nicht wissen. Es hätte auch jemand Fremdes meine Wohnung ausräumen können.«

»Aha, dann war der Besuch Ihrer Nichte tatsächlich mit Ihnen abgesprochen.«

Den Schatten, der über Adlers Gesicht ging, konnte Konstantin gut sehen, bevor die beschwichtigenden Worte kamen: »Ja, nicht zu dieser Uhrzeit, beileibe nicht. Aber grundsätzlich schon. Sie klingen ja wie diese Kommissarin. Es handelte sich um meine Nichte, mein Lieber. Wir beklauen uns doch nicht gegenseitig!«

»Ach so, dann sollte Frau Ludwig Ihnen nur etwas aus der Wohnung holen, ja?« Konstantin lächelte verständig und wurde dennoch angefahren: »Was sollte ich wohl um vier Uhr nachts in einem Krankenhauszimmer so dringend brauchen, he? Meinen eigenen Nachttopf? Sie sollte mein Badezimmerfenster schließen. Das kann man nämlich von der Straße aus gut sehen, und das hätte sie bereits am frühen Abend tun sollen. Ist ja auch jetzt egal. Mit Nachbarn wie Ihnen kann man auch die Terrassentür auflassen.«

Nun wusste Konstantin ganz sicher, dass Adler log, denn das Fenster hatte er im Blick behalten, und Frau Ludwig hatte zudem eine ganz andere Erklärung geliefert. Warum nahm er seine Nichte in Schutz? Fürchtete er den Zorn seiner Schwester? Laut sagte er: »Ich habe Ihre Schwester kennengelernt, sie ist eine beeindruckende Frau. Alt, herrschaftlich und sehr tough.«

»Ja, sie hat nur einen unmöglichen Männergeschmack. Früher

haben wir uns mal besser verstanden. Susanne, die hat ihre Großtante allerdings vergöttert.« Adler machte wieder seine Vor- und Rückbewegung mit dem Rollstuhl, und Konstantin ahnte, dass das Geplänkel über Verwandtschaft nun ein Ende hatte.

»Sie geraten als neuer Bewohner dieses Hauses ja in ganz schön turbulente Situationen. Sie haben zwei Leichen gefunden, wurden von einer Kugel gestreift und spüren vermeintliche Einbrecher auf. Woher hatten Sie eigentlich die Adresse von dieser Meike, der Schwester Ihres Vormieters?«

Konstantin wollte gerade von der Großtante erzählen, da fiel ihm der lauernde Blick Adlers auf. Die Hände am Rad hielten gespannt in der Bewegung inne, die blauen Adern auf den Händen schienen dem Platzen nah. Anspannung pur, das gefiel Konstantin gar nicht.

Er antwortete: »Ich habe tatsächlich ziemlich viel herumtelefonieren müssen, habe alle möglichen Heinemanns in der Umgebung gestört, und irgendwer äußerte dann, dass er zwar nicht verwandt sei, aber schon häufiger Opfer dieser Verwechslung geworden sei. Keine Ahnung, wer von den Dutzenden Leuten, die ich angerufen habe, es gewesen ist.«

»Und da war keine Verwandtschaft unter den Angerufenen, entfernt oder nah?«

Konstantin fragte zurück: »Hatte er denn Verwandtschaft hier, außer seiner Schwester? Er hat doch hier länger gewohnt als ich. Sie müssten das eigentlich viel besser wissen.«

»Einen Schmarrn wusste ich von dem. Frauengeschichten gab es genug. Ich wusste nicht einmal, dass diese Meike seine Schwester war, obwohl sie öfter hier gewesen ist. Der hat aus allem ein Geheimnis gemacht. Nur nicht aus seiner Liebschaft mit Susanne, die hat er ans Schwarze Brett genagelt.«

»Aber sie wollte ihn nicht?«

»Was weiß denn ich. Und Sie? Was haben Sie gemacht, bevor Sie hierhergezogen sind? Gab es einen Jobwechsel?«

Konstantin war sich zu hundert Prozent sicher, dass der Greis genau wusste, woher er kam.

»Man kann es so nennen, ja. Jobwechsel. Der andere Job war inklusive Kost und Logis, man fühlte sich so gebunden.«

Adler lachte meckernd. »Sie haben einen schrägen Humor. Erzählen Sie mir mehr?«

Verlockend. Der Alte war in Plauderlaune, eine vertraute Beziehung zu ihm war sicher von Vorteil. Auf der anderen Seite saß hier ein Mann vor ihm, der massive Gewalt am eigenen Leib erfahren hatte. Konstantin wollte ihm nicht sagen, was er mit seinen bloßen Händen schon angerichtet hatte.

»Ich bin nicht stolz darauf, also lassen wir das Thema bitte.«

Adler beschäftigte sich noch eine Weile mit dem Hund, ließ ihn Dinge apportieren und zeigte Konstantin, dass Goofy schleichen und sich so platt auf den Boden legen konnte, dass Kopf und Rücken eine Linie bildeten. Tief beeindruckt von seinem Tier, kehrte er in seine Wohnung zurück, und wie so oft ergab sich ein neues Ziel. Dafür brauchte er aber leider die Fotos von Frank. Die, die die Kommissarin extra hatte nachmachen lassen. Die Frank so gerne anschaute und die seiner Seele guttaten.

»Mensch, Konstantin! Und wenn die alte Lady dann auch ermordet wird?«

»Glaubst du denn wirklich, Meike Schulze Terhorst ist ermordet worden, weil jemand wusste, dass ich sie aufsuchen wollte? Dann müsste jemand mein Telefonat mitbekommen haben, denn ich habe mit niemandem darüber geredet, dass ich zu ihr fahren möchte. Außer mit dir!«

»Nun, die alte Dame wusste auch Bescheid«, gab Frank zu bedenken. »Sie kann es durchaus weitererzählt haben. Gelten alte Ladys nicht als geschwätzig?«

»Stimmt, sie hat es eine Stunde vorher gewusst. Ich denke mittlerweile aber eher, dass Meike als Schwester zu viel wusste. Oder das Auftauchen der Fotos in der Wohnung hatte sich herumgesprochen. Es kann doch sein, dass jemand die Bilder auf den Fotos bei ihr vermutete oder Hinweise, wo sie zu finden sind. Ich rufe die alte Frau Heinemann einfach von hier aus an, aus dem Hotel.«

Und das tat er dann auch, allerdings erst, nachdem sie bei Google im Telefonbuch die Nummer wiedergefunden hatten.

Frau Heinemann war noch immer sehr betroffen vom Tod ihrer jungen Nichte. Sie vergoss ein paar Tränen am Telefon und schluchzte: »Während wir neulich miteinander gesprochen haben, hatte Meike wahrscheinlich schon Besuch von ihrem Mörder. Ist das nicht eine ganz und gar furchtbare Vorstellung? Wenn Sie schneller gefahren wären, hätten Sie sie retten können. Ist Ihnen das bewusst? Sie hätten sofort losfahren müssen.«

Er war sofort losgefahren, aber er hatte nun einmal noch einen Spaziergang mit seinem Hund gemacht. Das erzählte er der alten Lady besser nicht. So sagte er etwas lahm: »Das habe ich doch nicht wissen können.«

»Nein, natürlich nicht, Sie müssen entschuldigen. Also danke für Ihr Beileid. Diese Besuche bei Meike kann ich jetzt also auch von meiner Aktivitätenliste streichen. Bald steht da nur noch Blutdruckmessen bei Dr. Spengler und der Kirchenbesuch, bei dem ich eine Hostie vom Pastor überreicht bekomme. Wissen Sie, wenn man sich schon auf das Einsammeln des Geldes für die Kirchenzeitung freut, weil dann endlich mal jemand an der Tür steht, dann hat das Alter seinen absoluten Tiefpunkt erreicht. Dann wird der akute Herzstillstand zum persönlichen Befreiungsschlag und …«

Hier unterbrach Konstantin die trostlosen Ausführungen der alten Dame und schlug vor: »Ich würde Sie gerne besuchen. Ich möchte Ihnen die Fotos zeigen, die ich auch der Meike schon mitbringen wollte.«

Am anderen Ende der Leitung blieb es still. Er dachte schon, sie hätte aufgelegt aus Angst, genauso zu enden wie ihre Großnichte. Doch dann hörte er sie wieder krächzend reden. »Nee. Das mit der Kirchenzeitung und dem Einsammeln des Geldes, da habe ich von meiner Nachbarin gesprochen. Die ist noch einsamer. Ich kann auch noch zum Friseur gehen, ich habe nämlich noch Haare. Aber fremden Herrenbesuch? Nee.«

Konstantin hatte das Gespräch auf die Lautsprecherfunktion gestellt und sah, dass Frank nun breit grinste.

»Frau Heinemann, es ist dringend. Ich möchte gerne wissen, was passiert ist.«

»Ja, sehen Sie, junger Mann, und ich will das lieber nicht.«

»Wir können uns in einem Café treffen. Mögen Sie ein bestimmtes Café besonders gerne? Ich komme dahin.«

Die nächste Frage kam rasch und lauernd: »Zahlen Sie mir das Taxi?«

»Natürlich, wenn es nicht gerade am Hamburger Hafen ist«, versuchte er einen Scherz.

Sie lachte nicht, das taten die Leute bei seinen Witzen fast nie. Sie sagte: »Es ist drei Kilometer von meiner Wohnung entfernt, ich bin gehbehindert.«

Er konnte es kaum abwarten, nachdem er nun die Zusage für ein Treffen bekommen hatte, wurde aber enttäuscht.

»Ich kann erst nächste Woche Montag. Um fünfzehn Uhr im LUX.«

Konstantin verstand nicht ganz, warum Frank erstaunt die Augen hochzog und dann lachen musste. Er sprach in den Hörer: »Hm, da arbeite ich noch. Geht es auch später am Nachmittag? Oder am Sonntag?«

»Was denn nun, Abendessen oder Kaffee und Kuchen? Sonntag kann ich nicht, da gucke ich Fernsehen.«

Er verbiss sich weitere Überredungssätze und stimmte zu, fragte aber noch nach der Adresse. Der Name sagte ihm gar nichts.

Als er auflegte, prustete Frank vor Lachen los. »Himmel, lass mich bitte mit zu dem Treffen gehen. Die hat Klasse, oder? Das LUX! Das passt ja wohl wie die Faust auf mein Auge.«

»Wozu passt es? Zu alten Damen?« Konstantin kaute noch an dem Termin herum. Das war ja nun an sich Arbeitszeit. Vielleicht sollte er besser gleich um einen Tag Urlaub bitten.

Frank erklärte: »Das LUX ist das neue Restaurant im LWL-Kunstmuseum. Nachmittags gibt es Kaffee und Kuchen, abends verwandelt es sich in ein feines Restaurant. Und in diesem schönen, neu gebauten Kunstmuseum gibt es auch ein Gemälde aus Hermann Görings alter Sammlung, ein Bild von dem Künstler Anselm Feuerbach. Jawohl, hier in Münster. Habe ich alles recherchiert. Ich frage mich jetzt natürlich, ob die alte Lady uns an der Nase herumführen möchte und subtile Spuren legt oder einfach nur ein neues Szenelokal kennenlernen will.«

»Die Sache mit dem Bild ist sicher Zufall. Die Nähe zum Kunstmuseum wahrscheinlich nicht. So viel Humor traue ich ihr zu.«

Konstantin hatte also noch das ganze Wochenende zur freien Verfügung sowie den halben Montag, da er Urlaub genommen hatte. Er hatte eine schöne Idee für eine spannende Unternehmung, aber wegen seiner ungeschickten und langsamen Art fehlten ihm notwendige Informationen. Er hätte zu gerne das Haus aufgesucht, in dem Kevin einen großen Teil seiner Kindheit verbracht hatte. Aber wo sollte er danach suchen? Es gab eine Schaukel vor dem Haus, das wusste er. Toll, die gab es sicher vor Tausenden von Häusern. Er musste den Jungen zu sich locken und ihn aushorchen. Es war Freitagabend, bereits nach neun Uhr. Er konnte kaum mehr fragen, ob Kevin Lust hatte, mit Goofy spazieren zu gehen. Er musste bis morgen warten.

Doch schon früh am Samstag rief er bei den Schuberts an und erzählte höflich, dass er dringend heute Morgen etwas für die Firma fertigbekommen musste und ob Kevin ihm den Morgenspaziergang mit Goofy abnehmen könne. Kein Problem, frische Luft tue dem Jungen sicher gut. Ein Hoch auf seine Schwester, die ihm mit diesem Polizeihund eine große Hilfe für sämtliche Angelegenheiten ins Haus gebracht hatte.

Als beide eine Stunde später sehr zufrieden wieder in der Wohnung auftauchten, ließ Konstantin sich nicht lumpen und steckte Kevin einen Fünf-Euro-Schein zu. Kevin nahm das Geld und rollte es über einen Finger. Er sagte: »Meine Ma meinte, ich darf auf keinen Fall Geld annehmen. Das ist Nachbarschaftshilfe, weißt du, Konstantin? Es ist mir eine große Ehre, für deinen Hund zu sorgen.« Er lächelte breit und schob den Schein tief in seine Hosentasche, so tief, dass Konstantin schon Sorge hatte, der Junge würde gleich mit halb entblößtem Po mitten im Wohnzimmer stehen.

Dann sah Kevin ihn an und fragte: »Hast du die Kommissarin mal wieder gesehen? Kannst du ihr sagen, dass ich Informationen für sie habe? Die sag ich aber nur ihr.«

»Okay«, meinte Konstantin gedehnt. »Aber ich könnte sie schon mal neugierig machen, oder? Dann beeilt sie sich.«

Kevin fuhr sich mit dem Zeigefinger mehrfach unter der Nase entlang. Das musste er sich aus dem Fernsehen abgeguckt haben, denn Konstantin kam die Geste bekannt vor.

»Sag ihr, ich habe etwas gefunden. Bei den Sachen von der Susanne.«

»He, du willst mich reinlegen! Die Polizei hat doch nach dem Mord alles genau untersucht. Die haben dafür eine Spurensicherungstruppe.« Es wurmte Konstantin gerade sehr, dass er ebenfalls in der Wohnung gewesen war und offenbar etwas übersehen hatte, was ein behinderter sechzehnjähriger Junge entdecken konnte. Gut, er hatte unter Zeitdruck gesucht, aber trotzdem. Was war es bloß, was Kevin gefunden hatte?

Kevin drehte sich um seine Achse und sagte dann leise und verschwörerisch: »Dann bin ich eben besser als diese Spurensucher. Ich kann es dir aber nicht sagen, sonst kannst du nicht mehr ruhig schlafen, Konstantin. Und die Frau Finke wird sehr böse, wenn ich dir Dinge zuerst erzähle. Weißt du, ich kann das nicht haben, wenn die Kommissarin wütend auf mich wird. Ich mag sie sehr.«

»Das muss sie doch gar nicht erfahren. Ist es vielleicht ein spannender Brief?«

Konstantin merkte, wie sein Blutdruck stieg. Wie brachte man diesen Jungen nur zum Reden? Der machte gerade eine geheimnisvolle Handbewegung und schloss seinen Mund auf eine imaginäre Art ab. Konstantin probierte etwas anderes.

»Apropos Frau Finke. Hast du ihr eigentlich schon das Haus gezeigt, in dem du groß geworden bist?«

»Nein, wieso? Das ist doch langweilig. Außerdem sagt Ma immer, das braucht keiner wissen.«

»Was braucht keiner wissen?«

»Dass wir noch ein Haus haben.«

»Ich würde es sehr gerne mal sehen. Mich interessieren Häuser und Gärten immer. Vielleicht kaufe ich mir mal eins.«

Jetzt lachte Kevin laut. »Dann musst du erst eine große Familie haben. Unser Haus ist riesig.« Er breitete die Arme aus, während

Konstantin die seinen nun extra vor der Brust verschränkte und behauptete: »Du gibst an. Wo steht es denn nun? Ich schaue es mir mal an.«

Der Junge nestelte an einem Band um seinen Hals und zog tatsächlich einen Brustbeutel unter dem Pullover hervor. Wer trug denn heute noch so etwas? Darin kramte er eine Weile, wobei seine Zunge mitsuchte, denn sie reckte sich bis zur Nasenspitze. Dann holte er einen sehr kleinen handgeschriebenen Zettel heraus. Auf der einen Seite stand die Adresse dieses Wohnhauses, auf der anderen Seite stand eine Adresse in Altenberge. Die Stadt lag nur vierzehn Kilometer entfernt von Münster, gehörte aber zum Kreis Steinfurt. Für einen Spaziergang war das zu weit, aber mit dem Auto kam er dort schnell hin.

Sie unterhielten sich noch eine kleine Weile, dann sagte Kevin ernsthaft: »Also, sag es ihr, ich warte auf sie.«

Die Sache mit dem Warten klang merkwürdig zweideutig, aber Konstantin versprach, die Kommissarin beim nächsten Telefonat zu informieren.

Eine Stunde später saß er im Auto, Goofy hinter sich im Kofferraum. Die Fahrt nach Altenberge war ruhig und entspannt und führte ihn über Felder und durch Dörfer. Altenberge lag etwas höher als Münster und bestand aus dem Ort sowie den sechs umliegenden Bauernschaften. Es war ein netter, sauberer und urwestfälischer Ort, dessen Pfarrei bereits im Jahr 1181 erwähnt wurde. Altenberge wurde mit hoher Mehrheit von der CDU regiert und besaß etwa elftausenddreihundert Einwohner, die sich gerne in den hiesigen Schützen-, Sport- oder Gesangsvereinen versammelten.

Die Sonne ließ sich immer mal wieder zwischen bizarren Wolkengebilden blicken, und fast hätte er gepfiffen, wäre da nicht dieser Wurm im Kopf gewesen, das Wissen, dass Kevin in Susannes Sachen etwas gefunden hatte, was ihm entgangen war. Da bot er dem Jungen die ganze Zeit die Freundschaft an, und dann recherchierte der lieber mit der plumpen Frau Finke zusammen. Verdammt, verdammt.

Er gelangte schließlich in eine ruhige Wohngegend mit alten, teilweise sehr hübsch renovierten Häusern. Am Ende einer Allee fand er Kevins Schaukel. Ganz leicht bewegte sich das blaue Holzteil im Wind. Die Schaukel war ungewöhnlich hoch, sie hing zwischen zwei alten Eisenbahnträgern. Kein Wunder, dass einem Kind auf dieser Schaukel schlecht wurde. Der Garten war nur oberflächlich gepflegt. Es lag eine Menge Laub herum, und der Rasen brauchte noch ein paar Schnitte bis zum Winter. Aber das Haus war groß, schön und herrschaftlich und stand einer Frau wie Renate Schubert viel besser als eine Wohnung, fand Konstantin. Es bot Platz für mindestens zwei Familien, schätzte er, während er sein Auto am Straßenrand abstellte und Goofy aus dem Kofferraum befreite.

Ohne dem Hund die Leine anzulegen, marschierte er zum Garten und blickte zu den Fenstern, ob er jemanden sehen konnte. Das große Haus wirkte nur teilweise bewohnt, denn hinter einigen Fenstern standen Blumen, andere waren mit Fensterläden verschlossen. Konstantin schickte Goofy vor, um dann den Anschein zu erwecken, er suche seinen Hund. Auf diese Weise gelangte er unbemerkt bis zum Haus und wagte einen Blick durch ein großes Fenster. Er sah eine Diele mit einer alten Truhe neben einer großzügigen Garderobe. In der Mitte stand ein Tisch mit einem Trockenstrauß darauf.

Was ihn jedoch noch mehr interessierte, waren die Wände. Dort hingen Bilder, Ölgemälde. Das war für ein solches Haus allerdings relativ normal, fand er. Altes Haus, alte Bilder. Er selbst kannte sich zu wenig aus, und man konnte die Motive auch zu schlecht erkennen, um etwas über den Wert der Bilder sagen zu können. Er versuchte ebenfalls, einen Blick durch die geschlossenen Fensterläden zu ergattern, doch das gelang ihm nicht.

Stattdessen ertönte plötzlich ein lauter Knall. Ein Schuss. Er war so laut und bedrohlich, dass Goofy zu ihm gerast kam und sich an sein Bein presste. Eventuell durfte man einen Einbrecher erschießen, von dem man sich bedroht fühlte, weil er mitten in der Nacht im Schlafzimmer stand, aber einen Mann, der nur in einen fremden Garten eingedrungen war? Wohl kaum.

Er folgte der Blickrichtung seines Hundes und sah einen

Mann mit einem Jagdgewehr auf sich zukommen. Zum Glück hielt der Mann die Flinte mit dem Lauf nach oben. Die ganze Erscheinung erinnerte an das skurrile Personal der Inspector-Barnaby-Filme. Eine grün karierte Knickerbockerhose kleidete zwei stämmige Beine, die in grünen Stiefeln steckten. Obenherum trug der Mann eine graue Jacke aus grobem Leinen, und ein grüner Hut verbarg ein paar braune Haare.

»Was machen Sie hier?«

Die Frage war berechtigt und gar nicht mal unfreundlich gestellt.

»Haben Sie etwa geschossen?«

»Ja, in den Gang eines Maulwurfs, er buddelte gerade.«

Das glaubte Konstantin ihm keineswegs, doch er beeilte sich zu erklären: »Entschuldigung, ich bin meinem Hund in Ihren Garten gefolgt und war von dem Haus fasziniert. Wie alt ist es denn, und wie viele Menschen leben hier?«

Der unbekannte Mann sah nun recht lässig aus, wie er das Gewehr mit einer Hand über der Schulter hielt, während er die andere Hand dem Hund hinstreckte. Goofy fand ihn wohl akzeptabel und ungefährlich, er löste sich von Herrchens Bein und näherte sich dem Mann.

Der kraulte ihm den Nacken und sagte zögernd. »Zurzeit wohnen nur meine Frau und ich als Verwalter hier. Der Besitzer weiß nicht recht, ob er das Haus neu vermieten soll oder doch verkaufen möchte. Das Haus ist von 1912. Das ist ein schöner Hund. Wird er jagdlich geführt?«

»Was wird er?«

Der Verwalter lachte plötzlich und sagte: »Das war schon Antwort genug. Sie sind kein Jäger und der Hund auch nicht.«

Konstantin trumpfte auf: »Dieser Hund ist ein ehemaliger Polizeihund in Rente. Er hat Verbrecher gejagt.«

»Und bricht jetzt in fremde Gärten ein. Da hat wohl einer die Seiten gewechselt. Ich muss Sie bitten, nun zu gehen.« Wieder ein freundlicher Ton und eine dezente Geste.

»Oh, natürlich. Wem gehört denn dieses Haus?«

»Das ist Privatsache. Tut mir leid.«

Beim Verlassen des Grundstückes entdeckte Konstantin zwischen den wuchernden Sträuchern Reste eines stabilen Zauns, der das Grundstück wahrscheinlich einmal umgeben hatte. Eine Stele aus Stein stand dort ziemlich versteckt. Trotz der Blicke des Verwalters nahm er sich die Zeit, diese zu betrachten. In der Stele war ein Name eingraviert.

Mit angehaltenem Atem las er: *Simon Goldmann*. Das war ein ihm völlig unbekannter Name, aber er würde ihn sich sehr gut merken. Als der Verwalter ins Haus gegangen war, machte Konstantin noch ein paar Fotos des Gebäudes, allerdings nur von der Straße aus. Eine Schussverletzung reichte für diese Woche. In Gedanken versunken spazierte er mit Goofy noch eine Zeit lang durch die Straßen und erkundete die Nachbarschaft. In dieser Gegend befanden sich zahlreiche schöne Einfamilienhäuser, und Konstantin stellte sich gerne das Leben um die Jahrhundertwende vor, als viele Menschen Personal hatten und sich zu feinen Gesellschaften trafen. Und in den dreißiger und Anfang der vierziger Jahre hatten hier mit Sicherheit lauter Nazibonzen und Parteifreunde gewohnt.

Zurück im Auto, machte er spontan einen Umweg und fuhr zu seiner Schwester. Er hoffte, dass sie an einem Samstagmittag nicht irgendwelche Einkäufe erledigte.

Seine Schwester bewohnte eine schöne Wohnung im Mauritzviertel, einer begehrten Wohngegend von Münster. Ein Einfamilienhaus war hier nahezu unbezahlbar. Anjas Wohnung lag im dritten Stock eines netten Altbaus, und sie war mit den Dielenböden und den hohen Decken sehr gemütlich. Anja war tatsächlich zu Hause und saß noch immer am Frühstückstisch, den sie sich – Konstantin war erschrocken, beleidigt und amüsiert – mit Detlef, seinem Bewährungshelfer, teilte. Er begrüßte es sehr, dass beide immerhin angezogen waren, aber er war sich sicher, dass Detlef nicht erst heute Morgen zu Besuch gekommen war. Dann wäre seine Schwester weniger leger gekleidet und Detlef rasiert gewesen. Zuerst wurde Goofy ausgiebig begrüßt, dann machte der Hund eine Erkundungstour durch die Wohnung, und Anja stellte ihrem Bruder einen Becher Kaffee auf den Tisch. Einen Teller lehnte er ab.

Seine Schwester strahlte ihn ganz ungeniert an. Konstantin sagte: »Dann kann ich meine Termine ja jetzt immer hier abhaken lassen, oder?« Es klang ein wenig provokativ, war aber tatsächlich ernst gemeint.

Detlef fühlte sich nicht so wohl in der Haut wie Anja, er guckte wie ein Pennäler. Nur als er sagte: »Wir werden privat und beruflich strikt trennen, Konstantin, in unser beider Interesse«, klang er wie ein Sozialarbeiter.

Na, bingo, dachte Konstantin bei sich und sprach deshalb ganz offen aus, was er wissen wollte. Er erzählte von dem Haus, das er gerade besucht hatte, und bat seine Schwester: »Kannst du bitte privat und beruflich vermischen und für mich den Eigentümer herausfinden? Angeblich gehört es einer Familie Schubert.«

Seine Schwester verdrehte die Augen und griff nach ihrer Kaffeetasse. Sie fragte: »Und wofür möchtest du das wissen?«

»Ich habe festgestellt, dass in unserem Haus alle Mitbewohner jede Menge Geld zu haben scheinen. Warum leben sie dann in relativ unspektakulären Wohnungen? Nun erzählt Kevin mir sogar, seine Eltern hätten ein großes Haus mit Garten in einer schönen Wohngegend. Ich bitte dich, Anja. Wer wohnt denn stattdessen in einer Eigentumswohnung?«

»Und warum fragst du diesen Kevin nicht einfach?«

Konstantin überlegte, wie er Kevin Schubert so beschreiben konnte, dass es nicht abwertend klang. »Er ist mongoloid und sechzehn Jahre alt. Das ist im Prinzip kein Problem, aber in manchen Dingen erklärt er sich die Welt eben anders als wir. Verstehst du? Also, ich möchte halt wissen, ob er sich irrt und sie das Haus längst schon verkauft haben oder ob es seinen Eltern tatsächlich noch gehört. Es ist so groß, dass mindestens zwei Familien dort wohnen könnten. Wenn es geht, hätte ich gerne alle Vorbesitzer aufgelistet.«

»Himmel, Konstantin. Du klingst wie der fleißige Assistent der Kommissarin. Ich kümmere mich. Am Montag.«

Detlef Schröder trennte beruflich und privat tatsächlich und mischte sich nicht ein. Aber beim Abschied bot er ihm das Du an.

Wieder zu Hause, setzte Konstantin sich an seinen Computer und trug die aktuellen Informationen in seine Kartei ein. Er notierte auch die geheimnisvolle Entdeckung von Kevin sowie die Möglichkeit, dass Schuberts ein großes Haus in der Nähe besaßen. An dieser Stelle kam ihm der Gedanke, dass er Frau Finke benachrichtigen sollte. Er hatte es Kevin versprochen. Doch bevor er zum Telefon griff, googelte er den Namen, den er auf der Stele im Garten des großen Hauses gefunden hatte: Simon Goldmann. Im Netz gab es viele, zu viele. Er schränkte die Suche auf Münster und Altenberge ein und fand nach langem Suchen eine Notiz in einer Zeitung, in dem über den Restaurator Simon Goldmann anlässlich einer Ausstellungseröffnung berichtet wurde. Der Artikel war von 2004, zu dem Zeitpunkt war Goldmann schon lange tot. In Klammern standen die Lebensdaten: 1908 bis 1989.

Der Mann war einundachtzig Jahre alt geworden, und er war ein Experte in der Restauration von alten Ölgemälden gewesen. Konstantin nagte nervös an der Unterlippe herum, bis er Blut schmeckte. Immer wenn er eine kleine Randbemerkung ernst genug nahm, um sie genauer zu betrachten, stieß er auf überaus spannende Zusammenhänge. Der Anruf bei Frau Finke war unerlässlich, gewiss, aber zuvor wählte er Franks Handynummer. Da sich niemand meldete, was ganz und gar ungewöhnlich war, rief er daraufhin voller Unbehagen die Rezeption an. Eine junge Frau hob ab und sagte sehr artig ihren Text für das Hotel auf. Seine Frage nach Herrn Brenner beantwortete sie prompt.

»Herr Brenner hat gerade den Arzt da. Es ging ihm heute Mittag sehr schlecht, er klagte über Atemnot.«

»Muss er ins Krankenhaus?« Konstantin wusste, dass Frank diese letzte Maßnahme nur in Anspruch nehmen würde, wenn nichts anderes mehr ging.

»Nein, ich denke nicht. Er bekommt eine Infusion auf seinem Zimmer.«

»Gut, ich komme vielleicht heute Abend noch vorbei.«

Frau Finke meldete sich erst nach dem sechsten Klingelton. Sie war auch schon mal neugieriger gewesen, dachte Konstantin.

»Ich bin es«, sagte er, als sie sich schließlich meldete.

»Wer?«

»Konstantin Neumann natürlich.«

»Herr Neumann, wir kennen uns nicht so gut, dass ich Ihre Stimme immer sofort erkenne. Es ist Samstag. Ich bin nicht im Dienst und möchte gerade jetzt auch nicht zu irgendeinem Verbrechen gerufen werden.«

Leider wieder überfordert von ihrer lauten Begrüßung, begann Konstantin mit dem falschen Thema: »Frank geht es heute nicht besonders gut. Er bekommt gerade eine Infusion.«

»Herr Brenner ist ein interessanter Mann, aber er ist Ihr Freund, nicht meiner. Oder wird die Infusion vom Koch persönlich durchgeführt und Sie wollen mir eine Straftat melden? Also, weshalb rufen Sie wirklich an?« Jetzt klang ihre Stimme etwas sanfter, und er berichtete ihr von dem Haus, das laut Kevin den Schuberts gehörte.

»Dort steht eine Gedenkstele mit dem Namen eines Restaurators drauf, Simon Goldmann. Das ist doch kein Zufall. Ich würde das Haus mal durchsuchen lassen. Vielleicht ist dieses Gebäude genau der Ort, wo Adler und seine Enkelin Geschäfte mit gefälschten oder geraubten Bildern durchgeführt haben.«

Sie reagierte nicht. Er sprach weiter und schloss mit den Worten: »Kevin möchte Sie gerne treffen, denn er hat in Susannes Sachen etwas gefunden, was er für wichtig genug hält, um es Ihnen zu zeigen.«

»Was ist es? Ich bin noch immer wenig interessiert, heute zu arbeiten. Das kann alles bis Montag warten.«

»Das wollte er mir nicht sagen. Er hatte große Sorge, dass Sie auf ihn wütend werden könnten, wenn er mir als Erstes etwas erzählt.«

Sie lachte. »Wären doch nur alle im Haus so artig! Schönes Wochenende.«

Sie hatte tatsächlich aufgelegt, und er wusste nicht, ob und wann sie kommen würde. Zwei tote Frauen, und die Dame machte auf Freizeit. Unglaublich. Seine Schwester war keinen Deut besser, die kümmerte sich lieber um romantische Treffen, statt wirklich wichtige Dinge zu recherchieren. Selbst Frau Heinemann senior zwang ihn in die Knie und traf sich erst am

Montag mit ihm. Es war wie verhext. Zu Frank wollte er jetzt auch noch nicht fahren. Der würde sich melden, wenn es ihm gut genug ging und er den verpassten Anruf auf seinem Handy sah. Konstantin suchte eine Weile im Netz nach verschiedenen Informationen. Er googelte über Ernährung bei Krebspatienten, über das Aufgabenfeld eines Restaurators bis hin zur Geschichte der Tätowierung.

Beim letzten Thema fand er den Hinweis, dass in den dreißiger und vierziger Jahren des letzten Jahrhunderts fast nur Seefahrer ein Tattoo besaßen. Sich Adler nun im Rollstuhl an Deck eines Schiffes auf hoher See vorzustellen war absurd. Diese Geschichte ließ ihm keine Ruhe, denn Konstantin hatte so eine Ahnung, dass die Art des Tattoos, das Adler sich hatte entfernen lassen, eine Menge über den Mann ausgesagt hätte. Heute ließen sich viele Neonazis Hakenkreuze oder germanische Runen als Zeichen ihrer abscheulichen Gesinnung tätowieren, aber zu Hitlers Zeiten war das wohl kaum üblich. Konstantin fand jedenfalls keinen Hinweis darauf, dass Nazis sich mit bestimmten Tätowierungen geschmückt hatten. Das Hakenkreuz an der Kleidung reichte ihnen und war schlimm genug. Ebenso der Judenstern, der demütigend auf einen großen Makel hinweisen sollte.

Konstantin stellte sich den jungen Adler vor, aufstrebend, selbstbewusst und voller Überzeugung, dass er etwas Besseres war. Groß, schlank, aristokratisch und an sich viel zu jung, um die Grausamkeiten der Naziregierung wirklich überblicken zu können. Stammte er tatsächlich aus einer Kunsthändlerfamilie, die sich im Namen Hitlers an Kunstraub beteiligt hatten? Herrschaftlich waren sie beide in ihrem Auftreten, die Schwester von Adler genauso wie der Bruder selbst. Schlechten Männergeschmack, das hatte Adler seiner Schwester bescheinigt. Weil ihr Mann sich seit Jahrzehnten für die Juden einsetzte? Oder konnte Adler seinen Schwager aus anderen Gründen nicht leiden?

Konstantin fand es schwierig, den Alten einzuordnen. Eigentlich mochte er den grantigen Kerl. Doch er wollte keinen Nazi mögen. Das war für Konstantin ein echtes Dilemma. Seine Gedanken drehten sich im Kreis, und er wollte dem Tag heute noch eine Richtung geben. Er würde Ulrike zum Essen oder ins Kino einladen.

Doch als er am frühen Nachmittag bei seiner Nachbarin schellte, empfing ihn eine überraschend gut zurechtgemachte Frau. Kein Hängepullover, keine Beutelhose. Ulrike trug das Kleid, das sie ihm neulich so kühn gezeigt hatte. Es war kaum zu erwarten, dass sie heute noch Zeit für Konstantin haben würde, aber er sprach tapfer seinen Text: »Hallo, Ulrike, ich hätte Lust, heute mit dir ins Kino zu gehen oder zum Essen. Du hast doch hoffentlich noch nichts vor, oder?«

Sie lachte und bat ihn herein. »Glaubst du im Ernst, ich ziehe das Kleid im Haus nur so an? Um mir selbst zu gefallen, wenn ich an einem Spiegel vorbeikomme? Heute habe ich den geschäftlichen Termin mit meinem Chef. Ich habe dir doch davon erzählt.«

»Oh, schade. Was habt ihr denn an einem Samstag für einen wichtigen Termin?«

»Wir gehen auf eine Vernissage, eine Ausstellung von einem unserer Kunden. Und da ich nun mal Kunsthistorikerin bin, möchte er von meinem Wissen profitieren und sich dann wichtigmachen. Ich glaube aber, es wird mir Spaß machen.« Sie lächelte ihn an und schob ihre Haare vorsichtig über die Schulter.

Bei dieser Bewegung bekam Konstantin sehr viel Lust, nicht nur vorsichtig, sondern mit beiden Händen kräftig in ihren braunen Haaren zu wühlen. Diese glänzende Masse musste sich unter den Fingern doch wunderbar anfühlen. Ob Ulrike sich bei einer zärtlichen Berührung wohl genauso knochig anfühlte, wie sie aussah?

»Magst du deinen Chef?« Die Frage war ihm ungeplant herausgerutscht.

»Ja, denn er ist nicht nur mein Chef, sondern außerdem mein Onkel. Ich darf viel von zu Hause aus arbeiten, er kennt mich schon von klein auf, und er bezahlt mich gut.«

Ja, die Vorteile lagen auf der Hand. »Er ist Anwalt, richtig? Auf welche Branche hat er sich spezialisiert?«

»Erbrecht, Klärung von Eigentumsverhältnissen, Wohnrecht, so was halt.«

»Klingt trocken.«

»Ja, das ist es mitunter auch. Also, vielleicht nächste Woche, Konstantin. Lieb, dass du bei deiner Wochenendplanung an mich gedacht hast.« Ihr Telefon klingelte, und sie schob ihn sanft hinaus.

In seiner Wohnung holte er sich sein Richtmikrofon und hielt es an die Wand zu Ulrikes Wohnung. Zunächst hörte er nur leises Gemurmel, dann die Worte: »Natürlich, er verbindet die Fakten. Ja, ich werde pünktlich sein, das bin ich immer.«

Die wenigen Sätze konnte er nicht recht mit sich in Verbindung bringen, das war sogar ihm zu vage. Er wäre Ulrike gerne heimlich gefolgt, doch bei einer Entdeckung wäre ihm das so peinlich, dass er das Risiko nicht eingehen wollte.

So lag der Samstagabend noch immer lang und ungeplant vor ihm, und er fasste den Entschluss, nun doch am frühen Abend zu Frank zu fahren. Egal, wie es dem Freund ging, er würde ihn schon nicht hinausschmeißen.

Es kam dann aber doch noch schnell zu einer Planänderung. Um halb sechs am frühen Abend, er wollte gerade Goofy füttern und dann zum Hotel fahren, läutete es an seiner Wohnungstür. Konstantin kam das nicht ungelegen, er hoffte, dass Kevin vor der Tür stand und es mit seinem Geheimnis nun doch nicht mehr aushielt. Goofy war bereits an der Wohnungstür und wedelte begeistert. Schlechte Nase hin oder her, er wusste wieder als Erster, wer da vor der Tür stand.

Konstantin wusste es drei Sekunden später und war mäßig begeistert. Frau Finke sparte sich die Begrüßung für Konstantin, streichelte aber ausgiebig den Hund. Dann sagte sie: »So, ich möchte jetzt das Haus sehen.«

»Sie wollen meine Wohnung durchsuchen? Warum?«

»Ach, Herr Neumann, die interessiert mich nun wirklich als Allerletztes. Ich möchte, dass Sie mit mir zu Kevins Haus fahren. Sie waren doch heute Mittag noch ganz scharf darauf.«

Konstantin war total perplex. Sie wollte ihn tatsächlich mitnehmen. Sie würde ihren Durchsuchungsbefehl zücken, und er, Konstantin Neumann, dürfte durch die Räume wandern und Bilder suchen. Er schaute sie begeistert an und entdeckte, dass sie erstaunlich schicke Kleidung trug. Der Blazer sah teuer aus, die Stiefeletten hatten einen ganz schön hohen Absatz, und sie hielt eine Handtasche, die seiner Schwester ein Stöhnen entlockt hätte. Frau Finke zuckte ein wenig zurück, als er freudestrahlend nach seiner Jacke griff.

Er fragte beim Hinausgehen. »Kommen Ihre Leute auch dorthin?«

»Welche Leute? Es ist Feierabend.«

»Die Spurensicherung?«

Sie sprach erst wieder, als sie im Auto saßen, in ihrem Auto. Er hatte sich neben sie gesetzt. »Also, Herr Neumann, damit wir uns verstehen. Das ist keine offizielle Dienstfahrt. Wir schauen uns das Haus nur an.«

»Was hat Kevin denn nun so Wichtiges gefunden?« Er bemühte sich, harmlos aus dem Seitenfenster zu schauen.

Sie lachte nicht, sondern suchte nach den passenden Worten. »Ich will es mal so ausdrücken, für ihn war es etwas wirklich Spannendes. Für mich ist es keine große Überraschung und für die Ermittlungen nicht wichtig. Und nein, ich werde es Ihnen nicht sagen.«

Sie bog in die Allee ein, in der sich das Haus befand, und parkte an der nächstbesten freien Stelle. Konstantin war nicht ganz wohl in seiner Haut, als sie den Garten betraten. Der Typ von heute Morgen hatte ja keinen debilen Eindruck gemacht, der würde sich an ihn erinnern und schnell ahnen, dass er hier herumspionierte. Die Kommissarin war allerdings für Konstantin kaum wiederzuerkennen.

Sie lief durch den Garten, drehte sich um die eigene Achse, schwenkte die Handtasche hin und her und sagte. »Ja, das ist ein wirklich tolles Grundstück mit einem noch schöneren Haus darauf. Perfekt. Lass uns schellen.« Sie schob den Ärmel ihres Blazers hoch, sodass er eine teure Uhr erkennen konnte, und drückte mit dem Zeigefinger auf eine altmodische Klingel. Bei ihm fiel der Groschen wirklich erst immer sehr spät, Frau Finke spielte die Interessentin, und das machte sie gar nicht mal schlecht. Und ja, sie sah auf eine üppige Art richtig attraktiv aus, aber das würde er nie laut denken.

Auf ihr Schellen hin öffnete nach einer kleinen Weile eine Frau Anfang vierzig. Müde, aber höflich fragte sie nach dem Anliegen der fremden Besucher.

Frau Finke trat dabei einen Schritt auf die Frau zu und sagte: »Entschuldigen Sie den Überfall, aber mein Cousin kam heute Morgen an diesem Haus vorbei und hörte, dass die Besitzer nicht recht wüssten, was mit dem Haus geschehen soll. Nun, ich wäre durchaus an einem Kauf interessiert. Birgit Bachtrop von der Firma Immobilien-Bachtrop und Söhne.«

Frau Finke zauberte ein charmantes Lächeln auf ihr Gesicht, während Konstantin das lebhaft gespielte Interesse der Kommissarin beobachtete und sich wunderte, als sie eine Minute später tatsächlich im Haus standen. Er hatte nicht ganz mitbekommen, wie sie das geschafft hatte. Eventuell war sie einfach an der zarten Dame vorbeigeprescht. Er wusste ja, dass sie das konnte.

»Oh, also, ich kann dazu gar nichts sagen. Ich verwalte mit meinem Mann zusammen den Besitz. Der andere Trakt des Hauses ist schon seit langer Zeit unbewohnt. Wenn Sie eine Karte dalassen möchten …« Die Verwalterin schaute sich um, wahrscheinlich erwartete sie ihren Mann, der die Türglocke auch gehört haben musste. Und richtig, der Mann mit dem Gewehr kam aus einer der Türen, die vom Hausflur aus abgingen. Er trug noch immer die Sachen von heute Morgen, hatte aber Hut und Knarre abgelegt.

»Hey: Sie kenne ich doch. Sie waren heute Morgen schon einmal im Garten.«

Seine Frau sagte erklärend. »Diese Dame interessiert sich für das Haus. Sie besitzt eine Immobilienfirma. Sagt sie.« Ihr Mund schloss sich zu einem Strich.

Ihr Mann stellte sich nun vor und gab der Kommissarin höflich die Hand. »Mein Namen ist Bernd Köpke, wir, meine Frau und ich, verwalten das Haus. Aber ein solches Anwesen sollte nicht leer stehen, daher habe ich den Besitzern gesagt, sie müssten etwas unternehmen. Doch das Objekt wird auf keiner Internetplattform oder sonst wo angeboten. Sie sind ein bisschen früh dran für solche Geschäfte.«

Er klang nicht misstrauisch, aber neugierig. Konstantin sagte:

»Ja, ich habe doch heute Morgen beim Spaziergang zufällig das Haus gesehen, meinem Hund gefiel es ja auch sehr gut. Und so habe ich meiner Cousine gleich davon erzählt. Sie war dann so begeistert, dass wir sofort hierherfahren mussten. Das konnte ich natürlich nicht ahnen. Entschuldigen Sie bitte mein erneutes Eindringen.«

Frau Finke lächelte falsch. »Ja, Schnelligkeit ist ein Muss in meiner Branche.« Sie griff in ihren Blazer und holte eine Visitenkarte aus der Tasche, die sie an Herrn Köpke weiterreichte.

»Wenn ich nur einen ganz kurzen Blick in den leer stehenden Teil des Hauses werfen darf, machen Sie mich glücklich. Nur für den Fall, dass ein Verkauf ansteht. Ich will keineswegs hier in diesem Teil herumschnüffeln und Ihre Privatsphäre stören.«

Konstantin war baff. So eine bis ins Detail vorbereitete Aktion hätte er nicht von dieser spröden Frau erwartet. Und sie zog ihre Show auch noch mit ausgesuchter Höflichkeit durch. Noch vor einer Stunde hätte er seinen kleinen Finger gewettet, dass Frau Finke das Wort »Privatsphäre« überhaupt nicht kannte, geschweige denn es flüssig aussprechen konnte.

Herr Köpke und seine Frau blickten sich kurz an, dann sagte er: »Ich denke, da spricht nichts gegen. Es gibt eine Verbindungstür, aber wir gehen lieber außen herum.« Mit ausgesuchter Freundlichkeit verabschiedete die Kommissarin sich von Frau Köpke, dann liefen sie an Kevins Schaukel vorbei zum linken Seitenflügel, wo sich eine nicht ganz so herrschaftliche zweite Haustür befand. Früher war es vielleicht mal der Dienstboteneingang gewesen, dachte Konstantin. Auch hier gab es einen großzügigen Eingangsbereich, von dem aus die Türen abgingen. Eine breite, nicht sehr steile Treppe führte in die erste Etage. Herr Köpke begleitete sie tatsächlich durch die Räume und nannte Begriffe wie Küche, Kinderzimmer, Ankleidezimmer, Gästezimmer, erstes Wohnzimmer, zweites Wohnzimmer et cetera. Alle Räume hatten hohe Decken und Dielenböden. Es gab noch vereinzelt Möbelstücke, die aber mit weißen Laken zugedeckt waren.

Ein nach hinten gelegener Raum im oberen Stockwerk sah jedoch ganz anders aus. Die Fensterscheibe war zerbrochen, an einer Wand lag eine alte Matratze, teilweise bedeckt von einer warmen Decke, die sehr neu aussah. Eine halb leere Wasserflasche stand einsam mitten im Raum und verstärkte den Eindruck von verlassener Leere. Vogeldreck verschmutzte den Fußboden, und es war sehr kühl hier.

»Die Scheibe muss natürlich noch ersetzt werden. Hier hatte sich im Sommer ein junger Ausreißer verkrochen.« Herr Köpke lachte kopfschüttelnd. »So ein Lausebengel. Wir haben ihn erst nach zwei Wochen entdeckt. So lange hatte er sich hier versteckt. Wollte seine Eltern wohl mal in Wallung bringen. Der Hunger trieb ihn dann in unseren Vorratskeller.«

»Was haben Sie mit ihm gemacht?«, wollte Konstantin wissen.

»Ich habe ihn zur Polizei gebracht, denn ich finde, dass ein vierzehnjähriger Junge zu seinen Eltern gehört.«

Konstantin überlegte, ob der vierzehnjährige Junge nicht vielmehr ein etwa dreißig Jahre alter Mann namens Leander Heinemann gewesen sein könnte.

Frau Finke tat so, als würde sie der Junge nicht sonderlich interessieren. Sie klopfte an Wände, begutachtete Fenster und schrieb Maße auf.

»Wie sieht es mit dem Keller aus? Ausgebaut?«

»Das Haus ist voll unterkellert, die Heizung befindet sich unten, Lagerraum ist großzügig vorhanden. Aber es gibt kein Bad dort unten, falls Sie das meinen. Es ist ein Keller, nicht mehr und nicht weniger. Er steht zur Besichtigung aber derzeit nicht zur Verfügung.«

Frau Finke hob erstaunt eine Augenbraue. »Lagern Sie dort Waffen?«

Überraschend nickte Herr Köpke ruhig. »Ja, genau.« Er ergänzte allerdings schnell: »Ich bin Jäger, natürlich habe ich Waffen, aber sie sind ordentlich unter Verschluss. Dort unten sind viele private Dinge, wertvolle Möbel zum Beispiel. Sie verstehen das sicher, oder?«

In Konstantins Kopf lief ein Film ab. Wenn das Haus den Schuberts noch gehörte, was könnten sie dort unten gelagert haben? Eine Maschine zum Drucken von Falschgeld? Diebesgut? Oder alte Gemälde im Auftrag von Adler?

Sie wanderten auch noch durch den Garten, Frau Finke blickte mit Kennermiene auf die Bausubstanz, fragte nach dem Baujahr und sagte abschließend: »Gut, Herr Köpke. Haben Sie vielen Dank für die spontane Besichtigung. Sie haben meine Karte. Vielleicht braucht der Besitzer nur eine kleine Anregung, um sich zu entscheiden. Allerdings werde ich nicht jeden Preis zahlen, so attraktiv ich das Objekt auch finde. Auf Wiedersehen.«

Im Auto sitzend, zückte Frau Finke sofort ihr Handy und hörte einige Nachrichten ab. Dann suchte sie eine Nummer und hielt sich den Apparat ans Ohr. »Finke, was haben Sie für mich? Aha. Ja, dachte ich mir. Oh, das ist interessant. Ja, genau. Was? Und die Information ist gesichert? Sie dürfen morgen eine Stunde länger schlafen, danke.«

Sie steckte das Handy ein und fuhr los. Ohne ein Wort zu sagen, ohne den wichtigen Schulterblick zu tätigen und ohne sich anzuschnallen, eine Nachlässigkeit, die von lautem Piepen empört kommentiert wurde.

»Okay, was muss ich tun, damit Sie mir von Ihrem Telefonat berichten? Soll ich meine Neugier offen zeigen, Sie anflehen oder besser höfliche Zurückhaltung zeigen und so tun, als wüsste ich eh mehr als Sie?«

Sie schnallte sich endlich an und antwortete: »Wenn Sie mehr wissen als ich, und ich kriege das heraus, haben Sie doppelt so viele Probleme wie ein gestrandeter Fisch, das schwöre ich Ihnen. Wissen Sie was? Sie laden mich jetzt zum Essen ein, und ich erzähle Ihnen, was mein Lieblingskollege herausgefunden hat, während ich so erfolgreich die charmante Maklerin gemimt habe.«

Man konnte sich verschlucken, ohne etwas gegessen zu haben. Wenn man nämlich sehr erschrak, und das passierte ihm gerade. Konstantin hustete und schluckte und hustete. Frau Finke lachte, dann sagte sie: »Fassen Sie sich, das war ein Scherz.« Er atmete auf. Kurz.

Sie sprach nämlich weiter: »Jeder zahlt natürlich sein Essen selbst.«

Am liebsten wäre er aus dem Auto gesprungen. Das lohnte sich jedoch nicht mehr, denn sie hielt bereits vor einem kleinen italienischen Restaurant. So zielstrebig, wie sie hierhergefahren war, musste sie auch diese Aktion am Nachmittag bösartigerweise geplant haben, dachte Konstantin und stieg mit weichen Knien aus. Ein gemeinsames Abendessen mit der Kommissarin an einem Samstag, das war wie eine Verhaftung. Als sie zusammen an einem kleinen Tisch saßen, eine Plastikblume mittig auf der weißen Tischdecke, fühlte er sich wie ein Doppelagent. Was würden seine Nachbarn denken? Die Speisekarte in der Hand, überlegte er, was er essen konnte, ohne einen Tomatensoßenmund zu bekommen, nach Knoblauch zu stinken oder ungeschickt zu wirken. Ein Gnocchigericht mit Käsesahnesoße schien ihm unverfänglich. Frau Finke bestellte einen Salatteller und eine große Flasche Wasser.

Ihre Augen schauten spöttisch, als sie sagte: »Entspannen Sie sich, ich habe interessante Neuigkeiten und lasse Sie teilhaben. Das Haus gehört den Schuberts noch immer, Kevin hat das schon ganz richtig erzählt.«

»Ja, meine Güte, so ein großes Haus. Warum lassen sie es denn nur leer stehen? Und wo haben die das ganze Geld her? Die haben ja auch noch die Wohnung von der Susanne gekauft.«

»Das ist noch nicht alles, Herr Neumann. Das Haus gehört den Schuberts nämlich nur zur Hälfte!«

Ausgerechnet jetzt kam die Kellnerin mit einer Flasche Wasser und zwei Gläsern und deckte das Besteck ein. Frau Finke unterbrach kurz das Gespräch.

»Die andere Hälfte gehört Antonius Adler, und das schon seit Juni 1949.«

Konstantin war nicht wirklich überrascht, er war erschrocken. Er ahnte eine große, schlimme Wahrheit. Etwas Dunkles, das über seinem Vermieter hing oder vielmehr von ihm ausging. Wer wusste schon, wie viel Hass in einem Mann Platz fand, der schon in jungen Jahren zum Krüppel geschlagen worden war? Und eine weitere Frage drängte sich ihm auf: Woher hatte Adler in den Nachkriegszeiten so viel Geld, um sich ein solch herrschaftliches Haus kaufen zu können? Kaum einer hatte damals Geld. Auf der anderen Seite begann kurze Zeit später das Wirtschaftswunder. Laut fragte er: »Wer hat während der Kriegsjahre darin gelebt?«

»Ein Offizier der Waffen-SS, davor gehörte es einem jüdischen Juwelier.«

Frau Finke griff sich eine Scheibe Brot und ignorierte die dazu gereichte Kräuterbutter. Im Hintergrund lief Eros Ramazzotti, aber angesichts des spannenden Themas konnte Konstantin darüber hinweghören. Er bestrich sich eine Scheibe Brot und drehte sie auf seinem Teller hin und her.

»Haben Sie die Vergangenheit Adlers durchleuchtet? Ich werde den Verdacht nicht los, dass er aus einer wenig charmanten Familie stammt.«

Die Kommissarin starrte erst auf seine Brotscheibe, dann auf sein Gesicht. »Was meinen Sie denn damit? Eventuell sagen das die Spielkameraden Ihres zukünftigen Sohnes auch mal. Von wegen krimineller Vergangenheit und so.«

Das war jetzt wieder ausgesprochen gemein, fand er. Derartige Spitzen hätte sie ja in diesem Stadium der Zusammenarbeit lassen können. »Ich meine, dass der alte Herr doch eventuell eine Nazivergangenheit hat. Sie kennen sicher den Fall Gurlitt. Ich habe den Verdacht, dass Adler auch aus einer Kunsthändlerfamilie kommt. Immerhin passen einige Aspekte seiner Lebensdaten recht gut dazu.«

»Wir sind noch dabei, seine gesamte Biografie zu durchleuchten. Nach so vielen Jahren findet man nicht mehr jede Leiche, die ein alter Mensch im Keller angesammelt hat. Was hat denn Ihr Freund Frank Brenner angestellt? Ist er gewalttätig?«

»Im Gegensatz zu mir hat er nur mit dem Kopf gearbeitet. Er ist ein Betrüger und hat den guten Namen seines Onkels im Kunsthandel dafür benutzt, gefälschte Bilder zu vertreiben. Er hat auch gestohlene Werke an zahlungswillige Sammler im Ausland verkauft und einige Zeit wirklich viel Geld verdient.«

»Davon zahlt er also die Suite im Hotel? Von dem Hehlergeld?«

Konstantin wusste nicht, ob sie ihn provozieren wollte. Doch er verteidigte den Freund sofort: »Er musste eine Menge Gläubiger bedienen, das können Sie sich vermutlich denken. Aber wenn man nicht mehr so lange zu leben hat, kann man recht gut ausrechnen, wie viel Geld man pro Tag ausgeben darf.«

Das Essen kam, und beide schwiegen eine Zeit lang.

Schließlich legte Frau Finke für einen Moment ihr Besteck zur Seite und gab zu bedenken: »Glauben Sie wirklich, Herr Brenner erzählt Ihnen alles? Bei einem solchen Fall konnte man, da bin ich überzeugt, Ihrem Freund einiges nachweisen, für das er schließlich auch verurteilt worden ist. Aber es wird eine Menge Details geben, die er noch immer geheim hält, meinen Sie nicht? Das würde doch jeder machen. Die reden doch im Gefängnis nicht so offen wie in einer Selbsthilfegruppe und schildern jedes Detail ihrer kriminellen Laufbahn. Das wäre doch bescheuert.«

»Worauf wollen Sie eigentlich hinaus? Champagner und Kaviar ans Bett gebracht zu bekommen ist ein Luxus, der ihm gerade tatsächlich sehr egal ist.«

»Nein, ich weiß, dass sein Essen den geringsten Kostenpunkt darstellt. Aber, Sie lassen Frank Brenner, einen vorbestraften Kunsthändler, an Ihren Recherchen teilhaben, zeigen ihm die Fotos über verschollene Kunstwerke und profitieren von seiner Fachkenntnis. Wissen Sie denn, ob er nicht auch rasant von Ihren Neuigkeiten profitiert? Wussten Sie zum Beispiel, dass er sich schon öfter mitten in der Nacht ein Taxi rufen ließ? Wo ist er dann wohl hingefahren?« Sie griff wieder nach Messer und Gabel und schaufelte ihren Salat auf die zu kleine Gabel.

Im Grunde genommen hatte die Kommissarin natürlich recht, Frank hatte nie viel erzählt. Das wenige beschönigte er allerdings auch nie.

»Ich habe das Risiko gekannt und die Strafe verdient.« So Franks Worte. Für Frank würde es keinen Sinn machen, nun fieberhaft selbst nach den wertvollen Gemälden zu suchen. Konstantin glaubte ihm, dass er sie nur sehen wollte, aber nicht selbst besitzen musste. Sich vorzustellen, dass Frank beim alten Adler einbrach, um wenigstens zwei dieser Werke in seinen Besitz zu bringen, war doch absurd. Zudem war es auch gar nicht erwiesen, dass da Originale im Schlafzimmer des Alten hingen. Er würde in jedem Fall heute spätabends noch bei seinem kranken Freund vorbeischauen.

»Also …«, sagte Frau Finke, »wieso halten Sie denn Adler für einen ehemaligen Kunsthändler der Nazis?«

Er schüttelte den Kopf. »Nicht ihn halte ich für einen von Hitlers Kunsthändlern, sondern seinen Vater. Adler war am Ende des Krieges etwa siebzehn Jahre alt, oder? Da kann er allenfalls ein Helfer und Sympathisant in Vaters Fußstapfen gewesen sein. Sie haben doch sicher gesehen, wie das bei Hildebrand Gurlitt und seinem Sohn vor sich ging. Gurlitt wurde nach dem Krieg nie zur Rechenschaft gezogen und hat munter weitergearbeitet. Und das mit einem ansehnlichen Bestand an Gemälden, die den Juden geraubt worden waren. Cornelius Gurlitt hat die Sachen geerbt und mit diesen zum Teil gestohlenen oder enteigneten Werken weiter Geschäfte gemacht. Das Gewissen hat in dieser Familie diesbezüglich nie jemanden geplagt.«

»Ja, da klingt wieder das Wissen von Frank Brenner durch. Und Sie beide meinen, Adler komme aus ähnlichen Verhältnissen? Weil er bei einer Versicherung gearbeitet und seine Enkeltochter einen merkwürdigen Brieffreund hat, der ihr Fotos von verschwundenen Bildern schickt? So abwegig ist das natürlich nicht. Aber es ist zu konstruiert. Zu wenig belegbar. Ich werde den alten Adler noch mal befragen müssen. Nach seinem letzten Besuch in unserem ungemütlichen Amt lässt er mich dieses Mal bestimmt in die Wohnung.«

»Fragen Sie ihn auch nach dem Haus?«

»Nein, ich frage ihn nach seinem Auto. Himmel, Herr Neumann, zum Glück sind Sie nicht halb so dumm wie Ihre Fragen. Also, wenn Sie fertig sind mit Ihren Kohlenhydraten, können wir los.«

NEUN

Zu Hause klingelte die Kommissarin tatsächlich noch bei Adler an der Wohnungstür. Konstantin stieg die Treppen bis zu seiner Etage hoch, blieb aber lauschend vor der Tür stehen. Es war halb zehn abends, im Treppenflur waren gedämpfte Fernsehgeräusche zu vernehmen. Der alte Mann war sicher noch nicht im Bett, aber er machte die Tür trotzdem nicht auf. Konstantin konnte das empörte Klopfen der Kommissarin an der Wohnungstür hören.

»Hier spricht Kommissarin Finke, Herr Adler, machen Sie bitte die Tür auf, sonst muss ich Sie am Montagmorgen in aller Früh wieder abholen lassen.«

Die Beamtin hatte offenbar keine Skrupel, dass mehr als ein Nachbar diese Unterhaltung mitbekam.

Und dann ging die Tür doch noch auf. Konstantin verharrte in der Bewegung und hörte zu, als sein Nachbar mit eingerosteter Stimme sprach: »Meine liebe Kommissarin, wenn jemand um diese Zeit die Tür nicht mehr aufmacht, ist er unpässlich, aus welchen Gründen auch immer. Ich bin sehr alt und darf sogar schon nachmittags unpässlich sein, haben wir uns da verstanden?«

Er ließ ihr keine Zeit für eine Antwort, sondern sprach gleich weiter: »Gerne dürfen Sie mich am Montagmorgen abholen lassen. Ich bin ab zehn Uhr in der Früh fertig. Wenn ich Staatsgelder verprassen darf, dann tue ich das sehr gerne. Einen richtig schönen guten Abend.« Es gab einen kleinen Knall, und die Tür schloss sich wieder. Konstantin lächelte befriedigt, weil Frau Finke jetzt auch mal dumm stehen gelassen wurde.

Doch er hörte sie nur laut lachen und dann sagen: »Gute Nacht, Herr Neumann. Sie können nun reingehen, ich bin fertig hier.«

Sein Hund Goofy blickte ihn aus rot unterlaufenen Augen an. Konstantin entschied, dass ein kleiner Rundgang um den Block beiden guttäte und er danach zu Frank fahren konnte.

Als er zurückkam, sah er eine Gestalt am Fenster der Schuberts, es war dem Umriss nach Herr Schubert, der die Straße beobachtete. Hoffentlich machte er das nicht öfter. Dann hätte er eben gesehen, wie Konstantin aus dem Auto der Kommissarin gestiegen war. Ein Mann, der abends mit seinem Hund spazieren ging, war dagegen so harmlos wie ein spielendes Kind. Spätestens seitdem Schubert ihn wegen der gefundenen Fotos so offensichtlich angelogen hatte, war ihm der Mann verdächtig.

Wieso besaß der mit Adler zusammen ein Haus? In diesem Fall konnte man nicht ausschließen, dass Adler und Schuberts ebenfalls verwandt waren. Doch warum hatte sich die Familie dann dazu entschlossen, in dieses Mehrfamilienhaus zu ziehen? Alle zusammen, einschließlich der Enkelin Adlers, Susanne Jung? Die machten hier alle auf unabhängige Mieter beziehungsweise Eigentümer.

Konstantin erinnerte sich nun wieder daran, was Kevin ihm über Susanne erzählt hatte. Sie hatte in jungen Jahren auf ihn aufgepasst. Das sprach natürlich für eine gewisse Verwandtschaft. Meine Güte, das musste doch von einem gut funktionierenden Polizeiapparat alles herauszufinden sein! Was trieb Frau Finke nur den ganzen Tag über? Oder, und das war sehr wahrscheinlich, sie erzählte ihm eben doch nur sehr wenig von dem Fall.

Eine halbe Stunde später marschierte er zur Rezeption des Hotels und fragte dort nach Franks Befinden.

»Es geht ihm besser, ich denke, er schläft schon.« Die Frau an der Rezeption war etwa Anfang fünfzig und erinnerte trotz ihres dunklen Kostüms an eine Oberschwester, die für ihren Schützling keinen Besuch mehr befürworten konnte. Natürlich erkundigte man sich normalerweise in einem Hotel nur nach der Zimmernummer eines Gastes, aber bei Frank lag der Fall eben anders.

»Ich werde kurz nach ihm sehen«, sagte Konstantin und fragte dann doch nach: »Wenn Herr Brenner abends noch ausgeht, bestellen Sie ihm dann eigentlich ein Taxi? Ich meine, er sollte vielleicht nicht mehr selbst Auto fahren. Immerhin nimmt er einige Medikamente zu sich.« Mit einem Lächeln wartete er auf Antwort.

»Ich habe selten um diese Uhrzeit Dienst, da bin ich überfragt. Ich dachte, er bleibt meist auf seinem Zimmer.«

Konstantin bedankte sich und lief heute die Treppe nach oben. Im Augenwinkel sah er die Dame nach dem Telefonhörer greifen. Auf sein Klopfen hin ertönte Franks Stimme: »Komm rein, Konstantin.«

Er betrat den Raum und blickte sich um. Frank lag auf der Couch und schaute fern. Er hatte neben sich einen Apparat stehen, und in der Nase steckte so ein Sauerstoffschlauch, wie man ihn aus Arztserien kannte.

»Hi, Frank, geht es dir besser?« Konstantin setzte sich, und Frank schaltete den Fernseher aus.

»Ja, ja, ich hatte ein bisschen Atemnot heute Morgen. Das Schlimme daran ist, du gerätst in Panik und bekommst noch mehr Atemnot. Jetzt geht es besser, ich musste mich einfach ablenken. Hast du Marcs Bild für mich gefunden?«

»Ich habe ein Haus gefunden.« Konstantin erzählte ihm von dem Haus und dessen Eigentümer. Und er beschrieb die Steinstele im Garten.

»Die Stele mit einem so jüdisch klingenden Namen darauf ist bestimmt nicht von einem SS-Offizier dort aufgestellt worden.«

Darüber hatte Konstantin noch gar nicht nachgedacht. Simon Goldmann hörte sich durchaus jüdisch an. Wenn dieser Restaurator ein Jude gewesen war, warum hatte Adler die Statue noch im Garten seines Hauses? Sie hatte verwittert ausgesehen, aber nicht uralt. Musste sie etwa als Tarnung für seine Vergangenheit herhalten? War sie eine Art Wiedergutmachung? Oder es war bloßer Zufall und der Name spielte gar keine Rolle? Er versuchte sich an den Artikel im Internet zu erinnern, aber er war sicher, nichts über die Konfession von Goldmann gelesen zu haben.

Frank sprach weiter: »Ein jüdischer Restaurator passt doch durchaus in unsere Geschichte. Viele Juden waren hervorragende Kunstkenner und hatten vorzeigbare Sammlungen, die von den Nazis systematisch konfisziert wurden. Ich hänge ja nicht nur am Sauerstoffgerät, sondern ich habe in meinen guten Momenten auch viel recherchiert. Es ist unglaublich, wie viele

Städte und Museen in Deutschland sich noch immer weigern, nachweisbare Raubkunst an die Erben zurückzugeben. Selbst das Bundespräsidialamt hatte jahrelang im Berliner Amtssitz ein Gemälde von Carl Spitzweg hängen, das bis 1937 einem jüdischen Berliner Sammler gehörte. Der hatte es damals, als er 1935 seine berufliche Position verlor und emigrieren wollte, zu einem Spottpreis verkaufen müssen. Dieser Leo Bendel und seine Frau gingen nach Wien, wurden nach dem Anschluss Österreichs aber von dort ins Konzentrationslager nach Buchenwald gebracht, wo Bendel 1940 starb. Das Bild wurde 1938 zu einem wesentlich höheren Preis an Hitler weiterverkauft und sollte in sein Großmuseum nach Linz kommen. Als die Alliierten das Gemälde als Teil der Linzer Sammlung an die Bundesrepublik Deutschland übergaben, war von Anfang an dokumentiert, dass das Bild zuvor einem Leo Bendel gehört hatte. Das hat niemanden weiter interessiert, denn 1961 wurde das wertvolle Bild dem Bundespräsidialamt zugeordnet. Es trägt den wunderbaren Namen ›Es werde Gerechtigkeit‹.«

Konstantin war erstaunt und dachte, dass Gott oder das Schicksal viel Humor hatte.

Frank war in Erzähllaune. »Selbst unser erster Bundeskanzler Konrad Adenauer besaß Raubkunst. Und zwar befand sich ein Gemälde des Flamen Jan de Cock eine Zeit lang in seinem Besitz. Dieses Bild gehörte zum Inventar des jüdischen Galeristen Max Stern, der gezwungen worden war, seine Sammlung versteigern zu lassen, und die Galerie nicht mehr weiterführen durfte. Das muss auch so um 1937 gewesen sein. Konrad Adenauer hatte es von einem Unternehmer gekauft, der viel mit Kunst handelte und dem es offenbar egal war, woher die Bilder kamen. So munter und unmoralisch ging es anscheinend im gesamten Kunsthandel immer schon zu, nicht nur bei mir.«

»Hat der Arzt noch was gesagt?« Konstantin wechselte abrupt das Thema. Er lehnte im Sessel, Frank lag ihm gegenüber auf dem Sofa, und es war sehr ruhig im Hotel. Ab und an hörte man mal eine Tür schließen oder einen Wasserhahn laufen, aber sehr unaufdringlich. Er genoss diese Abende mit seinem Freund sehr. Wenn Frank plötzlich nicht mehr da war, würde ihm deutlich etwas fehlen, etwas, das er vor drei Wochen noch nicht einmal vermisst hatte.

Frank winkte ab, ein wenig zu lässig. »Ich halte schon noch eine Weile durch.«

Anschließend unterhielten sie sich über das geplante Treffen mit der alten Frau Heinemann im Museumscafé. Frank wäre liebend gerne mitgekommen oder hätte sich gleich als Konstantin ausgegeben, aber das war aus verschiedenen Gründen nicht ratsam.

»Verlässt du überhaupt noch dein Zimmer und gehst mal an die frische Luft?«

»Ja, sicher. Ich stell mich oft auf den Balkon, den ich im Schlafzimmer habe, oder laufe eine Runde auf meiner Etage herum. Ich muss ja meinen Kreislauf in Schwung halten.«

»Und draußen? Gehst du auch mal auf die Straße oder besuchst jemanden?«

»Ja, ich bin neulich noch zu meiner Hausärztin gefahren, allerdings mit dem Taxi.«

»Am späten Abend noch?« Konstantin biss sich auf die Unterlippe. Franks Gesicht wechselte zu einem erstaunten, dann aber zornigen Ausdruck.

»Sag mal, überwachst du mich etwa? Denkst du, ich habe wie ein Bankräuber irgendwo ein Depot mit Geld oder Schätzen versteckt, das ich mir noch holen muss?«

»Nein, Frank, nein. Ich überwache dich nicht. Ich würde mich sogar freuen, wenn du im Wald Schätze ausbuddeln kannst. Nein, die Kommissarin scheint dich zu überwachen. Jedenfalls wusste sie, dass du spätabends Taxi fährst.«

Die Wut verschwand aus Franks schmalem Gesicht. »Ja, das stimmt. Ich fahre Taxi. Ich lass mich fahren und erinnere mich an Orte, Menschen und schöne Momente. Das macht mir tatsächlich Freude.«

Konstantin war verdammt froh, als endlich Montag war. Da konnten manche Dinge endlich in Gang kommen. Er verbrachte den Vormittag damit, einen langen Spaziergang mit Goofy zu machen, zum Friseur zu gehen und ein paar notwendige Einkäufe zu erledigen. Zuvor hatte er beobachtet, wie Antonius Adler in einem Transporter der Polizei zur Vernehmung abgeholt wurde.

Gegen zwölf Uhr, als er gerade seine Tüten aus dem Wagen holte, traf er Kevin, der von der Bushaltestelle kam.

»Du hast aber früh Schule aus, Kevin.«

Der strahlte ihn an und erwiderte: »Klasse, eine Lehrerin ist krank. Oh, Entschuldigung. Kranksein ist doof, aber dass Mathe ausfällt, ist prima.« Sein Gesicht bekam einen verschwörerischen Ausdruck, als er ergänzte: »Ich kann fernsehen, Mama ist heute nicht da. Sie hat einen Termin.«

Konstantin stellte eine der schweren Taschen ab und fragte: »Ist sie auch beim Friseur? Schau, ich war auch eben zum Haareschneiden.«

»Nein, die Friseurfrau kommt immer zu uns nach Hause. Ich mag sie aber nicht. Mama ist heute zu unserem Haus gefahren. Da war so eine Frau und wollte das kaufen. Unser Haus!« Jetzt klang er empört.

»Und, würden deine Eltern das Haus denn verkaufen?«

Der Junge schüttelte kräftig den Kopf. »Nein, Mama sagt immer, das Haus wird nur über ihre Leiche verkauft. Und das will Papa natürlich nicht. Also, er will ihre Leiche nicht.«

»Aha, ich verstehe. Dein Vater will verkaufen, deine Ma nicht.«

»Irgendwann will sie da wieder einziehen, sagt sie oft. Wenn sie keine Angst mehr hat. Ich soll zurzeit auch eigentlich nicht mit dem Bus fahren. Ist mir aber egal.«

Mit diesen Worten winkte Kevin zum Abschied und eilte zur Haustür. Er wollte die Zeit bis zur Rückkehr natürlich alleine nutzen. Das war ja sehr spannend, wie schnell Frau Schubert auf die Interessenten für das Haus reagierte. Sicher wollte sie wissen, wie es dazu gekommen war. Konstantin konnte nur hoffen, dass die Personenbeschreibung des Verwalterpaares Raum für Interpretationen ließ. Peinlich, wenn Frau Schubert ihn und die Kommissarin bei diesem Versteckspiel vermutete.

Eine andere Frage interessierte ihn brennend: Wovor hatte Frau Schubert Angst? Fürchtete sie, genauso zu enden wie

Susanne Jung? Nein, fiel es ihm plötzlich ein, sie hatte massive Angst um ihren Sohn. Das musste es sein.

Das Treffen mit Frau Heinemann rückte näher. Er zog sich drei Mal um, bis er mit seinem Aussehen zufrieden war. Dann steckte er die Fotos ein und überprüfte, ob er genügend Bargeld dabeihatte. Immerhin musste er das Taxi und die Rechnung im Café bezahlen.

Das LUX hatte Stil, es war von schnörkelloser Eleganz und bot eine wunderbare Aussicht auf den Innenhof des Museums, die Eingangshalle und die Innenstadt. In der Auslage an der Theke lockten einige Kuchenkreationen. Im Restaurant selbst war gerade nicht so viel los, das Museum war montags geschlossen. Zwei ältere Damen saßen an einzelnen Tischen. Leider hatte er vergessen, ein Erkennungszeichen auszumachen.

Suchend blickte er sich um und entschied dann, zu der Dame mit dem adretten Hut zu gehen. »Frau Heinemann?«

Sie lächelte und bat ihn, Platz zu nehmen. »Warten Sie schon lange?«

»Ja sicher, ich wollte in jedem Fall zuerst sehen, wer sich da mit mir treffen möchte. Wenn Sie nicht anständig ausgesehen hätten, wäre ich inkognito geblieben.«

Konstantin bestellte sich einen Kaffee und ein belegtes Brötchen, Frau Heinemann wählte ein Stück Schokoladentorte. Sie trug schwarze Kleidung, doch an dem grünen Hut konnte man Mut zur Mode erkennen. Sicher trauerte sie noch sehr um ihre Nichte. Sie war weniger klapprig, als er sie der Stimme nach eingeschätzt hätte. Das Gesicht war alt, aber nicht eingefallen oder blass und ihre Figur rundlich. Sie besaß erstaunlich schöne kleine Hände.

»Was wollten Sie mir denn zeigen, junger Mann?«

»Oh, sofort. Wie geht es dem Ehemann von Meike? Konnte er schon aussagen, ob seine Frau sich vor ihrem Tod bedroht oder beobachtet gefühlt hat? Haben Sie eine Ahnung, warum jemand das Haus durchsucht hat?«

»Stellen Sie mir nicht so viele Fragen auf einmal. Meikes Mann ist keine Hilfe. Nachdem die Polizei ihm einige Fragen gestellt hatte, ist er schon wieder zusammengeklappt. Ich glaube, er wird noch in einer Nervenheilanstalt behandelt. So hieß das jedenfalls früher. Der hatte überhaupt keine Ahnung. Für ihn ist seine heile Welt zusammengebrochen, und er weiß nicht, was er falsch gemacht hat. Nein, ich habe keine Ahnung, warum jemand das Haus durchsucht hat. Mich hätte an der Einrichtung des Hauses jedenfalls nichts interessiert.«

Kaffee, Kuchen und belegte Brötchen wurden an den Tisch gebracht, und Konstantin stürzte sich auf das heiße Gebräu. Dann holte er die Fotos heraus und legte die drei bunten Bilder vor sie hin. Er erkannte an ihrem Blick sofort, dass die alte Dame die abgebildeten Gemälde kannte. Entweder war sie grundsätzlich an Kunst interessiert oder eingeweiht. Er sagte: »Sie kennen die Bilder und auch die Fotos.«

Einer ihrer noch immer sehr gelenkigen Finger tippte auf das Bild von Franz Marc, »›Der Turm der blauen Pferde‹. Er war besessen von dem Bild. Meinte, er würde es finden.«

»Wer?«

»Leander. Er glaubte, eine heiße Spur zu haben. Nach über siebzig Jahren, ich bitte Sie! Das haben doch schon ganz andere bereits vergeblich versucht. Er zeigte mir diese Fotos mit dem neuen Datum hintendrauf und fragte, ob er sie bei mir verstecken dürfe. Ich habe ihn ausgelacht. Es gibt zig Versionen von Marcs Bild und von den anderen beiden sicher auch. Keines davon ist doch wirklich das Original.«

»Hat Leander die Fotos geschossen?«

Zu seiner Verwunderung schüttelte sie den Kopf. »Aber nein, er wusste doch gar nicht, wo sie hingen. Er redete immer nur davon, dass ein alter Kauz wertvolle Originale habe, die er im Krieg geklaut haben müsse, und er meinte, dass er es diesem alten Mann schon zeigen werde. Die Fotos hat er irgendwo in dem Haus gefunden, in dem er wohnte.«

»In seiner Wohnung.«

Sie guckte streng. »Nein, natürlich nicht in seiner Wohnung.«

»Dort habe ich sie aber schließlich gefunden.«

Sie aß erst einen Bissen von ihrer Schokoladentorte, bevor sie antwortete: »Ich habe ihm gesagt, er soll die Abzüge wieder mitnehmen und mal einen Kunstexperten draufschauen lassen. Ich würde sie hinterher nicht mehr wiederfinden, und dann wäre er böse mit mir. Seitdem er verschwunden ist, habe ich schon oft an diese Bilder gedacht. Ich glaube nicht an die Entdeckung der Originale, aber irgendwem ist er auf die Füße getreten. Der kommt nicht wieder. Ich habe es schon einmal gesagt. Sie kommen beide nicht mehr wieder, und ich bin die Letzte dieser Familie.«

Konstantin bekam eine Gänsehaut, und Frau Heinemann liefen ein paar Tränen über die Wangen, woraufhin sie sich ein weiteres Stück Schokoladentorte in den Mund steckte.

Ihm fiel etwas ein. »Wann ist Ihr Neffe eigentlich in das Haus eingezogen, in dem ich jetzt wohne?«

»Vor etwa eineinhalb Jahren. Wissen Sie, Leander hatte nie viel Geld. Als freier Fotograf und Journalist zu arbeiten ist hart geworden. Die digitale Technik macht es der gesamten Berufsgruppe schwer. Er hat häufig für Werbeagenturen gearbeitet, träumte von einer Karriere als Künstler und hatte auch mal eine Ausstellung. Doch wer kauft so etwas schon? Zu meiner Zeit machte man sich schick, und es war eine große Sache, den Fotografen kommen zu lassen. Und teuer war das auch noch. Jetzt drücken alle einfach auf ihr Handy, und schick sehen sie dabei schon lange nicht mehr aus.«

Sie hob die Hand und bestellte sich noch eine Tasse Kaffee. Konstantin hätte ihr auch gerne noch einen Cognac dazu angeboten, Hauptsache, die alte Dame erzählte schön flüssig weiter. Aber das tat sie. Auch ohne Alkohol.

»Vor eineinhalb Jahren konnte er sich plötzlich eine schöne Wohnung leisten und ein Auto, das sogar eine gültige TÜV-Plakette besaß. Er erzählte, dass er einen stabilen Auftraggeber habe und sein Einkommen zurzeit recht regelmäßig sei. Was genau er dafür fotografieren musste …« Sie hob beide Schultern. »Keine Ahnung. Vielleicht waren es pornografische Sachen, ich wollte es gar nicht so genau wissen. Sein Traum, nach Kanada zu gehen, wurde für ihn wieder greifbarer; er sparte bereits für den Flug, als er verschwand.«

»Wieso wollte er nach Kanada?«

»Für einen Fotografen und Schöngeist gibt es dafür ja wohl genug Gründe. Er war auf der Jagd nach dem ultimativen Foto. Oft beteiligte er sich an irgendwelchen Wettbewerben. Aber dann …«

Konstantin trank aus einer Tasse, in der schon lange nichts mehr drin war. Begeistert hing er an ihren Lippen. Wieder ein paar mehr Puzzleteile!

»Was war dann?«

»Na ja, dann entwickelte er diese Besessenheit für das Bild.«

»Das Bild von Franz Marc?«

»Ja. ›Der Turm der blauen Pferde‹. Fängt man einmal an, danach zu suchen, findet man keine Ruhe mehr. Leander hat mir von einem Journalisten erzählt, der sechzig Jahre lang nach dem Bild gesucht hat. Sechzig Jahre!«

Frau Heinemann nahm ihren Kaffee in Empfang und rührte Milch hinein. Dann sagte sie: »Kein Gegenstand auf der ganzen Welt sollte es wert sein, so viel Zeit zu verplempern. Nach verschwundenen Menschen wird offenbar deutlich weniger fleißig gesucht.« Sie trank ihren Kaffee in mehreren Zügen leer und verkündete zusammen mit dem Scheppern der Tasse auf die Untertasse: »So, ich möchte jetzt gerne nach Hause. Das Taxi übernehme ich schon selbst, wenn Sie dann die Rechnung begleichen würden …«

Wieder zu Hause, trug er neue Details in seine Personenliste ein. Er war selbstverständlich davon ausgegangen, dass Leander Heinemann wie die anderen Mitbewohner auch die Wohnung schon vor drei Jahren bezogen hatte. Doch er war viel später dazugekommen. Ob Adler wohl der heimliche lukrative Auftraggeber gewesen war und Heinemann für die Wohnung gar nichts bezahlen musste? Durchaus denkbar. Leander Heinemann hatte seinen Auftrag eventuell übertrieben und zu viel herumspioniert. Er wusste von den Fotos, er musste weg. Und dabei hatte der alte Vermieter den Kellerverschlag mit den Sachen eben schlichtweg vergessen.

Welche Rolle spielte er, Konstantin Neumann, wohl in diesem Haus? Er kannte die Fotos ja auch und spionierte seinen Nachbarn ebenfalls hinterher und stellte Fragen. Das Klingeln an der

Haustür unten schreckte ihn auf. Wenn Frau Finke ihn auf den neusten Stand bringen wollte, würde er sich über den Besuch heute nicht beschweren. Immerhin hatte sie heute Morgen mit Adler gesprochen.

Goofy wedelte wie wild, als Konstantins Schwester die Treppen heraufkam. Sie tat dies sehr vorsichtig auf violetten Wildlederstiefeletten, deren Absätze ihn merkwürdigerweise an Stalagmiten erinnerten. Sie begrüßte zuerst den Hund, was verkehrt war, das hatte er in seinem Hundeführer gelesen. Ihn lächelte sie aber ganz herzlich an, und er ahnte, dass sie wegen ihres besonderen Verhältnisses zu seinem Bewährungshelfer doch ein schlechtes Gewissen hatte. Egal, er freute sich auf Neuigkeiten und sollte nicht enttäuscht werden.

»Also …«, begann Anja, »ich habe mal die Eigentümer des Hauses recherchiert, das du am Samstag besucht hast. Das Haus gehört zur einen Hälfte einem Ehepaar Schubert und zur anderen Hälfte deinem …«

»Vermieter. Den Teil kenne ich bereits von der Kommissarin. Während des Krieges hat es einem SS-Offizier gehört. Was weißt du sonst noch?«

»Ja, das Haus ist für einen Spottpreis an diesen Offizier gegangen. Er wird die Zwangslage eines jüdischen Bürgers ausgenutzt haben. Antonius Adler ist seit 1949 Eigentümer, Frau Schubert dagegen erst seit 1989.«

Bei dieser Jahreszahl klingelte etwas in seinem Kopf. Seine Schwester erzählte weiter: »In dem Jahr hat Frau Schubert die eine Hälfte des Hauses von ihrem Großvater geerbt.«

»Adler ist der Großvater von Frau Schubert?« Konstantin war nun doch erstaunt, so erstaunt, dass er das Nein seiner Schwester kaum hörte.

»Nein. Sag mal, wohnen die Schuberts etwa auch hier im Haus, ja?«

Er nickte, und Anja nickte auch. »Das dachte ich mir bereits. Antonius Adler hat das Haus nie alleine besessen, und Frau Schubert besitzt es nach dem Tod ihres Opas nun mit Adler zusammen.«

»Also ist nicht Adler der Großvater von Frau Schubert. Wie heißt denn nun der andere Großvater?«

»Simon Goldmann.«

»Aber das war ein Jude, zumindest dem Namen nach.«

Sie starrte ihn an, als habe er sich als Neonazi präsentiert. Dann verstand sie den Einwurf. »Ah, weil Adler deiner Meinung nach aus einer Nazifamilie stammt? Du musst vorsichtig sein mit solchen Mutmaßungen, Konstantin.«

Konstantin nickte. »Es ist aber dennoch möglich. Für Adler wäre das in dem Fall eventuell eine gute Taktik gewesen. Aber welcher Jude hätte sich 1949 zusammen mit einem Nazi ein Haus gekauft? Es sei denn, er wusste es nicht. Vielleicht gab Adler sich als Halbjude oder so aus. Haben die beiden darin gewohnt? Bestimmt, oder?«

Seine Schwester nickte und schaute in ihre Unterlagen. »Simon Goldmann hat mit seiner Familie bis zu seinem Tod dort gewohnt und Adler sogar noch länger.«

»Ich nehme an, bis vor drei Jahren. Dann ist seine Frau in diesem schönen Haus ermordet worden. So etwas ist schrecklich. Wie verzweifelt muss Adler gewesen sein, dass er aus einem Haus ausgezogen ist, in dem er fast sein ganzes Leben verbracht hat.«

Anja erzählte weiter: »Simon Goldmann hat den Krieg im Konzentrationslager überlebt. Ich glaube, er war im KZ Bergen-Belsen. Für die Überlebenschancen war es nämlich wichtig, wo man hinkam. Bergen-Belsen galt als Arbeits- und Austauschlager, sodass die Chancen, zu überleben, dort deutlich höher waren als beispielsweise in Auschwitz. Das war ein Vernichtungslager, in dem über eins Komma eins Millionen Menschen ermordet wurden. Diese traurige Zahl machte die drei Lager in Auschwitz auch so bekannt.«

Konstantin schwieg betroffen. Dann kam ihm ein Gedanke. »Vielleicht haben Adler und Goldmann sich über die amerikanische Versicherung kennengelernt, bei der Adler gearbeitet hat? Ist doch denkbar, dass diese Versicherung Goldmann mal als Gutachter herangezogen hat. Immerhin war er Restaurator.«

Anja antwortete: »Das ist mir zu viel Spekulation. Auf jeden Fall müssen sich die beiden Männer nahegestanden haben. Sonst wohnt man doch nicht zig Jahre zusammen und teilt sich einen Garten. Du darfst den alten Mann nicht verteufeln, Konstantin.

Adler war am Ende des Krieges ungefähr siebzehn Jahre alt. Wie viel Verantwortung kann man denn da überhaupt übernehmen?«

Konstantin dachte an das schwere Schicksal des jungen Adler. Vielleicht glaubte der, er dürfe sich beim Bilderhandel mehr nehmen, als sonst erlaubt war? Als Sühne für sein Schicksal. Es gab einige Menschen, die nach erlittenem Leid glaubten, ein Recht auf Unfreundlichkeit und mangelnde Rücksichtnahme zu besitzen. Verbittert war der alte Herr, Konstantin wusste nur nicht, wie lange schon. Grund zur Verbitterung hätte aber auch Simon Goldmann gehabt. Was für eine interessante Konstellation: zwei traumatisierte Männer nach dem Krieg zusammen in einem herrschaftlichen Haus. Und Frau Schubert musste demnach Antonius Adler ihr Leben lang gekannt haben. Als Enkelin von Simon Goldmann hatte sie möglicherweise Teile ihrer Kindheit in dem Haus verbracht. Susanne Jung und Frau Schubert waren dann wohl ebenfalls ein Leben lang miteinander bekannt gewesen. Mehr denn je war Konstantin überzeugt davon, dass das Motiv für den Mord an Susanne in Adlers Vergangenheit lag. Und Frau Schubert hatte oft Angst, wie Kevin erzählt hatte. Mit großer Sicherheit um ihren Sohn. Aber noch konnte Konstantin seinen Vermieter keines konkreten Verbrechens beschuldigen.

Wenn Adler jedoch Leander Heinemann hatte verschwinden lassen, weil der zu viel über seine Vergangenheit herausgefunden hatte, war er zum Täter geworden. An den Tod der Schwester von Heinemann wollte Konstantin gar nicht erst denken. Doch stopp, es gab auch noch einen Mörder, der offensichtlich Adler schaden und quälen wollte. Vielleicht hatte Adler mit den verschiedenen Gewalttaten doch nichts zu tun.

Als seine Schwester wenige Minuten später aufbrach, ging er zum Balkon und winkte ihr noch einmal zu. Goofy stand neben ihm und blickte ebenfalls auf die Straße. Ein warmes Gefühl überkam ihn. Der Hund war ihm so vertraut und lieb geworden, wie gut, dass seine Schwester auf diese Idee gekommen war. Anja stieg mit Schwung in ihren Wagen und startete den Motor. Nur eine Minute später hörte er einen weiteren Motor anspringen und blickte die Straße herunter. Ein dunkler Wagen scherte vom

Seitenstreifen aus und fuhr seiner Schwester hinterher. Natürlich war das sehr wahrscheinlich ein Zufall. Wer sollte denn hier auf sie gewartet haben? Oder war ihr jemand schon zu seiner Wohnung gefolgt?

Einer Eingebung folgend rief er sie auf ihrem Handy an. Sie lachte über seine Frage und meinte: »Mach dir keine Sorgen, die Recherche lief über unsere Firmencomputer. Die sind ziemlich sicher gegen Hacker. Da kann keiner einfach nachschauen, woran wir gerade arbeiten.«

»Es reicht vielleicht, dass du mich besuchst. Heinemann war in einer ähnlichen Situation, wie wir wissen.«

»Wie wir vermuten. Ich passe auf mich auf. Heute Abend bin ich bei Detlef.«

Das war der letzte Satz, den er von Anja hörte. Bei Frank war ihm wieder der aalglatte junge Mann mit dem asymmetrischen blonden Haarschnitt entgegengekommen. Er hatte Konstantin mit einem Nicken dezent gegrüßt. Heute war ihm noch aufgefallen, dass er an der linken Hand einen dicken Siegelring mit einem grünen Stein trug.

Als er dann von seinem abendlichen Besuch bei Frank wieder in seine Wohnung zurückkehrte, blinkte der Anrufbeantworter des Telefons wild und rot. Die Stimme seines Bewährungshelfers ertönte: »Hi, Konstantin. Ist Anja bei dir? Ich mache mir ein wenig Sorgen, denn sie wollte um sieben Uhr zum Essen bei mir sein. Ja, hm, sollte sie es sich anders überlegt haben, ja, dann wäre es schön, sie würde mir das sagen.«

Das klang jetzt so, als würde Detlef sich eher Sorgen um die Beziehung machen, nicht um Anja selbst. Konstantin hingegen machte sich sofort die allergrößten Sorgen um Anjas Leib und Leben und rief Detlef umgehend an.

Der war sehr verunsichert, Konstantin hörte das hektische Ziehen an einer Zigarette. Er erzählte, es habe keinen Streit und keine schlechte Stimmung gegeben, im Gegenteil, sie hatte sich auf den Abend gefreut und so früh wie möglich kommen wollen.

Konstantin spürte eine unangenehme Hitze im Nacken und ein Ziehen im Brustkorb. Er sagte: »Sie wollte auch kommen.

Sprunghaft ist Anja nie gewesen. Und feige auch nicht. Als sie von hier weggefahren ist, hatte ich den Eindruck, dass ihr ein Auto gefolgt ist. Ich fürchte, es ist ihr etwas passiert.« Als Konstantin das ausgesprochen hatte, fühlte es sich noch schlimmer an. »Ich rufe die Kommissarin an.«

Er warf den nun ebenfalls sehr besorgten Bewährungshelfer aus der Leitung und wählte die Nummer von Frau Finke. Sie meldete sich nach dem dritten Klingeln. »Was ist los?«

»Meine Schwester war heute Nachmittag zu Besuch und …«

»Das ist sehr schön für Sie. Hat sie wieder ihre Kanzlei missbraucht und Sie mit Informationen gefüttert, die geheim sind?«

»Ja, genau …«, rutschte ihm heraus, »und nun ist sie verschwunden.« Er erzählte alles, was er bislang wusste.

»Mist!« Nun machte Frau Finke sich nicht mehr lustig, sondern fragte als Erstes Kennzeichen, Farbe und Hersteller von Anjas Auto ab. »Unter anderen Umständen würde ich Sie auslachen und nichts unternehmen. Aber ich tue etwas. Wir lassen sie suchen, Herr Neumann. Sie bleiben am besten in Ihrer Wohnung, falls sich Ihre Schwester meldet.«

»Oder der Entführer?« Am anderen Ende der Leitung gab es eine Pause, dann sagte die Kommissarin: »Sie wissen selbst am besten, ob Sie für einen Entführer oder Erpresser interessant genug sind.«

»Haben Sie mit Adler sprechen können?«

»Natürlich habe ich mit ihm sprechen können, er ist ja nicht senil oder spricht Aramäisch.«

»Apropos, ist er Jude?«

»Herr Neumann, ich darf Ihnen nichts weiter sagen. Zumal Herrn Adler Diskretion enorm wichtig ist. Er wohnt bei Ihnen, ist Ihr Vermieter und er mag Sie. Fragen Sie ihn bitte selbst nach solch persönlichen Dingen.«

Zwei Stunden später gab es noch immer kein Lebenszeichen von seiner Schwester. Konstantins Wohnung war zu klein, als das sein unruhiges Marschieren ihn hätte beruhigen können. Kurz entschlossen und ohne sich vorher zu überlegen, was er sagen wollte, marschierte er zu Adlers Wohnung.

Es war nach dreiundzwanzig Uhr, was ihm egal war. Er nahm den Hund mit. Es dauerte eine kleine Weile, während Konstantin Geräusche aus der Wohnung hörte, dann öffnete Adler die Tür. Wenn der alte Herr überrascht war über den späten Besuch, ließ er sich das nicht anmerken. Er war angezogen und roch nach Alkohol, wie Konstantin erstaunt feststellte. Goofy freute sich und wedelte eifrig um den Rollstuhl herum. Adler kraulte erst den Hund und fuhr dann voraus ins Wohnzimmer.

Er fragte ruhig: »Ist die Heizung kaputt oder ein Abfluss verstopft?«

»Nein! Meine Schwester ist verschwunden.«

»Oh, dafür bin ich als Vermieter eigentlich nicht zuständig. Ich habe sie aber wegfahren sehen, so gegen fünf Uhr, wenn Ihnen das weiterhilft.«

Auf dem Tisch im Wohnzimmer stand ein breites Glas, daneben eine Flasche Whisky. Adler holte ein weiteres Glas aus einem Schrank und stellte es neben seines.

»Wenn ich Ihnen nun einen Whisky meiner Hausmarke anbiete, dann nur, weil ich Ihre große Besorgnis sehe. Ich teile sonst nicht gerne.« Er machte eine herrische Bewegung, und sowohl Konstantin als auch Goofy setzten sich. Der Hund auf den Teppich, Konstantin auf einen Stuhl, den er sich geholt hatte. Um keinen Whisky der Welt wollte er wieder in dem Sofa einsinken.

Konstantin erzählte in Kürze, dass seine Schwester für ihn einige Informationen eingeholt hatte. »Ich war erstaunt zu erfahren, dass Sie, Herr Adler, ein Haus besitzen und dort bis vor drei Jahren auch gewohnt haben. Gekauft haben Sie es offenbar zusammen mit dem jüdischen Restaurator Simon Goldmann, und zwar nur wenige Jahre nach dem Krieg.« Mit diesen Worten unterbrach er seinen Bericht zunächst und ließ Adler Zeit zu einer Reaktion.

Der Blick des alten Herrn wurde etwas unruhig, ansonsten konnte man keine konkrete Regung erkennen. »Sind Sie erstaunt, weil ich mit einem Juden zusammengezogen bin? Oder weil ich damals ein großes Haus gekauft habe? Oder weil ich nicht mehr dort wohne?« Er grinste verschmitzt und ergänzte:

»Oder sind Sie erstaunt, dass ich Ihnen nicht alles erzähle?« Er kraulte den Hund, der wieder aufgestanden war, und beobachtete Konstantin.

»Nein. Ja. Eigentlich erstaunt mich alles. Die Beziehungen in diesem Haus, die Tatsache, dass meine Nachbarn hier alle viel Geld haben, ohne dafür hart arbeiten zu müssen. Ich bin erstaunt, dass man eine Wohnung dem Komfort eines Hauses mit großem Garten vorzieht. Und die Toten, die mir in letzter Zeit begegnen, die erstaunen mich über alle Maßen. Nun ist meine Schwester verschwunden. Ich habe entsetzliche Angst, ihr könnte auch etwas Schlimmes passiert sein. Und ich möchte von Ihnen wissen, ob Sie mir helfen können. Sie wissen eine Menge mehr als ich. Ja, ich glaube sogar, Sie haben eine Ahnung, wer Ihr Feind ist und warum Ihre Enkeltochter ermordet wurde.«

Das Gesicht Adlers nahm einen unheimlich traurigen Ausdruck an, jeglicher Zynismus war verschwunden. Was blieb, war ein müdes Gesicht mit Tränen in den ohnehin geröteten Augen. Er stritt nichts ab.

Konstantin sagte eindringlich: »Ich hatte bislang keine Feinde. Es gab niemanden, der meiner Schwester etwas antun müsste, um mich zu treffen.«

»Sie haben wahrscheinlich ein bisschen zu viel Sherlock Holmes gespielt, mein Lieber. In dem Moment, als Sie sich mit der Familie Ihres Vormieters Leander Heinemann beschäftigt haben, sind Sie einen Schritt zu weit gegangen. Lassen Sie mich jetzt bitte allein.« Den Namen Heinemann hatte er nicht ausgesprochen, sondern ausgespuckt, wie Konstantin trotz seiner Sorge bemerkt hatte.

»Sie schicken mich weg? Einfach so?«

Adler schüttelte ganz langsam den Kopf und sagte: »Nein, oder nur für den Moment. Ich bin erschöpft, wirklich erschöpft. Kommen Sie morgen früh um zehn Uhr wieder, und ich verspreche Ihnen eine interessante Geschichte.«

»Morgen früh! Dann könnte es für Anja zu spät sein.«

»Das ist es dann eh schon. Entweder lebt sie, und dann tut sie das morgen auch noch, oder man hat sie gleich umgebracht. Letzteres halte ich allerdings für mehr als unwahrscheinlich.«

»Morgen um zehn? Sicher?« Er hörte sich betteln.

Adler nickte nur einmal, antwortete aber: »Ich halte mein Wort. Immer!«

Die Nacht war schrecklich, an Schlaf war kaum zu denken. Mehr als ein leichtes Dösen schaffte er nicht. Um zwei Uhr rief Frau Finke an und teilte ihm mit, dass man den Wagen seiner Schwester auf dem Parkplatz eines Supermarktes gefunden hatte. Er war ordentlich abgeschlossen, und ihre Handtasche schien sie mitgenommen zu haben. Laut einem Augenzeugen war seine Schwester gegen sechs Uhr abends in ein anderes Fahrzeug gestiegen, freiwillig und ohne Gewaltanwendung. Der Polizeiapparat hatte sich Mühe gegeben.

Montags stand auf dem Supermarktparkplatz immer ein Hähnchenwagen. Den zuständigen Verkäufer hatte man durch nächtliche Telefonate und einen Besuch beim Firmenboss ermitteln können. Ein Foto von Anja hatte sich die Kommissarin vorab in der Anwaltskanzlei besorgt. Hähnchenverkäufer litten unter regelmäßiger Langeweile, und auch dieser Mann hatte sich mit dem Beobachten des Parkplatzes und des geschäftigen Treibens der Kunden die Zeit vertrieben. An die hübsche Frau im Kostüm konnte er sich gut erinnern. Den Fahrer des Wagens wusste der Mann allerdings nicht zu beschreiben, auch bei der Automarke verbesserte er sich zu oft. Es war angeblich ein dunkler Kombi, und die Person hinter dem Steuer sei nicht ausgestiegen. Aber, und das war sehr interessant, die Dame habe sich ans Steuer gesetzt. Für eine gezielte Fahndung waren das leider zu vage Aussagen. Hatte Anja den Mann im Kombi gekannt? Sie stieg doch nicht einfach so in fremde Autos ein. Konstantin rief Detlef an. Es war kurz nach zwei Uhr in der Nacht.

»Kennst du jemanden mit einem dunklen Kombi? Anja soll in ein solches Fahrzeug gestiegen sein. Ich glaube, sie wurde hineingelockt und ist entführt worden.«

Detlef war keine große Hilfe. »Ich kenne in erster Linie aus der Haft entlassene Männer, die sicher kein Auto besitzen, sondern froh über jeden Job sind. Wenn sie dann doch plötzlich mit einem schicken Audi und elektronischer Sitzheizung bei mir auftauchen, sind sie wieder straffällig geworden. Ganz sicher.«

»Kann es sein, dass jemand sauer auf Sie ist und Anja entführt hat, weil er von Ihrem, Entschuldigung, deinem Verhältnis mit einer Anwältin wusste?«

»Konstantin, das ergibt doch gar keinen Sinn. So richtig blöd sind die meisten auch nicht. Die Freundin des eigenen Bewährungshelfers zu entführen macht ja wohl mehr Probleme, als es einbringen kann. Und die Polizei macht sich tatsächlich Sorgen? Es könnte doch auch einen harmlosen Grund …«

Konstantin ließ ihn gar nicht erst ausreden. »Da das Auffinden von Leichen in unserem Kulturkreis nicht zu den harmlosen Zufällen gehört und ich bereits zwei Mal das Vergnügen hatte, geht die Polizei dringend von einem Zusammenhang aus. Und ich auch.«

Detlef schwieg kurz, dann antwortete er: »Mach bitte nichts Dummes im Alleingang. Du weißt, ich muss dir das sagen. Du bist immer auf dünnerem Eis unterwegs als andere Mitbürger. Wenn ich kommen soll, sag Bescheid. Hier alleine zu warten macht mich eh nur zur Nikotinfackel.«

»Danke, ja. Ich melde mich wieder, gute Nacht.« Einen ewig qualmenden Althippie in seiner Wohnung zu haben würde ihn bei seiner Gemütslage vielleicht noch zu einer weiteren Körperverletzung reizen. Das kam überhaupt nicht in Frage.

Um halb sechs morgens setzte er sich an seinen Computer und ging seine Aufzeichnungen durch. Er las, was er über Adler an Informationen gesammelt hatte. An sich wusste er wenig. Adler hatte sein ganzes Leben hier in der Region verbracht, in einem Haus, das er sich gemeinsam mit einem Juden, der das Konzentrationslager überlebt hatte, gekauft hatte. In seinem Beruf schien er ebenso konstant gewesen zu sein. Wenn es stimmte, was Frau Finke Konstantin erzählt hatte, dann war Adler die meisten Berufsjahre bis zur Berentung bei ein und derselben amerikanischen Firma gewesen. Nur jetzt, im hohen Alter, wurde der Mann flexibler, zog um und nahm sich Mieter. Und verlor dabei sein Enkelkind. In Adlers Wohnung hingen Bilder, die mit einiger Wahrscheinlichkeit aus Görings zusammengeraubter Sammlung stammten. Konstantin hatte es mit eigenen Augen gesehen. Er konnte es kaum abwarten, bis der alte Mann ihm mehr erzählte.

Und dann fiel sein Blick auf seine eigene Personenbeschreibung. *Fürchtet sich vor Clowns*, stand da. Er konnte sich gar nicht mehr erinnern, dass er das aufgeschrieben hatte, aber es stimmte. Dieser eine Satz erinnerte ihn daran, dass er so etwas wie die aktuelle Situation schon einmal erlebt hatte.

Er war damals ein kleiner Junge gewesen, fünf oder sechs Jahre alt. Er und Anja waren beide von der Mutter am Zirkus abgesetzt worden. Nach der Vorstellung sollten sie artig am Ausgang stehen bleiben und darauf warten, bis sie abgeholt wurden. Doch es kam zu einem Zwischenfall. In der Vorstellung sorgte ein Clown für Erheiterung und trieb Schabernack mit dem Publikum. Er konnte zaubern und Rad schlagen und holte sich nach der Pause ein Kind auf die Bühne. Es war seine Schwester Anja. Er sagte, er könne Kinder verschwinden lassen oder verwandeln, mit Hilfe einer Kiste. Er fragte Anja, ob sie mal ein Dackel sein wollte. Und sie klatschte begeistert in die Hände, während das leise »Nein!« ihres kleinen Bruders unterging. Simsalabim, die Schwester verschwand in der Kiste, und ein Dackel kam heraus. Danach verschwand auch der Dackel, und ein kleines Pony kam heraus und trieb den Clown unter dem Gelächter des Publikums aus der Manege. Die Kiste wurde hinausgefahren, und Anja blieb verschwunden. Weinend saß Konstantin auf seinem Platz und hatte entsetzliche Angst. Würde seine Schwester nun ewig als Pony bei ihnen leben? Oder musste sie jetzt als Tier im Zirkus arbeiten? Waren alle Tiere im Zirkus einmal Menschen gewesen? Vielleicht gab es sie auch gar nicht mehr?

Er konnte nicht wissen, dass Anja den Moment auf der Bühne genutzt hatte, um hinter den Kulissen sehr selbstständig alles zu erkunden. Der Clown hatte sie natürlich aufgefordert, ihren Platz wieder einzunehmen, aber daran dachte das Mädchen nicht. Sie war eilig davongelaufen, besuchte die Tiere in den Käfigen und spielte mit dem Dackel. Erst als der Schlussakkord verklang und tosender Beifall einsetzte, erinnerte sie sich wieder an den kleinen Bruder und eilte direkt zum Ausgang. Der kleine Bruder war aber sitzen geblieben, bis eine Mitarbeiterin vom Zirkus den weinenden Jungen an die Hand nahm und mit ihm Schwester und Mutter suchte. Natürlich ging die Geschichte gut aus, doch noch beim erwachsenen Konstantin lösten Clowns stets dunkle Gefühle aus. Und nun war seine Schwester wieder, und diesmal tatsächlich, verschwunden. Ohne die Hilfe eines Clowns. Aber durch Konstantins Schuld!

Wenn er an die tote Schwester seines Vormieters dachte, wurde ihm angst und bange. Mit den Nachforschungen, die Leander Heinemann angestellt hatte, hatten dessen Probleme doch auch angefangen. Am Ende war er verschwunden und die Schwester tot. Wie naiv er, Konstantin, gewesen war! Frank hatte schon recht. Hier ging es möglicherweise um Bilder, die Millionen wert waren. Auf der ganzen Welt wurde schon für wesentlich weniger gemordet. Frau Heinemann senior hatte ihn ebenfalls gewarnt. Die Suche nach solchen Bildern konnte zur Besessenheit werden. Leander war fest entschlossen gewesen, den »Turm der blauen Pferde« aufzuspüren. Und seine Großtante glaubte, dass er diese zweifelhafte Leidenschaft mit dem Leben bezahlt hatte. Die Verwüstung der Wohnung von Leander' Schwester war ein weiteres Indiz, wie gefährlich die Sache war. Es sah doch so aus, als würde jemand die wertvollen Bilder oder die Informationen dazu bei den Heinemanns vermuten. Hatte nicht sogar Adler lauernd gefragt, ob Konstantin noch Verwandte seines Vormieters ausfindig gemacht hatte?

Mensch! Er wurde ganz unruhig. Leander Heinemann musste etwas sehr Wichtiges gefunden haben, eine Information, einen Gegenstand oder sogar das Bild mit den blauen Pferden darauf. Als das Telefon klingelte, stolperte er in seiner Aufregung über Goofy und landete der Länge nach auf dem Boden. Seine Nerven waren definitiv am Anschlag.

Am Apparat meldete er sich nur mit »Ja?«.

»Finke hier. Ihre Vorliebe für alte Damen in Ehren, aber wenn die Heinemann mit Nachnamen heißen, sollte ich das wissen, meinen Sie nicht?«

»Oh Gott, ist ihr etwas passiert?«

»Das kann man wohl sagen. Sie hatte einen ähnlichen Aufräumservice gebucht wie ihre Nichte. Die komplette Wohnung ist verwüstet, die Einbrecher haben sogar die Dielenböden hochgehoben. Das alles ist gestern Nachmittag geschehen, als sie mit Ihnen ein Stück Torte genossen hat. Und, Frau Heinemann hat es zwei Mal betont, Sie hätten sie dazu eingeladen.«

»Dann ist der alten Dame also nichts geschehen.« Er würde dafür beten, wenn es jetzt noch etwas half.

»Sekundärschäden. Sie hatte einen Schwächeanfall und befindet sich im Krankenhaus. Aber die Lady hat gut reagiert. Als es ihr heute Morgen besser ging, hat sie sich bei der Kriminalpolizei gemeldet und erwähnt, dass der Einbruch etwas mit zwei Mordfällen zu tun haben müsse. Nur deshalb bin ich über den Einbruch informiert worden. Anderenfalls wäre es eben einer von vielen Überfällen auf die Wohnung einer allein lebenden Dame geblieben.«

»Was hat man in der Wohnung gesucht? Fehlt überhaupt etwas?«

»Das lässt sich in dem Chaos noch nicht sagen. Zumal die alte Frau besser noch ein paar Tage im Krankenhaus bleibt. Sie möchte Sie übrigens sehen.«

»Das hat sie gesagt?«

»Ich denke mir solche Dinge bestimmt nicht aus, Herr Neumann! Wenn Sie etwas vom Verbleib des Franz-Marc-Bildes ahnen, sollten Sie mir das dringend mitteilen. Oder von den anderen Bildern auf den Fotos, die Sie in Ihrer Wohnung gefunden haben. Frau Heinemann hat mir bestätigt, dass ihr Großneffe nach dem ›Turm der blauen Pferde‹ gesucht hat. Aber die Fotos von den Bildern sind angeblich nicht von Leander gemacht worden.«

»Ja, ich weiß. Ich dachte auch lange, er hätte sie selbst fotografiert, aber er hat sie wahrscheinlich bei Susanne gefunden.«

Er sah förmlich ihr volles Gesicht und das Stirnrunzeln vor sich, als sie erwiderte: »Mit Vermutungen kommen wir nicht mehr weiter. Herr Heinemann hat behauptet, er habe die Fotos gefunden, aber wenn Sie meine Meinung hören wollen, hat er sie geklaut.«

»Was ist mit Anja?«

»Sorry, noch keine Spur. Wir überprüfen gerade ihre aktuellen Fälle in der Kanzlei.« Sie machte eine Pause und fragte dann vorsichtig: »Hat Ihre Schwester eine besondere Beziehung zu Ihrem Bewährungshelfer? Kann das sein?«

»Ja, das kann sein.« Zum Glück verkniff sie sich jede weitere Bemerkung.

Nachdem er vier Tassen Kaffee geleert und zwei Toastbrote gegessen hatte, an deren Belag er sich schon zehn Minuten später nicht mehr erinnern konnte, war es endlich Zeit, um seinen Vermieter und Mitbewohner Antonius Adler aufzusuchen. Der alte Mann öffnete erst nach dem zweiten Klingeln, und Konstantin hatte den Eindruck, dass der alte Herr dieselbe Kleidung trug wie am Vorabend. Bestätigt wurde dieser Eindruck, als Adler erzählte, er habe seiner Pflegekraft heute freigegeben. Vermutlich hatte Adler in den Sachen geschlafen. Im Wohnzimmer stand das Geschirr vom Frühstück, und daneben lag ein Berg von Tablettenblistern.

Müde lächelte Adler und sagte lakonisch: »Das hätte gereicht, um verdammt gut zu schlafen, aber ich bin leider zu gottesfürchtig, um mein Leben selbst zu beenden. Es geht einfach nicht.«

Nicht sicher, inwieweit der alte Mann scherzte, nickte Konstantin nur stumm. Adler bat ihn, sich zu setzen, und rollte dann zu seinem Sitzplatz. Das Geschirr schob er zur Seite, sichtlich selbst erstaunt über diese wohl ungewohnte Nachlässigkeit.

»Soll ich das eben abräumen?« Konstantin sprang wieder auf, und das dankbare Nicken Adlers gab beiden etwas Zeit, sich zu sammeln. In der Küche lagen die leeren Packungen der Tabletten achtlos auf dem kleinen weißen Tisch verteilt. Konstantin räumte das Geschirr in die Spülmaschine, ein Sondermaß von vierzig Zentimetern, wie er erstaunt feststellte. Er goss ein Glas mit Wasser ein und kehrte damit zu Adler zurück, stellte es vor ihn hin.

Es gab nichts mehr zu tun oder zu sagen. Der alte Herr nickte, richtete sich auf und begann zu erzählen.

»Ich habe einen Feind. Mein ganzes Leben lang schon habe ich diesen Feind. Lange Jahre war er nur noch in meinem Kopf, doch seit ein paar Jahren ist er wieder da, schleicht um meine Familie herum, bedroht sie und mordet. Er ist der Teufel persönlich, das kann ich Ihnen sagen.« Adler klopfte auf die Armlehne seines Rollstuhls. »Das war auch sein Werk, der krönende Abschluss unserer letzten persönlichen Begegnung. Zuvor aber hat er mich gequält, immer wieder.« Adler machte eine merkwürdige Handbewegung.

Konstantin hatte keine Ahnung, was er meinte, bis Adler ein Geräusch von sich gab. Erstaunt fragte er den alten Mann: »Sie meinen, er hat Sie mit einem Elektroschocker gequält?«

»Ja, der Junge hatte damals so einen heimtückischen Prototypen. Sein Vater kaufte ihm ja alles, was gefährlich war und womit man Menschen wie mich quälen konnte. Ich war sechzehn, er fünfzehn, als wir uns zum ersten Mal trafen. Als wir uns trennten, lag ich verkrüppelt am Boden und war mittlerweile siebzehn. Der Krieg war aus, und er musste mit seinem Vater eine Zeit lang untertauchen. Aber vorher hat er mich so zugerichtet, dass die Engländer mich zunächst zu den Toten packten.«

»Die Engländer? Waren Sie in englischer Kriegsgefangenschaft? Dann ist Ihr Feind ein Engländer gewesen?«

Adler lachte kalt auf. Sein Gesicht nahm einen zornigen Ausdruck an. »Sie verstehen gar nichts. Ich dachte, Sie hätten bei Ihren Schnüffeleien deutlich mehr herausgefunden. Warum hatte ich ein Haus mit einem Juden zusammen, he? Ich bin auch Jude, und ich war ein Kriegsgefangener, natürlich. Doch nicht bei den Engländern. Denen küsse ich noch heute die Stirn, wenn ich drankomme. Ich war ein Gefangener der Nazis. Konzentrationslager? In der Schule schon mal was darüber gehört?«

Konstantin bekam ein heißes Gefühl im Gesicht, er wusste nicht, wohin mit seinem Blick, wohin mit den Händen. So fühlte sich Scham an.

Jetzt streifte Adler den linken Ärmel hoch, wo man eine blasse Narbe sah. »Hier, da hat sie gesessen, meine Nummer. Wie ein Stück Fleisch hat man mich tätowiert. Ich habe sie mir wegmachen lassen, damit ich die Zahlen endlich aus dem Kopf bekam.«

Konstantin stöhnte auf. Auf eine solche Erklärung hätte er

selbst kommen können, wenn er den armen Mann nicht so verbohrt für einen Nazi gehalten hätte. In Auschwitz wurden Häftlinge am Arm tätowiert, in den anderen Konzentrationslagern reichte ein Stück Stoff an der Kleidung zur Erkennung. Das hatte er doch irgendwo mal gelesen.

»Entschuldigung. Das habe ich nicht gewusst. Erzählen Sie bitte weiter.«

»In Auschwitz war ich nicht lange, ich hatte das große Glück, in das Austauschlager Bergen-Belsen zu kommen. Das war kein reines Vernichtungslager, sondern dort wurden Juden mit Auslandskontakten zu Austauschzwecken bereitgehalten. Wir mussten hart arbeiten, und viele starben auch in diesem Lager an den schlechten Lebensbedingungen. Aber ich hatte Glück, auch wenn es sich nie so anfühlte. Es gab dort einen Juden namens Simon Goldmann. Sie kennen ihn bereits.«

Konstantin dachte an die Gedenkstele im Garten und sagte: »Er ist der Großvater von Frau Schubert, nicht wahr?«

Adler nickte nur. »Simon war ein phantastischer Mensch und Lebenskünstler. Er war ein Restaurator von bedeutendem Ruf. Sie brachten alle ihre geraubten und billigst erworbenen Kunstwerke zu ihm, und Simon musste diese Raubkunst sichten, restaurieren, schätzen und begutachten. Er tat es mit Leidenschaft, und er war immer ehrlich. Er beriet einen Göring genauso gut, wie er es früher bei einem Freund getan hätte. Diese Klugheit rettete ihn durch den Krieg. Hätte er einem Goebbels oder einem Rosenberg eine Fälschung angedreht und es wäre herausgekommen …« Er ließ den Satz unvollendet.

»Ich wurde diesem jüdischen Gefangenen als Assistenz zugeordnet, was zunächst einmal großes Glück war. Simon hatte eine Menge Sonderrechte, er war begehrt, und man vertraute ihm. Unter seinen Händen bekamen alte Gemälde neuen Glanz, er konnte Risse unsichtbar machen und fand den perfekten Rahmen zu einer Leinwand. Nur ich wusste, wie sehr er diese Leute hasste, wie wenig er es ertragen konnte, die Bilder, die seinen jüdischen Leidensgenossen gehörten, in diesen Händen zu wissen. Simon war etwa fünfzehn Jahre älter als ich und nahm mich unter seine Fittiche. Ich wurde ein begeisterter Kunstexperte und bekam trotz meines jungen Alters ein Gefühl für den Wert und die historische Bedeutung dieser Kunstobjekte. Ich war sein Lehrling. So notierte ich jedes Bild, das bei uns in der Werkstatt auftauchte, schrieb auf, wer es erworben hatte, und auch – aber das wussten wir natürlich nicht immer – wem es zuvor gehört hatte. So entstand eine hochbrisante Liste. Ich habe sie Simon zu der Zeit nie gezeigt oder etwas darüber verlauten lassen, der hätte sie vor lauter Angst gegessen. Aber Sie können sich vorstellen, was diese Liste nach dem Krieg wert war.« Adler schwieg einen Moment.

»Ich greife voraus. Leider, leider schlug das Schicksal zu, als die Briten bereits knapp vor den Toren des Konzentrationslagers standen. Mein ganz persönlicher Feind war der fünfzehnjährige Sohn eines hohen Nazioffiziers, eines besonderen Freundes von Hermann Göring. Inwieweit Göring sich mit Kunst eingedeckt hat, ist mittlerweile bekannt. Der junge Hans Meyer war ein sadistisches Schwein, sein Vater, Fritz Meyer, ein gieriger und egozentrischer Mann, der nicht in der Lage war, sich in andere Menschen hineinzuversetzen. Die beiden tauchten im letzten Moment auf, weil wir zwei Bilder von ihnen in der Werkstatt hatten. Bilder, für die noch heute eine Menge Leute einiges riskieren würden. Das eine war ein Landschaftsbild von William Turner, das andere ein Gemälde von Daniel Seghers.«

Adlers Blick ging in die Ferne, bestimmt betrachtete er mit dem inneren Auge eine alte Erinnerung an diese Bilder. »Beim Hinausgehen stolperte Hans und fiel hin, und ich habe gegrinst. Natürlich habe ich nur gegrinst, aber am liebsten hätte ich laut aufgelacht. Hans hat es in einem Spiegel gesehen, der in der Werkstatt zur Reparatur stand, und dann ging er auf mich los. Ich hatte den Eindruck, der ganze Frust der Nazis, die gerade einen der größten Kriege der Weltgeschichte verloren, entlud sich auf meinem schmalen Körper. Simon wollte mir helfen, aber Vater Fritz versetzte ihm einen Hieb mit dem Knauf seiner Waffe, und er war eine Zeit lang benommen. Während Fritz Meyer die Bilder ins Auto brachte, schlug der Sohn mich zum Krüppel. Nur vier Stunden später betraten die ersten Tommys unser Lager. Verdammtes Pech!«

Konstantin merkte, dass er seine Schultern starr hochgezogen hatte und sein Nacken zu schmerzen begann. Was er da hörte, war eine völlig andere Geschichte als erwartet. Und er kannte zu viele Details, die dazupassten, um an der Wahrheit zu zweifeln. Er, Konstantin, hatte nur die falschen Schlussfolgerungen gezogen.

Adler trank sein Wasserglas leer und betrachtete seine alten Hände. »Wer hätte gedacht, dass Gott uns beiden, Simon und mir, ein dermaßen langes Leben bescheren würde? Die Sache mit der einen und der anderen Wange, die man hinhalten sollte, wenn man geschlagen wird, die haben wir uns sehr schnell abgewöhnt. Nach dem Krieg waren wir Juden, die überlebt hatten. Anfeindungen gab es noch immer. Interessanterweise stritt man nun darum, wer mehr Opfer im Krieg zu beklagen hatte. Die Deutschen jammerten, wen sie im Krieg alles verloren hatten und wie wenig sie noch zum Leben besaßen. Viele Juden mussten sich die Frage stellen, wohin sie gehen sollten. Eine Menge von ihnen hoffte auf ein besseres Leben in Palästina oder in Amerika.«

Adler rutschte in seinem Stuhl hin und her, um es bequemer zu haben. Als er fortfuhr, glitt ein diabolisches Lächeln über sein Gesicht. »Simon und ich, wir hatten eine hochinteressante Liste, Talent und ein enormes Wissen. Wir fanden uns sehr schnell zurecht. Das heißt, um die Wahrheit zu sagen, Simon fand sich schnell zurecht. Er kümmerte sich aufopfernd um mich, erstritt die besten Ärzte, sorgte für Sonderbehandlungen und machte mir immer wieder Mut. Seine Frau kehrte aus Dänemark zurück, wohin sie gerade noch rechtzeitig zu Verwandten geflohen war, und wir lebten zunächst zu dritt in einer kleinen Mietswohnung. Simon und ich hatten schnell genug Geld zusammen, um ganz neu zu starten. Wir wussten, wo es Bilder und somit Geld zu holen gab. Bilder, die nachweislich Juden geraubt worden waren, wollten wir nicht haben. Da kümmerten wir uns um die Rückgabe. Dass meine Schwester einen Schweizer Anwalt geheiratet hatte, war da äußerst günstig. Wir lieferten die Informationen, und er übernahm die Fälle bis zur erfolgten Rückgabe des Eigentums. Dieser Herr von Stetten hat sich auf diese Weise einen

Namen als ›Anwalt der Juden‹ gemacht. Ich kann ihn jedoch nicht ausstehen.«

Konstantin wagte einen direkten Vorstoß. »Wer hat denn das Bild von Franz Marc, die ›Blauen Pferde‹?«

Zu seinem Erstaunen hob Adler die Schultern und ließ sie wieder fallen. Er sagte: »Ich habe es verloren. Und an den Reaktionen von Hans Meyer in der jüngsten Zeit ahne ich, dass er es ebenfalls aus den Augen verloren hat.«

»Moment mal, das geht mir zu schnell. Wollen Sie andeuten, dass dieser, wie nannten Sie ihn, dieser Sadist, noch lebt? Und Sie haben Kontakt zu ihm? Er muss doch steinalt sein!«

Adler deutete eine Verbeugung an, so gut das in einem Rollstuhl eben ging. »Merci, genau wie ich. Hans Meyer ist oder wird demnächst sechsundachtzig Jahre alt. Und er hat einen überaus eifrigen und treuen Enkelsohn. In den neunziger Jahren habe ich ihn aufgespürt. Es war einer dieser merkwürdigen Zufälle, die das Leben oder das Schicksal bereithält. Wie man das sehen will. Einer meiner letzten Kundenkontakte, bevor ich in Rente gehen wollte, führte mich nach Essen. Meine Versicherung sollte eine alte Familiensammlung versichern, ein großer Auftrag lockte. Man war mit der deutschen Versicherung unzufrieden, die bei einem Wasserschaden extrem unkooperativ reagiert hatte.

Ich fuhr also zu einem großen Anwesen und lernte einen Thomas Meier kennen. Er schrieb sich mit ›ei‹, nicht wie Hans mit ›ey‹, sodass ich keinen Verdacht schöpfte. Außerdem ist Meyer in jedweder Schreibweise ein Allerweltsname. Doch als ich die Sammlung sah, wurde mir übel, so übel, dass ich nach einer Toilette fragen musste. Ich kotzte so viele alte Lasten aus, dass ich gar nicht mehr aufhören konnte. Selbst zwei der Rahmen, die Simon damals für die Bilder angefertigt hatte, waren noch vorhanden. Mein Auftraggeber schöpfte keinen Verdacht, Rollstuhlfahrer sind halt langsam und schwach, brauchen lange auf der Toilette. Nach dem kurzen, aber heftigen Zusammenbruch sammelte ich mich, bereitete tatsächlich professionell die Papiere vor und fragte nach der schönen Sammlung. Ich musste sichergehen, dass die Bilder nicht später gekauft worden waren. Dabei erfuhr ich, dass schon sein Vater Hans und der Großvater Fritz mit der

Sammlung begonnen hatten. Oh ja, das wusste ich, denn drei seiner Bilder waren bei uns in der KZ-Werkstatt in Behandlung gewesen. Der Rest war einfach. Im Adressbuch fand ich später die Bewohner dieser Adresse: Hans Meier, Thomas Meier und Gattin Marlies Meier, Felix Meier. Ich übergab den Fall einem Kollegen und trat meine Rente an. Nicht auszudenken, wenn Hans Meier und ich in dem Haus aufeinandergetroffen wären. Ich wollte es nicht mehr betreten.« Dabei starrte er auf die Räder seines Rollstuhls. Betreten hatte er das Haus ja eigentlich gar nicht.

»Und Sie wollten sich nicht rächen? Diesen Hans für den Überfall anzeigen? Sie sind doch nicht einfach in Rente gegangen?«

Adler lächelte müde. Es wirkte ein wenig altväterlich und passte nicht zu ihm. »Körperverletzung verjährt recht schnell. Heute weiß ich, dass ich einen Auftragskiller hätte anwerben müssen, um Hans Meier und dessen Enkelsohn Felix, der seine stinkende rechte Hand geworden ist, eliminieren zu lassen.«

Konstantin hatte nicht den Eindruck, dass der alte Herr scherzte. Es klang tatsächlich nach einer verpassten Gelegenheit.

»Jetzt bin ich zu müde dazu. Aber etwas habe ich schon getan, natürlich.« Er räusperte sich und wechselte mühsam die Sitzposition.

»1994 wurde eine Koordinierungsstelle eingerichtet, die sich Lost Art nannte und deren Ziel es noch heute ist, im Zweiten Weltkrieg verschwundene und beschlagnahmte Kunstwerke aufzuspüren, um gemäß der Washingtoner Konferenz gerechte Lösungen für alle Beteiligten herbeizuführen. Dort gibt es mittlerweile eine enorme Datenbank mit Kunstgütern, und man kann auf den Internetseiten sowohl Suchmeldungen als auch Fundmeldungen ansehen. Wenn beispielsweise ein jüdischer Erbe nach einem verschollenen Familienbild sucht, kann es sein, dass er es in der Datenbank findet und Ansprüche geltend machen kann. Ich habe den Meiers also diese Organisation auf den Hals geschickt, und Sie können sich vorstellen, dass Lost Art sich über einige neue Einträge in der Rubrik Fundmeldungen gefreut hat. Das ganze Prozedere hat sich jahrelang hingezogen, aber schlussendlich haben nur die Anwälte daran verdient. Allerdings …«

Adler stockte, rieb seine Hände aneinander, als seien sie kalt, und seufzte. Dann begann er noch einmal: »Wenn man jemanden nach einer so gewaltig langen Zeit wiederfindet, bleibt das auch der anderen Seite nicht verborgen. Die Meiers haben meinen vollen Namen damals nie erfahren, im KZ bist du bloß eine Nummer oder ein ›Saujude‹. Aber ein Jahr nachdem die Meiers wegen Geschäften mit Naziraubkunst in die Schlagzeilen geraten waren, wurde meine Frau ermordet. Das war vor etwa drei Jahren. Die Untersuchung durch Lost Art, die Entdeckungen und Verhandlungen, das alles zog sich, wie gesagt, lange hin. Doch schließlich schadete der Rummel der Familie Meier ganz erheblich, Aufträge blieben aus, das Ansehen litt. In Zugzwang geraten, mussten die Meiers auch einiges an Kunstwerken zurückgeben. Der Mord an meiner Frau war eine Botschaft an mich, von Hans: ›Ich habe dich gefunden.‹ Das Quälen mit Stromstößen kannte ich zu gut.«

»Aber um Himmels willen, das hätten Sie doch der Kommissarin sagen müssen. Damals schon!«

Adler blickte ihn aus roten Augen traurig an und erwiderte: »Meine Familie hatte große Angst, wir fühlten uns beobachtet, bedroht. Ständig schlich so ein gewaltbereiter junger Spund um unser Grundstück. Und es war immer wieder ein anderer brauner Neonazi. Ich habe zwei Privatdetektive engagiert, doch sie fanden keine Möglichkeit, die Kerle dingfest zu machen. Hans Meier oder sein Enkel kennen zu viele Arschlöscher. Denen konnte man nichts nachweisen.« Er entschuldigte sich nicht für seinen drastischen Ausdruck. »Und ich bin zu korrekt, um es ihm mit gleicher Münze heimzuzahlen. Niemals würde ich mich an unschuldigen Familienmitgliedern vergreifen. Das ist nicht meine Art. Man kann die Bedrohungslage damals kaum beschreiben, aber es war schlimm. Simon war lange schon tot, und ich war bereits mit siebzehn keine große Hilfe gegen kräftige Männer. Im Alter wird so etwas bekanntlich nicht besser. Und Hubert war viel unterwegs. Wir sind darum also alle miteinander in dieses Haus umgezogen. Schon wegen Kevin, der leichtesten

Beute, war das sinnvoll. Sie wissen, wie vertrauensvoll er ist. Susanne wohnte damals noch in einer WG. Es ist auch lange gut gegangen.«

Adler seufzte und erzählte dann weiter: »Eines Tages zog dann ein Leander Heinemann ein. Ein Spitzel von Hans Meier, wie ich später feststellen musste. Meier hatte mich also wiedergefunden, und Heinemann sollte mich ausforschen. Er sollte meinen Besitz ausspionieren, für ihn Bilder finden. Der junge Mann war vieles, aber nicht blöd, und er fand schnell heraus, dass es um sehr wertvolle Gemälde ging. Hier im Haus, und zwischen Meier und mir im Besonderen. Und er wurde zum Besessenen. Besessen von der Suche nach dem ›Turm der blauen Pferde‹. Hans musste geahnt haben, dass ich noch immer im Bilderhandel aktiv war, oder er hat gut recherchiert. Von dem Verbleib des Marc-Bildes wusste er aber mit Sicherheit erst durch Heinemann.«

»Wo hat er es gefunden?«

Die Antwort traf Konstantin kalt und von hinten.

»Bei mir! Es hing in meinem Schlafzimmer, und ich wusste, jeder würde es für eine Kopie halten. Außer jener Person, die eigens damit beauftragt worden war, bei mir nach wertvollen verschollenen Gemälden zu suchen. Diese Person war Heinemann, und das Bild ist mit ihm zusammen verschwunden. Und dabei hatte ich es fast schon mein ganzes Leben lang.« Er öffnete die Hände und hielt sie nach oben, eine Geste der Trauer über den Verlust. Dem alten Mann lief eine Träne über die Wange. Eine Regung, die er beim Tod seiner Angehörigen besser im Griff hatte, dachte Konstantin erstaunt.

»Das Bild war ein Symbol für mich, ein Symbol für so vieles. Ich weiß, dass es eigentlich in der Berliner Nationalgalerie hängen müsste, denn Maria Marc, die Frau des Malers, hatte es damals dorthin verkauft. Dort sollte es hängen und der Öffentlichkeit Freude bereiten.«

»›Der Turm der blauen Pferde‹. Es war all die Jahrzehnte über bei Ihnen!«

Konstantin starrte seinen Vermieter ehrfürchtig an, wohl wissend, dass dem eine solche Ehre sicher nicht ganz zustand. Adler hatte das Bild ja vermutlich ebenfalls widerrechtlich erworben.

Dann musste er an Frank denken. Frank, der nicht mehr lange zu leben hatte, der selbst von diesem alten Herrn überlebt werden würde. Was würde es Frank bedeuten, das Bild nur ein einziges Mal im Original anschauen zu dürfen, die Farben zu riechen und sich Franz Marc beim Malen vorzustellen?

Er fragte Adler: »Aber Sie müssen doch eine Ahnung haben, wo es jetzt ist. Wer hat es denn?«

»Heinemann hat mein Enkelkind verführt und unglücklich gemacht, er hat sich als Spion in unsere Gemeinschaft eingeschlichen, und dann war das Bild weg.« Und er fügte nach einer Pause schnell hinzu: »Und der Kerl auch. Er hat das alles sehr langsam und perfide vorbereitet.« Adler hob die Hände, hielt sie gekrümmt in die Luft. »Vielleicht ist das, was gerade geschieht, eine Sühne. Am Ende meines Lebens muss ich bezahlen.«

Ein merkwürdiger Gedanke für einen Mann, der als verfolgter Jude schon im Konzentrationslager eine Menge erleiden musste. Konstantin wunderte sich einmal mehr über ihn und fragte: »Susanne ist kurz vor ihrem Tod nachts zu Ihnen gekommen. Ich konnte nicht schlafen und habe sie zufällig gesehen, sie war verletzt. Was hatte das zu bedeuten?«

Adler schüttelte entrüstet oder erstaunt den Kopf, antwortete aber bereitwillig: »Susanne war in der Nacht in die Wohnung von Heinemanns Schwester eingedrungen und hatte sich dort umgeschaut. Ja, sie sollte nach meinem Bild suchen. Sie ist gut darin, und niemand hat etwas bemerkt. Aber auf dem Weg zum Auto, das ein paar Meter weiter am Feldrand stand …«

»Sie war mit dem Fahrrad unterwegs.« Das wusste Konstantin genau.

»Sie hat natürlich nicht ihr eigenes Auto benutzt. Ist ja auch egal. Jedenfalls schlich in dieser Nacht wohl noch jemand dort herum, denn sie wurde angegriffen und hat sich wehren müssen. Sie meinte, Felix Meier erkannt zu haben.«

»Haben Sie später bei Heinemanns Schwester noch mal alles durchsuchen lassen? Waren Sie das? Die ganze Wohnung wurde auf den Kopf gestellt! Glaubten Sie, Heinemann hätte das Bild bei seiner Schwester versteckt? Und haben Sie etwa auch seine Schwester …?«

»Stopp, jetzt hören Sie schon auf!«, rief der alte Herr nun erbost. Konstantin hatte sich in Rage geredet, was er sofort bereute. Der alte Mann in seinem Kummer tat ihm leid.

Adler sprach entrüstet weiter: »Nun ist es aber genug. Ich regele meine Angelegenheiten mit den betreffenden Personen direkt. Unschuldige zu erpresserischen Zwecken mit einzubeziehen, das ist die Handschrift von Hans Meier. Ich war nie auch nur in der Nähe des Hauses und auch kein anderer in meinem Auftrag. Ich töte keine Menschen.«

Die Hände des Alten zitterten erregt, er versuchte mehrfach vergeblich, den obersten Knopf seines Hemdes zu öffnen. Hoffentlich bekam er jetzt keinen Herzinfarkt. Der Knopf riss ab und rollte über den Fußboden. Leise wiederholte Adler: »Ich töte keine Menschen.«

ZEHN

Als Konstantin eine halbe Stunde später die untere Wohnung verließ, hatte er darauf bestanden, den Pflegedienst doch kommen zu lassen. Adler rief ohne Widerrede noch in Konstantins Beisein seine Pflegerin an und verriet damit, wie schlecht es ihm ging. Frau Schubert wollte er auf keinen Fall benachrichtigen. Zum Pflegen gäbe es Personal, das sei nicht Aufgabe seiner Familie oder der Freunde.

Konstantin ging mit viel mehr Wissen, aber noch mehr Angst um seine Schwester nach oben. Nach all dem, was er von seinem Vermieter soeben gehört hatte, standen für ihn nun wesentliche Punkte fest: Die Meiers waren sowohl für den Tod von Adlers Ehefrau als auch für den Mord an Susanne Jung verantwortlich. Warum Susanne sterben musste, war ihm nun klar: Felix Meier hatte Angst, erkannt worden zu sein. Zusätzlich war es eine deutliche Warnung an Adler und die anderen. Hans Meier musste sich furchtbar geärgert haben, dass einige seiner Gemälde jetzt in der Datenbank von Lost Art ihre ursprünglichen Besitzer suchten und ihm quasi nicht mehr gehörten. Ganz abgesehen von dem Imageverlust.

Leander Heinemann hatte für Hans Meier gearbeitet, davon konnte man ausgehen. Dieser Altnazi war also der vermögende Finanzier des Autos und der Wohnung von Heinemann gewesen. Sein Vormieter hatte das Ganze offenbar als harmlosen Job betrachtet, bis er wusste, was wirklich dahintersteckte: die Suche nach mehreren wertvollen verschollenen Gemälden, unter denen sich sogar eines der berühmtesten Raubkunst-Bilder befand. Plötzlich wollte er sein eigenes Geschäft aufmachen. Und machte sich damit neben Adler auch Hans Meier zum Feind.

Adler hatte zugegeben, Leander Heinemann nach seinem plötzlichen Auszug mit einem Trick in die Villa gelockt und dort festgehalten zu haben. Konstantin stellte sich vor, wie das wohl abgelaufen war.

Der Auszug war erledigt, die Wohnung im ersten Geschoss

stand leer, und Susanne bat Leander, sie noch einmal in die alte Villa zu begleiten, um von dort einen alten Sekretär in ihre Wohnung zu transportieren. Der junge Mann willigte ein, und beide fuhren in Susannes Auto zu dem Anwesen. Der Verwalter begrüßte sie, und man ging zusammen ins Haus und in den Keller, wo einige alte Möbel gelagert waren. Dort unten schlugen sie ihn dann nieder und brachten ihn in den Raum, den Konstantin selbst dort besichtigt hatte. Von wegen, ein vierzehnjähriger Ausreißer habe dort gehaust! Aber nein, Adler hatte versichert, sie hätten keine Gewalt angewendet. Also hatten sie ihn einfach überwältigt und ihm ihre Bedingungen genannt.

Wenn Leander Heinemann den »Turm der blauen Pferde« zurückgäbe, würden sie ihn freilassen, und er könnte endlich nach Kanada auswandern. Genau das hatte er nämlich vor, wie er bei seinem eiligen Auszug beteuert hatte. Solange das Bild nicht wieder auftauchte, würde er in der leeren Villa gut versorgt werden, aber seine Freiheit nicht wiederbekommen. Leander Heinemann leugnete keineswegs, dass er für Hans Meier arbeitete, versicherte allerdings immer wieder, dass er ihm das Bild bereits übergeben habe.

»Was soll ich mit einem Gemälde, nach dem so viele Leute schon ewig suchen? Das ist mir viel zu heiß. Ich brauche bares Geld, um nach Kanada auszuwandern.« So oder so ähnlich lauteten wohl seine Worte.

Am vierten Tag war sich Susanne sicher, dass er die Wahrheit sagte. In der darauffolgenden Nacht gelang ihm die Flucht. Seitdem war er spurlos verschwunden. Adler verfluchte den »Hundesohn« und tobte tagelang, dann wollte er nichts mehr davon hören und vermietete die Wohnung an Konstantin. Er glaubte sicher zu wissen, dass Heinemann mit dem Bild nach Amerika gereist war und man früher oder später etwas über den Fund des Jahrhunderts hören würde, mit was für einer Geschichte auch immer. Die Amis erfanden nicht nur sich selbst immer wieder neu.

Ob sein Vermieter sich komplett aus allen Geschäften zurückgezogen hatte, war Konstantin nicht klar. Immerhin lief ja so einiges im Haus weiter. Susanne hatte kurz nach ihrem Tod noch diese ominösen Postkarten bekommen.

Leider hatte Adler hartnäckig geschwiegen, als Konstantin genauer wissen wollte, wie die einzelnen Bewohner im Haus zusammenarbeiteten. Er hatte nur höhnisch gelacht und gemeint:

»Arbeiten! Das ist etwas, was die liebe Frau Bartels noch nie gemacht hat. Ich hätte mich tatsächlich gefreut, wenn sie ihren Mann auf ihre alten Tage wenigstens hätte pflegen müssen, aber der ist ja, ganz Gentleman, schnellstmöglich seiner Krankheit erlegen.« Über andere Leute sprach der alte Herr wirklich selten nett, dachte Konstantin bei diesen Worten noch, aber mehr hatte er nicht erzählen wollen.

Ja, und dann ließ das Schicksal den kranken alten Mann noch immer nicht in Ruhe. Susanne Jung, seine Enkelin, wurde ermordet, mit einem Stromschlag. Für Adler eine ganz klare Botschaft von Hans Meier, und der konnte nur eins wollen: den »Turm der blauen Pferde«. Leander Heinemann hatte offenbar beide Männer gelinkt. Hatte er auch seine eigene Schwester ausgetrickst? Oder lag er tot in irgendeinem See, mit Mafiamethoden aus dem Weg geräumt? Für Konstantin zählte jetzt eigentlich nur noch, wo seine Schwester Anja sich aufhielt. Wenn Adler nicht derjenige war, der das Haus von Meike Schulze Terhorst und die Wohnung von Frau Heinemann durchsucht hatte, dann musste eigentlich Hans Meier dafür verantwortlich gewesen sein. Adler schien jedenfalls davon auszugehen, dass dieser Mann auch mit dem Verschwinden seiner Schwester zu tun hatte.

»Warten Sie ab, er wird sich melden und sagen, was er von Ihnen will. Vielleicht sollen Sie mir als Heinemanns Nachfolger den Schädel einschlagen? So gut schlagen können wie damals wird er ja in seinem Alter nicht mehr.« Gelacht hatte Adler bei den Worten nicht.

Als das Telefon Punkt zwölf Uhr mittags klingelte, erschrak Konstantin daher heftig. Es war jedoch kein Entführer, es war die alte Frau Heinemann. »Haben Sie meine Wohnung durchsuchen lassen? Sagen Sie mir die Wahrheit.«

»Nein, natürlich nicht. Wie geht es Ihnen?«

»Besser. Können Sie kommen?«

»Frau Heinemann. Meine Schwester ist wahrscheinlich entführt worden …«

»Oh Gott, wie schrecklich.«

»Ich möchte lieber in der Wohnung bleiben, falls sich jemand meldet.«

»Hören Sie, es ist mir wirklich wichtig. Vielleicht kann die Kommissarin einen Beamten in die Wohnung schicken? Oder eine Nachbarin hält so lange die Stellung?«

»Ich kann nichts versprechen, mal sehen.«

Also klingelte er bei Ulrike. Es war so viel passiert, dass er gar nicht wusste, wie er ihr begegnen sollte. Ein wenig waren sie befreundet, doch über sie wusste er am allerwenigsten. Wie stand sie zu Adler? Wie viel wusste sie von den Vorkommnissen hier im Haus?«

Sie lächelte ihn an und bat ihn herein. Sein Kopfschütteln irritierte sie sichtlich. »Was ist los, Konstantin? Ist etwas mit Goofy?«

Schnell und sehr leise erklärte er Ulrike, warum er kurz wegfahren musste, aber seine Wohnung nicht alleine lassen wollte. Ohne ein Wort zu sagen, zog sie den Schlüssel aus ihrer Tür, schloss ab und folgte ihm. Leicht amüsiert bemerkte er, dass sie dies in dicken, selbst gestrickten Socken tat. Als sie damit dann auf seinem Sofa saß, Goofy zu ihren Füßen, und in der Fernsehzeitung blätterte, war es zu spät, sich zu fragen, ob er das Richtige tat.

Im Krankenhaus erkundigte er sich nach dem Zimmer von Frau Heinemann und traf die alte Dame in einem Zweibettzimmer an, angezogen auf der Bettkante sitzend. Eine andere, keineswegs jüngere Frau lag schnarchend im anderen Bett unter der Bettdecke.

Ein Aufenthalt hier war eventuell noch schlimmer, als entführt in einem Keller zu liegen, dachte er und kam sich sofort mies vor.

»Endlich! Kommen Sie, wir gehen in eine ruhige Ecke.« Es gab ein Besucherzimmer mit einem Tisch, auf dem eine sehr kleine weiße Spitzendecke lag und darauf ein Plastikblumenstrauß. Frau Heinemann drängte ihn hinein und machte die Tür zu. Sie hielt ihren Gehstock zwischen beiden Händen und drehte ihn.

»Also, das ist nämlich so: In meiner Wohnung ist nichts gestohlen worden, soweit ich das so schnell und unter Schock stehend erkennen konnte, aber es ist eventuell dennoch etwas entfernt worden.« Sie blickte ihn von unten herauf an. Der Blick war wahrscheinlich verschwörerisch gedacht, was sie damit sagen wollte, verstand er aber nicht.

»Wie meinen Sie das?«

Jetzt verdrehte die alte Lady sogar ein wenig die Augen und fragte zurück: »Wo haben Sie noch gleich Fotos in Ihrer Wohnung gefunden?«

»Unter den Dielenböden – Ah, Sie meinen unter Ihren Dielenböden habe auch etwas gelegen, was nun nicht mehr da ist, ja?«

»Ganz genau.«

»Was hatten Sie denn dort versteckt?«

Sie verdrehte nun sehr auffällig die Augen und erlaubte sich ein leises Stöhnen. »Sie haben mich nicht verstanden. Ich habe gar nichts unter meinen Böden versteckt. Ich krabble doch nicht auf meinen Titanknien herum und löse Bretter, um etwas zu lagern, was ich auch in einem Schrank einschließen kann. So wertvoll ist mein Besitz ohnehin nicht. Aber ich habe gesehen, dass eine bestimmte Vertiefung in dem ganzen Chaos nicht staubig war, sondern geradezu säuberlich geputzt wirkte. Leander könnte da ein Versteck genutzt haben.«

Klar, dachte Konstantin, warum sollte er eine gute Idee nicht zweimal benutzen?

»Hatte Ihr Neffe einen Schlüssel von Ihrer Wohnung?«

»Großneffe. Meike hatte einen, und Leander hatte einen Schlüssel zu Meikes Haus.«

Leander hätte also heimlich ein Gemälde bei seiner Großtante verstecken können. Eine raffinierte Idee, denn das war keine so enge Verwandtschaft, dass jeder gleich darauf kommen würde. Zumal Adler von der Existenz dieser cleveren Großtante nicht einmal wusste.

Sie sagte: »Ich habe der Kommissarin erst mal nichts davon gesagt. Alte Leute wie ich gelten immer schnell als schrullig oder paranoid.«

»Haben Sie jemandem erzählt, dass Sie sich mit mir im Museumsrestaurant getroffen haben?«

Nun haute sie den Gehstock einmal auf den Fußboden. Es klang wie das zornige Aufstampfen eines kleinen Mädchens.

»Ja, sicher! Sie sind ein wildfremder Mann, der in einen Mordfall verwickelt ist. Ich habe es meinem Taxifahrer erzählt. Er sollte mich ja eine Stunde später wieder abholen, und er hat sich Ihren Namen aufgeschrieben. Ich kenne ihn seit fünf Jahren. Er fährt mich immer. Sonst wusste niemand davon.«

Natürlich hätte der Taxifahrer es locker schaffen können, in die Wohnung einzubrechen, während Frau Heinemann mit Konstantin Kaffee trank, aber das war unwahrscheinlich. So jemand hätte Wertsachen mitgenommen, aber in der Wohnung war nach etwas Bestimmtem gesucht worden. Außerdem wurden Taxifahrer während ihrer Dienstzeit ziemlich gut überwacht, man wusste immer, wo das Taxi gerade stand oder unterwegs war. Er selbst hatte es auch niemandem erzählt. Konstantin begriff, dass er offenbar überwacht wurde. Meier oder Adler? Für wen lohnte sich ein solcher Aufwand? Immer schien jemand zu wissen, wohin er fuhr und mit wem er sich traf. Wenn seine Schwester wieder auftauchte, wollte er einen Strandurlaub machen. Einfach wegfahren und faulenzen, keine Leute kennenlernen müssen, sich keine Gedanken machen. Ihm fiel ein, dass bald Herbst war. Er würde Detlef fragen müssen, ob er während der Bewährungszeit auf die Kanaren reisen durfte. Anja und Detlef könnten ja auch mitkommen. Dann wäre er unter Kontrolle. Fast hätte er gelächelt, doch dann kam die böse Erkenntnis, dass er Anja gerade nicht nach einem gemeinsamen Urlaub fragen konnte. Verdammt! Sie war verschwunden und schwebte wahrscheinlich in großer Gefahr.

Frau Heinemann stemmte sich vom Stuhl hoch und sagte: »Ich überlasse es Ihnen, was Sie mit der Information machen wollen. Ich bin ab morgen früh im Hotel erreichbar. Meine Wohnung muss natürlich erst in Ordnung gebracht werden.«

Er schrieb sich das Hotel auf und brachte die alte Dame zurück zu ihrem Zimmer. Das hatte mittlerweile einen recht muffigen Geruch angenommen, und Frau Heinemann rümpfte pikiert die Nase, während er das Fenster öffnete. Als er wenig später vor den beiden Fahrstühlen stand und starr auf die Nummernanzeige schaute, dachte er an die beiden alten Frauen im Krankenzimmer, an den gebrechlichen Adler im Rollstuhl und an die schöne Leiche von Susanne. Und er glaubte zu ahnen, dass es auch seine Vorteile haben konnte, in jungen Jahren zu sterben.

Die Tür des einen Fahrstuhls öffnete sich, und heraus schritt eine mollige Frau mit braunen Haaren und amüsiertem Blick. Sie sagte ohne Gruß: »Dachte ich mir doch, dass Sie den Informationen der alten Dame nicht widerstehen konnten. Mich und meine Kollegen hält sie ja leider für debil.«

»Oh, sie war eben sehr erschöpft. Sie wollen sie doch nicht jetzt gerade stören? Hinterher bekommt sie wieder einen Schwächeanfall, und dann stehen Sie recht ungeschickt dar.«

Ihre Augen wurden sehr schmal, und ihr Griff um seinen Oberarm war gekonnt. »Dann folgen Sie mir jetzt mal in ein nettes Besucherzimmer und erzählen mir, was aus der Wohnung entfernt worden ist, und am besten auch gleich, von wem.«

Also saß er nur wenige Minuten später erneut vor dem Plastikblumenstrauß und berichtete. Frau Finke erklärte ihm, dass man, um bei der Spurensicherung zu arbeiten, eine lange Ausbildung brauche und dass diesen Männern und Frauen durchaus auffallen würde, was eine alte Dame selbst ohne ihre Lupe erkannt hatte.

»Frau Heinemann meinte, dass ihr Großneffe wohl etwas unter ihren Dielenbrettern versteckt haben könnte. Ihr fiel auf, dass es dort eine sehr saubere, leere Vertiefung gab, die eigentlich genauso verstaubt hätte sein müssen wie die anderen aufgerissenen Bodenflächen. So ein Versteck hatte er in seiner, respektive meiner Wohnung ja auch schon benutzt.« Konstantin warf der Kommissarin einen möglichst harmlosen Blick zu und schwieg. Ohne Erfolg.

»Weiter!« Sie nickte ihm zu.

»Es könnte das verschwundene Bild von Franz Marc sein. So

eine Leinwand lässt sich ja gut zusammengerollt verstauen. Ihrer Meinung nach war Leander Heinemann ja besessen von dem Bild. Allerdings glaubt sie, dass es eine Fälschung gewesen sein muss.«

»Weiter.«

»Wer bei ihr eingebrochen ist, weiß ich wirklich nicht, aber Herr Adler erzählt ja ganz interessante Geschichten aus seinem Leben, nicht wahr?«

Frau Finke setzte sich nun auch hin. Bislang hatte sie sich nur auf die Lehne eines Stuhles gestützt und ihre Größe ausgenutzt, um ihn einzuschüchtern, wie Konstantin annahm.

Sie nickte und sagte: »Sie glauben, Hans Meier steckt dahinter? Vor dem Hintergrund, dass Leander Heinemann damals offenbar etwas geklaut hat, was Adler gehörte und Hans Meier haben wollte, erscheint sein Verschwinden in einem anderen Licht. Seine Schwester war ja stets davon überzeugt, dass er sich nicht heimlich abgesetzt hat.«

»Adler hat all die Jahrzehnte nach dem Krieg den ›Turm der blauen Pferde‹ besessen.«

»Behauptet er«, gab Frau Finke zu bedenken. »Er will nicht sagen, woher er es hatte. Ich bin überzeugt, dass er es in Verbindung mit einer strafbaren Handlung an sich genommen hat, falls es überhaupt das Original war. Hat er Ihnen etwas erzählt?«

»Davon nicht, nein. Auch wenn das alles verjährt ist – entweder will er jemand Bestimmten da nicht mit hineinziehen oder er möchte weiterhin als ehrenwert gelten. Aber die Tatsache, dass seine Enkelin ermordet worden ist, bedeutet laut Adler, dass es Hans Meier bislang auch nicht gelungen ist, an das Bild zu kommen. Eventuell hat er es sich nun bei Frau Heinemann geholt«, gab Konstantin zu bedenken.

»Sicher nicht er persönlich. Der Mann ist über achtzig und seit Langem gewohnt, zu delegieren.«

Konstantin machte große Augen. »Sie haben Hans Meier kennengelernt? Wissen Sie, was er in jungen Jahren mit Adler angestellt hat? Er muss ein Sadist sein. Ein Monster.«

»Nun, so hat er sich mir gegenüber jedenfalls nicht präsentiert. Er ist ein distinguierter alter Herr mit gefälligem Benehmen und einem respektablen Äußeren. Er geht ein wenig steif und an einem eleganten Stock mit Goldfassung. Ich glaube kaum, dass er auf Knien herumrutschen kann.«

»Haben Sie mit ihm gesprochen? Wie ist er?«

»Meine Güte, Sie klingen jetzt schon wie Kevin. Nein, ich habe ihn nur kurz gesehen. Er gab mir die Hand und sagte, er sei zu alt und zu erfahren für solch impertinente Verdächtigungen und ich solle mit seinem Enkelsohn vorliebnehmen.«

»Was ist mit dem Sohn?«

»Der befindet sich in einem Pflegeheim, ein früher Fall von Alzheimer, wie man uns dort sagte.«

Wie praktisch für den alten Herrn Meier, dachte Konstantin. Den Enkelsohn hatte er sich passend heranziehen können, und der eigene Sohn war früh außer Gefecht gesetzt, jede unliebsame Erinnerung, die er möglicherweise äußerte, konnte man getrost als Nonsens abtun.

Frau Finke befand sich in Plauderlaune. »Der Enkelsohn, Felix Meier, ist uns bekannt, da er bereits in mehreren Fällen an rechtsextremen Ausschreitungen beteiligt war. Nur haben wir mit der Familie Meier ein grundsätzliches Problem. Alle besitzen für die in Frage kommenden Verbrechen gute Alibis. Und in einer rechtsextremen Verbindung geht die angebliche Kameradschaft ja über alles. Jede einzelne Tat könnte von einem Kamerad aus was weiß ich wo verübt worden sein. Wir müssen ihnen schon die Anstiftung dazu beweisen. Ansonsten ist dieser Felix ein arroganter Bursche mit einem abstoßenden asymmetrischen Haarschnitt, bei dem mir die schäbig braune Gesinnung bereits entgegenwehte.«

Konstantin dachte an den jungen Banker, den er bereits zwei Mal aus Franks Suite hatte kommen sehen, und wusste, was sie meinte. Warum trug man wohl die Haare so, wenn man nicht mit einer neonazistischen Gesinnung in Beziehung gebracht werden wollte? Er sollte Frank besser vor diesem blonden Banker warnen, auch wenn der wohl einfach nur einen schlecht beratenden Friseur besaß.

Er fragte die Kommissarin: »Das heißt, dass der Mord an Susanne wahrscheinlich nie aufgeklärt wird?«

»Zumindest geht Adler davon aus. Ich hoffe schon noch, dass wir Felix und/oder Hans Meier die Morde an den beiden Frauen nachweisen können. Allerdings habe ich auch Leander Heinemann noch nicht von der Verdächtigenliste gestrichen.«

»Warum sollte er seine Schwester umbringen, wenn er weiß, wo das Bild ist? Oder Susanne? Ihre Beziehung war längst beendet. Das hätte er eher tun können.« Konstantin konnte sich nicht vorstellen, dass jemand seiner eigenen Schwester etwas antat. Irgendwie sah er in seinem Vormieter eher ein Opfer als einen Täter. Doch er musste der Kommissarin zumindest bei den nächsten Worten zustimmen.

»Es ist sehr wahrscheinlich, dass Heinemann zumindest Adler beklaut hat und untergetaucht ist. Eventuell musste Meike Schulze Terhorst sterben, weil jemand wusste, dass sie heimlich Kontakt zu ihrem Bruder hatte. Die Vermisstenanzeige könnte eine Finte gewesen sein.«

Himmel, dachte Konstantin. Die Kommissarin war ja heute richtig kreativ.

Kurzfristig. Jetzt stand sie plötzlich wieder auf und sagte: »Das sind alles zu viele Vermutungen. Wir müssen dringend Leander Heinemann finden, dead or alive, wie es so schön heißt, und Ihre Schwester, bei der ich überzeugt bin, dass sie lebt. Ich fahre mit Ihnen nach Hause und sehe noch mal nach dem alten Adler. Ich glaube, er mag mich.«

Perplex starrte er ihr nach, als sie schnellen Schrittes zum Fahrstuhl davonmarschierte. Im Fahrstuhl fragte sie ihn: »Wie geht es Ihrem kranken Freund?«

Es lag ihm auf der Zunge, zu erklären, dass er und Frank ja nicht wirklich echte enge Freunde waren. Dabei schreckte ihn vor allem der Gedanke, dass er als enger Freund an Franks Bett sitzen müsste, wenn es dem Ende entgegenging. Erschreckend war, dass er seit dem Verschwinden von Anja überhaupt nicht mehr an Frank gedacht hatte. Er musste ihn dringend anrufen und ihm die neuen Informationen über Adler erzählen. Das würde den armen Kerl ablenken. Frank würde ausflippen, wenn er erfuhr, dass das Franz-Marc-Bild tatsächlich all die Jahre bei Adler gewesen war. Nur leider war es inzwischen weg.

»Ich glaube, Frank geht es unverändert. Ich habe ihn heute noch nicht gesprochen.«

Sie fuhren in ihren Autos hintereinanderher, er vorneweg, Frau Finke viel zu dicht hinter ihm. Doch plötzlich setzte sie die Lichthupe ein, hupte zusätzlich einmal kräftig und überholte ihn, während sie ein blaues Martinshorn auf das Dach setzte. Konstantin konnte schlecht hinter ihr herrasen, er musste sich an die Geschwindigkeitsbegrenzung halten. In dieser Stadt hatte man zu schnell einen Radfahrer auf der Motorhaube oder einen Jogger. Er hatte auch keinen blassen Schimmer, zu welchem Tatort sie gerade gerufen worden war, aber ihm zuckte der Fuß am Gaspedal. Vielleicht gab es Neuigkeiten von seiner Schwester? Ihm wurde ganz heiß, als er zu seiner Wohnung fuhr, doch erst musste er Ulrike Nawrath ablösen.

Am Haus angekommen, erlebte er eine Überraschung, denn das Auto von Frau Finke stand dort sowie ein weiterer Polizeiwagen und ein Krankenwagen. Konstantin rannte aus seinem Auto und prallte mit seinem Hund zusammen, der gerade aus Adlers Wohnung gelaufen kam. Goofy sprang an ihm hoch, leckte ihm aufgeregt die Hände, doch seine Rute klemmte unter dem Bauch. Oben aus seiner Wohnung drangen Stimmen zu ihm. Also ging er nicht erst in Adlers Wohnung, sondern hechtete nach oben, drei Stufen auf einmal nehmend, und stürzte in sein Wohnzimmer.

Frau Finke sprach gerade mit einem Sanitäter, ein zweiter kniete vor seinem Sofa. »Na endlich, was dauerte das denn so lange?«, warf ihm die Kommissarin vor.

»Ich habe nicht so ein blaues Ding für das Dach. Was ist hier los? Wo ist Ulrike? Oh nein! Was ist mit ihr?«

Er stand nun vor dem blauen Sofa, auf dem seine Nachbarin lag, die dicken Socken so verrutscht, dass ihr linker Fuß halb entblößt war. Es war ein sehr gepflegter, zarter Fuß, wie er erstaunt feststellte. Ulrike war wach, aber ihre Augen flatterten. Um den Kopf trug sie eine Bandage.

»Sie ist niedergeschlagen worden.«

»Von wem?«

»Leider saß der Täter nicht mehr Händchen haltend neben seinem Opfer. Sie hat niemanden erkannt, es ging wohl sehr schnell.« Sie wandte sich an Ulrike, die kaum ansprechbar war: »Wir reden später, lassen Sie sich erst einmal versorgen.«

»Vielleicht ist es ein Serientäter, ein Frauenentführer. Erst Anja und jetzt Ulrike. Und beide aus meiner Wohnung. Wahrscheinlich hat Goofy ihn gestört, sonst hätte er sie auch noch mitgenommen.«

»Meinen Sie den mutigen Hund, der bis eben noch unter dem Rollstuhl Ihres betagten Vermieters lag und seine Rute nicht mehr findet?«

Frau Finke war wieder sehr gemein zu ihm. Gnadenlos fuhr sie fort: »Ich denke, dass in Ihrer Wohnung eine Hausdurchsuchung stattfinden sollte, sehen Sie nur.« Er schaute sich um und sah die aufgerissenen Schubladen.

»Die Idee, dass in Ihrer Wohnung noch mehr versteckt sein könnte als nur die Fotos, ist ja gar nicht so dumm. Immerhin ist Heinemann als Ihr Vormieter quasi direkt nach dem Auszug verschwunden.«

Konstantin schüttelte den Kopf. »Es ist doch bereits etwas gefunden worden, in der Wohnung von der alten Frau Heinemann. Meiner Meinung nach war dort die Leinwand mit dem Gemälde der blauen Pferde darauf versteckt. Was wird denn sonst noch gesucht?« Natürlich war das nicht ganz logisch. Eventuell suchten ja mehrere Leute nach dem Bild.

Die Frage, was man denn außer dem berühmten Gemälde von Marc verdammt noch mal überall in den Wohnungen suchte, beantwortete ihnen beiden Adler höchstpersönlich. Frau Finke und Konstantin sahen noch zu, wie die Sanitäter seine Nachbarin Ulrike in den Rettungswagen brachten, dann suchten sie Herrn Adler auf, um etwas über den Ablauf des Überfalls zu erfahren. Immerhin hatte er den Hund aufgelesen.

»Es geht um die Liste.«

Frau Finke pfiff durch die Zähne wie ein Straßenjunge, und Konstantin versuchte, ein wissendes Gesicht zu machen, verstand aber nicht wirklich, was der alte Mann meinte, und hörte verdutzt zu.

Adler sagte. »Ich hatte damals in der Nacht, als Sie«, er blickte die Kommissarin vorwurfsvoll an, »meine Nichte beinahe festgenommen hätten, gehofft, dass das Kind die Liste in Sicherheit bringen würde, aber zu dem Zeitpunkt war sie schon nicht mehr auffindbar. Heinemann hat mich also mehrfach beklaut und betrogen.«

Die dicke blaue Ader an seiner rechten Schläfe pochte bedenklich. Bei Konstantin pochte ebenfalls etwas, er dachte gründlich nach, und endlich fiel ihm die Liste ein, die Adler als junger KZ-Häftling unter Lebensgefahr angefertigt hatte. Auf dieser Liste hatte er festgehalten, wer welche Bilder besaß, und teilweise auch, wie derjenige dazu gekommen war. Er hatte Gespräche belauscht, das Wissen Simons genutzt und hätte den Monuments Men alle Ehre gemacht.

Diese Männer hätten eine solche Liste gut gebrauchen können. Sie hatten es sich während und vor allem nach dem Krieg zur Aufgabe gemacht, Kulturgut zu schützen und gestohlene oder verschwundene Kunstwerke wiederzubeschaffen. In einer legendären Aktion hatten diese Männer schließlich verhindert, dass die Nazis zum Ende hin in einer Höhle am Althaussee eine enorme Menge an Kunstwerken in die Luft sprengten. Adler hatte es ihm selbst erzählt. Anhand der Liste waren für die beiden Überlebenden Simon Goldmann und Antonius Adler im Nachkriegsdeutschland lukrative und sicher sehr illegale Geschäfte möglich geworden.

»Wer könnte ein dringendes Interesse an einer so alten Liste haben?« Frau Finke lehnte mit dem breiten Rücken an der Wohnzimmerwand und starrte auf eines der betagten Gemälde, die Konstantin bei seinem ersten Besuch so hässlich gefunden hatte. Doch mittlerweile betrachtete er alle Bilder in Adlers Wohnung mit anderen Augen.

Adler folgte ihrem Blick und sagte: »Das Bild ist hässlich und schlecht gemalt, aber mir bedeutet es etwas. Interesse an der alten Liste? Lassen Sie mich nachdenken. Ich selbst habe den Lappen schon lange nicht mehr angeschaut.« Er grinste diabolisch, und es war klar, dass er das auch nicht musste. Er kannte mit Sicherheit jeden Namen und jedes Bild, die unter Angst und Leid von ihm aufgeschrieben worden waren.

»Es wird jemand sein, der nicht will, dass der Name seiner Familie irgendwann im Zusammenhang mit den Verbrechen der Nazis auftaucht. Es scheinen ja eine Menge Leute zu wissen, dass Leander Heinemann mich beklaut hat und Liste und Bild irgendwo versteckt haben muss, bevor er von der Bildfläche verschwand.« Ein Hustenanfall unterbrach Adler, und er lehnte sich danach erschöpft in seinem Rollstuhl zurück. »Heinemann hat in irgendeiner Kulturzeitschrift darüber berichtet, dass ein hilfloser Judenjunge vor siebzig Jahren diverse Kunsträubereien dokumentiert hat. Er war Fotograf und freier Journalist, ich musste damit rechnen, als ich ihm meine Geschichte erzählte. Schauen Sie mich an.«

Frau Finke tat genau das schon seit einigen Minuten.

»Ich kann nur noch mit Wissen und Geschichten punkten. Wer kann es mir verübeln, dass ich diesem jungen Mann zu viel verraten habe? Dem da habe ich ja auch viel erzählt.« Er nickte zu Konstantin herüber, und der schluckte berührt.

»Ja, aber der da will die Morde aufklären und die Dinge wieder in Ordnung bringen, dem sollten Sie möglichst viel erzählen«, sagte Frau Finke und stand ihm zum ersten Mal so richtig nett zur Seite.

»Und mir sollten Sie nun erzählen, wieso der Hund bei Ihnen war und was Sie sonst noch mitbekommen haben«, fügte sie mit ihrer dienstlichen Stimme hinzu.

Das war nicht viel. Herr Adler hatte ein Bellen vor seiner Tür gehört und natürlich sofort gedacht, Konstantin stünde ebenfalls vor seiner Wohnungstür. Als er die Tür öffnete, stürzte aber nur Goofy in seine Wohnung und leckte ihm aufgeregt die Hände.

»Ich bin in den Flur gerollt und habe hinaufgerufen, ob alles in Ordnung sei. Als ich nichts hörte, habe ich Renate angerufen, also die Frau Schubert. Sie ist runter, hat die offen stehende Wohnungstür von Herrn Neumann gesehen und fand Ulrike ohnmächtig auf dem Sofa vor. Den Rest haben Sie dann übernommen.« Adler lächelte Frau Finke an.

»Verdammt«, schimpfte Konstantin. »Nun war der Entführer von Anja tatsächlich hier, und ich war nicht da.«

»Wäre es Ihnen lieber gewesen, Sie hätten den Schlag auf den

Kopf abbekommen? Die Spurensicherung wird Ihre Wohnung nun untersuchen. Es ist doch gar nicht sicher, dass der Täter von heute auch Ihre Schwester entführt hat.«

Die Leute von der Spurensicherung brauchten zwei Stunden, fanden aber nichts. Ob der Eindringling nun etwas gefunden hatte oder nicht, blieb reine Spekulation. Konstantin saß auf seinem Sofa, den Kopf auf die Hände gestützt, und seufzte schwer. Wer hätte gedacht, dass seine erste eigene Wohnung nach dem langen Gefängnisaufenthalt zu einem Pulverfass wurde, weil unter den Dielen mit viel krimineller Energie heikle Dinge versteckt worden waren. In dem Moment klingelte laut und schrill das Telefon. Alle hielten in der Bewegung inne und blickten auf den Hausherrn.

»Neumann, hallo.«

»Hi, ich bin es, Detlef.« Die Spannung verpuffte wie ein kaputter Silvesterböller.

»Hast du etwas von Anja gehört?« Das fragte Konstantin, dabei hatte Detlef sicher aus demselben Grund angerufen.

»Nein. Leider. Ich kann mich auf gar nichts konzentrieren.« Detlef machte eine kurze Pause, und Konstantin hörte das Ziehen an einer Zigarette. »Es ist alles so abstrus, was in den letzten Wochen geschehen ist. Mensch, Konstantin, hätte ich diese Wohnungsempfehlung für dich damals bloß nicht weiterverfolgt.«

»Du? Ich dachte, Anja hätte diese Annonce irgendwo aufgetrieben.«

»Ich hatte ihr die Adresse des Hausverwalters zugemailt. Das war ein paar Wochen bevor du entlassen wurdest. Da hatten Anja und ich häufiger Kontakt, um deinen Start gut vorzubereiten.«

»Wer hat dir denn die Wohnung empfohlen?«

Detlef zog nun sogar zwei-, dreimal hintereinander an seinem Glimmstängel, dann sagte er leicht erstaunt: »Weißt du das denn nicht? Das war doch Frank, dein Kollege, der Herr Brenner. Er meinte, es sei eine ruhige Wohngegend mit sehr harmlosen bürgerlichen Bewohnern. Frank gehört ja auch zu meinen Schafen, und zu dem Zeitpunkt wusste er noch nicht, dass er bald begnadigt werden würde. Sonst hätte er die Wohnung vielleicht sogar selbst genommen. Na ja, im Hotel geht es ihm ja keineswegs schlechter.«

Konstantin schaffte es irgendwie, das Telefonat mit einigen sinnvoll klingenden Sätzen zu beenden. Er war wie vor den Kopf gestoßen und wusste nicht, ob das eine harmlose Bemerkung war. Warum hatte Frank ihm nie davon erzählt? So etwas sagte man doch! Vielleicht so: »Mensch, schön, dass es geklappt hat mit der Wohnung, der Tipp kam ja von mir.«

Frau Finke stand plötzlich vor ihm und fragte ihn: »Ist alles in Ordnung? Das war doch Ihr Bewährungshelfer?«

»Lassen Sie Frank eigentlich noch immer überwachen?«

Die Kommissarin starrte ihn an und musste grinsen. »Ich habe Ihren Freund noch nie überwachen lassen. Was glauben Sie, mit welch kümmerlichem Pool an Leuten ich auskommen muss?«

»Woher wussten Sie dann, dass Frank nachts ausgeht?«

Sie trat einen Schritt zurück und wunderte sich: »Das macht Ihnen jetzt gerade zu schaffen? Dass ein todkranker Mensch sein Hotelzimmer verlässt? Sie glauben doch wohl nicht, dass der schwache Mann sich Ihre Schwester über die Schulter geworfen hat und sie gerade zu seiner persönlichen Pflegekraft versklavt? Ich habe eine Hotelangestellte befragt.«

Die nächste Frage war richtig dumm. »Dann haben Sie ihn in Verdacht gehabt? Warum eigentlich?«

»Ach, Herr Neumann, denken Sie doch mal nach. Kennen Sie das Strafregister von Herrn Brenner? Er ist ein Krimineller. Das Hotelpersonal mag ja einen sterbenskranken Menschen in ihm sehen, aber ich sehe auch den Verbrecher, der zwar begnadigt, aber nicht resozialisiert worden ist. Wie kommt es, dass Sie sich nun solche Fragen stellen?«

Konstantin überlegte zu lang, um eine harmlose Antwort geben zu können. Schließlich erklärte er: »Detlef, mein Bewährungshelfer, hat mir gerade berichtet, dass Frank ihm vor meiner Entlassung genau diese Wohnung für mich empfohlen hat. Und ich frage mich nun, woher er davon wusste, dass die Wohnung frei wurde. Er hat mir nie erzählt, dass er jemanden aus dem Haus hier kennt. Er …«

Verdutzt sah er, dass die Kommissarin aufsprang und erstaunlich schnell im Treppenhaus verschwunden war. Während er darüber nachdachte, ob sie nun zu Frank ins Hotel fuhr, tauchte sie schon wieder auf und hielt den Autoschlüssel in der rechten Hand. »Lassen Sie uns mal wieder einen gemeinsamen Krankenbesuch machen. Herr Adlers Hinweis war recht eindeutig. Leander Heinemann ist sehr schnell ausgezogen und hat die während der Kündigungsfrist fälligen Monatsmieten im Voraus bezahlt. Natürlich stand die Wohnung daher noch nicht in der Zeitung oder sonst wo. Als sein Hausverwalter ihm dann mitteilte, er habe bereits einen Nachmieter für die nun leere Wohnung, hatte Adler sich zwar gewundert, aber zugestimmt.«

Konstantin starrte sie verdutzt an. »Also im Grunde genommen musste man schon Kontakt zu einem Hausbewohner gehabt haben, um zu wissen, dass die Wohnung frei wurde.«

Sie nickte und fuhr zügig durch die Stadt. Sie fragte ihn: »Hatte Ihr Kollege Brenner im Gefängnis interessante Besucher? Irgendwelche dubiosen Gestalten? Haben Sie mal gesehen, wer regelmäßig mit ihm Kontakt hatte?«

»Nein, den Besuch der anderen Insassen bekommt man nicht zwingend mit.«

»Hat er nichts erzählt?« Sie fuhr auf den Parkplatz des Hotels, wobei der Kies unter den scharf eingeschlagenen Rädern aufspritzte.

»Er hat erzählt, wie tief getroffen sein Onkel, der Galerist, darüber war, dass er seinen guten Namen benutzt hat, um Fälschungen zu verkaufen. Aber wie der Onkel hieß, das hat mich nie interessiert.«

Frau Finke griff zu ihrem Handy und wählte eine Nummer. »Mich interessiert das gerade eben sehr.« Über die Freisprechanlage meldete sich der Praktikant Julius Weber, den sie mit der Recherche nach Frank Brenner beauftragte. »Vita, Strafregister und Verwandte. Da soll es einen Onkel geben, der eine renommierte Galerie führt. Den Namen brauche ich. In fünf Minuten.«

So lange wollte sie offenbar im Auto warten, denn sie schnallte sich ab, stieg aber nicht aus. Konstantin wurde von einer unerklärlichen Unruhe erfasst. Was, wenn sein Kollege tatsächlich etwas mit der Entführung zu tun hatte? Anja wäre sofort in Franks Auto gestiegen. Sie kannte ihn, vor allem durch die Berichte der letzten Wochen. Wenn Frank seine Hilfebedürftigkeit ausgespielt hatte, hätte Anja niemals gezögert. Konstantin verspürte plötzlich den Drang, aus dem Auto zu springen und die Treppen zu Franks Suite hochzustürmen.

»Ich kann doch sicher schon …?«

Das Mobilteil klingelte, und die Kommissarin hielt sich das Telefon ans Ohr. »Ja, danke, Brenner & Partner, hm. Und wer ist der Partner? Ach so, ja dann zügig.«

Sie nickte ihrem Beifahrer zu, und beide verließen den Wagen. Bis zum Aufzug liefen sie eilig und sprachen nicht, bis die Dame von der Rezeption hinter ihnen hergelaufen kam und atemlos versicherte: »Herr Brenner möchte auf gar keinen Fall Besuch haben. Von niemandem.«

Die junge Dame zeigte sich sehr entschlossen, schob eine Haarsträhne streng hinter das Ohr und verschränkte die Arme vor dem weißen Spitzenblüschen. Konstantin war schwer beeindruckt und machte sich gleich Sorgen, Frau Finke offenbar nicht.

»Solange er keine bewaffneten Leibwächter vor der Tür aufgestellt hat, werde ich jetzt direkt in sein nettes Etablissement stürmen, meine Liebe.« Sie hielt der Hotelangestellten ihren Dienstausweis vor die Nase und betrat den Fahrstuhl. Während sie auf das Schließen der automatischen Tür warteten, verschränkte die Kommissarin nun mit einem überlegenen Lächeln die Arme vor der Brust. Das ging auch ohne Spitzenblüschen recht eindrucksvoll, fand Konstantin. Er war nervös, hatte Bauchschmerzen und wusste nicht, ob er Mitleid für den todkranken Frank empfinden oder Angst vor ihm haben sollte, weil der mit komplett falschen Karten spielte. Keine dieser Überlegungen bereitete ihn auf das vor, was sie beide in der Suite vorfanden.

Das Zimmer machte beim Eintreten einen überaus aufgeräumten, nein, verlassenen Eindruck. Keine Medikamente lagen herum, keine Gläser, Teller oder Klamotten. Die Suite sah auf den ersten Blick völlig unbewohnt aus.

»Ups«, sagte Frau Finke, um gleich darauf in den Schlafraum

zu gehen. Konstantin war mitten im Raum stehen geblieben und konnte an ihrer massigen Gestalt nicht ganz vorbeischauen. Aber er hörte, dass sie in ihr Handy schrie.

»Ich brauche hier ganz dringend einen Rettungswagen, Hotel Mövenpick. Ja, es besteht Lebensgefahr. Suite 221.«

Das Herz sackte ihm in die Kniekehle – nun ging es also doch noch so schnell mit Frank zu Ende. In seinem Zustand war er wohl kaum in der Lage, irgendwelche Untaten begangen zu haben.

»Konstantin, kommen Sie bitte her, reden Sie mit ihr. Schnell, das hilft oft mehr, als man denkt. Reden Sie.«

Klar hatte er das falsche Pronomen gehört, aber wie schnell konnte man sich versprechen. Und so kam sein Aufschrei aus tiefster Seele. Es war alles so falsch hier im Zimmer. Das Blut auf dem Laken, der muffige Geruch und auf dem Bett die leblose Frau mit dem totenblassen Gesicht. Er stürzte zu seiner Schwester und nahm eine Hand, die sich eiskalt anfühlte. »Oh Gott. Ist sie tot?«

Frau Finke war bereits dabei, Schranktüren zu inspizieren, und hatte sich Handschuhe dafür angezogen, die sie aus den Tiefen ihrer Jackentasche hervorgeholt hatte. Sie drehte sich zu ihm um.

»Nein, nein, sie ist nicht tot, aber sie atmet sehr flach und zu wenig. Sie muss jetzt einfach noch eine kleine Weile durchhalten. Also sprechen Sie mit ihr, damit sie weiß, dass Hilfe unterwegs ist. Ermuntern Sie sie immer wieder, zu atmen, ruhig und gleichmäßig.«

Konstantin sprach mit ihr. Er erzählte ihr von einem gemeinsamen Urlaub in Tirol, als sie beide noch Kinder gewesen waren. Keine Ahnung, wie er jetzt darauf kam, aber er erinnerte Anja an die ersten Schwimmzüge im Bergsee, als sie kaum Luft bekommen hatten, weil das Wasser so kalt gewesen war. Er erinnerte sie daran, wie sie ganz schnell geatmet hatten. Er sprach von dem leckeren Essen, den süßen Pfannkuchen und dem sahnigen Kakao, und er begann gerade zu lächeln, weil die Bilder in seinem Kopf so schön waren, da stürmten zwei Rettungssanitäter in den Raum, schoben ihn fast grob zur Seite und setzten seiner Schwester eine Atemmaske auf.

Einer schob ihre Augenlider hoch, auf denen noch ein zartrosa Lidschatten schimmerte, und fragte: »Hat sie Drogen genommen?«

Frau Finke antwortete: »Sicher nicht freiwillig. Ich fürchte, die Frau hat eine Überdosis Morphin verabreicht bekommen. Sie ist eine sehr wichtige Zeugin in mehreren Mordfällen. Bitte geben Sie Ihr Bestes.«

Die Männer legten Anja auf eine Trage und trugen sie hinaus. An der Tür sagte der eine der beiden: »Das tun wir immer, unser Bestes geben.«

Konstantin blieb bei seiner Schwester, die nun mit rasantem Tempo ins St.-Josef-Krankenhaus nach Hiltrup transportiert wurde. Frau Heinemann, Ulrike Nawrath und nun seine eigene Schwester, die konnten dort allmählich ein Sammelzimmer für Opfer dieses Falles einrichten, dachte er und streichelte Anjas kalte Hand. Frau Finke würde sie am Krankenhaus erwarten. Sie wollte auch noch nach Ulrike Nawrath sehen. Eventuell war der ja noch etwas eingefallen.

Eine Stunde später saß Konstantin im Besucherraum vor der Intensivstation und wartete. Worauf er wartete, wusste er gar nicht so genau, denn mit einem Arzt hatte er bereits gesprochen. Noch immer machte die Atmung seiner Schwester Sorgen. Die Kopfverletzung war nicht harmlos, aber auch nicht lebensgefährlich, man konnte sie hier unter Überwachung gut behandeln. Nach Einschätzung des Arztes hatte man Anja mit einem stumpfen Gegenstand gegen den Kopf geschlagen, ein Holzscheit oder Ähnliches war denkbar. Es lag ganz offenbar keine Tötungsabsicht vor. Die Überdosierung mit Morphin konnte auf Unwissenheit oder eigene Panik zurückführbar sein. Konstantin weigerte sich, daran zu glauben, dass Frank seiner Schwester ernsthaft etwas hatte antun wollen. Von dem fehlte noch jede Spur.

Meine Güte, der Besucherraum einer solchen Intensivstation war geradezu ideal für düstere Gedanken. Man hatte Zeit und viel zu viel Ruhe. Ständig lauschte er auf ein Geräusch, das Ablenkung bringen könnte. Und dann hörte er eine Tür schlagen, und wenig später stand Frau Finke auf der Schwelle.

»Frau Nawrath hat eine schwere Gehirnerschütterung und bleibt natürlich zur Beobachtung hier, sie war aber eben gut ansprechbar.«

»Und?«

Die Kommissarin setzte sich neben ihn auf einen orangefarbenen Plastikstuhl. »Sie habe ein Geräusch an der Tür gehört, und als Goofy bellte, sei auch schon die Tür aufgegangen. Natürlich habe sie gedacht, dass der Hausherr, also Sie, bereits zurück wäre und hat nur gerufen: »›Ah, du bist schon wieder da.‹«

Danach sei alles sehr schnell gegangen. Wie ein Wahnsinniger sei eine dunkle Gestalt auf sie zugeschossen und habe einen Gegenstand geschwungen. Erkannt habe sie nichts und niemanden.

»Der Hund ist derweil wohl zu Adler geflohen. Den Rest kennen wir ja. Schwache Vorstellung für einen Polizeihund. Feigheit vor dem Feind oder sogar Seitenwechsel.« Sie grinste, eher nett, nicht höhnisch.

Deshalb rutschte ihm auch dieser Satz heraus: »Tut mir leid, die Sache mit Ihrem Mann. So was kann man immer besser verstehen, wenn man selbst um Angehörige fürchtet.«

Sie erhob sich, und er dachte erst, sie würde ihn wortlos sitzen lassen. Doch dann antwortete sie: »Bei der ›Sache‹ handelte es sich um einen ganz gewöhnlichen Magenkrebs. Was auch immer Ihr Kollege in seinem Leben angestellt hat, dieser Krebs ist eine heftige Sühne. Rufen Sie diesen langhaarigen Kettenraucher an, er hat ein Recht darauf, bei seiner Freundin zu sein.« Weg war sie.

Als Detlef kam, schlug Anja die Augen auf und freute sich sehr, beide Männer an ihrem Bett zu sehen. In diesem grünen Kittel, den man auf der Intensivstation tragen musste, fühlte Konstantin sich fremd, und so ließ er Detlef beim Umarmen den Vortritt.

»Wo ist Frank?«, fragte sie schließlich, und ihr Blick drückte Sorge, nicht Ärger aus.

»Weg. Ausgeflogen.« Konstantin hob die Schultern.

»Ihr müsst ihn finden. Es geht ihm doch so schlecht, und er …«

Detlef streichelte ihre Wange und lächelte dümmlich, Konstantin empörte sich: »So ganz viel Mitleid habe ich mit dem Kerl gerade nicht. Sieh doch, was er dir angetan hat!«

»Frank? Nein, nein, du irrst dich. Es waren zwei Männer, die ich nicht erkennen konnte. Sie kamen in seine Suite gestürmt und haben gleich losgeschrien, schubsten den kranken Mann hin und her, sodass Frank einen furchtbaren Hustenanfall bekam. Als ich versucht habe, über das Haustelefon Hilfe zu rufen, bekam ich eins über den Schädel und wachte erst Minuten später wieder auf. Sie haben mir dann sofort eine Spritze gegeben.«

Detlef fragte: »Aber warum warst du denn in seinem Hotelzimmer? Wir waren doch verabredet, und dein Wagen wurde am Supermarkt gefunden.«

Anja wischte sich über die Stirn und überlegte sichtlich. Sie war noch sehr erschöpft und übermüdet. Langsam und mit Unterbrechungen erzählte sie, dass sie Frank beim Supermarkt getroffen hatte. Sie habe etwas Schönes zum gemeinsamen Kochen kaufen wollen, wie sie Detlef mit einem kleinen Lächeln mitteilte. Frank war ihr hinterhergefahren, er war fast panisch und bat sie am Parkplatz, mit ihm zu kommen. Er habe eine Riesendummheit begangen, und nun sei er in Gefahr. »Aber zu dir«, sie blickte ihren Bruder an, »konnte er nicht. Er schäme sich so sehr, hat er gesagt. Mein Gott, Konstantin, ich habe es gesehen. Das Bild. Den ›Turm der blauen Pferde‹. Es ist so schön, so alt, und Frank konnte einfach nicht anders. Er stirbt doch bald, und es war sein letzter Wunsch, und ich musste …« Sie brach erschöpft ab, Tränen liefen ihr über die Wangen. »Er hatte es gerade wieder sorgfältig verstaut und für mich bereitgelegt, da wurden wir überwältigt.«

»Kannst du die Täter beschreiben?«

Sie schüttelte langsam den Kopf und machte eine Handbewegung. Offenbar hatten die Männer eine Maske auf. Sie flüsterte: »Was sie wohl mit ihm gemacht haben? Sag es der Kommissarin, sie soll ihn suchen lassen.«

Eine Schwester kam und bat sie, die Kranke nicht länger zu stören. Sie dürfe nicht so viel reden und müsse schlafen. Ganz langsam machte Konstantin sich auf die Suche nach Ulrike Nawrath und der Kommissarin. Detlef blieb noch bei Anja, die ja nun sicher über den Berg war.

Wahnsinn, dachte Konstantin, mit der letzten Kraft eines Todgeweihten hatte Frank sich das Bild geholt. Er musste ihm selbst immer genau einen Schritt voraus gewesen sein und hatte Konstantin geschickt gesteuert, um Wesentliches herauszufinden. Demnach war Frank der Mann gewesen, der bei Frau Heinemann die Wohnung durchsucht hatte. Frank hatte ganz genau gewusst, dass die alte Dame alleine lebte und an diesem Nachmittag eine Verabredung hatte. Und nun war das Bild schon wieder verschwunden, zusammen mit dem schwer kranken Frank und Adlers Liste.

ELF

Er fand Ulrike in einem Krankenbett auf der neurologischen Station vor. Dünn und blass lag sie zwischen hellen Laken, einen weißen Kopfverband um die Stirn, und allein die dunklen Haare schimmerten ihm entgegen. Sie war wach und erschien ihm überraschend gefasst.

»Mensch, Ulrike. Das tut mir so leid. Wenn ich auch nur geahnt hätte, dass ich dich in Gefahr bringe …«

Sie lächelte schief. »Ach, lass nur, im Nachhinein war es doch ein spektakuläres Abenteuer, nicht wahr? Jetzt sind wir quitt, du weißt schon, die Sache mit meiner Katze. Der Typ hatte übrigens einen Schlüssel. Deshalb war ich ja so sicher, dass du es bist.«

Darüber wunderte sich Konstantin nicht mehr. Einen Schlüssel nachmachen zu lassen oder zu entwenden war, gemessen an den anderen Dingen, mit nicht viel krimineller Energie verbunden.

»Und? Wie geht es dir jetzt?« Konstantin stand unbeholfen im Zimmer herum.

»Bisschen Kopfschmerzen, und die Zähne fühlen sich merkwürdig an. Setz dich doch. Es ist Nachmittag, ich kann jetzt nicht schlafen.« Sie lag alleine im Zimmer, aber es war noch Platz für ein weiteres Bett. Eine kleine Weile unterhielten sie sich über die Ereignisse. Konstantin wagte sich schließlich vor, erklärte, dass er von Adler über die oft merkwürdigen Geschäfte in dem Wohnhaus eingeweiht worden sei, und fragte sie: »Worin bestand deine Aufgabe?«

Sie lachte und hielt sich dann die Stirn. »Aua. Es ist bestimmt unklug, aber ich werde es dir erzählen. Ich hoffe, dass du mich danach nicht in ein Gefängnishospital verlegen lässt. Also, ich habe Kunstgeschichte studiert und Expertisen zu den Bildern angefertigt, die wir verkauft haben. Sie mussten ja auch eine ordentliche Provenienz haben, eine nachweisbare Herkunft. Wir haben schließlich mit Kunstwerken gehandelt, die auf unrechtmäßige Weise in den Besitz der Leute gekommen waren. Wenn wir also davon profitieren wollten, mussten sie eine harmlose Reise gemacht haben, du verstehst?«

»Du hast dir also Geschichten ausgedacht?«

»Nun, ich habe mich so nah wie möglich an die Wahrheit gehalten, das ist immer am besten. Nicht selten musste ich aber Kaufverträge fälschen. Das ist eine Herausforderung, weil du altes Papier nehmen musst und …«

Er blickte sie bewundernd an und fragte weiter: »Und Susanne?«

»Heikel. Sie machte den gefährlichsten Job.«

Wieder fiel ihm die Szene im Park ein. »Vielleicht muss ich mal flüchten«, so ähnlich hatte sie ihr Hin-und-her-Rennen beschrieben.

»Sie war unser Waschbär, denn sie konnte in jedes Haus einsteigen, jede kleine Ritze war für sie wie eine offene Tür, phantastisch. Und sie besaß die nötige Frechheit und Coolness.«

»Und die Fotos bekam sie zugeschickt, damit sie wusste, was sie aus einem Haus mitnehmen sollte?«

Ulrike wand sich ein wenig. »Nicht immer, die Anweisungen waren verschieden.«

Konstantin bohrte weiter: »Aber bei Leander Heinemann hat sie ihre Professionalität eingebüßt, oder? Es war anders, als du es mir weismachen wolltest. Susanne war verliebt und nahm die Beziehung ernst, war es nicht so?«

Ulrike nickte. »Sie wurde zu leichtsinnig, vertraute Leander zu schnell.«

»Ich habe kurz vor Susannes Tod eine Postkarte mit einem anonymen Absender erhalten. Ich soll sofort wieder ausziehen, stand darauf. Ich denke heute, dass jemand mich warnen wollte.« Fragend blickte er Ulrike an.

»Das war Susanne. Sie hielt es für möglich, dass Leander noch mal in seiner Wohnung auftaucht. Du hast gestört.«

Die Antwort kommentierte Konstantin nicht.

»Die Schuberts?«, fragte er hemmungslos weiter, doch da schüttelte Ulrike den Kopf. »Nein, die anderen musst du schon selbst fragen. Susanne kann nichts mehr geschehen, und ich bin für mich selbst verantwortlich, aber mehr erzähle ich dir nicht.«

»Wie bist du mit Adler verwandt oder bekannt? Hier im Haus hatten doch offenbar alle irgendwie schon vor dem gemeinsamen Einzug engen Kontakt?«

»Meine Eltern haben Antonius und Simon kennengelernt, als Adler ihnen ein Bild zurückgab, dass ihre jüdischen Großeltern bei der Enteignung des gesamten Mobiliars verloren hatten. Irgendwann hat sich eine Zusammenarbeit ergeben, meine Talente waren überzeugend.« Sie grinste, was mit dem Kopfverband ziemlich schräg aussah. Er stand auf und gab ihr die Hand. »Soll ich morgen wiederkommen?«

Sie hielt seine Hand fest und sagte: »Ja, gerne. Ist bestimmt langweilig hier.«

Im Schwesternzimmer fragte er nach der Kommissarin, doch keiner wusste Bescheid. Er rief sie auf ihrem Handy an und bereute es gleich darauf. Denn Frau Finke bellte nur in den Hörer: »Ich weiß Bescheid, Herrn Brenner geht es mies, ich soll ihn finden und bin unterwegs. Fahren Sie nach Hause!«

Also fuhr er nach Hause, denn dort gab es ja auch noch einen Polizeihund mit einem etwas angeschlagenen Ruf. Und seine Wohnung musste nach dem Besuch der Spurensicherung auch wieder aufgeräumt werden. So verbrachte Konstantin den späten Nachmittag mit einem Spaziergang und kümmerte sich um die Hausarbeit. Es beruhigte ihn, etwas Stupides, aber Sinnvolles zu tun. Immerhin war seine größte Sorge hinfällig, Anja war in Sicherheit.

Am frühen Abend rief er Franks Handy an, es nahm keiner ab. Er versuchte es im Hotel, doch dort war er auch nicht mehr aufgetaucht. Wenn sich das Bild nun in den Händen der Familie Meier befand und die Liste ebenfalls gefunden und entwendet worden war, dann müsste nun eigentlich Ruhe einkehren, dachte Konstantin. Es gab zwei tote Frauen und zwei verschwundene Männer. Im schlimmsten Fall blieb es bei dieser Bilanz, und der Fall würde zu den Akten gelegt werden, weil man Hans Meier und seinem Enkel nichts nachweisen konnte. Tauchte das Bild von Franz Marc dann jenseits des Ozeans auf, wäre zumindest Leander Heinemann in Sicherheit. Vielleicht würde man in den nächsten Wochen einen todkranken Mann oder die Leiche eines ausgemergelten Kranken am Kanal oder auf einer Parkbank am Aasee finden. Wer wusste, wie es mit Frank nun weiterging. Der Gedanke schmerzte ihn mehr, als er gedacht hätte.

Das komfortable Hotelzimmer konnte Frank sich den Erzählungen seiner Schwester nach sicher abschminken. Nach einer guten Behandlung hatte das nicht geklungen. Die Männer hatten Anja zurückgelassen und dabei ihren Tod billigend in Kauf genommen. Frank jedoch hatten sie mitgenommen. Warum wohl? Weil er mit ihnen unter einer Decke steckte? Das war die wahrscheinlichere Erklärung. Oder war Frank einem Hans Meier in die Quere gekommen? Ebenso gut möglich. Heinemann war verschwunden, Frank auch, und beide hatten den »Turm der blauen Pferde« geklaut. Also hatte Meier doch nun, was er wollte. Wer aber hatte die siebzig Jahre alte Liste? Für Konstantin kam auch dafür eigentlich nur Hans Meier in Frage.

Und dann geschahen mehrere Dinge beinahe gleichzeitig, und Konstantin erkannte einen kleinen logischen Fehler.

Das Telefon klingelte, und Frau Finke meldete sich aus ihrem Büro. »Herr Neumann, das ist jetzt wichtig. Wenn Frank Brenner sich bei Ihnen meldet, dann informieren Sie mich bitte umgehend. Am besten so, dass er es nicht bemerkt. Der Name der Galerie seines Onkels, Sie erinnern sich?«

»Brenner & Partner, ja.«

»Der stille und ungenannte Partner heißt Hans Meier. Sie verstehen hoffentlich, was das bedeutet.«

»Oje, Frank gehörte also die ganze Zeit dazu?«

»Zumindest arbeitet sein Onkel schon sehr lange mit Meier zusammen. Seien Sie vorsichtig.«

Er legte auf und zuckte zusammen. Es klingelte an der Wohnungstür. Also ein Mitbewohner. Dachte er. Aber seine Mitbewohner waren bislang noch nie mit einer Pistole in der Hand bei ihm aufgetaucht. Es war Frank Brenner, und er schob sich nun zügig herein, schloss die Tür und bat Konstantin, sich auf einen Stuhl zu setzen. Das Sofa nahm er selbst.

Er sagte: »Das tut mir jetzt alles sehr leid, Konstantin, auch wenn das abgedroschen klingt. Geht es Anja besser?«

»Sie wäre beinahe gestorben, du Mistkerl.«

»Das war nicht meine Handschrift, und das weißt du auch.« Frank sah etwas besser aus. »Ich habe sie geholt, damit sie das Bild zurückgibt, bevor mein Onkel oder dieser Felix Meier davon erfahren. Es ist so wunderschön, Konstantin, und dank dir habe ich es sehen dürfen. Ich habe es gehalten und daran gerochen und war für einen kleinen Augenblick wirklich glücklich und schmerzfrei.« Ein kurzes Strahlen ging über das Gesicht des Kranken.

»Du hast mich von Anfang an nur benutzt.«

»Ja, das habe ich, und es tut mir aufrichtig leid. Aber ich kann auf die Gefühle anderer Menschen zurzeit wenig Rücksicht nehmen. Mir läuft die Zeit davon. Mit Mord wollte ich allerdings niemals etwas zu tun haben. Das musst du mir glauben.«

»Dann hör auf, eine Waffe auf mich zu richten.«

»Ich werde sie nur benutzen, um mich zu wehren. Gib mir bitte die Liste, und ich bin weg.«

»Ich dachte, sie wäre gefunden worden. Gestern, als dein Helfer oder du selbst Ulrike niedergeschlagen hat.«

Frank schüttelte den Kopf. »Ich war gestern nicht in deiner Wohnung. Ich bin mir sicher, dass die Liste noch hier ist. Es ist eine Originalliste auf Papier des KZ-Lagers Bergen-Belsen. Das Dokument würde jeder Prüfung standhalten, und kein Mensch würde die Notizen darauf anzweifeln. Du kannst dir vorstellen, was diese Liste anrichten kann, oder? Ich brauche sie. Nur so kann ich mir Felix Meier vom Leib halten. Es ist kompliziert.«

»Dein feiner Onkel arbeitet doch auch mit Meiers zusammen. Und du wusstest es die ganze Zeit über.« Plötzlich ahnte Konstantin, worum es ging. »Da stehen Dinge drauf, mit denen man bestimmte Leute noch immer gut erpressen kann, nicht wahr?«

Frank lehnte sich zurück, hielt die Waffe aber weiterhin, gestützt durch ein Bein, auf Konstantin gerichtet. »Das alles ist so lange her, wir beide waren da noch gar nicht auf der Welt, und dennoch hat es nicht an Brisanz verloren. Unglaublich.«

»Nach einem solchen Auftritt wirst du deine Suite vergessen können, Frank. Du buchst soeben das langsame Siechen im JVA-Krankenhaus.«

Frank winkte ab und wechselte abrupt das Thema.

»Du kennst doch diese umstrittenen Brieffreundschaften im Gefängnis. Einige Frauen schreiben Briefe an Häftlinge, um ihnen Mut zu machen, soziale Kompetenzen aufzubauen und so weiter. Während viele unserer Knasttrottel lieber den Bizeps im Fitnessraum stählten, lag mir mehr der geistige Austausch. Glaube mir, ich mag dich und habe unsere Gespräche zu jeder Zeit genossen. Und ich begann eine Brieffreundschaft. Es handelte sich um eine junge verheiratete Frau, dem Foto nach sehr hübsch, und wir erzählten uns Dinge aus unserem Leben, der Politik und auch der Kunst. Sie fand meinen Lebensweg spannend, bewunderte meine Kenntnisse und befriedigte meine Eitelkeit. Kann ich einen Schluck Leitungswasser bekommen?«

Konstantin holte ihm das Gewünschte und brachte sich ebenfalls ein Glas mit. Frank hatte seine volle Aufmerksamkeit.

»Eines Tages erzählte sie mir von ihrem Bruder, der Fotograf und Journalist war, sich aber mit brotlosen Aufträgen kaum über Wasser halten konnte. Er wollte nach Kanada auswandern. Sie hat gescherzt, dass er wohl bald eine Bank überfallen werde, wenn er nicht bald das notwendige Geld für die Ausreise zusammenbekommen würde. Dann könnte ich ihn ja im Knast kennenlernen.«

Konstantin stand der Mund offen. Er sah sie förmlich vor sich, diese losen Fäden, die jetzt ein Strickmuster ergaben.

»Meike Schulze Terhorst hat dir Briefe geschrieben? Du kanntest sie also?«

Frank nickte. »Und ihr Tod ist mir wirklich nahegegangen, aber das durfte ich dir ja nicht zeigen. Als mein Onkel mir erzählte, er habe eine ganz vage Spur, die zu einigen vor langer Zeit verschwundenen Gemälden führte, war ich völlig aus dem Häuschen. An den ›Turm der blauen Pferde‹ wagte ich damals noch gar nicht zu denken. Wäre ich draußen gewesen und nicht hinter Gittern, hätte ich mich sofort selbst auf die Suche begeben. So kam mir der arbeitslose Bruder, der dringend Geld brauchte, natürlich gerade recht. Ich wusste damals nicht, dass schlussendlich Meiers den Auftrag an Heinemann vergeben und ihn bezahlt haben. Mein Onkel war nur Mittelsmann. Jedenfalls bekam Heinemann eine Wohnung in dem Haus, das im Visier stand. Den Rest kennst du. Meike hat natürlich nicht gewusst, warum ihr Bruder plötzlich einen so lukrativen Auftrag an Land gezogen hatte. Es gab keine erkennbare Verbindung zu mir. Aber dieser Heinemann nistete sich deutlich zu vertraut in dem Haus ein. Er verliebte sich in eine Mitbewohnerin, erschlich sich das Vertrauen des alten Herrn, alles super. Doch dann wurde er selbst infiziert von der Suche, von der Sucht nach diesem Bild von Franz Marc, das er auf einem Foto gesehen haben wollte.«

»Was habt ihr mit ihm gemacht? Wusstest du, dass dein Onkel über Leichen geht?«

Frank hob die Hand mit der Waffe und bewegte sie beunruhigend schnell hin und her. »Hör auf, Konstantin. Das glaube ich eigentlich nicht. Er ist ein raffgieriger, durchtriebener Galerist, aber kein Gewaltmensch. Wir alle dachten, dass Heinemann nach Kanada abgehauen ist, allerdings glaubten wir zunächst, dass Adler das Bild noch immer besaß. Ich schwöre dir, weder mein Onkel noch diese Meiers wissen, wo Heinemann ist. Wahrscheinlich würde er sonst tatsächlich schon im Kanal treiben. Deine Entlassung fiel jedenfalls so glücklich, dass ich dich benutzt habe, ja. Meine eher plötzliche Entlassung war weniger glücklich, aber ich war froh, mit deiner Hilfe mitmischen zu können. Das war meine Welt. Seit meiner Entlassung, den beiden toten Frauen und der engen Zusammenarbeit mit dir fügen sich auch für mich einige Puzzleteile zusammen. Ich dachte, deine Mitbewohnerin wäre wegen ihrer eigenen Raubzüge umgebracht worden. Die Sache mit Adlers Frau könnte ja auch ein Unfall gewesen sein. Sie wäre nicht die Erste, die durch einen Stromschlag bei der Hausarbeit ums Leben gekommen ist.«

Jetzt unterbrach Konstantin seinen Exkollegen: »Dazu kann ich dir eine Geschichte erzählen, die mir immer zu düster war, um einen krebskranken Menschen damit beeindrucken zu wollen. Hans Meier ist ein Monster, zumindest ist er es nach den Erzählungen meines Vermieters.«

»Na, du solltest mal seinen Enkel kennenlernen. Was glaubst du, wer in meine Suite eingedrungen ist und mich um das Bild prellen wollte? Sie hätten Heinemann viel Geld dafür bezahlt, dass er ihnen das Bild besorgt, ergo gehöre es jetzt ihnen. Der

Begleiter von Felix Meier, irgend so ein junger Handlanger ohne Hirn, hat deiner Schwester eine zu hoch dosierte Morphiumspritze gegeben. Wir wurden alle nur benutzt, um den Weg zum Bild zu bereiten. Durch deine gute Arbeit, mein Freund, war ich ihnen allerdings oft einen Schritt voraus.«

Konstantin wollte nicht, dass Frank ihn Freund nannte. Er bat ihn nun, zuzuhören, und erzählte Frank von den Ereignissen am letzten Tag von Bergen-Belsen im Jahr 1945, kurz bevor die Engländer das Konzentrationslager befreiten. Er schilderte das grausige Schicksal, das Adler in Form eines zornigen, unreifen Bengels namens Hans Meier getroffen hatte.

Frank blickte ihn ungläubig an und sagte dann: »Das fasse ich nicht. Adler hätte also eine Menge Gründe, die Meiers fertigzumachen. Und wir haben so lange gedacht, Adler wäre der Nazispross.«

»Wer hat Meike umgebracht?«

Ein Schatten ging über Franks Gesicht. »Mensch, ich habe dich ja noch auf die Idee gebracht, die Schwester aufzusuchen. Ich hielt es für eine sehr gute Idee, nachdem Heinemann für alle Welt verschwunden war. Leider habe ich meinem Onkel davon berichtet. Er behauptet, er sei es nicht gewesen, er habe sich auf mich verlassen und abgewartet. Allerdings hat er sich bestimmt mit seinem Geschäftspartner ausgetauscht. Es wird Felix Meier gewesen sein, auch wenn er für diese Zeit sicher ein lupenreines Alibi hat. Das Durchsuchen ihrer Wohnung hatte nur einen Zweck: das Bild zu finden. Wegen Meike mache ich mir schwere Vorwürfe. Von deinem Treffen mit der alten Frau Heinemann habe ich aus persönlichen Gründen natürlich nichts mehr erzählt, Brenner & Partner weiß nicht einmal von ihrer Existenz. Na gut, jetzt schon. Das Marc-Bild haben sie mir wieder abgenommen.« Er grinste. »Sagen wir mal, sie glauben, dass sie es haben. Daher wird meine Zeit hier auch richtig knapp.«

Frank setzte sich nun aufrecht hin, winkelte die dünnen Beine an und stellte die Füße auf den Fußboden. »So, nun geh ein bisschen suchen, ich muss heute noch weit reisen. Such als Erstes im Fensterrahmen und in den Jalousienkästen. Heinemann liebte Agentengeschichten.«

Konstantin erhob sich schwerfällig. Er glaubte nicht, dass er nach dem Besuch der Spurensicherung noch etwas finden würde, aber er hatte Zeit, Frank nicht. Als er gerade oben auf einem Stuhl stand und mit den Fingern den Kasten abtastete, läutete es an der Wohnungstür. Super. Frank erschrak und legte den Finger auf den Mund. Die Waffe zielte auf Konstantin. Frank hatte nun wirklich gar nichts mehr zu verlieren, wenn er schoss. Ob zwanzig Jahre Knast oder zehn Wochen war ihm sicher richtig egal.

Es schellte ein zweites Mal, und Goofy, der bislang artig im Körbchen gelegen hatte, immerhin kannte er Frank, lief nun schwanzwedelnd zur Tür und öffnete sie mit einem Sprung gegen die Türklinke, was beide Männer nicht sehen, aber deutlich hören konnten. Beim Klang von Kevins Stimme erschrak Konstantin nun doch. Er wollte den Jungen auf keinen Fall in Gefahr bringen.

»Kevin, lauf und hol die Kommissarin, ich werde hier bedroht.«

Laut schrie er diese Worte, doch so ein Junge reagierte nicht so schnell wie ein geübter Krimineller. Frank sprang auf und war an der Wohnungstür, bevor Kevin sich umdrehen konnte. Die Tür wurde abgeschlossen, und Kevin musste stumm vor Erstaunen ebenfalls ins Wohnzimmer marschieren.

»So, junger Mann, du kannst gleich mal mitsuchen. Jungs in deinem Alter haben doch bestimmt ein Faible für Verstecke.« Die Waffe zielte erneut auf Konstantin, was diesem besser gefiel, als wenn Kevin im Fokus gestanden hätte. So eine Pistole ging schon mal los, wenn alle nervös waren.

Kevin machte ein altkluges Gesicht und sagte: »Frau Finke kommt gleich noch, das sollte ich dir ausrichten.« Und zu Frank gewandt: »Das ist unsere Kommissarin hier im Haus. An Ihrer Stelle würde ich jetzt weglaufen.«

»Das mache ich auch gleich, wenn du mal eben für mich nach einem kleinen Zettel suchst.« Frank holte aus seiner Hosentasche einen Zwanzig-Euro-Schein und legte ihn auf den Tisch. »Den bekommst du, wenn du für mich ein Versteck findest, in dem sich eine Nachricht befindet. Leander Heinemann hat sie für mich hinterlassen, weißt du?«

»Leander? Ach so.« Kevin ging zur Balkontür und öffnete sie.

»Halt, Junge, wenn du um Hilfe schreist, werde ich deinem Freund hier wehtun müssen.«

»Mann, was soll das denn jetzt? Ich gucke doch nur nach dem Versteck.« Sehr zielstrebig kniete Kevin sich auf den Boden des Balkons, genau dort, wo die kaputte Bodenfliese war, und hob die daneben liegende Fliese an. Er holte etwas aus einer Vertiefung und kam zurück. Beim Gehen faltete er einen vergilbten Zettel auseinander, den er einer Plastikfolie entnommen hatte.

Auf dem Balkon hatte wahrscheinlich auch die Spurensicherung nicht gut genug nachgeschaut.

»Hergeben, Junge, aber sofort. Das ist meins.« Frank wurde hektisch, und das war mit einer Pistole in der Hand unangenehm.

Doch Kevin hatte sich den sehr vergilbten und zerfledderten Zettel bereits flüchtig angeschaut und triumphierte naiv oder frech: »Nein, das stimmt ja gar nicht! Dieser Zettel gehört Herrn Adler. Den kriegen Sie nicht.« Er faltete ihn zusammen und wollte ihn in seinen Brustbeutel stecken, nestelte bereits an dem Faden um den Hals. Da verlor Frank die Nerven, sprang vor und gab ihm eine leichte Ohrfeige, um dann mit der freien Hand nach seinem Arm zu greifen. Die Hand mit der Pistole versuchte er, noch immer auf Konstantin gerichtet zu halten.

Konstantin selbst war mittlerweile natürlich von dem Stuhl heruntergestiegen und stand neben dem Balkonfenster. Er spürte Wut in sich aufsteigen. Wie konnte Frank dem Jungen einfach wehtun? Seine Hände ballten sich zu Fäusten, und gleich würde er sich auf Frank stürzen, wenn der nur einen Moment lang die Waffe aus den Augen ließ. Er würde ihn einfach aus seiner Wohnung prügeln.

In dem Moment kam etwas aus dem Flur geschossen, und Frank stürzte zu Boden. Goofy stand nun über Frank, der die Pistole im Schreck verloren hatte. Sie schlitterte über das Parkett. Der Hund knurrte leise. Die Gewalttätigkeit gegen Kevin hatte in ihm etwas ausgelöst. Konstantin reagierte schnell, hob die Pistole auf und wollte sie entladen. Dabei stellte er fest, dass gar keine Munition vorhanden war. Er legte sie zur Seite, und Frank grinste schräg, aber etwas angespannt.

»He, eine geladene Pistole ist mir viel zu gefährlich.« Ohne Waffe war Frank kein Gegner mehr. Kevin fuhr sich mit der Hand über die Stirn, den alten Zettel noch immer in der einen Hand, und meinte: »Puh. Mannomann. Mensch, Konstantin.«

Goofy guckte nun ratlos von einem zum anderen. Sein Freund war nicht mehr bedroht, sein Herrchen auch nicht. Unschlüssig stand er noch immer über Frank Brenner gebeugt. Konstantin rief ihn zu sich, und Frank stand langsam auf.

Kevin hastete zum Tisch, steckte den Zwanzig-Euro-Schein ein und stellte sich dann schnell neben Goofy und Konstantin, der irgendwie stolz auf seine beiden Begleiter dieses Überfalls war.

Zerknirscht ging Frank auf die kleine Gruppe zu und streckte Konstantin seine feingliedrige zitternde Hand entgegen. »Vergessen wir das Ganze. Es reicht. Ich danke dir für ein paar Tage Ablenkung und Vertrauen und natürlich für ein paar Jahre guter Gespräche in der JVA. Ich weiß, wann ich verloren habe. Das habe ich tatsächlich immer sehr schnell kapiert.« Mit einem schiefen Lächeln drückte er Konstantin die Hand und verschwand durch die Wohnungstür. Keine Minute zu spät, denn kurz darauf konnte Konstantin der Kommissarin die Wohnungstür öffnen. Und sein erster Gedanke war: Frank hat den »Turm der blauen Pferde«. Hatte er in diesem Spiel wirklich verloren?

»Sie haben ihn gehen lassen? Sie hatten dabei auch noch die Pistole in der Hand? Beihilfe zur Flucht, oder wie soll ich das nennen?«

Statt einer Antwort holte Konstantin die Pistole und gab sie ihr. »Sie war nicht einmal geladen. Außerdem bin ich ein Straffälliger mit Bewährung. Und ich habe nicht die Befugnisse, andere Personen ihrer Freiheit zu berauben. Sie hätten mich für diesen Fall eben doch zum Assistenten machen sollen.« Nach diesen Worten war er tatsächlich auch sehr stolz auf sich selbst, zumal der Kommissarin ganz kurz der Mund offen stand.

Kevin, den man mit Gewalt aus der Wohnung hätte tragen müssen, mischte sich nun auch noch ein. »Ich muss Ihnen etwas sagen, Frau Finke. Ich möchte nun doch nicht mehr Kommissar werden. Es tut mir leid.«

Sie lächelte ihn auf eine nette Art an. »Das war sicher alles ein bisschen viel für dich, du Armer.«

»Nein, es ist nur so, ich möchte jetzt lieber ein Verbrecher werden. Aber erst später. Vorher wollte ich Ihnen das hier noch zeigen, aber dann gebe ich es Herrn Adler wieder.«

Kevin holte die Liste aus seinem Brustbeutel, als handele es sich um eine Einkaufsliste und nicht um ein siebzig Jahre altes Dokument mit brisanten Notizen.

Frau Finke nahm ihm den Zettel vorsichtig, aber zügig aus der Hand und sagte: »Danke, Kevin, aber ich werde dem Herrn Adler seinen Zettel nun besser wiedergeben und ihm erzählen, dass du ihn gerettet hast. Er ist sehr wertvoll und darf nicht kaputtgehen.«

Und nachdem Kevin nun doch in seine eigene Wohnung marschiert war, guckten sie beide kurz auf den Zettel, auf die krakelige Schrift, die mit unterschiedlichen Stiften geschriebene kurze Notizen enthielt. Wenige bekannte Namen und sehr viele unbekannte Namen flimmerten vor Konstantins Augen, doch all das war weniger beeindruckend als der zweitletzte Name, der dort stand, zusammen mit einigen Hinweisen, die dem Namen nicht zur Ehre gereichten. Frau Finke hielt den Atem an und flüsterte ungewohnt leise: »Wenn diese Liste in falsche Hände gerät, kann derjenige sehr, sehr viel Macht geltend machen. Ich werde dem alten Mann nahelegen, sie zu vernichten. Diese Dinge sind schon zu lange her, oder?«

Sie fragte ihn! Und er schwieg. Über so etwas musste man doch nachdenken. Tagelang. Wochenlang. Das war hochbrisant, das war ein Stück deutsche Geschichte und aktuelle Politik zugleich. Das war furchtbar. Und er hörte sich dennoch sagen: »Es wird niemandem nutzen, außer einigen Journalisten. Aber diese eine Wahrheit würde eine Menge Schaden anrichten. Schon wieder.«

Sie nickte und legte ganz kurz ihre Hand auf seine. »Sie und ich haben die Liste nie gesehen. Und jetzt erzähle ich Ihnen mal von einem ganz interessanten Fall und dem Ergebnis brillanter Recherche.«

Es war ungeheuerlich und doch ganz einfach. Ein Zufall, den das Leben ins Spiel warf, um die Karten völlig neu zu mischen.

Leander Heinemann war es vor Wochen gelungen, aus der Villa Adlers zu fliehen. Das hatte Adler freimütig zugegeben und Glück gehabt, dass Frau Finke ihn dafür nicht in Untersuchungshaft gesteckt hatte. Heinemann hatte den »Turm der blauen Pferde« gut versteckt gehabt, nur die Liste von Adler befand sich noch in der alten Wohnung, in die wenige Tage später der ahnungslose Konstantin Neumann einzog. Warum Heinemann sie nicht gleich mitgenommen hatte, darüber konnte man nur spekulieren. Es war jedoch anzunehmen, dass Heinemann sich mit dem Bild nach Kanada absetzen wollte. Er musste jedenfalls direkt nach seiner Flucht nach Bremen gefahren sein, warum, wusste die Kommissarin nicht, noch nicht. Eventuell hatte er sich mit einem Mittelsmann treffen wollen. Jedenfalls war Heinemann in der Nähe des Bremer Hauptbahnhofs von Passanten schwer verletzt gefunden worden. Er war ausgeraubt und so schwer verprügelt worden, dass er mit schlimmen Schädelverletzungen ins nächste Krankenhaus eingeliefert worden war, ohne Papiere und nicht ansprechbar. Frau Finke war die Idee im Krankenhaus gekommen, als sie Ulrike Nawrath und Konstantins Schwester Anja aufgesucht hatte. Eine Krankenschwester hatte nebenbei erzählt, dass einmal eine junge Frau mit Kopfverletzungen eingeliefert worden sei, nicht ansprechbar und ohne Papiere. Bei der Polizei hatte man damals alle Vermisstenanzeigen überprüft, um die Identität herauszufinden. So hatte Frau Finke mal wieder ihren Assistenten angewiesen, alle umliegenden Krankenhäuser anzurufen und die Polizeiberichte der letzten sechs Wochen nach Unfällen oder Ähnlichem zu durchsuchen. Erst nur in Nordrhein-Westfalen, danach bundesweit.

»Und vor einer Stunde hat er mit einem Krankenhaus in Bremen telefoniert. Die haben dort jemanden, auf den Alter und Statur zutreffen.« Sie lächelte triumphierend.

Konstantin wunderte sich: »Wieso hat ein Krankenhaus wochenlang einen unbekannten Patienten auf einem Zimmer liegen, ohne mal bei der Polizei nach Vermisstenmeldungen zu fragen?«

Sie nickte zustimmend zu der berechtigten Frage und sagte: »Das haben die dort auch gemacht, aber nur in der unmittelbaren Umgebung. Die Polizei war sogar vor Ort, die Beamten waren allerdings der Meinung, dass sie erst den Heilungsprozess abwarten müssten, bevor sie eine Suchmeldung mit Foto losschicken könnten. Der Mann hat wohl ziemlich was einstecken müssen. Nun ist die Vermisstenanzeige von Meike etwas älter als der Unfall, weil er ja schon Tage vorher von Adler und seiner Enkelin festgehalten worden war. Wenn die Beamten in Bremen nur nach Anzeigen ab dem Unfalldatum geschaut haben, fiel Meikes Anzeige eventuell durch das Suchraster.«

»Das war wirklich sehr klug von Ihnen«, lobte Konstantin ehrlich beeindruckt. »Was geschieht jetzt weiter?«

»Ich fahre hin, sobald er ansprechbar ist. Denn die Ärzte meinen, sein Zustand sei stabil, sie wollen versuchen, ihn in den nächsten Tagen aufwachen zu lassen. Und dann schnappe ich mir die Meiers.«

Konstantin fiel etwas ein. »Könnte man nicht vorab schon eine Hausdurchsuchung bei den Meiers starten? Wenn man zum Beispiel ein Elektroschockgerät findet, kann man sie damit doch der Morde überführen.«

Frau Finke schüttelte den Kopf. »So ein Gerät war sicher nicht die Mordwaffe. Das hätte bei Susanne Jung kaum ausgereicht. Das war Starkstrom aus der Dose, und der wurde gezielt mit einem Kabel zum Töten verwendet. Susanne Jung ist irgendwo umgebracht worden, in einer Lagerhalle oder einer Werkstatt, eventuell in einem Haus. Adlers Ehefrau ist wahrscheinlich in ihrem eigenen Haus ermordet worden, das war sicher einfacher. Wenn es nicht doch ein Unfall war. Bei einer alten Dame kann ein Stromschlag zum Herzstillstand führen.«

»Wieso haben Sie mir denn das nicht früher erzählt?«

»Ich kann Sie doch nicht in alle Details der Ermittlungsarbeit einweihen. Was denken Sie sich nur immer? Hat Adler Ihnen gegenüber endlich mal erwähnt, woher er das Bild von Franz Marc hatte?«

»Nein.« Sein Nein kam nun auch etwas launig rüber.

»Mir gegenüber auch nicht. Bestimmt taucht es bald als kleine

Sensation in der Galerie Brenner & Partner auf. Dann wird sich die Fachwelt darauf stürzen, um ihnen eine Fälschung nachzuweisen.«

»Frank hat das Bild noch. Er hat sie ausgetrickst.« Das laute Lachen der Kommissarin, das jetzt aus seiner Wohnung bis in den Flur schallte, war Konstantin unangenehm.

»Das Betrachten des Bildes wirkt bei Herrn Brenner sicher besser als jede Morphiumspritze«, sagte sie und verschwand.

Zwei Tage später, Anja ging es deutlich besser, Ulrike war bereits aus dem Krankenhaus entlassen und trug statt weißer Spitzennachtwäsche wieder Wollröcke und dicke Strümpfe, rief Adler bei Konstantin an. Und er hatte eine Bitte, die Konstantin auf gar keinen Fall ablehnen wollte, obwohl er es unbedingt hätte tun müssen. Zumindest, wenn er nur einen Gedanken an seine Bewährung verschwenden würde. Er tat es nicht. So eine Quasifreundschaft mit einer Kommissarin machte einen Menschen leichtsinnig.

»Können Sie mich am Samstagvormittag nach Essen fahren?«, fragte Adler in seiner typisch direkten Art.

»Ja, natürlich.« Konstantin schluckte. Bei der Stadt Essen fiel ihm nur ein Grund ein, und der wäre sensationell.

»Wollen Sie gar nicht wissen, warum?«

»Ich hoffe sehr stark, dass Sie mir Herrn Meier senior vorstellen. Wenn Sie dort allerdings den ›Turm der blauen Pferde‹ suchen, so wird die Fahrt vergebens sein.«

Am anderen Ende der Leitung war es eine Zeit lang still, dann sagte Adler: »Schade, aber vergebens wird die Fahrt sicher nicht sein. Ich möchte jemanden auf dem Friedhof besuchen. Und da liegt Hans Meier leider noch nicht. Holen Sie mich bitte um zehn Uhr ab.«

Was wollte Adler auf einem Friedhof in Essen? Und warum gerade jetzt? Konstantin traute dem Greis nicht eine Nasenlänge weit über den Weg, zumindest, was seine persönlichen Pläne betraf.

Als beide am Samstagvormittag im Auto saßen, den Rollstuhl im Kofferraum verstaut, wollte Konstantin wissen: »Warum haben Sie keinen Fahrdienst in Anspruch genommen?«

»Weil ich mich nicht mit fremden Leuten unterhalten möchte. Reicht ja schon, dass meine Pflegekraft mir immer von ihrem Verlobten erzählt. Junger Mann, was halten Sie davon, wenn Sie die Arbeitszeit bei Ihrer Firma um, sagen wir, ein Drittel reduzieren und ein paar Stunden für mich arbeiten?«

»Als Fahrdienst?«

Adler lachte trocken. »Jetzt stapeln Sie aber tief, nein, als Programmierer. Ich weiß, dass Sie ziemlich gut sind. Sie haben in jungen Jahren sogar mal eine kleine Verurteilung bekommen, weil Sie sich in den Unicomputer eines Professors gehackt haben.«

»Sie haben meine Vergangenheit durchleuchtet? Haben Sie die Polizei bestochen?«

»Ich wusste ganz genau, wer da in meine Wohnung einzieht. Ich dachte, einer wie Sie passt in unsere Wohngemeinschaft.«

Konstantin schwitzte und fuhr auf der Autobahn nur hundertdreißig. Die nächste Abfahrt mussten sie hinunter. Einer wie er? Weil er kriminell war, oder was meinte Adler damit?

Der alte Mann sprach weiter: »Ich konnte natürlich nicht ahnen, dass der ganze Fall mit Heinemann so schwere Nachwirkungen haben würde. Es tut mir sehr leid, dass Sie seit dem Einzug so viele Unannehmlichkeiten hatten. Aber so konnte ich Sie auch etwas genauer kennenlernen. Leider habe ich selbst dabei sehr gelitten und Federn gelassen. Das Bild ist nun erneut verschwunden. Für die öffentliche Kunstwelt hat sich dabei nichts verändert, für mich eine ganze Menge. Ich bin am Ende meines Weges angekommen, das weiß ich, aber ich durfte Marcs Bild lange besitzen. Zu lange. Soll damit nun glücklich werden, wer mag. Ich vertraue Ihnen, Konstantin, Ihnen ging es nie um persönliche Bereicherung.«

Es klang sehr verlockend, in das skurrile Team des Hauses aufgenommen zu werden. Ulrike hatte ihm selbst ganz offen erzählt, dass sie Unterlagen, Expertisen und Ähnliches fälschte. Und Susanne erst. Ihre Unternehmungen waren extrem gefährlich und sehr kriminell gewesen. Der Waschbär. Was für ein Spitzname.

»Welchen Spitznamen hat eigentlich Ulrike Nawrath?«

Wenn Adler sich über diese merkwürdige Frage wunderte, zeigte er es nicht. »Die Schildkröte. Sie ist langsam, aber unglaublich beharrlich und weise.«

»Ist Ulrike auch mit Ihnen verwandt?«

Adler schmunzelte leicht und antwortete: »Nein, ich kannte ihre Großmutter aus dem Konzentrationslager. Sie hat zum Glück überlebt, und wir hielten ein Leben lang Kontakt.«

»Was für ein Zufall, dass Ulrike Kunstgeschichte studiert hat.«

»Das war kein Zufall.«

»Ich bin auf Bewährung draußen. Wenn ich bei etwas Illegalem erwischt werde, sitze ich wieder in der JVA.«

Die passende Abfahrt kam, und Konstantin setzte den Blinker. Er kannte sich in Essen nicht aus und fuhr nach seinem Navigationsgerät.

»Na hören Sie mal, wir sind weniger kriminell unterwegs, als Sie denken. Bei dem, was Sie tun sollen, kann Ihnen sogar Frau Finke über die Schulter schauen. Die hätte ich auch sehr gerne in meinem Team.« Er kicherte amüsiert.

»Ich werde darüber nachdenken, danke für Ihr Vertrauen.« Meine Güte, das hatte jetzt sehr steif geklungen.

»Ihnen könnte dann auch mal die Wohnung gehören.«

Mit Speck fängt man Mäuse, aber er war keine Maus und gerade nicht an Eigentum interessiert.

Ein Schild mit dem Hinweis zum Parkfriedhof erschien. Sie würden gleich da sein.

»Sagen Sie mir, wen Sie auf dem Friedhof besuchen wollen?«

»Nein. Und ich möchte, dass Sie im Auto bleiben. Bitte. Es dauert auch nicht lange.«

Adler ergänzte etwas freundlicher: »Unter anderem liegen auf diesem Friedhof zweiundfünfzig KZ-Opfer, die besuche ich immer, wenn ich zufällig in der Nähe bin.«

Nun, mit Zufall hatte die Fahrt heute sicher nichts zu tun.

Konstantin half dem alten Mann also in seinen Rollstuhl und sah ihm hinterher, wie er den breiten Weg entlangrollte, langsam, aber in gleichmäßigem Tempo. Konstantin lief ein wenig die Straße auf und ab und ärgerte sich, dass er Goofy nicht mitgenommen hatte. Der Hund fuhr gerne Auto, und er hätte nun jemanden zum Spazierengehen gehabt. Nach zehn Minuten langweiligen Auf- und Abgehens setzte er sich ins Auto und stellte das Radio an.

Da fiel ihm ein alter Herr auf, der gerade auf den Eingang zum Friedhof zuging. Er trug einen langen Mantel mit Stehkragen und hielt sich sehr aufrecht, hatte aber einen Gehstock in der rechten Hand. Seine noch recht vollen schneeweißen Haare wehten im Wind, und das Gesicht flößte sympathischen Respekt ein. Tatsächlich, es strahlte eine höfliche Freundlichkeit aus. Konstantin merkte, wie ihm warm wurde. Wenn das jetzt Hans Meier war, kam es auf dem Friedhof heute zu einem imposanten Zusammentreffen.

Adler fuhr doch nicht bis nach Essen, um ausgerechnet heute ein paar schon über siebzig Jahre tote Opfer zu besuchen. Was war, wenn Adler ganz genau wusste, wann Hans Meier immer auf den Friedhof kam? Alte Menschen taten bestimmte Dinge doch oft in schöner Regelmäßigkeit. Konstantins Misstrauen war geweckt. Er stieg aus, verschloss den Wagen und schlenderte langsam hinter dem Mann her. Dabei hielt er großen Abstand und beobachtete, wie der Herr mit dem Gehstock bei einer Dame stehen blieb, die gerade Wasser in einer grünen Gießkanne holte. Sie redeten kurz miteinander, dann ging er weiter, während die alte Lady ihm versonnen nachschaute.

Der Mann bog in einen Seitenweg ein und blieb endlich vor einem Grab stehen. Konstantin bezog seinen Beobachtungsposten in einem Parallelgang, gut versteckt hinter einem großen Stein, den ein Baum überschattete. Und richtig, Konstantin hielt den Atem an, von der anderen Seite des Weges rollte der alte Adler direkt auf den Mann mit dem Gehstock zu.

»Hans Meier, beten kann dir nicht mehr helfen.«

Der alte Herr zuckte sichtlich zusammen und drehte sich um. »Antonius Adler?«, sagte er. »Antonius Adler? Du musst es sein. Ja.«

Mehr nicht. Sie starrten einander an, und Konstantin musste an den alten Filmklassiker »Zwölf Uhr mittags« denken.

Hans Meier sprach als Erster, eine gefühlte Ewigkeit später: »Was kann ich für dich tun?«

Das Lachen Adlers ging durch Mark und Bein. »Besser nichts mehr. Die Tatsache, dass du mich gleich erkannt hast, zeigt mir das Ausmaß deiner Schuld. Sieh mich an. Seit siebzig Jahren rolle ich so durch das Leben. Doch das war dir nicht genug. Ich hatte eine Frau, ich hatte bis vor Kurzem eine tolle Enkeltochter und ich hatte den ›Turm der blauen Pferde‹. Nichts davon ist mir geblieben.« Adlers Hände lagen auf den Rädern seines Rollstuhls. Sie zitterten.

Hans Meier machte einen Schritt auf ihn zu und schüttelte sichtlich verwirrt den Kopf. »Aber das war doch nicht ich, Antonius. Ja, ich habe dich damals ab und an geärgert, ich, der Sohn der angeblichen Herrenrasse, und du, der jüdische Junge im KZ. Das war ein ganz ungleicher Kampf. Aber ich war noch so jung und wollte meinem Vater gefallen. Ein paar Ohrfeigen und zwei Mal habe ich mein neues Stromgerät an deiner Schulter ausprobiert. Ich war eine miese kleine Ratte und bereue das zutiefst.«

Konstantin traute sich kaum zu atmen, er durfte nicht ein Wort verpassen.

»Ich war fünfzehn Jahre alt, Antonius, und hatte von nichts eine Ahnung.«

»Meier, du bist ein Monster. Du hast mich beinahe umgebracht, du hast meine Zukunft gestohlen, ich war …«

Hans Meier unterbrach Adler. »Aber das war doch nicht ich! Erinnerst du dich denn nicht mehr daran? Es war kurz vor unserer Flucht ins Ausland, was ich damals noch für ein tolles Abenteuer hielt. Ich habe dich geschubst, weil du über ein Missgeschick von mir so blöd gegrinst hast. Du bist hingefallen, wieder aufgesprungen und hast mich getreten. Mutig, für einen Gefangenen. Und genau in dem Moment kam ein Wärter mit einem Schlagstock herein und ist auf dich los. Immer wieder hat er auf dich eingeschlagen, aber Vater zog mich zum Auto, und wir sind losgefahren. Daran musst du dich doch erinnern! Da war doch auch noch dieser Restaurator dabei. Den hat er ja dann auch niedergeschlagen.«

Hans Meier hielt kurz inne, sichtlich aufgewühlt und sehr betroffen, wie Konstantin fand. Der alte Mann stützte sich schwer auf seinen Gehstock.

»Hör zu, als du mich und meine Familie zufällig gefunden hast und uns mit einigen Bildern angeschwärzt hast, da war das okay für mich. Ich habe gedacht, gut, Hans, das ist eine annehmbare Rache und mehr als verdient für das erlittene jahrelange Leid im Konzentrationslager und die zusätzlichen Beschimpfungen durch einen arroganten Jungen. Meine Firma war schwer getroffen, aber ich hätte die Bilder auch besser sofort zurückgeben sollen. Leider hofften mein Sohn und mein Enkel auf eine gerichtliche Fürsprache. Das ging schief. Wir waren quitt, oder nicht?«

Adler lief rot an und schrie: »Hierfür? Für ein solches Leben? Quitt?«

»Aber ich sage dir doch, wie es war. Der Wärter hat die Nerven verloren, als er unseren Streit sah. Wir hatten keine Ahnung, dass er sich so vergessen würde. Du musst das doch noch wissen. Wie sollte ich dir denn mit fünfzehn Jahren und mit bloßen Händen solche Verletzungen zufügen können? Ich war ein Hänfling, wie du weißt.«

Meiers Stimme hatte einen flehenden Ton angenommen, und Konstantin glaubte ihm sofort. Was immer damals vorgefallen war, Hans Meier war offenbar nicht das Monster, als das Adler ihn siebzig Jahre lang gesehen hatte. Was für ein Drama spielte sich hier gerade ab!

Adler hatte sich nun wieder besser unter Kontrolle und sagte: »Sieh doch, was um dich herum geschieht. Leander Heinemann ist verschwunden, nachdem er mich beklaut hat, und zwar in deinem Auftrag. Meine Enkelin ist vor Kurzem ermordet worden, vor drei Jahren meine Frau, beide mit einer tödlichen Stromdosis in Erinnerung an deine Stromattacken im KZ. Damit hast du also auch nichts zu tun?«

Hans Meier schwankte. Tränen liefen über das alte Gesicht, und Konstantin hatte den Eindruck, dass er gleich zusammenbrechen würde.

»Nein, nein.« Das klang fast tonlos. »Ich wusste davon nichts. Brenner, der Galerist, an dessen Geschäft ich Anteile besitze, kam vor über einem Jahr zu mir und sagte, er habe eine Spur zu einigen Gemälden, Bildern, die seit dem Krieg verschollen seien, eine Sensation. Und er habe einen Informanten, der aber nicht ganz billig sei. Dein Name fiel zu dem Zeitpunkt nicht einmal. Ich habe ihn weggeschickt, das kannst du nachprüfen. Ich habe ihm gesagt, er solle das mit Felix verhandeln, eventuell habe der Interesse an einer Schatzsuche. Das Gleiche habe ich doch auch der Kommissarin gesagt, als sie plötzlich vor der Tür stand und den Mord an deiner Enkelin überprüfte. Später habe ich meinen Enkel Felix zur Rede gestellt, und er hat zugegeben, dass er einen gewissen Heinemann bezahlt habe, um dich zu bespitzeln. Er hatte dich seit der Sache mit Lost Art auf dem Kieker und wollte dir ebenfalls etwas nachweisen. Aber Mord? Oh nein, das will ich nicht glauben. Warum hätte er damals deine Frau umbringen sollen?«

Adler lachte böse auf. »Er gehört zur rechten Szene. Was glaubst du, wozu er und seine Genossen in der Lage sind? Das ist heute so wie damals, Hans Meier! Ich kann dir sagen, was vor drei Jahren passiert ist. Ein junger Schnösel stand plötzlich in unserem Garten und beschimpfte uns als Juden, Bilderdiebe und Verräter. Dein sauberer Enkel hatte früh herausgefunden, dass der Tipp, die Provenienz eurer Bilder zu überprüfen, von mir kam. Ich habe ihn vom Grundstück gejagt. Heute dürfen Juden nämlich wieder Besitz in Deutschland haben. Wenige Tage später, ich war zu einer Ausstellungseröffnung eingeladen, war meine Frau tot. Du warst damals wohl zu feige, persönlich aufzutreten.«

Adlers Augen wurden schmal, Konstantins Augen und Ohren dagegen größer und größer. Felix Meier hatte zu all dem sicher Helfershelfer gebraucht, die vor Ort recherchierten, beobachteten und suchten, vor allem, nachdem Leander Heinemann sich nicht mehr an die ursprüngliche Abmachung hielt. Und Konstantin überlegte: Wenn Heinemann nicht mit dem Bild und der Liste verschwunden wäre, dann hätte Felix Meier sicher nicht gleich Susanne Jung und Meike Schulze Terhorst umgebracht. Doch Heinemann hatte ein Gespür dafür gehabt, dass man damit viel Geld machen konnte.

Hier stand er nun auf einem fremden Friedhof, belauschte zwei alte Männer mit einer unglaublichen, tragischen Vergangenheit und stellte mit Erstaunen fest, dass er Leander Heinemann von allen Beteiligten am wenigsten leiden konnte. Warum hatte der nicht einfach das Geld von Felix Meier genommen und war nach Kanada gegangen? Meiers Rachebedürfnis wäre befriedigt gewesen, und im Haus wäre Ruhe eingekehrt. Nun, Gerechtigkeit sah anders aus, schon klar.

Der betagte Hans Meier war mit der Situation sichtlich überfordert. Er setzte mehrmals zum Sprechen an und schwieg doch. Endlich sagte er: »Du glaubst, mein Enkelsohn habe deine Frau umgebracht? Einfach so, aus Rache?«

»Ob du oder er, das weiß ich nicht genau. Aber sie wurde schön auf ihr Sofa gelegt, und das wäre mit Susanne sicher auch geschehen, wenn nicht ein neuer Nachbar sehr aufmerksam gewesen wäre. So vorzugehen, das hat etwas sehr Persönliches, das ist ein Demonstrieren von Macht. Und dann der hinterhältige Angriff auf meine Schwester während der Beerdigung. Das ist die Handschrift eurer feigen Sippe!«

Hans Meier richtete sich wieder ein wenig auf und sagte laut: »Ich werde mir Felix vornehmen, und wenn an deinen Anschuldigungen nur ein bisschen Wahres ist, dann gnade ihm Gott.«

Konstantin war erstaunt, dass der alte Herr Meier so zugewandt und bemüht war, Adler entgegenzukommen. Dabei müsste der Großvater doch zumindest von Felix Meiers Nähe zur rechten Szene gewusst haben. Er versuchte auf die Entfernung, einen Namen auf dem großen Stein zu erkennen, der auf dem Grab stand, doch Meier stand ihm im Weg. Das heißt, plötzlich stand er nicht mehr da, der Blick auf das Grab war frei.

Adler hatte eine Waffe aus der Jacke gezogen und mit den Worten »Was hast du nur für eine Brut herangezüchtet?« dem anderen drei Mal in die Brust geschossen. Einfach so. Ohne Vorwarnung. Beim dritten Rückstoß der Waffe fiel ihm das schwere Teil aus der Hand. Die Pistole hatte keinen Schalldämpfer, sodass es mehrfach sehr laut über das Friedhofsgelände geknallt hatte.

Irgendwo hörte Konstantin eine Frau kreischen. Er selbst trat nun aus dem Gebüsch hervor und nahm zum wiederholten Male eine Waffe an sich. Doch diese hier war schwer und warm und roch nach Rauch und Tod. Er nahm sie in die linke Hand und schaute dann schnell nach Hans Meier, für den wohl jede Hilfe zu spät kommen würde. Er lag halb auf dem Grab, der Kopf ruhte neben einer Schale mit Erikapflanzen. Das Erstaunen auf seinem Gesicht war eingefroren. Nun konnte Konstantin den Namen auf dem Stein sehr gut erkennen. *Hildegard Meier, meine geliebte Ehefrau.*

»Jemand wie Sie bleibt nicht im Auto. Darauf konnte ich mich verlassen.«

»Sie haben ihn eiskalt umgebracht. Warum denn nur?«

Adler blickte ihn aus klaren Augen an und sagte: »Er war über siebzig Jahre mein ärgster Feind, eine Konstante in meinem Leben, ein Verantwortlicher für alles Schlechte, und sogar das wollte er mir jetzt noch wegnehmen.«

Das war schon der Hammer, die dritte Leiche, nachdem er gerade mal knappe fünf Wochen aus dem Gefängnis entlassen worden war. Da fehlten auch einer Frau Finke die Worte. Ein paar Tage später tauchte sie bei ihm auf, und es war ein merkwürdiges Gefühl, der resoluten, wenig eleganten Frau vielleicht zum letzten Mal die Wohnungstür zu öffnen.

»Sie müssen sich im Gefängnis doch unendlich gelangweilt haben, so ganz ohne tote Menschen.«

»Das ist ja auch die Idee einer Haftstrafe, dass es einem eben nicht so gut geht. Kommen Sie herein.«

Und dann erfuhr er das Neueste. »Leander Heinemann ist tatsächlich der unbekannte Komapatient im Bremer Krankenhaus, aber er ist wieder ansprechbar. Ich dachte, er brüllt sich wieder ins Koma, als er vom Verlust des Bildes erfuhr. Nun benutze ich ihn als Köder, eventuell taucht Felix Meier ja dort auf. Aber auch sonst denke ich, dass wir Felix Meier in dem Fall diverse Attacken nachweisen können. Bei dem Mord an Susanne Jung bin ich da sehr zuversichtlich, selbst wenn er ihn nur in Auftrag gegeben hat. Dafür kriege ich ihn dran. Ob die Gattin von Adler wirklich ermordet worden ist, wer weiß?« Sie hob die Schultern. »Oder ob der Alte sich da in etwas hineingesteigert hat, werden wir eventuell nicht mehr klären können. Eine Bedrohung hat es in jedem Fall vor drei Jahren gegeben, denn das haben mir auch die Schuberts bestätigt. Und sie haben alle Felix Meier auf einem Foto erkannt.«

Konstantin wusste mittlerweile, dass der junge blonde Mann, der ihm bei Frank im Hotel mehrmals begegnet war, Felix Meier höchstpersönlich gewesen war. Frank hatte ihn angelogen, als er ihn als Banker ausgegeben hatte. Ein angenehmer Besucher war dieser Felix sicher nie gewesen.

»Hat Felix Meier auch meine Wohnung zwischendurch durchsucht? Ich könnte schwören, dass mehrmals jemand in meinen Räumen gewesen ist.«

»Es gibt immer ein paar Dinge, die niemals ganz geklärt werden. Ihr Vermieter wird jedenfalls so schnell nicht zurückkommen. Und er hatte keinen Schlüssel zu irgendeiner Wohnung im Haus, außer der eigenen. Der alte Mann hat mich ehrlich verblüfft. All die Jahre wehrt er sich nicht. Aber in dem Moment, als Hans Meier sich wahrscheinlich als unschuldig herausstellt, knallt er ihn öffentlich über den Haufen.«

Konstantin schwieg dazu. Der Verlust eines stabilen Weltbildes konnte einem alten Menschen wahrscheinlich mehr zusetzen als der Tod eines Angehörigen. Er verstand das in gewisser Weise. Mit Leid hatte Adler eben besser umgehen können.

»Wissen Sie, woher Adler die beiden anderen wertvollen Gemälde in der Wohnung hatte? Und warum er das Franz-Marc-Bild besaß?«, fragte er sie und stellte ihr einen Pfefferminztee hin.

»Adler sagte nur, dass er wahrscheinlich zu spät ins Gefängnis komme, aber die Zeit im Konzentrationslager möchte er von der Haftstrafe abgezogen bekommen. Können Sie sich vorstellen, wie viele Anwälte ihm gerade den Hof machen? Das alte Dokument hat er vor meinen Augen verbrannt. Zum Glück. Ehrlich gesagt kann ich seitdem wieder besser schlafen.« Sie grinste ihn an, und er verstand auch das sofort. Es brannten noch einige Fragen auf seiner Seele.

»Werden Sie die Geschäfte in diesem Haus näher untersuchen?« Er hatte plötzlich Sorge, dass er hier noch alleine zurückbleiben würde. Ulrike im Gefängnis, Schuberts ebenfalls, Kevin im Heim. Er musste schnell die Augen schließen bei dem ausgedachten Szenario.

»Bin ich verrückt? Diese schlafenden Hunde wecke ich ganz bestimmt nicht auf. Und eins muss man Adler lassen. Er hat für jüdische Familien eine Menge Eigentum zurückerobert. Unbürokratisch und effektiv. Ich habe lange mit seiner Schwester telefoniert. Die beiden wertvollen Gemälde, die sich noch so harmlos in der Wohnung tummeln, wie Sie sicher schon länger wissen als ich, werden an die Museen zurückgeben. Das eine, ›Hirsche im Wald‹ von Franz Marc, wurde von Göring aus einem Museum in Halle eingezogen, das andere, ›Die Kornmäher‹ von van Gogh, aus dem Nationalmuseum in Berlin konfisziert. Ja, und das dritte seiner überaus interessanten Besitztümer, der ›Turm der blauen Pferde‹? Auf dem Bild scheint ein Fluch zu liegen, es verschwindet immer wieder. In den nächsten Tagen wird hier sicher die Hölle los sein. Wollen Sie den Rummel mitmachen und genießen?«

Er lehnte sich gemütlich auf seinem Sofa zurück und lächelte sie an. »Nein. Ich werde verreisen, und zwar auf die Kanarischen Inseln, genau genommen nach Gran Canaria.«

»Ach, so weit kommt man mit einer Bewährung?«

»So weit kommt man, wenn man seinen Bewährungshelfer mitnimmt. Und meine Schwester kommt mit und …«, sie zog eine Augenbraue hoch, »meine Nachbarin.«

Dabei dachte er daran, dass Ulrike eventuell mal das Bild in ihrem Amulett austauschen könnte. Noch steckte darin ein Foto ihres Kunstgeschichtsprofessors, in den sie lange und immer nur aus der Ferne verliebt gewesen war. Das kleine Foto in dem Schmuckstück erinnerte Konstantin an eine Karikatur von Albert Einstein. Es gab da noch viel zu tun, aber sie hatte schöne Haare und einen klugen Kopf.

NACHTRAG

Lieber Konstantin,
wenn du den Brief erhältst, ist mein krebsverseuchter Körper zu Asche verbrannt worden. Diese Tumorzellen wollte ich dem Erdreich nirgendwo zumuten.
Wie du weißt, hatte ich eine wunderschöne, aber sehr stille Begleitung. In den letzten Tagen vor meinem Dahinsiechen (Tod klingt zu erhaben für das, was es war) musste ich mich aber trennen.
Falls unsere tüchtige Kommissarin es noch nicht weiß, Felix Meier hat auch Meike Schulze Terhorst umgebracht. Sie überraschte ihn, als er ihr Haus nach dem Bild durchsuchte. Den Tipp hatte er leider von meinem werten Onkel, Meike ist nur eine halbe Stunde zu früh nach Hause gekommen. Ich hoffe, ich treffe sie im Jenseits und kann mich entschuldigen!
»Der Turm der blauen Pferde« lockt nun erneut, die Kunstwelt wartet, und du hast das Zeug dazu, das legendäre Bild wiederzufinden. Folge den Hinweisen und sei auf der Hut. Denn es sind noch ein paar Leute im Spiel: Leander Heinemann (ich hörte, in der Reha macht er Fortschritte?), Felix Meier (unterschätze niemals die Verbindungen, die im Knast herrschen!), mein werter Onkel Günther Brenner und, wer hätte das gedacht, Frau Bartels aus dem Erdgeschoss!
Lass es dir gut gehen im Leben!
Dein Knastkollege und Schöngeist Frank Brenner

Danksagung

Ein herzliches Dankeschön an meine Lektorin Uta Rupprecht, die nun schon zum vierten Mal mein Manuskript veredelt und mich mit wertvoller Kritik unterstützt hat.

Meinem Mann Michael möchte ich danken, da er auch zu den ungünstigsten Zeiten meine An- und Zurufe ernst nimmt und sich kümmert, wenn Hardware oder Software wieder mal anders agieren, als die Autorin es braucht.

Und ein dickes Dankeschön geht an das Team vom Emons Verlag für eine stets freundliche und sympathische Zusammenarbeit und für die Gestaltung des Covers, das mir außerordentlich gut gefällt.

Vielen Dank sage ich zu meinem PR-Agenten Dr. Michael Gestmann von der Agentur Dr. Gestmann & Partner, der mir mit Rat und Tat oft hilfreich zur Seite steht.

Mersch-Drensteinfurt, Juli 2015

Sabine Schulze Gronover
TODGEWEIHT IM MÜNSTERLAND
Broschur, 176 Seiten
ISBN 978-3-89705-925-2

»Mit Witz und Charme erzählt Sabine Schulze Gronover die Geschichte, die an zahlreichen Schauplätzen im Münsterland spielt. Dabei dürfen natürlich auch Abstecher in ihren Wohnort Drensteinfurt nicht fehlen.« Dreingau Zeitung

»Wir sagen: Kaufen Sie sich das Buch und entdecken Sie eine aufregend gewobene Geschichte.« Antenne Münster

www.emons-verlag.de

SABINE SCHULZE GRONOVER
Luzifer und der Küster
WESTFALEN KRIMI
emons: